新时代外国语言文学与文化研究系列丛书

本书由江苏省社会科学基金"对话与融合：《尤利西斯》汉译研究"（项目编号：16WWB004）和淮阴工学院学术专著出版资助项目"对话与融合：《尤利西斯》汉译研究"资助。

对话与融合：
《尤利西斯》汉译研究

Dialogue and Integration:
Research on Ulysses' Chinese Translation

孙建光　李　梓　著

·南京·

内 容 提 要

本书基于对话理论的视角，以萧乾、文洁若和金隄的《尤利西斯》译本为基础，通过对《尤利西斯》译本的产出及具体译例的分析，探讨《尤利西斯》两种译本是如何在翻译实践中和源文本进行深入对话的，从语言、文化层面探讨译者如何处理翻译过程中遇到的问题，并进一步基于间性理论，分析译者、文本、译本、读者是如何通过对话、交流而实现融合的。

图书在版编目(CIP)数据

对话与融合：《尤利西斯》汉译研究 / 孙建光，李梓著. — 南京：东南大学出版社，2022.12(2023.8 重印)
 ISBN 978-7-5766-0481-8

Ⅰ. ①对⋯ Ⅱ. ①孙⋯ ②李⋯ Ⅲ. ①《尤利西斯》-文学翻译-小说研究 Ⅳ. ①I562.074

中国版本图书馆 CIP 数据核字(2022)第 231584 号

责任编辑：刘　坚(635353748@qq.com)　　责任校对：李成思
封面设计：毕　真　　责任印制：周荣虎

对话与融合：《尤利西斯》汉译研究
Duihua Yu Ronghe:《Youlixisi》Hanyi Yanjiu

著　　者	孙建光　李　梓
出版发行	东南大学出版社
社　　址	南京市四牌楼 2 号　邮编：210096
出 版 人	白云飞
经　　销	全国各地新华书店
印　　刷	广东虎彩云印刷有限公司
开　　本	787 mm×1092 mm　1/16
印　　张	14
字　　数	280 千字
版　　次	2023 年 8 月第 1 版
印　　次	2023 年 8 月第 2 次印刷
书　　号	ISBN 978-7-5766-0481-8
定　　价	78.00 元

本社图书若有印装质量问题，请直接与营销部调换。电话(传真)：025 - 83791830

总序
FOREWORD

　　淮阴工学院外国语学院前身是1984年成立的淮阴工业专科学校英语教研组,迄今已有近40年的办学历史,现设有英语、商务英语、翻译和俄语四个本科专业,其中英语专业为省一流专业建设点,外国语言文学为校一级重点建设学科。

　　淮阴工学院外国语学院目前在校本科生总数为822人,教职工89人,其中教授5人、副教授33人、硕士生导师11人、博士(生)29人;拥有江苏省高校首批外语信息化教学示范基地、张纯如中外人文交流研究中心、语言文化研究中心、翻译研究中心、语音综合实验教学与研究中心和外语语言培训中心等教学科研机构。

　　近40年来,淮阴工学院外国语学院教职工秉承"为中华之崛起而读书"的校训,弘扬"明德尚学、自强不息"的淮工精神,聚焦重点、突出特色、深化内涵,围绕英汉语言对比、翻译理论与实践、英美文学、二语习得、俄罗斯语言文学等方向开展深入研究,并取得了丰硕成果。近5年来,学院获批省一流课程1门、省在线课程1门,校在线课程8门;获省重点教材立项4部,校重点教材立项6部;教师共发表学术论文184篇,出版教材、著(译)作15部;先后承担教育部人文社科项目1项,省部级科研项目12项,市厅级项目77项,获市厅级科研教学奖励12项。

　　为全面贯彻党的二十大精神,完善学科布局,推出一批代表性学术成果,淮阴工学院外国语学院组织了一批学术骨干,撰写了"新时代外国语言文学与文化研究系列丛书",以在展现淮阴工学院外国语学院学术研究最新成果的同时,向学界汇报最新的研究发现,以通过交流互鉴而不断成长。

本套丛书呈以下三个特点：

一是学科覆盖领域丰富多元。丛书的学科研究涉及文学、语言学、翻译学等研究领域。文学方面有：于敏博士的《互文重写：从中世纪浪漫传奇到哈利·波特》，尝试建构从经典文学到通俗文学的互文重写理论框架，以当代英国奇幻文学的经典作品为案例，讨论通俗文学中的文化传统承继与当下现实意义；郁敏副教授的《杰克·凯鲁亚克"垮掉哲学"研究》，从自由哲学、爱之哲学、救赎哲学与生态哲学四个方面探讨以凯鲁亚克为代表的美国"垮掉的一代"重精神生活轻物质主义、无所畏惧、勇于探索又心怀悲悯的"垮掉哲学"内涵。语言学方面有：裘莹莹博士的《中美跨洋互动写作中的同伴互评研究》，以网络同伴互动语料为研究对象，探讨中美同伴互评类型、互动行为、互动模式及其影响因素；张晓雯博士的《英汉日动结式结构的比较研究》，探讨了英汉日三种语言的动结式结构特征，以及三者之间的差异。翻译学方面有：何霞博士的《基于中介真值程度度量的自然语言模糊语义翻译研究》，用量化的方式研究中英语义的模糊性，为其翻译实践、翻译评价、翻译研究提供了新的视角；胡庭树副教授等的《翻译的不确定性：哲学内涵与译学价值》，围绕蒯因的翻译不确定性论题展开相关研究，通过分析翻译中的意义、指称等不确定性问题来探讨翻译是如何可能的哲学问题；孙建光教授、李梓副教授的《对话与融合：〈尤利西斯〉汉译研究》，以《尤利西斯》汉译本为研究对象，从宏观维度和微观维度对《尤利西斯》汉译进行描述性研究。这些作品既有理论探索也有案例分析，形成了学理与实践的有机融合。

二是注重地方文化传播与译介。习近平总书记对建设大运河文化带作出重要指示：大运河是祖先留给我们的宝贵遗产，是流动的文化，要统筹保护好、传承好、利用好。大运河淮安段不仅历史底蕴深厚，而且发挥着水利航运、南水北调、防灾排涝等综合功能，素有"南船北马、九省通衢"之誉。淮安得名于1500多年前，有淮水安澜之意，深厚的历史文化积淀造就了丰富的淮安文化。丛书中有《淮安名人》《淮扬美食文化》《淮安古建文化》《淮安戏剧文化》等具有淮安特色的文化读本，力求做好地方文化的传播与译介，将数千年来淮安大地形成的"城、人、事、景、食"等特色传统文化译介好、传播好，持续擦亮"伟人故里、运河之都、美食之都、文化名城"四张城市名片，做到文化薪火相传、代代守护，为淮安城市发展增添源源不断的文化动力。

三是国别与区域研究成效显著。国别与区域研究作为一门新兴的交叉学科，已成为交叉学科中的一级学科，将成为国家服务的重要领域，也为科学研究提供了全新的领域。外国语学院东南亚国家国情研究团队正积极开展菲律宾当代著名作家法兰西斯科·S.何塞的作品译介与研究，将陆续出版《三个菲律宾女人》《法兰西斯科·S.何塞短篇小说集》《树》等作品，通过译介菲律宾文学作品向广大读者呈现菲律宾社会、经济、政治等全景式图景。俄语国家国情研究团队闫静博士的《新时代中俄关系对世界格局的影响》，聚焦百年未有之大变局的时代背景,分析探讨中俄关系的发展对维护两国在国际舞台上的国家利益以及维护世界和平的重要意义;刘星博士的《俄汉身势语对比研究》,以俄汉身势语为研究对象,在系统阐释身势语相关概念的基础上,从跨文化交际视角对俄汉语中具有代表性的不同类型身势语进行对比研究。外国语学院目前积极组织科研团队,聚焦东南亚和俄语区国家研究,紧扣新文科建设要求,关注学科交叉,力争在新的角度、新的内容、新的视野、新的思想方面不断外延外语人在新时代的新使命、新作为,产出更多新成果。

  术有专攻、学无止境。每位学者的研究难免有学术或者技术方面的不足,恳请同行不吝赐教。但是,我们始终坚信瑕不掩瑜,这正是每位学者在孜孜以求的学术生涯中留下的一个又一个脚印,有深有浅,需要不断臻于完善,实现凤凰涅槃。最后代表本套丛书的所有作者,向在背后默默付出的东南大学出版社的刘坚教授等编辑团队表示衷心的感谢,他们专业的编辑和出版水平,让本套丛书更加臻美,让丛书每位学者的学术观点呈现得更加流光溢彩!

2022 年 8 月于淮阴工学院品学楼 2 号楼

序
PREFACE

十年笔耕勤不辍，潜心学术终有成。孙建光教授的《对话与融合：〈尤利西斯〉汉译研究》就要正式出版了。通读如此厚重的书稿，我倍感欣慰与自豪，孙建光教授是我在江苏师范大学比较文学与世界文学专业所指导的优秀弟子，他的学术成就非常完美地阐释了比较文学专业的跨学科特色。本专著就是他在比较文学译介学方面所取得的重大学术成果之一。

《尤利西斯》作为西方现代主义代表作之一，被誉为20世纪最伟大的英语小说。自20世纪80年代被翻译引进中国后，这部小说立即引起了中国学界对它的追崇。人们为了表达对这部小说的尊崇，把小说情节发生的日期6月16日确立为"布卢姆日"，每年都会举行纪念活动。乔伊斯在作品中运用了许多创造性文学手段，"既有史诗的概括力，又能准确地反映现实"（金隄，1986）。说该作品的史诗标志，首先表现在它的书名《尤利西斯》，赋予作品宏大的篇幅、历史的深邃，尤利西斯就是希腊荷马史诗《奥德修记》中的英雄奥德修斯，其每一章都类比着《奥德修记》中的人、地名或情节，突显其作品的史诗结构，加深了其史诗色彩。但是乔伊斯的作品并没有囿于史诗的形式而脱离现实，恰恰相反，他的作品中的人物、情节描写的是那么细腻、那么真实，从头至尾围绕不同主人公的精神世界与社会生活，深刻剖析现代社会的精神状态。《尤利西斯》是一部晦涩难懂的小说，即便是在西方，一般读者能够通读英文小说全文的至今也是不多，中国读者能读懂原文的更是寥寥无几。幸运的是，金隄先生和萧乾、文洁若夫妇在20世纪90年代先后翻译完成了中文全译本，为中国读者能够更好地阅读领会《尤利西斯》提供了方便，2021年刘象愚教授花费二十余年潜心翻译，数易其稿，翻译出版了华语世界第三部《尤利西斯》全译本。

孙建光教授在读研究生阶段没有像其他学生那样选择文学文本的研究,而是选择文学文本的译介学研究,选取了一个既能发挥他研究特长又隶属于比较文学学科范围的领域,并以优异成绩完成了论文写作。如今,经过十余年的潜心研究,他已经成为国内研究《尤利西斯》译介学方向的著名学者之一。本专著《对话与融合:〈尤利西斯〉汉译研究》从对话的视角探索《尤利西斯》汉译研究,把翻译文本看成既成事实,从宏观、中观、微观三个层面讨论《尤利西斯》汉译中的文化、交际、语言之间的转换。概括来说,孙建光教授的著作提出了以下颇为创新的观点:

(一)孙建光教授认为翻译活动不是译者孤单的活动,其翻译成果要得到认可就不能脱离外部环境,离不开对原作、原作者的认同和解读,也离不开意识形态、赞助人和读者等的积极参与。对翻译活动应该紧扣现代间性图式展开研究,从文学发生学的角度,在理解文本间性、文化间性和主体间性三维理论的基础上进行系统化研究,打破中西文化、语言之间的"隔膜",实现多元对话与融合。该观点打破了对翻译的传统认知模式,既翻译是译者和文本之间的关系,是译者对语言的转换行为。孙建光教授强调翻译活动的交互性,受到内部因素与外部因素的多重影响。

(二)孙建光教授通过对作品、作家和译者们的成长介绍,挖掘译者与作者之间的世纪之缘,探讨译者对作品和作者的认同与转化过程,揭示译者对作品、作家接受的过程与内在机理,提出了译者对原作者的推崇,对原作品的热爱会在翻译实践过程中加速译者对原作家和原作品的认同,也为他们奉献出优秀的译作提供了内在动因,同时也有利于他们翻译诗学观的形成,并臻于成熟。

(三)孙建光教授认为翻译作为一种跨文化的交际活动,除了受个人文学文化学养的影响,还深刻地受到所处的意识形态环境的影响。可以说,翻译活动一开始就烙上了意识形态的印痕。因此,在翻译研究中引入意识形态,可以将翻译研究焦点从文本内转向文本外,从注重忠实原文转向探讨译文的变形,从语言对比研究转向翻译文化研究。同样译者个体诗学在翻译过程中起着不容忽视的的影响。孙建光教授还提出了翻译的赞助人系统的概念,并把以往一直被忽略的精神支持与技术支持等重要因素纳入该系统中。

(四)孙建光教授把翻译活动看成是一个生态系统,提出了翻译的生态间性概念。从翻译生态学视域探讨译者在汉译过程中是如何对文本中的语言、文化和交际性进行平衡、适应、选择和再平衡的,提出只有各个维度的翻译的精彩,才能实现整部译作都出彩的观点。他认为翻译过程是一个复杂的过程,需要译者在翻译过程中发挥主体间性能动性,宏观地审视翻译全过程。同时要承认源语文本与目标语文本之间存在差异性、运用他者理论解析翻译中的本我和他者之间的差异,要消除隔阂差异,需要交往,促进交流融合,达成某种妥协,寻求最佳契合度，实现视域融合的过程。

孙建光教授对西方艺术与文化与中国艺术与文化有着深刻的理解和独到的感悟，他以特有的潜质和独到的思考以及细腻的分析能力，构建了《尤利西斯》汉译的对话与融合研究维度，他把文化、主体、文本有机的融合在一起，探讨了涉及翻译过程的内部与外部因素。本专著资料详实，语言流畅，结构合理，逻辑清晰，观点创新。"盖文章，经国之大业，不朽之盛事。年寿有时而尽，荣乐止乎其身。二者必至之常期，未若文章之无穷。"我相信在未来的学术道路上，孙建光教授一定会更加孜孜以求，层楼更上，硕果累累。

王成军

中国中外传记文学研究会副会长
江苏师范大学"中外传记文学与比较文学研究中心"主任
2022 年 11 月 26 日

目 录
CONTENTS

第一章　绪论 …………………………………………………… 001
　第一节　20世纪西方主要对话理论 ………………………… 002
　　一、对话概念的萌发 …………………………………… 003
　　二、巴赫金的对话理论 ………………………………… 004
　　三、伽达默尔的解释学对话理论 ……………………… 006
　　四、哈贝马斯的交往合理化对话理论 ………………… 007
　第二节　我国文学翻译研究概述 …………………………… 010
　　一、翻译文学概念论 …………………………………… 011
　　二、翻译文学标准论 …………………………………… 012
　　三、翻译文学方法论 …………………………………… 013
　　四、翻译文学译者论 …………………………………… 014
　　五、翻译文学史论 ……………………………………… 015
　　六、翻译文学本体论 …………………………………… 016
　第三节　《尤利西斯》汉译研究概述 ……………………… 017
　本章小结 ……………………………………………………… 024

第二章　《尤利西斯》、作者与译者 ………………………… 027
　第一节　《尤利西斯》：小说真实与形式的游戏 ………… 028
　　一、小说的真实 ………………………………………… 029

二、形式的游戏 …………………………………………………… 032
　　三、结语 …………………………………………………………… 036
第二节　乔伊斯:叛逆和艺术张扬的文学巨匠 ………………………… 036
　　一、叛逆 …………………………………………………………… 037
　　二、窘迫 …………………………………………………………… 039
　　三、自我流放 ……………………………………………………… 041
　　四、张扬的艺术追求 ……………………………………………… 042
第三节　金隄:披荆斩棘,追求完美的学者 …………………………… 046
　　一、生平简介 ……………………………………………………… 046
　　二、翻译活动 ……………………………………………………… 046
　　三、著译简介 ……………………………………………………… 049
　　四、翻译思想 ……………………………………………………… 053
　　五、译作影响 ……………………………………………………… 056
第四节　萧乾:德艺双馨、未带地图的旅人 …………………………… 056
　　一、生平简介 ……………………………………………………… 057
　　二、翻译活动 ……………………………………………………… 057
　　三、著译简介 ……………………………………………………… 060
　　四、翻译思想 ……………………………………………………… 068
　　五、译作影响 ……………………………………………………… 073
第五节　文洁若:走出丈夫"光环"的资深翻译家 …………………… 074
　　一、生平简介 ……………………………………………………… 074
　　二、翻译活动 ……………………………………………………… 075
　　三、著译简介 ……………………………………………………… 078
　　四、翻译思想 ……………………………………………………… 083
　　五、译作影响 ……………………………………………………… 084
第六节　译者对作者及原著的认同与转化 …………………………… 085
　　一、译者对原作者的意识认同 …………………………………… 087
　　二、译者对原作者的意识转化 …………………………………… 089

  三、译者对原作者及原著认同转化的主要体现 ········· 091

 本章小结 ········· 093

第三章 《尤利西斯》汉译的语言研究 ········· 095

 第一节 《尤利西斯》汉译"陌生化"美学特点 ········· 096

  一、《尤利西斯》"陌生化"的美学"当下性" ········· 098

  二、《尤利西斯》汉译"陌生化"的美学主体性的表现 ········· 099

 第二节 《尤利西斯》"前景化"语言汉译比较 ········· 105

  一、语言形式的前景化 ········· 106

  二、句式的前景化 ········· 111

  三、结语 ········· 112

 第三节 《尤利西斯》中的典故汉译比较 ········· 113

  一、两译本中典故翻译的语言认知 ········· 114

  二、两译本中典故翻译的文化认知 ········· 116

  三、两译本中典故翻译的诗学认知 ········· 118

 第四节 《尤利西斯》中的隐喻分析及其翻译 ········· 119

  一、《尤利西斯》中隐喻的主要表现形式 ········· 121

  二、隐喻翻译深层问题探究 ········· 124

 本章小结 ········· 127

第四章 《尤利西斯》汉译的文化研究 ········· 129

 第一节 意识形态在《尤利西斯》译介中的影响 ········· 130

  一、意识形态的概念 ········· 130

  二、意识形态对翻译的隐性操控 ········· 132

  三、意识形态对翻译的显性操控 ········· 136

  四、结语 ········· 141

 第二节 翻译诗学在《尤利西斯》译介中的影响 ········· 142

  一、译者的翻译目的性 ········· 144

  二、译者的翻译诗学观 ········· 146

  三、译者的审美意识 ········· 147

四、译者的语体特色 ································· 148

　第三节　赞助人系统在《尤利西斯》译介中的影响 ··············· 150
　　一、意识形态因素的作用 ······························· 151
　　二、经济因素的作用 ································· 152
　　三、社会地位的作用 ································· 154
　　四、精神支持作用 ··································· 155
　　五、技术支持的作用 ································· 156

　第四节　《尤利西斯》中的异族文化因素翻译研究 ··············· 158
　　一、犹太人形象翻译分析 ······························· 159
　　二、非洲人形象翻译分析 ······························· 160
　　三、南美洲人形象翻译分析 ····························· 163

　本章小结 ··· 165

第五章　《尤利西斯》汉译的间性研究 ··························· 167

　第一节　《尤利西斯》汉译生态间性研究 ······················· 168
　　一、《尤利西斯》汉译中语言维的适应性选择与转换 ··········· 169
　　二、《尤利西斯》汉译中文化维的适应性选择与转换 ··········· 171
　　三、《尤利西斯》汉译中交际维的适应性选择与转换 ··········· 172

　第二节　《尤利西斯》汉译文本间性研究 ······················· 176
　　一、译文与原文的间性关系 ····························· 178
　　二、译文与引文的间性关系 ····························· 181
　　三、译文与译文的间性关系 ····························· 183
　　四、结语 ··· 185

　第三节　《尤利西斯》汉译主体间性研究 ······················· 186
　　一、翻译主体间性的相关概念 ··························· 186
　　二、译者与作者的主体间性 ····························· 188
　　三、译者与赞助人系统的主体间性 ······················· 189
　　四、译者与译作读者的主体间性 ························· 190
　　五、结语 ··· 192

第四节　《尤利西斯》汉译文化间性研究 …………………………… 193
一、差异性是文化间性的哲学基础 ……………………………… 195
二、"他者"理论开启了文化间性之门 …………………………… 197
三、交往行为理论铺平文化间性平等交互之道 ………………… 200
四、视域融合促成文化间性的融合共生 ………………………… 202
本章小结 …………………………………………………………… 205
后记 ………………………………………………………………………… 207

第一章 绪论

第一节　20世纪西方主要对话理论

自人类诞生以来,交流和对话便成为促进人类进步的重要手段。交流与对话不仅受到政治家的关注,也越来越受到当代文艺理论者的关注。人类社会进入20世纪,社会文化处于剧烈的转型时期,各种独特的文艺批评理论异彩纷呈,各种文艺思潮涌动。如何在多元的文学范式与话语中寻求沟通与交流的契机,实现平等对话已成为当代文学界必须面对的重要课题。

对话(dialogue)简单地说就是双方或多方之间的接触或会谈。对话的意义在于通过交谈,打开思想的闸门,达到相互启发、相互碰撞的目的,涌现新观点,促进化解隔阂、相互融合。只有在相对宽松的环境中,对话者才能保持一种相对自由的心态,有利于新观点的出现。苏联文艺理论家、批评家米哈伊尔·巴赫金认为"生活就其本质来说是对话"。对话是方式,也是目的。目的是要求所有对话参与者都能参与,并能投入对话;方式就是通过对话的形式实现参与者的某种目标。因此,对话是要求参与者通过对话实现妥协、和解、融合。从西方哲学和美学来看,对话既是哲学与美学对当代世界社会实践中遇到的问题的回答,也是理论自身内在逻辑变化发展的必然趋势。从诗学角度来说,对话是一种价值取向交流,不同价值取向进行碰撞与交锋,进而妥协、融合。对话,从语言学上看具有问答式的对话直观形态,还是自言自语式的非对话的直观形态,"只要话语自身不自足、有疑问,它不断地分解自身,不断地自我解释,这样一种话语就有了对话功能"。在中国文化和西方文化的早期奠定时期,对话是探索一定真理、知识的手段。对话的产生是伴随着人的自我意识不断增强,渴求了解或者传递信息,或者因为自我意识所引起的价值不自足产生疑问,期望了解更多的他者价值而产生的,也就是说,对话存在着特定的价值取向,及交流与妥协的空间,当这种疑惑进入特定的交际领域,对话就成了不可终结的,通过不断对话,企求不断地接近事物的本真状态的有效手段。

一、对话概念的萌发

在人类社会的早期发展阶段,由于对自然的敬畏,人类把不可抗拒的自然力量看成是超人类的力量。因为对自然的敬畏,人类开始认为有某种神灵控制着一切,从而产生祭祀神灵的仪式,这种仪式至今仍然存在。在远古时期,神是世界的主宰,人类缺乏自我认识,人的主体意识还比较单薄,世间一切都是按照神的意志安排,因此早期关于美学的探讨都蕴含在原始神话中,诗和艺术被看作是宙斯让人陷入迷狂的结果。例如,古希腊诗人的创作中经常会吁请神的驾临。《荷马史诗》中的《伊利亚特》开篇就是"女神啊,请歌唱佩琉斯之子阿喀琉斯的致命的忿怒……"①。

随着人类社会的进步,自然科学兴起,人类由对神的过度崇拜开始向认识自然、改造自然过渡。从15世纪始,人类进入了近代自然科学时期,产生了全新的自然观念:这个世界是以自然为本体的,美是对自然物质的模仿。"艺术也是这样造成和谐的,显然是由于模仿自然。绘画在画面上混合着白色和黑色、黄色和红色的部分,从而造成与原物相似的形象。音乐混合不同音调的高音和低音、长音和短音,从而造成一个和谐的曲调。书写混合元音和辅音,从而形成整个这种艺术。"②随着人类对自然认识的不断深化,人的地位得到提升。人类借助科学发现和发明,掌握自然规律,能够合理利用自然,让自然界为人类造福。近代自然科学的发展,实现了人类对自然界认识的一次大飞跃,标志着人类认识和改造自然的能力的提高,同时人类也逐渐形成了自己的自然哲学观:人是事物存在的根据,神不是人的统治者。人对美的追求不是对神的膜拜,也不是对自然的简单模仿,而是人类自身对美的理解与诠释。这时候人类开始通过辩论、对话探讨世界本体与美的根源问题,第一次实现了主体间的对话。

最早正式提出对话观念的是苏格拉底。苏格拉底认为客体、本质和真理等知识的存在在于人自身,而不在于外界的某一自然实体。他提倡以无知者的身份和其他主体进行自由辩论,启发人们认识理性的力量,获取正确知识,这标志着对话的正式出现。他把对话作为探求知识的方式,显然,苏格拉底的对话带有明显的方法论痕迹。他片面强调理性的优先地位,理性寻求的是客观真理,它采用的是"主体—客体"的二元对立的思维方式,必然造成对感性的压抑。主客对立的二元思维模式把具有生动的精神的人客体化,使得人与人之间的精神交往变得不可能。这种思维方式把艺术彻底地对象化,即要么从主观出发将美归诸主体的建构,要么从客观出发将美归诸某一客观的实在。此种思维方式最终导致了主客体的二元对立,使得主体与客体之间出现了鸿沟。德国古典美学派学者试图弥合主客体之间的

---

① 范明生:《西方美学通史·古希腊罗马美学》,上海文艺出版社,1999,第27页。
② 同上书,第84页。

鸿沟。德国古典哲学创始人康德认为美既不是主观经验性的,也不是与主体毫不相关的客体存在,而是在主客关系中产生的。康德强调美是在主客体之间的互动中生成与发展起来的一种和谐的关系,但他否认审美客体的物质实在性。德国古典哲学代表人物之一的黑格尔认为:"尽管艺术作品自成一种协调的完整的世界,它作为现实的个别对象,却不是为它自己而是为我们而存在,为观照和欣赏它的听众而存在。……每件艺术品也都是和观众中每一个人所进行的对话。"①黑格尔运用辩证法,深入剖析审美活动的主体与客体、感性与理性交融的特征。黑格尔的关于审美主体和艺术品之间的对话的理论,从本质上是基于理性自信的一次独白。费尔巴哈认为要实现人的真正的精神自由,唯一的途径就是回到感性的人。这意味着把人与人的关系从理性的认知关系拉回到平等的交往关系中来②。他认为艺术是人类的精神创造,美学主体和美学课题之间不是理性的主客体之间的关系,而是两个主体之间的关系,是主体间的对话关系。他的观点对巴赫金、伽达默尔、哈贝马斯等学者发展对话理论起着重要的影响作用。

二、巴赫金的对话理论

巴赫金(1895—1975)是20世纪非常有影响力的学者、思想家。他的学术研究领域广泛,包括哲学、语言学、社会学、心理学、诗学、神学等人文学科,并且在每一领域都做出杰出的贡献。对话理论是巴赫金诗学理论的核心内容,该思想贯穿于他的各种理论与实践之中。巴赫金对"对话"的强调是从语言哲学时期开始的。当时西方流行的语言概念有两种:一种叫"个体主义",主张"我占有意义",强调个体的个体性,这种思想深深植根于西方人本主义传统;另一种叫"解构主义",主张"没有人占有意义"。而巴赫金所持的立场是"我们占有意义",他的话语意义植根于社会性,和前两种语言观念截然不同,更加强调语言的对话特质。他说:"我的声音可以具有意义,但必须同他人互为呼应——有时是异口同声,但更多的时候是对话。"③个性主义的语义空间是个体的内心,结构主义的语义空间是在别处,而巴赫金的语义空间是在彼此之间。巴赫金认为语言的本质是对话。一方面,任何话语总是处在社会、历史的言语环境中,无论是独白还是其他都是对他人言语的回应;另一方面,任何话语都希望被人聆听,被人理解,得到回应。巴赫金指出,任何话语,其起义、发挥、回应,都只能发生在同他人话语之间的自由而平等的交往中,因而与他人话语形成对话关系④。话语的对话性本质上是人类思维与意识的对话。在分析陀思妥耶夫斯基的创作时,巴赫金发现了一种新的小说类型:复调小说,即对话小说。所谓复调小说,是一种"全面对话"和"多声部性"的小

---

① 黑格尔:《美学》(第一卷),商务印书馆,1996,第335页。
② 胡艳兰:《20世纪西方对话理论初探》,硕士学位论文,扬州大学,2005,第7页。
③ 克拉克、霍奎斯特:《米哈伊尔·巴赫金》,中国人民大学出版社,2000,第20页。
④ 胡艳兰:《20世纪西方对话理论初探》,硕士学位论文,扬州大学,2005,第11页。

说。在分析陀思妥耶夫斯基的复调小说后,巴赫金阐述了几种对话原则。

(一) 构成对话关系的各方具有独立性

在陀思妥耶夫斯基的作品中,作者与主人公都是对话的主体,两者之间是一种平等的、自由的对话关系。陀思妥耶夫斯基认为,"思想不是生活在孤立的个人意识之中,它如果仅仅停留在这里,就会退化以至死亡。思想只有同他人别的思想发生重要的对话关系之后,才能开始自己的生活,亦即才能形成、发展、寻找和更新自己的语言表现形式,衍生新的思想"①。在陀思妥耶夫斯基的作品中,每个声音独立存在并独立发声,互不混淆,互不同化,彼此在同一个平面演说与倾听,构成了真正的对话关系。

(二) 对话的未完成性和未论定性原则

"在陀思妥耶夫斯基的复调小说里,作者对主人公所取的新的艺术立场,是认真实现了的和彻底贯彻了的一种对话立场。这一立场确认主人公的独立性、内在的自由、未完成性和未定论性。……这种对话是极其严肃的真正的对话,不是花里胡哨故意为之的对话,也不是文学中假定的对话。"②话语具有未完成性和不确定性,因为不同的话语在不同的语境中,会有不同的意义,因此任何人都不希望别人对自己匆忙地下结论。因为每个人都意识到自己内在的未完成性和未论定性,内部会时刻发生某种变化。正如巴赫金指出"世上还没有过任何终结了的东西;世界的最后结论和关于世界的最后结论,还没有说出来;世界是敞开着的,是自由的"③。

(三) 对话的差异性

对话主体的独立性决定了对话的差异性,因为只有对话的未完成性和未论定性,才能让不同的声音相互交织论争,产生对话。在作品中,对话的差异性表现在语言世界中的复调性和多声部。"相信有可能把不同的声音结合在一起,但不是汇成一个声音,而是汇成一种众声合唱。每个声音的个性,每个人真正的个性,在这里都能得到完全的保留。"④巴赫金认为陀思妥耶夫斯基区别于其他作者的伟大之处是"……一切看来平常的东西,在他的世界里都变得复杂了,有了多种成分。在每一种声音里,他能听出两个互相争论的声音"⑤。在一切可以构成对话关系的地方,甚至在一个人身上,都存在这样的差异。没有差异,对话亦不复存在。

---

① 巴赫金:《陀思妥耶夫斯基诗学问题》,载《巴赫金全集》(第五卷),河北教育出版社,1998,第114页。
② 同上书,第83页。
③ 同上书,第221页。
④ 同上书,第356页。
⑤ 巴赫金:《陀思妥耶夫斯基诗学问题》,生活·读书·新知三联书店,1992,第62页。

三、伽达默尔的解释学对话理论

伽达默尔是当代德国最伟大的哲学家之一,西方哲学解释学和解释学美学的创始人和重要代表之一。他在哲学上的主要贡献是建立了哲学解释学的理论体系。对话在伽达默尔的解释学理论中占据相当重要的地位。伽达默尔提出,关心文本语言意义的解释学是一种和文本的对话,是一种"问—答"关系。因此,解释学是一种历史的理解,是读者和过去文本乃至作者的对话,是当前的文化语境和历史语境的"视界融合"。

解释学是与文本的解释相关联的理解程序的理论,因此解释学首要研究的领域就是语言,特别是文字语言。近代德国宗教哲学家施莱尔马赫把解释学称为"理解的艺术",认为解释或理解的目的主要是通过语言从心理上重新再现文本的精神意蕴。他具体提出了语法解释和心理解释两种方法来避免因时间距离所造成的误解。语法解释涉及语言的形式方面,心理解释则要求透过语言把握作者的心理过程和思想状态。狄尔泰沿着施莱尔马赫奠定的心理解释方向,致力于通过解释学为人文科学确立坚实的方法论基础。在他看来,文本就是人的生命所留下的符号形式,是由语言凝固起来的"生命表现"。解释学方法的最终目的是超越解释者和文本之间的历史距离,再现文本的原初意义,获得历史理解的客观性。但是,传统解释学始终未能把语言问题放在哲学思考的中心位置,这是由它的方法论和认识论取向所决定的。因此,伽达默尔指出"当海德格尔把理解这个主题从一种人文科学的方法论学说,提升为此在的本体论的生存论环节和基础时,解释学维度就不再意味着现象学的植根于具体知觉的意向性研究的一个较高层面,而是以欧洲为基,把几乎同时在盎格鲁撒克逊逻辑学中实现的'转向语言'在现象学研究思潮中突现出来了"①。伽达默尔开始把语言作为解释学思考的中心环节,他认为"人类对世界的一切认识都是靠语言媒介"②。"语言并非只是一种生活在世界上的人类所拥有的装备,相反,以语言为基础,并在语言中得以表现的乃是人拥有世界……但世界的这种存在却是通过语言被把握的。"③语言处于人类历史和人的历史的开端,人在语言中才有了理性、思想和观念。人类通过语言才使自己的生活形式同其他动物的族群生活相区别,语言是人类存在的真正媒介。伽达默尔由此将人重新定义为"人是拥有语言的存在物"④。伽达默尔在许多场合都以艺术经验为范本,对语言文本、解释和理解的这种一致关系做出深入阐释。他从对话中提炼出来的"提问—回答"的结构,在一个更为广泛的意义上来理解,即把一切对文本的理解都看作文本与理解者的对话。他认为:"艺术语言正是通过以下事实建立的,它向每个人的自我理解说话,并且永远作为当下的、借助它自

---

① 伽达默尔,孙周兴:《摧毁与解构》,《哲学译丛》1991年第5期。
② 伽达默尔,邓晓芒:《黑格尔与海德格尔》,《哲学译丛》1991年第5期。
③ 伽达默尔:《真理与方法》,上海译文出版社,1992,译者序言。
④ 伽达默尔:《美的现实性》,生活·读书·新知三联书店,1991,第161页。

己的同时性进行讲话。"①伽达默尔认为,对话并不是任意的,而是由理解者的主观意志所决定的。对话者受到对话的引导,而不可能预料一次对话会引出什么结果来。在不同的时代,不同的场合甚至不同的对话中,艺术文本会不断地揭示出自己意义的新的方面。正因为艺术文本的意义是开放性的,所以理解者不可能预先完全掌握艺术文本的意义,这样,对话也就不可能被理解者的意志所左右。另外,积淀在心理深层的潜意识因素在对话中会不以理解者的意志为转移,积极地参与艺术文本之间的对话,这也使得对话无法为理解者所掌握。事实上,理解本身就是解释者和文本双方在对话引导下寻找和创造共同语言的过程。所以,语言是对话得以进行、理解得以实现的普遍媒介。此外,理解者和理解对象处于不同的历史环境、历史条件与历史地位,因而会影响和制约他对文本的理解,因此理解同时具有历史性。在伽达默尔看来,理解实际上存在着两个视界:一个是理解者自身的视界,另一个则是特定的历史视界。这两种视界相互作用。

四、哈贝马斯的交往合理化对话理论

哈贝马斯(1929—)是当代德国最负盛名的社会学家、哲学家和思想家,法兰克福学派第二代最重要的代表人物。哈贝马斯提出以审美激发人潜在交往理性以对抗工具理性的负面冲击,从而实现他改造资本主义现实的意识形态目标。他指出"交往行动的概念所涉及的,是个人之间具有口头上或外部行动方面的关系,至少两个以上的具有语言能力和行动能力的主体的内部活动"②。也就是说,交往是两个主体之间的精神交流活动,它与对话概念的内涵是一致的。在哈贝马斯看来,社会交往以语言为中介,研究语言交际的理论就是"交往行动理论"。语言交际必定要求互相理解,否则就谈不上合理交往。理解主要涉及三个要素:有待理解的语言现象、理解者和二者的相互作用。达成理解的目标是导向两个或两个以上的主体的某种认同,而理解又不能停留在先验判断的形式上,而只能在交往的过程中达成。哈贝马斯认为,言语活动是往来于话语与"外在世界"、话语与"社会世界"、话语与言说者"内在世界"的交往行动,交往行动的合理性就在于客观世界的自在性规律和社会世界自为性规律对主体间言语活动形成制约。普遍语用学关心的不是人的言语能力,而是人的交往能力,通过研究语言的交往职能,探讨说者与听者的关系,说明他们是如何通过言语行为达成相互理解与协调一致的。按照普遍语用学的这种规定,人们在进行交往行为时,就不能仅仅具有语言能力,而更应具有建立相互主体性交往关系的能力。哈贝马斯认为,"一个成功的言辞行动,不只是说出合文法的句子,更重要的是当事者双方都能进入彼此认同的人际

---

① 伽达默尔:《哲学解释学》,上海译文出版社,1994,第102页。
② 哈贝马斯:《交往行动理论》(第一卷),重庆出版社,1996,第121页。

关系中"①。也就是说,在以言语为媒介的交往行为中,交往者不仅要说出符合语法的句子,他还必须使这些句子与外在世界、内在世界和社会世界之间联系起来。这样才有可能与别人获得互为主体的了解和沟通。

哈贝马斯认为,交往行为实质上就是主体之间以语言为媒介的对话关系,交往合理性的核心是让行为主体之间进行没有任何强制性的诚实的交往与对话,在相互承认的基础上达到谅解与合作。交往行为是以符号或语言言语为媒介进行的行为,因此,交往行为合理化是语言性的,它是通过言语来协调行为以建立和改善人际关系,并在这个过程中实现的行为理性化。交往行为的主要形式是对话,因此,交往行为合理化的实现意味着通过对话达到人们之间的相互理解与一致,它致力于最终使自由的交往关系与对话制度化。所以选择恰当的语言进行对话,成为实现交往行为合理化的途径之一。对话之所以可能,是因为对话双方选择了一致的能够让对方了解自己的正确的语言来表达自己。因此,交往行为实际上是语言行为,精确地说,交往行为之所以可能是因为有语言作为交往的媒介。这样,语言就成为促成交往行为合理化的决定性因素,交往行为理论必须对语言的语用层次进行分析和重建。

哈贝马斯认为,人们在运用语言交往的过程中,蕴藏着一个"理想的交往情境",在此理想的情境中,人们遵循一些普遍的语言学规则,正确使用语言,从而使自己的语言行为成为可理解的,进而达成相互理解的共识。"理想的言谈情境"提供了交往行为合理进行的场景。这些场景包括:交往双方在机会平等的基础上,从事语言行为,任何一方不能独占发言的机会;交往双方在机会平等的基础上,从事解说性的语言行为(如说明、解释、反驳等),任何一方都能对对方的意见进行检讨或批评;交往双方有同等机会,使用表意的语言行为,以便使双方能相互了解;交往双方有同等的机会,使用规范性的语言行为,以便排除只对单方面具有约束力的规范和特权等②。

由于"理想的言谈情境"体现了自由、真诚和公正,这就使得交往双方能真实、真诚、适当地进行交往行为,达成理性共识。进行交往行为的主体之间没有限制,不受强制,共同活动在一个美好的、无任何控制与压抑的生活世界中。所以,在"理想的言谈情境"中,任何系统上的交往扭曲都被设想为是可消除的。也就是说,在"理想的言谈情境"中,所有行为的压抑都将失效,起作用的仅仅是最好的论证。于是,意识形态对人的钳制得以解除,扭曲的交往行为得以纠正,交往行为真正实现了自己的合理化。

交往行动理论基础的普遍语用学虽然关注语言,但它并没有把语言当作静态系统进行逻辑分析和语法分析,而是重点关注言语行为及其产生过程,把结构主义对语言的静态研究变成动态研究,从而打破了能指和所指之间的固定性,增加了主体间的交往因素。这样,它

---

① 李英明:《哈贝马斯》,台湾东大图书股份有限公司,1986,第115页。
② 李英明:《哈贝马斯》,台湾东大图书股份有限公司,1986,第119页。

就把言语活动变成了主体间性的对话活动。哈贝马斯认为主体间性就是自主的、平等的主体间的平等、合理的交互关系或相互作用。这种平等、合理的主体间性，即"主体—主体"结构的确立为交往行为的合理化奠定了基础。哈贝马斯指出，主体间性结构是通过语言建立起来的。主体间性也就是自我和他者的对话关系，这种对话关系的可能，是基于平等以及听者和说者角色的不断互换形成的。主体间性的范畴道出了人作为一种文化的存在，和其交往沟通和对话的可能性及必要性。正如哈贝马斯所说："纯粹的主体间性是由我和你（我们和你们），我和他（我们和他们）之间的对称关系决定的。对话角色的无限可互换性，要求这些角色操演时在任何一方都不可能拥有特权，只有在言说和辩论、开启与遮蔽的分布中有一种完全的对称时，纯粹的主体间性才会存在。"[①]哈贝马斯认为交往行为中人与人之间的关系是互为主体的，他人在自我眼中不是竞争对手，而是相互依托的伙伴关系。交往行为是至少两个以上具有言说与行为能力的主体以达到相互理解为指向的行为。一个交往行为必须能够同时满足三项有效性要求，否则交往行为就无法进行。就是说，交往行为的参与者必须同时与"话语与作为现存物的总体性的外在世界的关系；话语与作为被规范化调整了的人际关系之总体性的我们的社会世界的关系；话语与作为言说者意向经验之总体性的特殊的内在世界的关系"[②]发生关系。这三种交往关系的核心是建立合法的人际关系，确立主体性和主体间性。哈贝马斯还认为行为者的主体性同时已经意味着主体间性。主体性与主体间性实际上是一个东西，主体性也就是一种主体间性，主体间性是主体性在交往中的展开。

哈贝马斯认为文学艺术是社会交往的中介。他把文学艺术视为一种文化机制，认为它是公共领域的一个组成部分，其本质是中介作用。首先，就个体与个体的关系而言，文学艺术帮助个体建立起自己的主体性，从而明确个体面对他人时的自我认同。文学艺术首先是个性之间的一种中介形式，即个体与个体、个体与他者、个体与共同体之间建立交往关系的一种行之有效的中介手段。文学艺术的创作活动成了真正的个体活动。文学的功能也发生了根本的转变，由工具性作用向规范性作用转变，个人基本上是在文学艺术的创作和接受过程中确立起自己的身份和地位，且个体的自我认同决不仅仅局限于建立自我的主体性和捍卫属于自己的私人领域，而是对自我有了清楚的意识之后去和自我之外的他者建立起一定的关系。因此，自我认同是双向的，它包括自我与自我认同，也包括自我与他者的认同。个体永远都是处于这样一种双重关系当中，即既自我关怀，又关涉别人。

其次，哈贝马斯把文学艺术作为中介的概念，强调的是交往性，而且是合乎理性的交往形式。虽然文学作品是以情感表达为主，是一种诗学语言，或者说是一种隐喻话语，但这只能说明文学语言的逻辑空间和可能领域的开放性。它拒绝唯一性的解释，但绝不意味着拒

---

① 周宪：《20世纪西方美学》，南京大学出版社，1999，第352页。
② 哈贝马斯：《交往与社会进化》，重庆出版社，1989，第67-69页。

绝一切解释。正如哈贝马斯所说,对于语言,文学作者并不能任意支配,他必须通过与超常事物的联系使自己沉浸在语言当中。文学作品之所以能成为社会交往的一种中介形式,这本身必然隐含着理性成分,但它又不同于日常话语和逻辑语言。那些语言拒绝解释的多样性,而文学作品却相反,它避免解释的单一性。理性与解释的多样性并不是绝对对立和完全排斥的。其实也正是这种矛盾性才构成了文学作品的艺术性,使它更富有魅力。因为它的真理性是潜在的,不是以命题形式出现的,所以它存在着一种自由,不强加于人,也不完整地呈现,只能在你以自己的经历和经验去体会和玩味时才感受到那种真理,但你又不能以十分明晰的语言去表达它,这才达到一种审美的效果,形成一种特殊的文化机制。

第二节　我国文学翻译研究概述

改革开放后,我国译界恢复了同世界翻译理论界的交流与对话。大量的国外译学理论被译介到国内,极大地促进了我国译学理论的发展和创新。广大译学理论者和实践者既借鉴西方译学理论,又挖掘中国传统译学的精华,对译学进行全方位、多层次、多元化、多角度的深入研究。无论是从宏观角度还是微观角度,翻译理论研究都取得了丰硕的成果,确立了翻译学作为一门独立学科的地位。人们对翻译工作的认识也更加深入,逐渐改变了翻译者只是翻译匠、翻译工作只是一种简单语言转换的机械运动的观念,真正认识到翻译就是"带着脚镣跳舞"的工作,既要忠实原文又要输入新的表现形式。目前业界普遍认可,翻译是一个复杂的系统,涉及原文作者、原作、原文读者、译者、译作和译文读者以及影响翻译工作的外部环境,如政治、经济、文化等诸多因素的影响。毫无疑问,在21世纪,国家对英语的重视程度也发生了重大变化。《中共中央关于全面深化改革若干重大问题的决定》中明确指出,要"探索全国统考减少科目、不分文理科、外语等科目社会化考试一年多考"。可见未来英语教育更多转向社会化,这无疑也给翻译研究和实践带来了新的挑战和机遇。挑战是未来如何能培养出能真正从事翻译研究和实践的人才;机遇是更多的机构或社团有机会参与到英语教育和翻译人才的培养,有意从事译事工作的人的空间将更为宽阔。王佐良教授认为翻译研究"最有理论发展前途:它天生是比较的,跨语言、跨学科的,它必须联系文化、社会、历史来进行"[①]。

随着我国改革开放的不断深化,经济水平的不断提高,人民的物质生活和精神生活水平都得到了极大的提高,对文学的需求也空前高涨,这也促进了文学创作和外国文学的译介。对文学翻译的研究也是蓬勃发展,我国的大多学者已经注意到翻译文学的存在,认识到翻译

---

① 王佐良:《新时期的翻译观——一次翻译研讨会上的发言》,《中国翻译》1987年第5期。

文学的功用,并有不少学者对翻译文学做了开拓性的工作。例如上海外国语大学的谢天振教授发表《为"弃儿"寻找归宿——论翻译在中国现代文学史上的地位》《翻译文学——争取承认的文学》等多篇文章,从文学翻译的角度出发,对翻译文学观念和以往的外国文学进行澄清:翻译文学经过了译者的翻译处理,从而打上了译者所处的文学文化语境和个人审美倾向的印记,已经不是真正意义上的外国文学,是经过译者改造过的外国文学。他在《译介学》一书中对文学翻译的创造性、翻译文学的性质、地位、归属和翻译文学史的撰写等方面进行了较为深入的论述。他从文化层面上对翻译特别是文学翻译进行了一种跨文化研究。该部作品对我国的翻译文学做了一个较为系统的介绍。但是鲜有学者从学理层面上探讨把翻译文学作为一个相对独立存在的文学类型进行深入的研究。因此,长期以来,我国学界对翻译文学的认识是相对模糊的。进入 21 世纪后,不少专家学者对翻译文学的本体论做了进一步的深入探讨。通过对文献资料的整理、分析,纵观几十年的翻译文学研究领域,我们发现主要表现在翻译文学概念论、翻译文学标准论、翻译文学方法论、翻译文学史论、翻译文学本体论等方面。

一、翻译文学概念论

翻译文学和文学翻译这两个术语,不少人都认为是一个命题的两种说法。其实,文学翻译与翻译文学是两个关系密切但并不相同的概念。郑海凌的专著《文学翻译学》通过分析前人对文学翻译的定义,总结归纳道:"文学翻译是艺术化的翻译,是译者对原作的思想内容与艺术风格的审美的把握,是用另一种文学语言恰如其分地完整地再现原作的艺术形象和艺术风格,使译文读者得到与原文读者相同的启发、感动和美的享受。"[①]这段话揭示了文学翻译的本质属性,即艺术性,强调了文学翻译的艺术性,译作的语言是文学语言,原作的艺术形象是文学翻译的重要对象。余协斌教授在《澄清文学翻译和翻译文学中的几个概念》一文中对这两个术语进行了较为详尽的阐述。他认为这两个概念的相同点是"二者都与文学及翻译有关,都涉及原作者与译者;不同点是二者的定义与性质各异:文学翻译定性于原作的性质,即外国(或古代、少数民族)文学作品的翻译,与之相对照的是科学(自然科学与社会科学)作品的翻译。翻译文学则是文学的一种存在形式,定性于译品的质量、水平与影响"[②]。"文学翻译强调的是再现、再创原作的文学品质、文学性及美学价值,从而使外国文学作品成为我国的翻译文学作品,其意义与价值有时并不下于创作,甚至可以与原作媲美而同时并存。"[③]王向远教授在《翻译文学导论》第一章就有专节论述了翻译文学和文学翻译的差别。

[①] 郑海凌:《文学翻译学》,文心出版社,2000,第 39 页。
[②] 余协斌:《澄清文学翻译和翻译文学中的几个概念》,《外语与外语教学》2001 年第 2 期。
[③] 同上。

他认为"翻译文学"是一个文学类型的概念,从"文学翻译"和"翻译文学"的关系是过程与结果的关系;"文学翻译"作为一种行为,并不必然导致"翻译文学"的结果;"文学翻译"和"翻译文学"学术研究的侧重点有所不同等三个角度对翻译文学概念和文学翻译概念进行澄清①。佘教授和王教授的观点总体上是一致的,他们都把文学翻译看成是一种文学类型。王宏印教授也认为"文学翻译作为翻译的一个特殊类型,历来是翻译实践和研究的中心领域。就审美分类的概念而言,这种把文学作品单独划分出来的合理性不言而喻"②。应该说,目前国内把翻译文学归为一种文学类型,视为一门独立的学科,不属于外国文学。但是,值得注意的是,田传茂、丁青通过对目前中国学术界对翻译文学的定位的两种截然不同的观点(一种观点认为,翻译文学属于外国文学;另一种观点认为,翻译文学属于译语民族文学)的反驳,提出了自己不同的观点,即"翻译文学是用译入语艺术地再现原作审美特质的世界文学"③。

二、翻译文学标准论

对于翻译文学在翻译过程中所采用的翻译标准的探讨很多,主要集中在忠实与不忠实方面,特别是对"信、达、雅"的不断阐释和发展。中国译界谈及文学翻译标志首先会想到严复的"信、达、雅"、傅雷的"神似"、钱钟书的"化境",把"信、达、雅"和"神似"说、"化境"说混在一起,其实是国内翻译界相当普遍的一个认识上的误区。郑海凌先生在"神似"说、"化境"说之外,提出了"和谐"说,为文学翻译和翻译文学提供新的审美角度。但是"和谐"说在实质上与"神似"说、"化境"说是相通的,其本质就是"神似""化境"的另外一种表述方式。王向远在《翻译文学导论》中第八章开始就提出:在谈到翻译的原则标准的时候,存在一种错误认识,就是将"原则标准"的概念与"审美理想"的概念相混淆。将"信、达、雅"与"神似""化境"一起,视为翻译的标准。这在理论逻辑上是不可行的。"神似""化境"不是文学翻译的标准,而是翻译文学的理想境界,与"信、达、雅"有着不同的理论价值④。王向远教授的这一区分,对于深化国内译界对翻译标准的探讨具有很积极的意义。另外,翻译标准开始从以原文为中心和力求译文与原文对等的模式转向接受美学的翻译标准模式,即阐释翻译标准。该标准把文本看成是开放的、中间充满空白、空缺和不定点的图式框架,这些空白需要译者在阅读过程中通过自己的前理解去填充和弥补。在填充弥补的过程中,译者必须面临种种选择,不同的人会有不同的选择,选择本身是理解者前理解的重要功能,读者利用这一功能把自己的视域和文本视域相融合,形成一种"期待标准"。正由于"阐释"是带有强烈主体性和主观色彩的思维活动,所以传统的翻译标准被颠覆。有关接受美学对翻译影响的公开发表的论

---

① 王向远:《翻译文学导论》,北京师范大学出版社,2004,第6-8页。
② 王宏印:《英汉翻译综合教程》,辽宁师范大学出版社,2002,第179-180页。
③ 田传茂、丁青:《翻译文学二题》,《国外文学》2005年第4期。
④ 王向远:《翻译文学导论》,北京师范大学出版社,2004,第199页。

文有十多篇,包括仝亚辉的《接受美学对翻译研究的启示》,董务刚的《接受美学对翻译研究的指导性》和《接受美学与翻译研究》,王蒙的《接受美学观照下的翻译策略选择》,李宁、刘宇的《接受美学理论下的文学翻译审美效应》,魏晓红的《接受美学视野下文学作品的模糊性及其翻译》,杨松芳的《接受美学与翻译研究》,曹英华的《接受美学与文学翻译中的读者关照》以及赵薇薇的硕士论文《接受美学视角下的翻译创造解析》等,都较为深入地论述了接受美学对翻译研究的影响,特别是对传统翻译标准的解构。

三、翻译文学方法论

翻译文学的方法论研究长期以来一直围绕直译、意译之争。乔曾锐先生在《译论——翻译经验与翻译艺术的评论和探讨》一书中指出直译和意译是两种不同的翻译方法,不可混为一谈,"直译是通过保留原作形貌来保持原作的内容和风格,意译是在保留原作形貌就要违反译文语言的全民规范的情况下,尽量保持原作的内容和风格,因而要舍弃原作形貌。一个是保持,一个是尽量保持,一个是保留形貌,一个是舍弃形貌。当然舍弃形貌,并非在传译时完全不顾及原作形貌,而是采用或创造与其作用相同和相适应的表达方式。这就是直译和意译两种方法各具的特征和异同之处。两者分别排除逐字死译和任意翻译(包括缩写和改写)"①。这种看法反映了近年来翻译理论界的共识,具有一定的总结的性质。充分总结和吸收中国翻译文学和译学理论史上的经验与成果,我们今天就可以对"直译""意译"方法的特征和实质、直译与意译之间的关系有更深入、明确的认识。王向远认为:直译的方法主要运用于原文句子的字面意义和句法结构的翻译上,而意译则主要运用于"句群"——构成了一个相对完整的意义、相对完整的形象或相对完整的意象的段落——进而运用于原文的整体风格、整体意蕴、神韵的翻译。意译重在"译意";直译重在"译词""译句"。意译侧重点在"绎",即在理解原文含义的基础上用译入语正确地阐释出来;直译侧重点在"迻",即在保持译入语的基本规范的前提下尽量平行迻译原文字词句法,主要宗旨是忠实地译出原文语句。意译在忠实原文之外,更注意译文本身的晓畅和对原文意义的传达;直译方法有相当程度的客观性、普遍有效和可操作性,可以由《翻译教程》之类的书籍与课程加以规范和指导;意译方法则有相当程度的主观性,它在具体操作中往往不得不随翻译家个人之"意"灵活把握,《翻译教程》之类则难以说清②。还有不少文章对文学翻译方法提出"归化"和"异化"的说法。"归化(domestication)和异化(foreignization)是对两种翻译策略的称谓。归化指译者采用透明、流畅的风格以尽可能减弱译语读者对外语语篇的生疏感的翻译策略;异化则指刻意打破

---

① 乔曾锐:《译论——翻译经验与翻译艺术的评论和探讨》,中华工商联合出版社,2000,第272页。
② 王向远:《翻译文学导论》,北京师范大学出版社,2004,第158页。

目的语的行文规范而保留原文的某些异域特色的翻译策略。"①应该说归化与异化翻译策略和直译与意译有一定的联系,但是归化与异化除了强调对用词、句法等语言层次上面的翻译策略(这些更接近传统的直译与意译的翻译策略),还应包括文化、审美、思维方式、读者期待等宏观方面的因素,即译者在翻译时要考虑到这些因素,它不只是我们传统意义上关注的语言忠实与表达问题,而是对传统译法的进一步外延。

四、翻译文学译者论

翻译文学对译者的讨论主要表现在两个方面:一是译者的主体性研究。长期以来,人们对翻译家的主体性的认识不足,而更多地看到的是其从属性。翻译只是一种模仿性活动,只是传达别人的话语信息;翻译家只是一个中介,它只起到"媒"的作用,中介的作用。这种观点长时间占据主流地位。胡庚申认为,"从适应与选择的视角可以把翻译定义为:译者适应翻译生态环境的选择活动。翻译生态环境指原文、原语和译语所呈现的世界,即语言、交际、文化、社会,以及作者、读者、委托者等互联互动的整体"。译者的适应表现为译者的选择性适应,译者的选择表现为译者的适应性选择②。从他对翻译的定义可以看出译者的重要性。当然,译者从从属性向主体性转变首先得益于西方阐释学的形成与发展。阐释学是20世纪60年代后盛行于西方的哲学和文化思潮,是一种探求意义理解和解释的理论。其理论影响几乎渗透到所有的人文学科,甚至是自然科学。阐释学认为,偏见是理解的前提条件,"任何人在进入阐释过程中都不是如同一块白板,他/她肯定是带着自己的生活经验、知识传统、文化意识、道德伦理等进入阐释过程中去"③。英国翻译理论家斯坦纳将阐释学运用于翻译研究,他以哲学阐释学为理论基础,在他的代表作《通天塔:语言与翻译面面观》中提出了一种描述文学翻译过程的模式——阐释的运作,把翻译过程分为四个步骤:信赖、侵入、吸收和补偿。唐培认为,信赖就是译者相信原文是有意义的,而在理解和表达这种意义时,译者的主观因素不免"侵入"原文,"侵入"的目的便是"吸收",但在"吸收"过程中难免丧失译语本色,因而此时"补偿"就显得非常必要④。以斯坦纳阐释学翻译理论为依据进行的译者主体性研究很多,其中包括很多研究生的毕业论文。译者主体性研究还得益于后现代理论,包括解构理论、接受美学理论、后殖民理论和女性主义理论等,这些理论打破了文本中心论,瓦解了作者的权威,确立了译者的主体地位。另一个译者主体性研究的理论是20世纪90年代末翻译的"文化转向"研究。以苏珊·巴斯奈特和安德烈·勒菲弗尔为代表的翻译研究文化学派

---

① 孙建光:《浅谈翻译中的文化意象处理策略》,《重庆科技学院学报(社会科学版)》2008第6期。
② 胡庚申:《从"译者主体"到"译者中心"》,《中国翻译》2004第3期。
③ 耿强:《阐释学翻译研究反思》,《四川外语学院学报》2006年第2期。
④ 唐培:《从阐释学视角探讨译者的主体性——兼谈〈魔戒〉译者主体性发挥》,《解放军外国语学院学报》2003年第6期。

提出了文学翻译是改写的概念,是融解释、批评和翻译本身为一体的活动。文化学派影响很大的还有埃文-佐哈尔和图里的"多元系统论"。埃文-佐哈尔认为,一个民族的文化地位决定了翻译文学在文学多元系统中的地位,或起主要作用,或起次要作用,而翻译文学的不同文化地位反过来也会在很大程度上影响译者的翻译决策。在国内受这两种理论影响较大并将其集大成者当属谢天振教授,他的许多论文和专著都是从文化和文学角度探讨翻译理论。翻译文学对译者的讨论还表现为对译者自身素质和翻译人才匮乏的研究。这类研究主要集中在如何提高文学翻译者的素质和分析翻译人才匮乏的原因。著名翻译家屠岸先生认为文学翻译者应具备的素质是"要做好文学翻译,需要深刻掌握两种语言的精髓,而这其中,更重要的是掌握本国的语言和文化。因为好的文学翻译要把自己完全投入到翻译对象中,体会原作作者的创作情绪,最终用母语再表现出来,这要求译者必须打下深厚的中文基本功底,领悟汉语言文学的精髓,使之融入血液中才行"①。上海翻译家协会副会长黄源深教授也提出了自己对文学翻译者的期待,他认为"对于翻译工作者而言,深刻理解原著是非常重要的素养之一。他想告诫所有从事文学翻译的年轻人:文学翻译是一项'需要高度用心的事业','为译而译'的浮躁心态,无疑是文学翻译工作的大忌,而良好的文学素养则是迈向成功的重要基石"②。人才匮乏的主要原因是教育导向问题——重视外语忽视母语。"没有整个教育制度对母语的重视,就无法培养年轻一代乃至整个社会对母语的热爱。长此以往,翻译人才的日趋萎缩,文学翻译的今非昔比,就会是必然的结果。"③另外一个原因是经济杠杆不平衡。"一些翻译界人士认为,文学翻译是一件艰苦而又费时的工作,由于稿酬偏低,有的译作者放弃了翻译事业,用自己掌握的外语做商业翻译或做家教。而一些具有翻译发展前途的青年外语人才,还没有跨进翻译的门槛,就已经被种种诱惑吸引走了。"④当然,对于译者的讨论还有其他方面的研究,但不是主流方向,此处不再赘述。

五、翻译文学史论

对于翻译文学史的研究在 20 世纪 90 年代前,还是比较兴盛的。它是翻译文学的纵向的综合研究。最初对翻译文学史的研究并不是独立进行的,往往是与一般翻译史的研究融为一体。1989 年陈玉刚主编的《中国翻译文学史稿》的问世标志着中国翻译文学史进行独立研究的开始。此后翻译文学史的著作陆续出现,有译林出版社 1996 年出版的《1949—1966 我国英美文学翻译概论》,湖北教育出版社 1998 年出版的《中国近代翻译文学概论》。谢天振教授在《译介学》一书中提出了翻译文学史的编写构想,值得研究。21 世纪对翻译史

---

① 李洋:《文学翻译何以后继乏人》,《北京日报》2005 年 3 月 8 日。
② 陈熙涵:《文学翻译人才青黄不接》,《文汇报》2008 年 12 月 15 日。
③ 李辉:《文学翻译为何青黄不接》,《人民日报》2005 年 2 月 4 日。
④ 姜小玲:《文学翻译成"银发工程"》,《解放日报》2004 年 12 月 15 日。

的研究首推王向远教授,他分别撰写了两部关于东方文学在中国的译介史——《二十世纪中国的日本翻译文学史》(北京师范大学出版社)和《东方各国文学在中国——译介与研究史述论》(江西教育出版社)。他在《翻译文学导论》一书中提出了翻译文学史编撰的六要素,"即:时代环境—作家—作品—翻译家—译本—读者。前三种要素是以原作为中心的,后三种要素则以译作为中心,翻译文学史应把重心放在后三种要素上,而其中最重要的是'译本'或'译作'。以'译本'为中心的翻译文学史的研究是一种相对静态的研究,它一般不深究翻译家的操作过程,而是把研究对象'译本'作为一种已然的客观存在,从而对译本加以分析、判断和定位",对翻译文学史的编撰提出了自己独特的观点。前面的研究主要针对翻译文学专题史,比较综合的研究是翻译文学通史,是以"词典"即工具书形式出现的百科综合性、集大成的成果。这个工作主要是 20 世纪末的几部百科全书式的著作:一部是《中国翻译家辞典》(中国对外翻译出版公司),收录了古代至 20 世纪 80 年代的近 1000 位翻译家的生平资料,分"古代"和"现代"两部分编排。其中现代部分的大多数为文学翻译家。另一部是由林煌天先生主编的长达 240 多万字的《中国翻译词典》(湖北教育出版社出版),收录词条 3700 余,内容涵盖翻译理论、翻译技巧、翻译术语、翻译家、翻译史话、译事知识、翻译与文化交流、翻译论著、翻译社团、学校及出版机构、百家论翻译等各个方面,其中与文学翻译有关的条目占了大部分篇幅。书后还附有《中国翻译大事记》《外国翻译大事记》《中国当代翻译论文索引》等七种附录。

通过对翻译文学史的梳理,我们可以得到一些启示:特定中国社会的文化诉求,一方面使得符合相应历史意识形态的文学作品被大规模引进,促进了中国文化界对英美文学乃至世界文学的集训式了解,也丰富和开拓了中国文学界对它们的接受、模仿和创造性转化;另一方面,这种"功利性"和"单一化"的翻译行为,也导致了"文化营养匮乏症",特别是"十七年"时期集中而单调的翻译,看似数量繁多实则是对英美文学全貌的戕害,直接后果就是断裂了文学翻译进行文化交流的本宗要旨,而将之蜕化为某种意识形态的工具,这是英美文学翻译乃至西方文学翻译所面临的普遍困境,即使是近现代以来对英美文学翻译的随意和自由,也更多带有时代的急切性以及盲目性,至于 21 世纪以来英美文学翻译的热潮,又是在大众消费和流行文化的支配下被引进,这一现象值得译界全面检视。

六、翻译文学本体论

翻译文学理论是译学理论的一个最重要的组成部分。由于翻译文学是否应该作为一门独立的学科还没有盖棺定论,对于翻译文学的本体论研究也是初步的、处于探索和萌芽阶段。但是它的发展得益于早先的译学研究,为翻译文学研究提供了不少可借鉴的东西。近年来,翻译文学的本体论研究成果较多,其中做出杰出贡献的当属老一辈的翻译家方平先生。20 世纪 80 年代以来,他发表了一系列有关翻译文学的文章,文章具有很强的逻辑性,文章也倾注了个人感情,具有感染性。许钧教授对翻译文学批评做过较为系统深入的研究,出版了《文学翻译批评研究》(译林出版社)和《译事探索与译学思考》(外语教学与研究出版社)两部论文集。他的一部重要专著《文学翻译的理论与实践》(译林出版社)几乎涉及了翻译界所有的热门话题,准确地把握了我国文学翻译理论界的脉搏。书中涉及许钧教授与季羡林、罗新璋、施康强、李芒、许渊冲、萧乾、吕同六等 20 多位译界名流进行的学术对话,在文学翻译理论与实践方面有着不同层面的思考,具有相当的代表性:如何界定文学翻译的定义、文学翻译的标准和原则、译者在文学翻译过程中作为美感体验的主体话题等,这些都是当前文学翻译界的热点话题,具有重要的理论价值。这方面的重要著作还有王向远的《翻译文学导论》、郑海凌的《文学翻译学》、许渊冲的《文学与翻译》等,论文方面主要有陈学斌的《文学翻译的本体论与价值论反思》、刘小刚的《论翻译文学在翻译学学科建设中的本体论地位》,以及其他针对具体某个方面的如翻译文学定义、方法论、标准论、译者主体论、创造论等的文章,这里不再赘述。对于文学翻译的批评研究也是翻译文学本体论的重要内容。翻译批评历来是译学研究领域的一个敏感话题,由于它的特殊性、复杂性、个性化,近年来与之相关的论著并不多见,有见地、有层次的著述就更少。主要的著作有马红军的《翻译批评散论》,该书举例涉及的作者几乎全是译界名家,其中包括黄龙、黄邦杰、郭著章、董秋斯、刘宓庆、文洁若、钱歌川、孙致礼、许渊冲、萧乾、赵元任等。这是它的特点之一。特点之二是该书共收有上百个有争议的典型译例,作者对每一个例子,从原文及译文的溯源,译文的是非分析,新译文的提供,无不悉心对待。杨全红对本书的评价是:"说《散论》功底厚,一是它能敏锐地洞察出他人译作里的问题,二是它能有效地解决发现的问题。提出问题不容易,要解决问题就更难。《散论》不仅发现了大量典型译例存在的问题,而且提供了许多精彩的改进译文。"[①]当然还有不少文章对具体的翻译实例进行评价,限于篇幅,本书不再赘述。

第三节 《尤利西斯》汉译研究概述

詹姆斯·乔伊斯的《尤利西斯》,被世人誉为"当代史诗"和"旷世奇书",直到 20 世纪 90 年代,在我国文学评论家和读者的千呼万唤中,在金隄教授和萧乾、文洁若伉俪的努力下才相继推出两种风格迥异的译本(人民文学出版社 1994 金隄译本,简称金译;译林出版社 1994 年萧乾、文洁若译本,简称萧译),随后燕山出版社于 2004 年推出刘象愚的十个章节选译译本(简称刘译),这些不同的译本在很大程度上满足了不同层次、不同品味、不同需求的读者,具有极高的文学阅读价值,同时也引起了众多翻译研究者和评论者的关注。翻译研究者和

---

① 杨全红、陈鸿琴:《胆大心细功底厚——读马红军〈翻译批评散论〉》,《上海科技翻译》2001 年第 2 期。

评论者们大多侧重于从语言学角度对不同译本进行探讨,并做出了重要贡献,但几乎很少有研究者从翻译的文化层面进行深入研究。所谓文化层面的翻译研究主要是指从文化视角对翻译活动进行整体性的思考,诸如共同的规则、阅读期待、时代语码,探讨翻译和源语与目标语社会的政治、文化、意识形态等的关系,运用新的文化理论对翻译过程进行文化层面阐述等。翻译的文化转向是当前西方翻译研究热点和未来研究的重要趋势,也是中国译学研究中一个重要的研究领域。

翻译研究的文化转向得益于著名的翻译理论家苏珊·巴斯奈特(Susan Bassnett)和安德烈·勒菲弗尔(Andre Lefevere)等文化学派翻译研究者从文化层面进行翻译研究,使得翻译研究经历了一场深刻的范式革命。特别是勒菲弗尔提出的"折射"和"改写"理论,不仅关注翻译的内部研究,即从文本到文本的转换过程,而且关注翻译的外部研究,特别强调意识形态、文化、历史等对翻译活动的影响,把翻译研究置于更为广阔的文化语境之中,因而拓展了其研究视域。正如当代西方学者谢莉·西蒙指出:"八十年代以来,翻译研究中最激动人心的一些进展属于被称为'文化转向'的一部分。转向文化意味着翻译研究增添了一个重要的维度。不是去问那个一直困扰翻译理论家的传统问题——'我们应该怎样去翻译? 什么是正确的翻译?'——而是把重点放在了一种描写性的方法上:'译本在做什么? 它们怎样在世上流通并引起反响?'……这种转向使我们理解到翻译与其他交流方式之间存在着有机的联系,并视翻译为写作实践,贯穿所有文化表现的种种张力尽在其中。"[①]毫无疑问,翻译研究跳出狭隘的、纯粹的语言转换层面,而深入到更广阔的文化层面,使得翻译研究的深度与广度得到进一步的外延,也使得翻译研究在新时代更有文化价值和翻译本体论价值。《尤利西斯》汉译研究,无论是对文化和文学交流,还是对意识流小说在中国更为广泛的传播、促进意识流创作技巧发展等都具有深远的意义。

首先,翻译研究的文化转向极大地拓展了翻译研究的视野,将翻译研究从追求源语文本与译语文本间的关系扩展到在文化层面上观照整个翻译事件和行为。它促进了翻译研究方法脱离一味追求语言学范式,从更具分析性和客观性的文化交流与价值碰撞与融合,实现从规定性向描写性的方向拓展,促进了翻译研究的重心转移,即从"如何译"到"译什么",从传统的重视源语文本研究向译语文本研究转向,从重视原作者研究向译者、赞助人和读者接受性转移,从忠实于原著向满足译语文化需求转移。翻译研究的关注点转移到译语文本"生产共同体",转移到译语文本在目标社会受到的政治、文化、意识形态等影响上。可以说,"译语文本不再是源语文本字当句对的临摹,而是一定情境、一定文化的组成部分。文本不再是语言中静止不变的标本,而是读者(译者)理解作者意图并将这些意图创造性再现于另一文化

---

① Sherry Simon, *Gender in Translation* (London: Routledge, 1996), p. 7.

的语言表现"①。

其次,《尤利西斯》的汉译能够让中国读者对意识流创作手法和技巧,特别是意识流小说能够有更为全面的认识。《尤利西斯》被公认为意识流小说的巅峰之作,因此其汉译对中国文学创作的意义是重大的。虽然在《尤利西斯》等现代派作品的汉译之前,中国也出现了一些意识流作品,如刘以鬯的《酒徒》《对倒》《链》《吵架》《寺内》《除夕》《镜子里的镜子》《犹豫》《蛇》《蜘蛛精》等;王蒙的《春之声》《夜的眼》《布礼》等。"自王蒙的小说之后,严格意义上说当代文坛没有意识流小说家,但在张贤亮、李国文、张抗抗、张洁、高行健、张承志等许多作家的作品之中,都有意识流的写作。"②作家汪曾祺就明确地表示:"我的一些颇带土气的作品偶尔也吸收了一点现代派手法。比如《大淖记事》里写巧云被污辱后第二天早上乱糟糟的、断断续续、飘飘忽忽的思想,就是意识流。"③所以,《尤利西斯》的汉译影响了中国当代文学新形式的一部分作家,丰富了创作技巧,促进了意识流创作手段在中国文学作品中的快速发展。但是,这些作家的作品中只是运用了意识流创作的一些手法,中国读者对西方真正的意识流作品的了解并不全面,也不可能仅从中国意识流作品中就能充分地了解西方意识流作品。正如田欢所言:"我们中国人能够读懂王蒙的意识流是因为我们与他有着共同的文化心理条件,而如果让我们去读《尤利西斯》和《追忆似水年华》,就会被不同的文化历史背景和民族心理阻碍得无法顺利阅读。因此,在有着相同文化背景的欧美文学界,也需要专业研究者给《尤利西斯》做出各种各样的注解。"④所以,《尤利西斯》的汉译无疑能够让更多的研究者和作者更加全面地了解意识流的相关知识,为自己的研究和创作提供有益的帮助。

最后,《尤利西斯》的主人翁都是平庸的小人物,无论是代达勒斯·斯蒂芬、布卢姆还是莫莉都是普通市民。这种"反英雄"式的主题不仅在一定程度上颠覆了西方文学的"英雄"主题,而且对中国传统"英雄"式的创作主题也产生了强烈的震撼。特别是对这些人物的叙事模式的运用,将对更多作家文学创作的主题、写作方法、叙事模式都产生深远的影响。

因此,无论是《尤利西斯》作品本身还是其汉译本都具有极高的学术研究价值。特别是对于广大普通读者,需要借助其中文译本来感受乔伊斯作品的艺术魅力。金隄译本和萧乾、文洁若译本是目前得到广大读者和译界认同的译作。

《尤利西斯》作为意识流小说的巅峰之作,经过半个多世纪后才出现中译本,令人称奇的是几乎在相同的时间同时出现金隄译本和萧乾、文洁若译本两部风格迥异的大家译作。这一现象引起了国内外学者的关注,他们纷纷围绕译作评价、文本翻译本体、跨文化视角和译

---

① Mary Snell-Hornby, *Translation Studies — An Integrated Approach* (Shanghai: Shanghai Foreign Language Education Press, 2001), p. 25.
② 田欢:《评中国现当代小说创作与作为叙述手法的意识流》,《新疆师范大学学报(哲学社会科学版)》2004年第3期。
③ 中国作协北京分会评论委员会:《探索者的足迹——北京作家作品评论选》,北京十月文艺出版社,1985,第329页。
④ 同②。

者主体性等方面展开研究。

国内目前对《尤利西斯》中译本的研究约有100多篇论文(包括硕士博士学位论文),相关研究主要集中在以下几个方面:

(1) 汉译的语言技巧及表现方面。有学者着重探讨《尤利西斯》中意识流语言变异现象,如词汇变异、语法变异、语义变异和语域变异等,以及在翻译过程中如何将这些语言变异现象再现。有的学者通过对多个译本进行比较分析,讨论它们处理语言差异的异同,或是以功能翻译和语料库翻译为理论基础,对两个译本进行详细的描述、对比和分析。如仝亚辉、郭新等着重探讨了《尤利西斯》中意识流语言的变异现象,如词汇变异、语法变异、语义变异和语域变异等诸多特征,以及如何在翻译中再现意识流小说的语言表现技巧。吴显友、孙建光、张明兰对《尤利西斯》的前景化语言特征进行了详细的探讨。韩佳霖的《〈尤利西斯〉意识流语言特点翻译——语料库辅助研究》以功能翻译理论和翻译语料库为理论框架,采用定量与定性相结合的方法分析意识流文体的语言特点,考察译文是否再现和从何种程度上再现原文在词汇、句子以及语篇方面的文体特点,并建立了包括原文和两个中文译本的平行语料库。高迎慧的《〈尤利西斯〉中意识流的翻译》从汉英语言的差异入手,分析、对比了萧译、金译及刘译三种译本。张宏、王治江的《从意识流语篇前景化的角度析〈尤利西斯〉的翻译策略》从词汇结构、句法结构和叙述模式上突出了意识流语篇前景化的特点并探讨如何将这些前景化现象在翻译过程中再现的问题。张新民、杨国燕的《从〈尤利西斯〉的语言特点看注释性翻译》借助等效论观点探讨了注释性翻译在文化翻译中的重要作用。高芸探讨了文学作品中陌生化现象的不可译性及其解决方法。孙建光的《〈尤利西斯〉汉译"陌生化"美学研究》从汉英语言的陌生化美学再现的角度分析金译。刘展从再现原文陌生化手法的角度,对萧译和金译两种全译本进行分析,指出金译更好地保留了原文的模糊性与晦涩,在美学效果上和原著最为相似,因此更为可取。王浩萍结合目的论对萧译、金译中的语法变异的翻译进行比较。王振平在《〈尤利西斯〉汉译与翻译体》中结合译例探讨了萧译和金译中的翻译体和翻译腔,并在其《〈尤利西斯〉意识流汉译评析》中,分析了两个经典汉译本对意识流的翻译的差异性效果。

(2) 从语言学角度研究《尤利西斯》的汉译。不少学者借助功能语言学、认知语言学等理论分析译者如何实现译作与原作的语码转换。黄顺红的《功能翻译理论与文学翻译中的变形——从〈尤利西斯〉英汉翻译谈起》运用功能派翻译理论,以《尤利西斯》汉译本为案例,从语言、文化等方面对比分析和考察译文,试图解释文学翻译中的"变形"现象。作者认为译者在《尤利西斯》的汉译中采用丰富的"变形"手段,通过补充信息、省略、解释、加注等方式帮助读者充分理解译文,实现了译文易懂性。该翻译方法拉近了小说与译文读者之间的距离,通过"归化"翻译试图让目标语读者获得类似与原作作者的感受。而通过对比发现,"异化"虽然使译文保留了异域风味,但有时生硬晦涩,提出了"归化"优于"异化","归化"应该是文学翻译的"主流","异化"只能是辅助和补充的观点。王浩萍的《功能翻译理论指导下〈尤利西斯〉语言变异翻译之对比研究》以德国功能派翻译理论为理论框架,比较分析了《尤利西斯》萧乾、文洁若和金隄两个译本的语言变异翻译,探求语言变异的翻译策略,并评析造成不同译文风格的原因。分析发现,同一时期译者的翻译动机、翻译观念和预期读者需求会影响翻译目的和译文的功能,采用不同的策略和方法翻译语言变异,会产生不同的译文风格。两个译本都遵循着目的原则与忠诚法则,但翻译目的的不同导致萧乾夫妇更注重语内连贯,而金隄更多时候遵循语际连贯。刘玥的《从功能翻译理论角度论萧乾〈尤利西斯〉翻译中的顺应策略》以《尤利西斯》萧乾夫妇的译本为研究对象,从文体、语言和文化等层面分析顺应策略在萧译中的应用,清晰地展现萧乾夫妇版《尤利西斯》的翻译魅力和萧乾夫妇的翻译特点。李红满的《从功能语言学的视角论〈尤利西斯〉中语码转换的翻译》从韩礼德系统功能语言学的语言功能观入手,探讨了《尤利西斯》中存在的大量的语码转换现象及其诗学价值,还探讨了两个译本在语码转换过程中采取的翻译策略及其功能的再现。蒋柿红将认知语言学与翻译学相结合,探讨《尤利西斯》中圣经典故的汉译。关晨音从关联理论的"最大关联"和"最佳关联"入手,对萧译进行分析,探讨文学翻译艺术再创造的本质。孙建光结合案例分析了隐喻翻译中的双重认知过程、概念整合过程和差额补偿过程等深层问题。黄灵艳结合认知语言学的识解理论,研究译者在翻译过程中的内在机制,并对萧乾夫妇的译本中的隐喻翻译补偿策略进行分析。陈辰结合翻译理论对不同译本中的语码转换进行分析,并指出翻译应以翻译目的论为理论框架,遵循目的准则、连贯准则和忠诚准则。金兰从译文读者接受的角度研究《尤利西斯》变异语言汉译相关问题,并结合接受美学理论调查读者对三个不同汉译本的接受情况,以音乐和视角效果两个维度的损失为例,从词汇、句子和篇章三个层面分析译本对"表达效果"与"可读性"的兼顾程度。康传梅、吴显友从认知隐喻角度出发,结合文本内外语境,对《尤利西斯》里花的语言及其认知语义进行系统阐释,进而分析其隐喻与小说男女主人公的性格特征之间的关系。陈水生基于 COCA 和 CCL 语料库,并结合构式语法和认知隐喻理论,对比分析了英汉"微笑"表达在句法构式和动词性隐喻上的异同及其对文学翻译的影响。

(3) 译者主体性研究。宋兰在《从萧、金对〈尤利西斯〉的翻译看译者作为研究者》中,梳理了西方翻译理论中关于译者角色的理论,结合萧乾、文洁若和金隄在《尤利西斯》翻译过程中的理论运用与实践过程,探讨译者的研究者身份。研究发现,译者的研究者身份具有复杂性也是译者应该具备的基本素质,是译者主体性的重要表现之一,译者的研究贯穿于整个翻译生涯,不仅进行翻译实践,而且进行深入理论探索。李坤的《萧译〈尤利西斯〉中的关照性叛逆》结合翻译案例,侧重于研究萧乾、文洁若译本的创造性叛逆,围绕语义连贯、形远意达、注释之便、翻译选择和翻译思想等"叛逆"的现象进行研究。叶如祥则指出译者主体性差异是决定不同译本风格迥异的根本原因。王振平从宏观动态的翻译环境分析入手,探讨金隄翻译思想和实践过程中的译者主体性和主体间性,为文学翻译和文学翻译研究提供了借鉴。孙建光以金译和萧译为例,从主体间性角度探讨翻译主体间在翻译过程中所遵循的行为规范,探讨译者与作者、译者与赞助人、译者与读者等主体间性关系,翻译主体要在翻译过程中实现"最大契合度",翻译主体间性应该构建何种理想的伦理规范。

(4) 从文化视角研究《尤利西斯》的汉译。这方面的研究主要以勒菲弗尔的操纵论为理论基础,围绕意识形态、诗学和赞助人等方面对《尤利西斯》进行文化解读。如:朱建新、孙建光借助勒菲弗尔的操纵理论,从文化层面探讨意识形态在《尤利西斯》翻译过程中所产生的影响及翻译主体性的发挥,并强调既不能夸大"意识形态"的作用,又要充分注意维护文化多元性和平等性的重要性。孙建光以金译和萧译为例,从译者的翻译目的性、翻译原则、译者个人的审美意识和译者个人的语体特色等四个方面进行深入探讨,揭示译者个体翻译诗学在翻译过程中的主体性地位。郑茗元从"理论与实践"的结合视角论述了《尤利西斯》小说诗学的总体特征和价值内涵。孙建光在《赞助人系统在〈尤利西斯〉译事活动中的作用》中提出了"赞助人系统"的理念,认为其包含任何可能促进或阻止译事活动的力量,考察赞助人系统的意识形态、经济因素、社会地位、精神支持和技术支持等五个方面对《尤利西斯》译事活动的影响。王振平根据语言发展规律探讨文学名著重译的理由,并指出重译是必要的,且除了语言和文学原因之外,还有社会和文化原因。陈德鸿、宋歌和马汝深入分析了《尤利西斯》的译本广受欢迎的深层因素,探讨了该文化商品超越语言和国界实现商品化的过程。陈水生从非人称主语句的拟人、隐喻等修辞色彩入手,引入文体学中的"思维风格"的概念,并结合具体译例进行探讨,揭示非人称主语句在小说的人物塑造和主题渲染上所具有的诗学价值,并对非人称主语句的转换译法在文学翻译中的适用性做出反思。

(5) 对《尤利西斯》不同译本的研究。几位译者都曾对自己的翻译过程或翻译风格等方面进行诠释,其中文洁若在"中国与爱尔兰:1979—2009"国际学术研讨会上曾讲述了萧乾的《尤利西斯》情结、翻译的过程以及出版后的反响,并对金隄译本提出建议。金隄讨论了译本产生的时代背景、原著的版本问题、加注原则等译后三题,还在《文学自由谈》和《天津外国语学院学报》上发表文章,对冯亦代称其译文"不能重现原著韵味"的评价提出商榷,并将翻译标准简化为"通、达"二字。刘象愚结合钱锺书的"化境"翻译理论,选取已有译本中的部分译例进行评析,并提供了自己的译文。

除了译者之外,众多学者也纷纷发文从不同角度对译本展开研究,主要包括以下几方面:其一,部分学者从总体上宏观考察不同译本的风格及其得失,并寻索巨大差异背后的原因。如:冯亦代首次将两种译文并列展示于读者面前,开启了"文学翻译界别开生面的批评方式"(《新民晚报》语),号召读者自作判断;此后,江枫、吕俊、崔少元、丁振祺、王友贵、何三宁等学者也分别选取不同译本中的部分内容进行对照,并对不同的翻译风格发表自己的见解。其二,还有的学者则是选择某一个微观层面作为切入点,对不同译本进行分析,进而解读不同的翻译策略。如：任东升、蔚华、安澜、罗丹、高阳、许宏、陆钦红和李初生、由元、李玲、孙建光等分别结合圣经的相关内容、名词翻译、语音修饰、翻译风格、典故翻译的注释原则、拟声词、选词、译注、原作者及原著的意识认同和自我意识认同等方面，对不同译本进行分析并做出总结，而刘冰、陈凤、向鹏、陈周洁、陈辰、王治江、王振平、刘展、孙建光等学者则从人物塑造、显性补偿策略、语言变异处理、译本的可读性与接受性及"异化为主、归化为辅"的翻译策略出版情况、词汇译例、译注、典故汉译、他者形象翻译等视角出发，对不同译本进行比较研究。其三，还有部分学者则是选取某一译本作为语料，分析其翻译风格和翻译方法。如：史宁、魏薇、胡朝霞、殷习芳、叶从领、雷婉、王旭安、尤珣、王琦分别从翻译风格、语言特征、文洁若的翻译理论、翻译策略等方面对萧乾、文洁若的译本进行评析，而王青则结合翻译共性、翻译文体学等对金隄译本进行探讨。

  这里值得一提的是，王青、秦洪武、刘莉等利用 WordSmith 工具并结合语料库，对不同译本中的词汇型式化风格等方面进行了分析。此外，还有很多学者结合翻译理论对译本展开详细的分析和讨论。如：王振平、甘芳芳、陈鑫倩、贾迪结合功能主义理论对不同译本进行分析；魏红、孙建光、李真真则选择生态翻译学、翻译规范理论对不同译本进行分析；而刘展、王振平、焦亚芳选择关联理论等作为理论框架展开研究。

  （6）从叙事学角度探讨《尤利西斯》翻译。如：申迎丽、孙致礼的《由〈尤利西斯〉中译本看小说翻译中叙事视角的传译》结合案例分析，认为译者在翻译过程中会有叙事视角先入为主的倾向。由于给予足够的重视，或受到翻译传统小说经历的影响，译者在翻译过程中可能会不自觉地越俎代庖，将自己感受故事的方式传达给译文读者，或者受制于语言转换的局限性，未能将原文叙述视角及其微妙转换很好地再现过来，呈现给读者的是"假象等值"的译文。文章指出，在小说翻译过程中，译者应注意并准确传达原文视角的转换，避免呈现给读者"假象等值"的译文。再如：曾竞兴结合译者和译本探讨了阐释叙事聚焦在小说翻译中的应用。崔薇、容蕾蕾通过分析不同译本，指出译者在翻译公开评论时，既要忠实于原作的内容，又要忠实于语言形式，揣摩原作的创作意图和思想感情；在翻译隐蔽评论时，不仅要在语言方面忠实原作，还要在语音、构词方面力求达到原作的效果。

  （7）从文体学角度探讨《尤利西斯》翻译。汪燕华结合意识流小说的文体特点和语言风格，以《尤利西斯》为范本，分析文体风格对翻译策略和翻译方法的取舍造成的影响，指出在翻译意识流小说的过程中，要尊重原文风格，全面地在中文中再现原作，使中文读者获得尽可能接近英语读者所获得的结果。汪燕华还从剖析意识流小说的形式变异入手，指出译者在翻译过程中要充分保留意识流语体的形式，实施以变异应对变异的翻译策略和方法。王碧燕的硕士论文《从文学文体学视角看〈尤利西斯〉前景化句式特征在中文翻译中的重构》着重分析了反常主语和反常语序这两大前景化句式。通过细致的文体分析，探讨了该句式在不同语境中的三种文体价值：传达隐含作者对某一人物的态度或评价，直接影响人物塑造；

语言的模仿功能；传达特定的人物视角。张喆认为文学翻译的评价标准，除了归化或异化以外，还要看其是否传递了文本的意图和风格，对于特殊文体作品的翻译，更要体现其特有的文体风格，并以《尤利西斯》第十三章中布卢姆在海滩上的一段意识流翻译为例展开个案研究，探讨不同译本中意识流翻译的得失。

总的来说，国内学者对《尤利西斯》的汉译研究取得了丰硕的成果，然而这些研究总体上侧重点比较零散，有些研究领域的研究缺乏深度和广度。毫无疑问，这些研究成果开拓了本书的研究视野，为构建《尤利西斯》汉译中的多维度对话与融合提供了理论与实践话语，为本书从语言维、文化维研究提供了可行性参照。

Cait Murphy 于 1995 年 9 月在《大西洋月刊》发表文章，从语言差异等方面简单探讨了《尤利西斯》译本，对萧乾和文洁若翻译的《尤利西斯》予以肯定，"很难相信，作品中一点狭隘地方观念都没有的乔伊斯，会对萧和文的劳动成果表示不满"。海外对《尤利西斯》中译本的研究不多，主要的现实原因是精通汉语的人不多，而又要把它和天书《尤利西斯》结合起来则更为不易。但是，从海外为数不多的关于《尤利西斯》中译本的评介中，可以看出他们对《尤利西斯》中译本的充分肯定。

综述国内外对《尤利西斯》汉译的研究与评价，可以看出《尤利西斯》汉译本填补了《尤利西斯》外译本中汉语版的空白，同时也为国内外翻译研究者提供了丰富的研究素材，丰富了研究视角的多样性。然而不足之处在于目前国内研究总体比较零散，研究的深度和广度不平衡，有的视角研究成果颇丰，如语言技能等方面，而有的研究则相对比较单薄，如译者主体性研究、叙事学和文化视角等方面。翻译活动其实是多层面的对话与融合，只有翻译中的各要素能进行平等的交流，才能实现理想的翻译"范本"。鉴于已有研究的流散性、非系统性及片面性，本研究拟以对话理论为理论基础，对《尤利西斯》汉译展开系统、深入、全面的研究。

本章小结

对话最直接表现为语言交流，对话自然离不开语言。因此，巴赫金、伽达默尔、哈贝马斯三人都对语言非常重视，并各自提出了自己的语言学说或观点。在强调语言、强调对话的背景下，主体被置于一个重要的位置，"主体—客体"思维模式被"主体—主体"的思维模式所代替。巴赫金、伽达默尔与哈贝马斯对主体的侧重点又有所不同。前两者侧重的是主体与客体之间的"主体—主体"关系，后者侧重于两个主体之间的"主体—主体"关系。比如哈贝马斯在对话中强调主体间性的问题，特别是主体间性之间的对话关系。虽然从比较美学的角度，我们很难说巴赫金的美学或语言学说同伽达默尔、哈贝马斯的相关理论学说有什么直接的影响或关系，但却有理由相信，在西方美学总的背景中，对话理论是一个特别具有生命力的研究方向。无论是哲学还是其他学科都十分关注对话这一重要话题。翻译自诞生，其本质属性就是对话性，是建立在主体间、文本间、文化间等诸多维度的对话关系和多维互动基础之上的共同活动。翻译过程中译者、作者、读者、赞助人之间,原文本、目标文本,以及不同文化之间进行着历史与现实之间的对话与交流,企图构建一种对话精神视域下的翻译观。对话、理解和解释,构成了翻译活动的根本性质。

  本章首先对西方对话理论进行梳理,重点探讨巴赫金的对话诗学理论、伽达默尔的解释学对话理论和哈贝马斯的交往合理化对话理论;其次对我国目前文学翻译研究的主要领域进行概述,为本书的写作提供理论依据;最后对国内外《尤利西斯》汉译研究的相关成果予以综述与评价,并对现有研究成果进行反思。本章研究认为《尤利西斯》汉译研究虽然取得了显著成绩,但也存在总体相对冷清、论题过于集中、研究不够系统深入等三方面问题,以后的研究应当做到:翻译活动不是译者独自一人待在"象牙塔"内孤单的活动,其翻译成果要得到认可就不能脱离外部环境,离不开对原作、原作者的认同和解读,也离不开赞助人和读者等的积极参与。翻译研究应紧扣现代间性图式展开,从文学发生学的角度,在理解文本间性、文化间性和主体间性三维理论的基础上进行系统化研究,打破中西文化、语言之间的隔阂,实现多元对话与融合。

第二章
《尤利西斯》、作者与译者

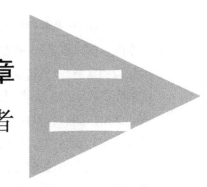

第一节 《尤利西斯》：小说真实与形式的游戏

乔伊斯的《尤利西斯》在爱尔兰文学史上，乃至世界文学史上都具有重要的地位，它的每一章内容都采取了和《奥德赛》平行的结构。乔伊斯匠心独具、构思巧妙，把整部《尤利西斯》的结构和寓意与《奥德赛》融为一体。乔伊斯通过"百科全书式"文学书写形式，以史诗的深度洞察现代生活的真实，赋予了《尤利西斯》哲学内涵的深度。在小说中，乔伊斯用形式的游戏勾画出《尤利西斯》完美的文体学范式，同时深刻揭示形式之下的 17 世纪末到 20 世纪上半叶爱尔兰真实的政治社会生活。那时的爱尔兰面临内忧外患的政治局势，英国对其进行残酷的殖民统治，爱尔兰民族解放运动遭受重大挫败，脱离实际的文艺复兴以及天主教的伺机入侵，这一切都使爱尔兰人对国家的前途感到迷茫，看不到未来，整个社会弥漫着一种悲观无力的气氛。"整个爱尔兰陷入了瘫痪，而都柏林则是瘫痪的中心。社会的瘫痪造成了都柏林人的悲观、空虚和迷茫。"①小说以都柏林为中心，书写生活在那个令人窒息的城市中的方方面面，再现精神麻痹和瘫痪的都柏林，迷惘、醉生梦死的臣民生活。小说运用形式的游戏，书写了现实生活的真实。形式和真实的辩证结合，再现了作者作为殖民地的臣民对天主教的叛逆，对英国的世俗殖民主义的反抗。乔伊斯通过形式和内容的完美结合实现了小说的真实性书写，他精确地把握了现实世界跳动的脉搏，通过对文字组合和创新性设计再现了现实世界的复杂性和现实性，从而给读者呈现了一个有着自主逻辑的艺术形式。安贝托·艾柯认为，"小说的宇宙并不仅仅停在故事本身，还可以无限延展"，"小说世界确实是现实世界的寄生虫，但从效果来说它能框定我们在现实世界里的许多运用能力，而只让我们专注于一个有限而封闭的世界"②。一切艺术表现形式本质上都是纪实，它们通过各种形式的游戏，

---

① 孙建光、王成军：《詹姆斯·乔伊斯：叛逆和艺术张扬的文学巨匠》，《西南科技大学学报（哲学社会科学版）》2010 年第 6 期。
② 安贝托·艾柯：《悠游小说林》，俞冰夏译，生活·读书·新知三联书店，2002，第 90 页。

深刻地揭示了过去发生的或正在发生的事情。福楼拜曾经说过:"没有美好的形式就没有美好的思想,反之亦然。""思想要找到最合适于它的形式,就是创造出杰出的奥秘。"①毫无疑问,小说通过对真实的叙述和各种形式的结合实现了作品创造的真谛。

一、小说的真实

《尤利西斯》不是对《奥德赛》的简单戏拟,而是一幅以冷眼观察都柏林现实生活的画卷,凡是写入书中的,没有不是作者亲身经历的、切身感受的东西,它为读者呈现的是真实的生活。乔伊斯的写作原则就是"忠于事实"②。在作品中,乔伊斯虽然在创作的形式上进行了大量富有创新性的实验,但是他并没有抛弃传统的现实主义写作方式,作品中许多人物形象都可以在现实中找到原型,许多真实的历史事件和现实生活的琐事都栩栩如生地再现在其作品中,为广大读者提供了19世纪都柏林乃至爱尔兰和欧洲的现实图景。

(一) 人物的真实

人物的真实笔者认为可以从两个方面进行理解:其一,作品中的人物不是作者凭空捏造和虚构的,而是从现实生活中的原型中抽取出来的,是有血有肉的人物形象,具有强烈的真实感和肉感。其二,作品中的人物不是头戴光环、遥不可及的英雄或超人形象,而是一个优点和缺点共生的,有时缺点多点儿的"小人物"形象。乔伊斯全部著作里的人物全都是综合了现实生活和神话两方面的原型而塑造的。乔伊斯自己对人物创作的评述是"搞现实主义,就是要面对现实。世界是以事实为基础的。……大自然本来是很不罗曼蒂克的,只是我们硬要把罗曼蒂克的东西塞进去。这是一种虚妄的态度,一种自我中心主义,而自我中心主义总是荒唐可笑的。我写《尤利西斯》,就是要力求合乎事实"③。所以他"把自己正亲身经历的生活写成小说,……由于他认为他的素材要来自现实中发生的事,所以他有兴趣让慢火烧着的锅大开起来,让他所经历的事情发展到最大可能的极端。他的一些朋友对于成为他的戏中角色感到恼火,特别是戈加蒂……"④。《尤利西斯》第二章描写了斯蒂汾在一所学校的活动,而这所学校的原型正是乔伊斯在道尔盖的克里夫顿学校。作品中的阿姆斯特朗似乎是乔伊斯把塞西尔·赖特和克利福德·弗格森糅合到一起的人物。克里夫顿学校的校长欧文在《尤利西斯》中以戴汐的名字出现,他的性格还糅合了乔伊斯在里雅斯特认识的一个叫亨利·布莱克伍德·普莱斯的阿尔斯特人的特征。当然文中的主人公之一斯蒂汾·代达勒斯的原型就是乔伊斯本人。《尤利西斯》中有很多人物都能从乔伊斯身边或熟悉的人中找到

---

① 郑克鲁:《外国文学史》,高等教育出版社,2006,第266页。
② 理查德·艾尔曼:《乔伊斯传》,金隄、李汉林、王振平译,北京十月文艺出版社,2006,第501页。
③ Frank Budgen, *James Joyce and the Making of Ulysses* (Bloomington: Indiana University Press, 1964), pp. 15–17.
④ 同②,第164–165页。

痕迹,如在第十六章中那个滑头的水手就具有他好友巴津的形象;几个车夫中,其中之一就有他在苏黎世的朋友丹尼尔·赫梅尔的特点。人物的真实,给作品添加了信度,也更能折射出当时都柏林市民的精神状态,从而深刻揭露人们内心的迷茫、荒诞、颓废、无助,看不到未来的沮丧心态。

(二) 事件的真实

在《尤利西斯》中,第一章描写斯蒂汾·代达勒斯、勃克·马利根和海恩斯三人住在都柏林郊外的港口区沙湾的圆形炮塔里的故事。这个事件脱胎于乔伊斯生活的真实经历。1904年9月9日,他住到奥利弗·圣约翰·戈加蒂的住处,就是沙湾的马泰楼碉楼。同在一起的还有一个叫塞缪尔·切尼维克斯·特伦奇的人。他们生活的方方面面成为《尤利西斯》第一章中的重要创作背景和材料。《尤利西斯》中有一段描写斯蒂汾背叛天主教也不愿意向病危的母亲屈服的描写,恰恰是乔伊斯本人的行为再现。"死亡的恐惧使她想到了儿子对神的不敬,复活节后的那几天中,她试图劝说他去忏悔并领受圣餐。然而,乔伊斯很固执;就像他后来让斯蒂汾·代达勒斯说的,'一个背后汇集了二十个世纪的权威与崇拜的象征,我要对她盲目膜拜',就会在灵魂内产生'一种化学作用'。母亲哭了,向一个盆里吐出了发绿的胆汁,但他还是没有屈服。"①乔伊斯在给诺拉·巴纳克尔的信中也提到他母亲去世的情形:"……我的思想抵制现存的整个社会秩序和基督精神——家庭、公认的品行、生活的品位以及宗教教义。……我认为,我母亲是被我父亲的虐待、经年累月的操持以及我愤世嫉俗的率直行为给慢慢折磨死的。她躺在棺材里面,我看着她的脸——灰暗的被癌症损耗殆尽的脸——我知道,我看着的是受害者的脸,我诅咒把她变成了受害者的制度……"②乔伊斯把他的真实经历以主人公斯蒂汾·代达勒斯的口吻在《尤利西斯》中再现。"她那呆滞的目光从死亡中凝视着,要动摇我的灵魂,要使他屈服。就是盯着我一个人。灵前的蜡烛,照出了她痛苦的挣扎。她嗓音嘶哑,大声喘息着,发出恐怖的哮吼声。周围的人都跪下祈祷了。她的目光落在我身上,要把我按下去。"③当然,小说中还有很多的情节都是乔伊斯本人生活经历的变异和创新,在某种意义上,乔伊斯就是在作品中重现自己的生活经历,具有自传性书写的特征。

(三) 历史的真实

《尤利西斯》借助形式的戏仿来凸显20世纪初爱尔兰的历史的真实。正如英国批评家伊格尔顿所说:"如同廉价的恐怖故事,充满各种血腥残杀,包括殖民统治者(新教徒)对天

---

① 理查德·艾尔曼:《乔伊斯传》,金隄、李汉林、王振平译,北京十月文艺出版社,2006,第143页。
② 詹姆斯·乔伊斯:《致诺拉:乔伊斯情书》,李宏伟译,重庆大学出版社,2011,第11页。
③ 乔伊斯:《尤利西斯》,金隄译,人民文学出版社,1997,第14页。

主教徒的迫害、爱尔兰教派之间的互相残害、由爱尔兰农民组成的抗英组织在混乱无序的抵抗中的无谓牺牲、他们的宗教固执所招致的英国人的残酷惩治等,不胜枚举。"①那时的爱尔兰受到英帝国的殖民统治和罗马天主教的双重压迫,人民在政治和信仰上受到双重外部迫害,内部也是分成多个教派和政治派别,他们之间也是相互倾轧争斗。整个爱尔兰处于混乱和瘫痪之中,经济落后,人们精神颓废,看不到爱尔兰的未来。在《尤利西斯》中乔伊斯对爱尔兰社会进行了全面而又深刻的书写。"模样卑贱的神仙,一个四处奔波的老妪,伺候着征服她的人和寻欢作乐出卖她的人,他们都占有她而又随意背弃她……"②这里的老妪隐喻爱尔兰,再现了爱尔兰人民在英帝国的殖民统治下的生存状态。同时又借斯蒂汾的口——"'我是一仆二主,'斯蒂汾说,'一个英国的,一个意大利的。'"③——来说明爱尔兰遭受英帝国和罗马天主教会的双重统治的历史现实。爱尔兰内部问题复杂,自然灾害和政治、宗教争斗交织,乔伊斯在《尤利西斯》中多次书写,"从奥康内尔时期以来,我亲眼目睹了三代人的历史。我记得四六年的大饥荒。你知道吗?奥伦治协会早就鼓动废除联合会议了,比奥康内尔的鼓动,比你们教派的高级教士们把他斥为政客还早二十年呢!你们芬尼亚分子对有些事情是记不住的。流芳百世,功德无量,永垂不朽。光辉的阿尔马郡的钻石会厅里,悬挂着天主教徒的尸体。嘶哑着嗓子、带着假面具、拿着武器,殖民者的誓约。黑色的北方,真正地道的《圣经》。短发党倒下去"④乔伊斯用不到二百个字就生动地再现了爱尔兰当时的社会、政治以及反英国殖民统治的历史现实。由于1845年爱尔兰劳动人民的主食马铃薯歉收造成1846—1847年的大饥荒,饿殍遍野,瘟疫流行,广大人民生活在水深火热之中。奥伦治协会反对联合议会,但是也反对天主教势力,同时也反对脱离英国。芬尼亚协会则主张用暴力手段脱离英国。英格兰和苏格兰国王威廉三世在1691年征服爱尔兰,奥伦治协会歌颂威廉三世为好国王,认为是他拯救了爱尔兰。在1795年9月21日二十几个信仰天主教的爱尔兰农民聚会抗议英国殖民者把天主教徒赶出阿马郡,结果惨遭屠杀,无一幸存。从17世纪初,英国殖民者只要宣誓效忠英王,承认英王为宗教领袖就可以得到封地,信仰天主教的爱尔兰农民沦为农奴,爱尔兰人民进入了黑暗时代,民族主义被镇压下去。

乔伊斯用他巧妙的艺术手法,通过形式的变化和陌生化,围绕斯蒂汾、布卢姆和莫莉三人的活动,特别是意识流活动,花费十八个小时左右的时间跨度,为广大读者呈现了17世纪末到20世纪初的爱尔兰社会政治、宗教、经济、人性、伦理、种族等现实社会的历史画卷。通过对社会方方面面真实的描写,作者深刻地揭露了爱尔兰人民在英国殖民统治和天主教精神统治下的荒诞、瘫痪、迷茫、堕落的心态。

---

① 郭军:《〈尤利西斯〉:笑谑风格与宣泄-净化的艺术》,《外国文学评论》2011年第3期。
② 乔伊斯:《尤利西斯》,金隄译,人民文学出版社,1997,第20页。
③ 同②,第31页。
④ 同②,第50-52页。

二、形式的游戏

形式在西方现代美学中被视为艺术的本体。形式通过把杂乱无章的元素运用各种手段组织起来,让读者在知觉上产生某种不同于传统的认识。传统的形式旨在协调和平衡杂乱无章的材料,而现代主义作家对传统的形式进行了一场革命,用支离破碎、杂乱无章、断裂无序的意识和本能代替和谐、统一、逻辑性、理性的形式形态,为读者呈现了陌生化的冲击效果。乔伊斯试图从形式上"打破目标读者的阅读传统体验,颠覆读者潜在的符号范式,给他们一种全新的阅读冲击效果,作品也具有了新的形象,展现在读者面前"①。他在隐喻、文体、叙事手段和人物塑造等方面竭尽能事进行形式上的革新,来呼应小说内容的真实。

(一) 形式的隐喻

《尤利西斯》中最为典型和明显的形式隐喻是乔伊斯巧妙地将小说的主要人物与荷马史诗《奥德赛》中的人物进行对应,通过对人物的强烈的反衬凸显作者的隐喻和象征意义。乔伊斯在《尤利西斯》中,把人物描写艺术巧妙结合在神话与现实之间。他以荷马长篇史诗《奥德赛》中的英雄人物奥德修斯的拉丁文名尤利西斯作为小说的名称,用现实的人物活动与《奥德赛》中的英雄形成某种反衬,凸显了他反英雄的写作思路,通过主要人物在都柏林一天的平凡的活动戏仿古希腊神话中的一些人物传奇经历,形成相互反衬,来揭示都柏林人生活的平凡、愚昧和精神上的瘫痪。《奥德赛》中智勇双全的奥德修斯在特洛伊战争落败后历经磨难,最终返回家乡与妻子波涅罗珀团聚,而小说中的布卢姆是个俗不可耐、懦弱无能的庸人,整天浸淫空想,是一个十足的不思进取的小市民。布卢姆沉醉于对异性的渴望想象,而又对自己的妻子莫莉和其他男人偷情而显得无奈,小说通过把英雄人物和现实中的普通人的形象进行对比来反讽20世纪初西方社会的现实。小说另一主人公斯蒂汾是现代的特莱默克斯,他是个孤独、颓废、多愁善感的青年教师;20世纪的波涅罗珀对应着布卢姆的妻子莫莉,她不是史诗中忠贞不贰、苦守等待丈夫回家的贞女,而是个水性杨花、沉溺于肉欲的荡妇。当然除了这些主人翁人物,《尤利西斯》中的马利根、狄瑟校长、酒吧女招待、"市民"和格蒂等其他许多人物也能在《奥德赛》中找到对应者。乔伊斯通过自己对小说形式的宏观掌控,运用形式的隐喻使得人物形象在历史与现代、神话与现实中形成呼应,神话英雄人物与现实社会的反英雄人物互相对照反衬,形成了一种强烈的冲击效果和广泛的象征意义。通过形式的隐喻,乔伊斯提升了作品内在的现实内涵,具有深远的现实意义,从而也奠定了其小说的重要文学地位。

---

① 孙建光:《〈尤利西斯〉汉译"陌生化"美学研究》,《浙江师范大学学报(社会科学版)》2012年第6期。

（二）文体的形式

我们这里谈的文体是指各种文学文体。"包括研究语言表达和文学审美价值的关系，以及语言手段产生的审美效果，即从文体对表现主题和塑造人物形象的审美功能和意义等方面对文学作品的语言形式及表现手段加以描述。"①不难看出，文学文体的内在载体要落实在语言的表现方面。《尤利西斯》对小说艺术手法的重要贡献之一就是进行文体上的重要革新。所有耳目一新的艺术形式首先是通过对文体的不断创新完成的，这些革新和演变恰恰反映了乔伊斯的文学美学思想、语言意识变化轨迹，这些形式也折射出乔伊斯本人对语言表意功能的最大限度的挖掘和探索。从他为《尤利西斯》写作而花费七年心血、制订了周密的写作计划可以看出他对本部作品的专注。他的目的就如他曾幽默地说道，"我在书里设置了许许多多的疑团和迷魂阵，教授们要弄清我到底是什么意思，够他们争论几个世纪的，这是取得不朽地位的唯一办法。"②这些谜团包括语言表达的先锋性和开拓性使用，同样也表现在文体的创新上。乔伊斯本人曾说过，他只关心文体，而不关心政治③。乔伊斯从宏观和微观两个方面充分展示了他对语言文体和文学文体艺术的高超驾驭能力。宏观表现是指文体如何服务于文学艺术作品的美学要求。韦勒克认为，"只有当这些审美兴趣成为中心议题时，文体学才能成为文学研究的一部分；而且它将成为文学研究的一个主要部分，因为只有文体学才能界定一部文学作品的特质。"④微观表现主要是通过各种语言表现技巧来实现文体的形式。在《尤利西斯》中，乔伊斯从宏观上实现了各种艺术的综合，整部小说的框架借用荷马史诗《奥德赛》的神话模式。可以说，《尤利西斯》和《奥德赛》形成了互文性特征。除此之外，小说的十八个章节都有特定的主人翁活动的场景、活动的时间，也有特定的指向和象征物。采用的器官、艺术、颜色、象征、技巧等内容都详细地开列在写作提纲中，由斯图尔特·吉尔伯特(Stuart Gilbert)等乔学专家将其公之于众。例如小说的第一章，时间：上午八点；地点：圆形炮楼；写作纲要：学科——神学；色彩——白、金黄色；象征——继承人；技巧——谈话（年轻人的）；主要人物：斯蒂汾·代达勒斯、勃克·马利根和海恩斯。在整部小说中，乔伊斯运用了意识流文体、新闻体、印象主义文体、戏仿各种文体（包括古盖尔语文体，拉丁语文体，盎格鲁-萨克逊文体，中世纪传奇文学文体，哥特式文体，17世纪、18世纪、19世纪、20世纪初的散文和小说文体以及表现主义文体和非个性文体）等。乔伊斯曾在写给哈丽雅特·肖·韦弗(Harriet Shaw Weaver)女士的信中说，"十八个章节处理十八个问题，用十八

---

① 韦勒克、沃伦：《文学理论》，刘象愚等译，生活·读书·新知三联书店，1984，第193页。
② 理查德·艾尔曼：《乔伊斯传》，金隄、李汉林、王振平译，北京十月文艺出版社，2006，第589页。
③ Stanislaus Joyce, *My Brother's Keeper* (New York: the Viking Press, 1958), p.4.
④ 同①。

种文体、十八种视角。技巧和内容像手跟手套一样吻合,肌肉和骨节一样契合无间。"① 乔伊斯在微观上同样进行着新的文体的实验。在语言形式和写作技巧等方面进行了一系列重大的实验与革新。在语言使用中,大胆地突破语言的传统线性结构,大量使用短语或词汇的叠加来消解传统英语语义的延续性和连贯性。如乔伊斯对布卢姆的一段意识流活动的描写:

> Molly. Milly. Same thing watered down. Her tomboy oaths. O jumping Jupiter! Ye gods and little fishes! Still, she's a dear girl. Soon be a woman. Mullingar. Dearest Papli. Young student. Yes, yes: a woman too. Life. Life. ②

作者仅使用了一个 SV 结构形式,中间穿插许多单词或短语来增加布卢姆意识流动的阻隔性。想到了莫莉,想到了米莉。最终会由可爱的少女变成妇人。这就是人生,无法抗拒。

除了句型结构的革新,乔伊斯还使用构词变化(如 Steeeeeeeeephe, wavyavyeavyheavyeavyevyevy 等)、无法解读的符号(如 Weeshwashtkissima pooisthnapoohuck 等)、残缺句、病句、外来语、引用、戏仿等手段从微观上来表现他的语言文体性。

(三) 叙事的形式

《尤利西斯》的一个重要叙事形式就是叙事人物和叙事视角的不停转换。小说的主人公是现代主义语境下的复调叙事的积极参与者。小说围绕斯蒂汾、布卢姆和莫莉三个主人公的视角推进小说的发展,其中 1~3 章以斯蒂汾的视角为主,4~15 章以布卢姆的意识流活动为主,16~17 章小说的叙事形式以斯蒂汾和布卢姆双重视角形式呈现,最后一章通过莫莉的意识流活动进行叙事。乔伊斯运用零度聚焦、内聚焦叙事与外聚焦叙事技巧相互交融、协调构建多维、多角度的叙事体系。具体的人物视角转换频繁、自由,为读者展现了一幅幅形象逼真的生活画卷,深刻揭示了现代社会人们扭曲、颓废、异化、失落的内心世界和污浊、暗淡、混乱、迷茫的现实社会。乔伊斯在人物刻画上秉承传统的人物刻画模式,即人物在性格特征、文化修养和思维方法上的差异要符合所要塑造的人物形象。如斯蒂汾是一个大学生,所以对于他的意识流活动主要偏重理性和语言表达的连贯性;布卢姆是一个广告招揽员,有一定的文化但同时也是一个典型的小市民形象,所以意识流活动是时有思维清晰,时有意识的断裂;莫莉的意识流活动显得语义不清、朦胧晦涩、断裂感强。通过叙事形式充分表现人物形象,可以说"乔伊斯笔下的主人公几乎在《尤利西斯》的每一章中都担当某种叙事任务,并在发挥其艺术功能之后自觉地为下一章的叙述者鸣锣开道,从而使整部小说像一个有机

---

① William York Tindall, *A Reader's Guide to James Joyce* (New York: Farrar, Straus & Giroux, 1981), p. 132.
② James Joyce, *Ulysses* (London: Penguin Group, 1992), p. 111.

的生命体一样在艺术上具有某种'自我调节'功能"①。通过主人公全知全能的零度聚焦展现出一个毫无生机、瘫痪的、缺乏追求的都柏林大街小巷的方方面面,为乔伊斯通过内聚焦叙事形式来揭示人物内心世界奠定了外部的、客观的生态环境。内聚焦叙事是《尤利西斯》的主要叙事手段,通过该叙事技巧运用,作者能够深入揭示人物隐秘的内心世界,凸显小说中小人物所折射出的反英雄人物的非理性、异化的意识活动。外聚焦叙事让叙述者以旁观者的视角逼真地再现客观世界,通过人物行为的描写,刻画出人物处在思想失语状态下纷乱荒诞的状态,凸显出人物间的疏离感和孤独感,从另一层面再现现代社会的荒诞、异化以及人物精神世界的瘫痪和失落。

(四)人物塑造的形式

传统的人物塑造有两种类型:一是圆形人物,二是扁形人物。圆形人物重在还原生活的本原来刻画人物,因此能提供给读者更真实、更复杂、更丰富的人性,具有很高的审美价值,会给读者一种多侧面、立体可感的印象,往往能够带来心灵的震动。扁形人物性格比较单一、突出、鲜明,往往是好的全好、坏的全坏的简单模式,是一种极度夸张的性格表现,人物性格往往有悖于常规常情而导致漫画化,从而产生悲喜剧效果。《尤利西斯》的主人公具有传统意义上的"圆形"人物特性,但是又超越"圆形"人物特性,具有现代意识的微型载体的三维人物特性。所谓"三维人物",是在"圆形"人物特性的基础上,拥有更为复杂的人格的角色,人格更多地通过意识流活动来呈现,他们在不同的场合、不同的角色圈、不同的事件、不同的环境与不同的心情下会展现出迥异的人格,但却有某种联系让读者感觉到这个角色仍旧只是一个人。乔伊斯没有刻意描述主人公的体貌特征和举止言行,虽然创作中留有传统"三一律"的痕迹,用法国古典主义戏剧理论家布·瓦洛的话就是"要用一地、一天内完成的一个故事从开头直到末尾维持着舞台充实",但是整个故事情节更是通过主人公意识流活动来揭示人物的内在真实,从而表现人物间的冲突或性格上的变化,并通过人物的精神世界来折射外部的客观世界。所以乔伊斯笔下的主人公具有"三维人物"特性。他们的精神世界充满可感性、真实性,也表现出了极强的层次感和立体感,呈现出多元、复杂、善变的三维世界特征。人物性格在恍惚迷离、游移不定中通过依稀可辨的意识轨迹来表现,在不同的时间、地点、环境中通过各种意识流手段(如联想、印象、感觉、回忆和展望等)让社会中的普通小人物变得不普通。随着三个主要人物的活动的章节不同,给人一种看似分散却并不完全独立的印象。事实上,主人公的意识活动中也会出现一些庞杂的人物、事件、人生的思考等诸多方面交融"犹如一个个杂乱的'原子'或'光圈',持续不断地向四周闪烁和折射,构成一个纷繁复杂、生

---

① 李维屏:《乔伊斯的美学思想和小说艺术》,上海外语教育出版社,2003,第74页。

动有趣的三维世界"①。乔伊斯的人物塑造形式更具有流散性,读者初读作品,对人物形象很难形成一个相对稳定的形象,超越了传统的圆形人物和扁形人物模式,需要读者根据主人公的意识活动所表现的思维、观念、价值观、伦理观,在模糊中、跳动中、断裂中把握人物形象特征,看似遥远却又是那么地贴近现实,鲜活的人物跃入眼帘。

三、结语

乔伊斯在《尤利西斯》中大量运用了戏仿叙述,诸如诗句、宗教话语、典故、隐喻、文字游戏等对古典文本中的经典语言和叙述话语进行颠覆,突出现实社会中人们的精神颓废、堕落、猥琐,深刻揭示现代人内心世界的扭曲异化。通过戏仿《奥德赛》的叙事结构,塑造了反英雄人物形象,深刻阐释现代社会的精神荒原。通过对真实人物、事件和历史事实的再现,继承了现实主义小说的创作艺术,构建了故事情节和人物刻画的基础,但是又超脱现实,提高到了现代主义文学创作的高度,借助多变的叙事形式来讲述客观现实世界,揭示人物的内心世界,再现人物意识深处非理性的和扭曲变形的思想情感。毫无疑问,现代主义文学创作同样离不开现实书写这一基础,它是本真和戏仿完美的结合,二者不可割裂和分离,协调交融共同揭示作品的主题。乔伊斯用自己高超的创作技巧,在《尤利西斯》中通过形式的变化和真实的荒诞形成了古代文明和现代文明的冲突与交锋,深刻揭露了现代人精神世界的瘫痪与迷茫。正是如此,乔伊斯为世人提供了一部后人难以超越的巨著,在形式的掩盖下,有更多的谜团待解,这也激发了众多读者的兴趣,围绕《尤利西斯》探索一个个谜团。

第二节 乔伊斯:叛逆和艺术张扬的文学巨匠

艺术家的生活有许多共同之处,也有别样之处,尤其是詹姆斯·乔伊斯,是与其他人不同的,因为他在经历生活中各种事件的过程中,把那些事件变成艺术的原料。他不是听任接踵而来的日子又接踵而去,一个一个都落入模糊不清的记忆之中,而是采取主动,对过去影响他的经历加以改造和艺术化。改造自己经历的过程,成了他生活的一部分。事实上,詹姆斯·乔伊斯是一个饱受争议的作家。乔伊斯在《尤利西斯》中有大量性描写,因此在他的爱尔兰同胞眼中,他至今还是一个诲淫作家,很可能还是个疯子。爱尔兰是最后一个对《尤利西斯》解除禁令的国家。在英国人心目中,他是个怪人,是个"爱尔兰派",而这一个所谓的派,根据最近七十年来爱尔兰人写的各种文学作品看来,实在是"英国化"到了危险的程度。而美国人对他是充满热情的,认为他是一个伟大的创新者,一位伟大的城市作家,可能心肠

---

① 李维屏:《乔伊斯的美学思想和小说艺术》,上海外语教育出版社,2003,第74页。

太硬了一点。法国人嫌他缺少一点高雅的理性主义,不能算是无可争议的地道文人,尽管乔伊斯在巴黎生活了近二十年。他喜欢自嘲,他对自己的评价是"在世人眼中,他开始是个坏孩子,到头是一个老怪物"①。理查德·艾尔曼的《乔伊斯传》以翔实生动的事实揭示詹姆斯·乔伊斯在实际生活中的思想感情与他的作品之间的有机联系,给我们还原了20世纪初伟大的现代派作家的真实自我。本节将从詹姆斯·乔伊斯作为一个叛逆者、生活窘迫者、自我流放者和对艺术张扬的追求者四个方面展开深入探讨,旨在让读者更加深入了解乔伊斯一生的经历,以及他的阅历和创作是如何结合起来的。

一、叛逆

1882年2月2日詹姆斯·乔伊斯出生在爱尔兰首都都柏林一个中产阶级家庭,他有九个弟弟和妹妹,父母非常宠爱他。由于他父亲不善于持家,平时追求享乐、肆意挥霍,殷实的家境逐渐衰败,他家后来的生活非常窘迫。爱尔兰民族运动的惨败、压抑窒息的宗教气氛和麻痹瘫痪的社会环境对他产生了深刻的影响,铸就了他反抗压迫、追求自由的叛逆精神。事实上,乔伊斯从小就是背离传统、不合时宜的时代逆子。詹姆斯·乔伊斯在和成年人相处的时候,已经是一个心智成熟的孩子了。"……但是他那淡白的脸色和那极其清淡的蓝眼睛,每当脸上没有笑容时,就使他现出一种深不可测的冷漠,一种古怪的自以为是神情。"②不难看出,他从小就桀骜不驯,具有自我和叛逆的特性。下面的一个例子可以进一步看出他的叛逆性。和他家同一条街的马泰楼台地4号住着化学家詹姆斯·万斯一家。尽管万斯家是新教徒,但是他们两家关系很好。万斯家的大女儿叫艾琳,是个漂亮的女孩,比詹姆斯小四个月。两家的父亲常常半开玩笑地说要把两家的长子和长女撮合成一对儿。丹蒂·康韦则警告詹姆斯说,如果他和艾琳一起玩耍的话,将来肯定会进地狱。尽管有此诅咒,他依然我行我素和艾琳一起玩耍。就是这骨子里的叛逆基因,使他后来叛逆了自己的父母离家出走,叛逆了教会,叛逆了传统的婚姻模式,叛逆了自己的祖国,到异国自我流放。

就读克朗高士森林公学的时候,乔伊斯还信仰天主教,并表现出极大的热情,他接受阿洛伊修斯作为自己的圣徒名。阿洛伊修斯原是个贵族,因为要献身宗教而放弃了自己的地位。乔伊斯对天主教的信仰可见一斑。但是,在父亲蔑视教会执事人员的言论影响下,他也开始对宗教产生了怀疑。当时沉重的宗教生活压抑着人性的发展,乔伊斯的宗教信仰危机是社会偏离所导致的个人离轨行为。这表现在信仰危机同时带来道德危机,特别是对于青春期的少年。那时期的社会化关乎性意识。"少年性意识发展的显著特征是在对性的关心的同时有时产生一种背反现象。……最初出现的模糊的对性的好奇心与不安感、羞耻感是

---

① 理查德·艾尔曼:《乔伊斯传》,金隄、李汉林、王振平译,北京十月文艺出版社,2006,第5页。
② 同上书,第24页。

相混合的,对异性的兴趣和内心憧憬与厌恶和表面回避也是相混合的。这使少年的心理开始走向闭锁,带来某种掩饰性,在行为上,出现文饰、内隐、游离的现象。"①乔伊斯在十四岁的时候开始有性冲动。其一表现是和一年轻女仆调情,据他弟弟斯坦尼斯劳斯对他们调情场面的描述,他们是"一种瞎摸一阵加打屁股的胡闹"②;其二是在乔伊斯看完戏剧《多花蔷薇》回家的路上,在运河边遇到了一个妓女,他一时冲动以身相试。他对自己的罪孽进行了忏悔,没完没了地祈祷,苦苦修炼,持续了几个月后,他就慢慢地失去了信仰,不怎么懊悔自责。他后来曾对一个朋友坦言:"节欲对他来说是不可能的事情。"他认为,或承受一次次的良心谴责,或者离经叛道求得情欲的解脱,他必须从中做出选择。在信仰上,乔伊斯不会在天主教教义面前屈尊低头,在人格上,他不会在其他人面前屈尊低头③。乔伊斯清醒地认识到爱尔兰殖民主义的二重性——英国的世俗殖民主义和罗马天主教的宗教殖民主义。他也从文化、政治后殖民民族主义中清醒地认识到民族主义根深蒂固的矛盾冲突,从帕内尔事件和宗教禁欲主义中读出了背叛主题。父母婚姻的不幸和动荡不安的早期生活似乎已埋下了他叛逆的种子,生理上的叛逆因子是根深蒂固的,此时他也开始对他从前的信仰叛逆。乔伊斯1898年9月进入大学学院预科,在此期间,他开始对家庭、教会和国家逐渐形成自己的立场,但没有表现得像后来那样情绪激昂,他不想和家人脱离关系,他热爱他们,但是已开始流露出叛逆他们的情绪,因为他不想为了遵守他们的条条框框和赚钱供养他们而牺牲自己。乔伊斯对置身其中、感受其害的环境产生反叛行为最早集中在家庭方面。1903年正在巴黎漂泊的乔伊斯收到母亲病危的电报,赶紧回家探望。乔伊斯看着亲爱的母亲临终前经受漫长而痛苦的癌症的折磨,痛不欲生。母亲一直为乔伊斯脱离天主教而深感忧虑,在临终前劝乔伊斯忏悔并参加领圣餐,但乔伊斯没有同意母亲的劝告。在母亲的亡灵前,他拒绝向她所信奉的世俗宗教屈服,不愿为满足她最后的遗愿而放弃自己的信仰,这一行动表现了乔伊斯与宗教决裂的坚定决心。在1904年8月29日给娜拉的信中他写道:

> 六年前,我怀着对天主教的满腔仇恨离开了它。由于我天性的冲动,我觉得我不可能再委身其中了。上学时我就已经与它展开过秘密战争,我拒绝接受它赋予我的地位。这样做的结果是,我把自己搞成了一名乞丐,可是我依然保持着我的傲气。现在我用我的写作、言论、行动与它公开宣战了。④

乔伊斯天生具有彻底的、绝对的反抗意识,他要冲破束缚他精神自由的一切罗网,流放自己。在自传体小说《青年艺术家画像》中,乔伊斯借主人公斯蒂芬·代达勒斯之口宣称:

---

① 奚从清、沈赓方:《社会学原理》,浙江大学出版社,1988,第135页。
② 理查德·艾尔曼:《乔伊斯传》,金隄、李汉林、王振平译,北京十月文艺出版社,2006,第49页。
③ 同上书,第51页。
④ 同②,第189页。

"我将放弃我再也不信仰的东西,不管它自称是我的家园、祖国或教会;我将竭力以某种形式的生活或艺术,自由、完整地表达自己,用自己唯一的武器来自卫——沉默、流放和狡猾。"① 像斯蒂芬一样,乔伊斯终于冲出了家庭、祖国和教会设的种种禁锢的迷宫,到欧洲大陆广阔的天地中寻找自由,并在艺术的作坊中重新铸造民族的良知。

同样,在婚姻问题上,乔伊斯找了个文化素养不高、门户不当的女人娜拉,并且和娜拉私奔而没有结婚。这在当时那个时代是令人匪夷所思的。他们大胆地冲破各种禁锢,开始了自我放逐的生活,同居27年后才正式办理结婚手续。乔伊斯认为结不结婚并不重要,重要的是感情融洽。

家事、国事的灾难接踵而来,深刻地影响了乔伊斯敏感的心灵,而都柏林窒息的宗教气氛和麻痹瘫痪的精神状态反过来铸就了他追求自由的反叛精神。他义无返顾地"背叛"了家庭、宗教和民族主义想象的共同体爱尔兰,以出走的方式来冲破爱尔兰后殖民话语的压制。1904年大学毕业不久,他在一封信中说:"我的内心与现行的社会秩序,与基督教、与家庭、与被认可的德行、与生活的等级以及宗教学说格格不入。"②

二、窘迫

近来,一些文学研究和批评者对于一个作家或作品的研究往往热衷于套用一些国外的文学思潮或某种批评流派的观点,却不去深挖造就这个作家成名的现实境遇。纵观近现代西方著名的文学大家,之所以有大作问世,都和他们当时的生活环境有着密切的联系,他们窘迫的生活现实是铸造他们成就的重要因素之一。乔伊斯的一生几乎都是在颠簸窘迫中度过的,他自己的生活经历在他的作品中表现得淋漓尽致。就是这样的现实使得他的作品主人公都是一些生活境遇类似他的人,或者说在他的作品人物中都会找到他自己及周围人的影子。他是第一位使一个无足轻重的市民表现出崇高的意义的作家。他曾经对他的朋友尤金·乔拉斯说:"我不明白他们为什么要攻击我。在我所有的作品中,没有一个人的财产是超过一千英镑的。"③由于乔伊斯父亲不会经营持家,加上1903年8月13日,乔伊斯母亲梅·乔伊斯去世,乔伊斯一家的生活陷入了更加困难的境地。乔伊斯继承了他父亲不会经营经济和挥霍的性格。他为了谋生开始尝试写书评来赚钱,但是并不是所有书评都能如愿发表获得几十先令。即便获得微薄的稿酬他也会很快花完。当一次帕德里克·克拉姆表扬他其中的一篇书评时,他回答道:"这篇文章我得了三十先令,拿到后我立刻就把钱献给了世俗的维纳斯(妓女)。"④他一生尝试多种致富方法,如办报纸、开影院、办剧团、卖爱尔兰绒等,

---

① James Joyce, *A Portrait of the Artist as a Young Man* (London: Paladin, 1988), p.257.
② 彼特·科斯特洛:《乔伊斯》,何及锋、柳萌译,中国社会科学出版社,1990,第58页。
③ 理查德·艾尔曼:《乔伊斯传》,金隄、李汉林、王振平译,北京十月文艺出版社,2006,第3页。
④ 同上书,第153页。

但是几乎都以失败告终,只有学校授课和家庭辅导的收入以及写作所得的微薄稿费是他持家的主要来源。可以说,他的一生是在借债、不断变换工作、靠他人赞助中度过的。窘迫的生活使乔伊斯不得不想办法维持生计,其中一个办法就是把他弟弟召唤到他的身边帮助解决经济困难,"斯坦尼斯劳斯刚刚在莫伊泽·卡纳鲁托太太公寓中哥哥隔壁一间房内安顿下来,詹姆斯就来告诉他,哥嫂两人手里只有一个一分钱的硬币了,问他途中有没有剩下点儿钱。五年之后,斯坦尼斯劳斯在一封写给父亲的信——一封语气尖刻,但他决定不寄出的信中说,詹姆斯'自从我来这里之后,很少问到别的与我有关的重要问题'。……他同意詹姆斯用他的薪水支付家用,……后来,为简便起见,詹姆斯就替斯坦尼斯劳斯代签工资单直接领钱。"①但是即便如此,乔伊斯热衷于造成入不敷出的局面,而斯坦尼斯劳斯却要拼命地维持收支平衡,直到由于"他毫无顾忌地发表反对神圣罗马帝国和梵蒂冈'帝国'的言论"②于1915年1月9月被捕,关押在奥地利的拘留营,一直关到战争结束。虽然20世纪30代后,乔伊斯的每月各种收入有800多美元,但是他总是很快把钱花光,又陷入困境。乔伊斯大手大脚地花钱,"所以时不时还把自己弄得非常拮据"③。以至于1930年年底,乔伊斯接到了其代理人门罗·索事务所的一个措辞严厉的建议,要求他尽可能在生活上量入为出。

就是这样的漂泊迁徙、贫困艰难的流亡生涯过早地摧残了这位天才的健康。他患有严重的虹膜炎,眼睛做了十多次手术。他为追求自由和艺术而呕心沥血、积劳成疾。1941年1月13日,乔伊斯在苏黎士溘然长逝,终年59岁。值得一提的是,他人生有幸得一知己庞德。从1914年始,在庞德的帮助下,乔伊斯遇到了他后半生的贵人哈丽雅特·肖·韦弗女士。韦弗女士一方面帮助乔伊斯在《唯我主义者》上连载《都柏林人》和《青年艺术家画像》,另一方面一直为乔伊斯提供经济资助。从1991年5月起,韦弗一直坚持慷慨资助乔伊斯,直到他去世之后,就连乔伊斯的殡葬费也是她付的。"她对他一无所求,为了让他的计划实现,还放弃了她自己的计划。他的天才迟迟没有获得社会的报偿,她决心由她来提供给他。她的所作所为,就是亨利·詹姆斯所向往的典型的女性智慧和热情。她的馈赠并没有使乔伊斯成为富人——多少钱也做不到这一点——但是使他有可能成了一个敢于肆意挥霍的穷人。"④的确,乔伊斯总是在得到钱以后很快把它花光,又重新陷入困境。但就是这位非凡的女人为"'他(乔伊斯)创作能力最强、产量最高的黄金时期'免除了生活上的后顾之忧"⑤,使他完成他的最后两部巨作《尤利西斯》和《芬尼根守灵夜》。

另外,他还得到哈罗德·麦考密克夫人的大力援助。1918年2月27日,他收到苏黎世

---

① 理查德·艾尔曼:《乔伊斯传》,金隄、李汉林、王振平译,北京十月文艺出版社,2006,第238页。
② 同上书,第436页。
③ 同①,第715页。
④ 同①,第546页。
⑤ 同①,第555页。

瑞士联邦银行总经理的信,请他去办一笔款项的事。总经理对他说:"我们银行有一位客户对您的著作很感兴趣,知道您经济拮据,想给您一笔资助。现在我们行里在您名下已存有一万二千法郎。自3月1日起,您将每月收到一千法郎。"①不知何故,麦考密克夫人终止了对乔伊斯的赞助,他的收入大大减少。但是当乔伊斯在1932年得知哈罗德·麦考密克夫人去世的消息,还是写了一篇考虑比较周到的悼念文字:"听到麦考密克夫人去世的消息,我很感悲伤。她曾在一个困难时期给我很大帮助,她是一位相当了不起的女士。对于后来发生的情况,我虽然有一些猜测,并不了解其中的究竟,但是那情况不能抹杀她出于人道而采取的慷慨行动。"②确实,哈罗德·麦考密克夫人帮助乔伊斯获得了一年比较安逸的生活,使他能在这一年中写了《尤利西斯》的一个重要部分。

三、自我流放

　　流亡是西方文学的永恒母题,西方人认为人类最早的流放始于《创世纪》中上帝对偷吃禁果的亚当与夏娃的惩罚,把他们驱逐出伊甸园,从而流落人间。现代文学观念中的流放多指在政治或宗教迫害下,作家自愿与非自愿的流亡与放逐。乔伊斯流亡异国四十年,并不是因为政治或宗教迫害而背井离乡,他的流亡是一种积极的、自愿的自我放逐,是为了追求纯粹的艺术,背叛传统和逃离故土;身体的放逐不是为了放弃,而是为了更好地成就精神的回归。他发现爱尔兰很难为他成为"作家"提供很好的环境,于是认为"欧洲大陆的生活不至于会这么讨厌"③。年轻的乔伊斯义无反顾地带着他的恋人娜拉·巴纳克尔私奔到欧洲大陆。他试图用行动为爱尔兰人做出表率,即"爱尔兰人不应该坚守落后的文化观念,应该按照欧洲大都市的标准来发展自己的文化事业,并尽快与欧洲大陆接轨"④。乔伊斯把自己的行为看成是一种流放,在1905年2月28日给他弟弟的信中说,"我已经渐渐接受目前的处境了,这是一种心甘情愿的流放——难道不是吗?……"⑤。从1904年到1941年,乔伊斯一家先后在奥地利港口的里雅斯特、罗马、巴黎、伦敦、苏黎世等城市居住,其中生活时间最长的地方是巴黎。20世纪20年代的巴黎正是现代艺术蓬勃发展、繁荣昌盛的中心,其自由活跃、大胆创新的思想和丰富奔放的文化景观与彼岸的英伦"孤岛"压抑封闭的气氛形成鲜明的对比。在这里,乔伊斯离经叛道、标新立异的创造性才得以发挥,他的旷世奇作《尤利西斯》才得以顺利出版。自我放逐似乎成为许多现代主义作家一种最佳的生存方式。对现代艺术家来说,流放不仅意味着背井离乡,四处漂泊,过着动荡不安、无家可归的生活,更意味着精神

---

① 理查德·艾尔曼:《乔伊斯传》,金隄、李汉林、王振平译,北京十月文艺出版社,2006,第481页。
② 同上书,第532页。
③ 同①,第196页。
④ 李维屏:《乔伊斯的美学思想和小说艺术》,上海外语教育出版社,2003,第4页。
⑤ 同①,第214页。

上孤独的放逐。因为人只有在流浪与分离中才是自由的,在远离故乡的瞻望中,寻找现代人失落的精神家园才成为可能。和同时代的很多流亡艺术家T.S.艾略特、庞德、海明威、享利·詹姆斯、萧伯纳等一样,乔伊斯生命的大部分是在异国他乡度过的,一直过着颠沛流离的生活。

毫无疑问,流亡生涯有益于他的精神自由拓展和艺术才华的充分展现,正是他的自我放逐,才得以逃脱各种迫害,超然于形形色色的政治运动思潮和战争之外,以一种客观的、冷静的态度审视自己的祖国和时代的风云变幻。虽然他置身于故乡之外,然而他魂牵梦萦的依然是生他养之他的都柏林。"他疏远了当代爱尔兰的文化运动与民族主义运动,却又沉浸于爱尔兰生活之中:它的首都、它的人民、他们的言谈、他们的幽默、他们的忧郁、他们的感伤、他们的讥讽、他们的痛楚——他无一能够忘怀。"①乔伊斯的第一部短篇小说集《都柏林人》就是一本揭示爱尔兰社会的精神史的作品。在19世纪末、20世纪初,爱尔兰面临重大的社会动荡,英国政府的殖民统治、爱尔兰独立运动的失败、脱离实际的文艺复兴以及天主教的伺机入侵,这一切都似乎使爱尔兰走入了死胡同,整个社会弥漫着一种悲观无力的气氛。整个爱尔兰陷入了瘫痪,而都柏林则是瘫痪的中心。社会的瘫痪造成了都柏林人的悲观、空虚和迷茫。"孤独感"成了《都柏林人》中成年人的精神通症,作者对都柏林人的麻痹、瘫痪的精神状态进行了无情的鞭挞。当出版商要求删除书中不合时宜的内容时,乔伊斯告诉他:"我真得相信你是不愿让爱尔兰人民在我这面擦得光鉴照人的镜子里好好看看自己,这会阻碍爱尔兰文明的进程。"②在乔伊斯看来,离开爱尔兰就是到达爱尔兰心脏最短的途径,因为通过完美而自由的艺术表达,乔伊斯正在为祖国迈向精神解放始终不懈地努力着,正如他清醒意识到的:"你必须写你血液里的东西,而不是你脑子里的东西。……正是因为他们有强烈的民族性,他们才最终成为国际性的作家,屠格涅夫便是如此。……至于我自己呢,我是永远写都柏林的,因为只要我能抓住都柏林的心,我就抓住了世界上一切城市的心。"③乔伊斯所有的作品无一例外都是以都柏林人的生活为题材,反映爱尔兰现实历史及其精神实质。孤独、孤立也是乔伊斯借艺术家型的斯蒂芬·代达勒斯传达的生命体验。他踏上自我流放的精神苦旅的目的,是以一种陌生化的方式疏离庸俗、琐碎、混乱的都柏林生活,从别样的角度,以别样的心态,重新审视爱尔兰的现实困境。

四、张扬的艺术追求

乔伊斯一生在艺术追求上都在进行着他的人生"实验"。他对表现意识的形式和技巧进

---

① Blamires Harry, *Twentieth-Century English Literature* (London: Macmillan, 1982), p. 104.
② 理查德·艾尔曼:《乔伊斯传》,金隄、李汉林、王振平译,北京十月文艺出版社,2006,第250页。
③ 同上书,第570页。

行了一系列重大的实验与革新,执着追求艺术形式的改革与创新,对西方固有的文学秩序进行了大胆的反拨与重建。他率先大胆地将小说从描绘外部世界转入内省,将反映意识作为现代小说改革与创新的突破口,确立了自己成为英语意识流小说最杰出的开拓者和实验者的地位。1903年1月23日,他回到巴黎后决定把时间用于读书和写作。他白天在法国国立图书馆,晚上到圣热纳维耶芙图书馆,"从他阅读的书可以看出他对形式主义的渴求:莎士比亚的东西已经被证明不太严密,他这时对本·琼森产生了兴趣,为了写作技巧,他既研究戏剧又研究诗歌;每当读了一天琼森的书后,到了晚上,他还接着看看库辛翻译的亚里士多德的《论灵魂》《形而上学》,还有《诗学》……"①作为现代派最杰出的文学家之一,他突破传统语言的规范,在英语文学中奠定了意识流小说的地位,为现代小说提供了新的多样的表现形式。乔伊斯在写作《尤利西斯》期间,曾向庞德诉苦道:"我的灵感或想象力微乎其微,或根本就没有,我的写作非常费力,被一些细碎的琐事弄得筋疲力尽。"②可见,乔伊斯在写作进程中为自己的艺术目标殚精竭虑。他在《尤利西斯》中大量使用了陌生化叙事话语来生动地展现人物隐秘的思想和情感的细微变化,深刻地揭示了现代社会小人物的扭曲和异化的情感活动轨迹。外来语是《尤利西斯》叙事话语陌生化的重要表现形式之一。这些语言的使用得益于他对语言的敏感性和天赋。他先后跟普拉学校的亚历山德罗·弗兰奇尼学习意大利语,跟马克沃特学德语。当乔伊斯发现弗兰奇尼对意大利语有着极深的造诣,就动了向他学习意大利语的念头,"他提议两人交换,弗兰奇尼教他学标准意大利语,而他教弗兰奇尼学习都柏林英语。弗兰奇尼同意了,并且信守他那一方的协定,帮着乔伊斯把意大利语学到了近乎完美的地步。"③虽然轮到乔伊斯教弗兰奇尼时,他总是动不动就找借口逃避。"他觉得学会德语将来对他会有用处。"④在的里雅斯特,乔伊斯对当地的方言特别感兴趣。"如果说都柏林话很有特色,那的里雅斯特话就更有特色:它有独特的拼写规则和动词形式,渗透着斯洛文尼亚语和其他语言的词汇。的里雅斯特话不只是一种特殊的方言,而且,的里雅斯特的居民,不论是来自希腊、奥地利、匈牙利,还是来自意大利,都用各自的口音讲这种方言。乔伊斯很欣赏由此而引起的双关语和国际笑话。"⑤确实,后来乔伊斯在作品中大量地使用拉丁语(如 Liliata rutilantium te confessorum turma circumdet; iubilantium te virginum chorus excipiat)、古希腊语(如 Epi oinopa ponton)、意大利语(如 maestro di color che sanno)、法语(如 Zut! Nom de Dieu!)、瑞典语(如 froeken)、德语(如 nebeneinander)和匈牙利语(如 Visszontlátásra, kedvés barátom! Visszont- látásra!)等外来语。在小说叙事技巧和形式

---

① 理查德·艾尔曼:《乔伊斯传》,金隄、李汉林、王振平译,北京十月文艺出版社,2006,第13页。
② Richard Ellmann, *James Joyce* (London: Oxford University Press, 1982), p. 661.
③ 同①,第206页。
④ 同①,第208页。
⑤ 同①,第217页。

实验革新上,乔伊斯大胆地突破了传统语言规范,运用内心独白、自由联想和意识流句式直接展示人物精神领域的变换状态。例如:在《都柏林人》自然主义手法中加入了象征;在《青年艺术家画像》中大量运用象征,而且采用更具现代色彩的自由间接引语和昭显(epiphany)手法,插入儿童语体、日记体等语体;《尤利西斯》可以说是他的意识流语体达到成熟的作品,戏拟、反讽、引语、暗示、内心独白以及各章的文体的自由转换,呈现出前所未有的自由和宏大特征。米德尔顿·默里曾在《民族》上发表《尤利西斯》的书评,认为这本书是"一种巨大惊人的自伤行为,一个半疯的天才从自己身上撕掉各种各样的禁忌和清规戒律"①。《芬尼根守灵夜》更是显示出冲破传统形式束缚的强烈渴望,"好像整个语言的理性和逻辑结构都崩溃了"②。对于他的代表作《尤利西斯》,乔伊斯曾幽默地说道:"我在书里设置了许许多多的疑团和迷魂阵,教授们要弄清我到底是什么意思,够他们争论几个世纪的,这是取得不朽地位的唯一办法。"③这种标新立异的行为,使他引领了新的文学创作的时代潮流,也使他一生饱受非议和误解。艾略特就曾扼腕相叹:"乔伊斯消灭了19世纪,他使所有的文体都显得无足轻重。他破坏了自己的前程,他无法再写另一部小说了。"④但是他已经做好了充分的思想准备,做一个下地狱的人,以身殉道。他将《斯蒂芬英雄》《青年艺术家画像》的主人公取名为斯蒂芬(圣徒斯蒂芬是宗教的第一个殉道者,他因为宣扬上帝的教义而得罪了众人,最终以渎神的罪名被处死),便是一种明显的标志;他愿意像圣徒斯蒂芬一样,甘愿为自己的信仰受惩罚,即便是失去性命。为了艺术,乔伊斯用叛逆、自我流放和狡黠作武器来表现自我、保卫自身、捍卫艺术创作。更为夸张的是,乔伊斯为了取得写作素材不惜让妻子娜拉替他"戴绿帽子",有一天娜拉流着泪对弗兰克·巴津说:"吉姆要我和别的男人相好,给他制造一点写作材料。"⑤当然,娜拉在这一方面没有满足乔伊斯的要求。

就是这些叛逆性和艺术的张扬性给他的作品发表或出版带来了不少麻烦。庞德在设法从皇家文学基金会给乔伊斯弄笔赠款时给基金会写信这样评价他的作品,"乔伊斯完全做到了,他的作品具有斯丹达尔和福楼拜式的严峻清晰,而内容又因为他的博学而异常丰富。"⑥就是这种"不受商业需求和商业标准的腐蚀"⑦的作品在出版时遇到了不少麻烦。首先让他受挫的是《都柏林人》的出版事宜。出版商乔治·罗伯茨认为这是一部粗俗下流不道德的作品,他以书中使用商行、酒馆、铁路公司等的真实名称可能属于诽谤行为为由拒绝出版。当然,最终乔伊斯和乔治·罗伯茨闹得不欢而散。《写照》的出版同样遇到相似的境遇,"到

---

① 理查德·艾尔曼:《乔伊斯传》,金隄、李汉林、王振平译,北京十月文艺出版社,2006,第600页。
② Deming Robert, *James Joyce*: *The Critical Heritage* (London: Routledge, 1997), p.689.
③ 同①,第589页。
④ Richard Ellmann, *James Joyce* (London: Oxford University Press, 1982), p.528.
⑤ 同①,第507页。
⑥ 同①,第446页。
⑦ 同上。

1916年3月25日为止,先后七个印刷厂都拒绝不加删改地印刷《写照》。"①《尤利西斯》的出版更是波折不断,在英国没有一家印刷厂敢冒险承印。正如庞德所言:"除了非洲以外,哪个国家也不会出这本书的。"②当时的情形的确如此。在美国,《小评论》杂志的两个主编因为发表《尤利西斯》惹了官司。后来,在巴黎,莎士比亚书店的老板之一西尔维娅·比奇女士做出惊人之举,决定由莎士比亚书店出版《尤利西斯》,乔伊斯毫不犹豫地答应了。他们计划采取预订办法销售。这样,苦难的《尤利西斯》终于得以出版。正像乔伊斯的精神导师易卜生说过的,"All or Nothing",他经历了所有的虚无,也赢来了全部的辉煌,艺术——让他走上流亡之路,艺术——带给他信仰以及自由,他宣告了旧时代的灭亡,展示了通往未来的艺术与生活的不朽的道路。

乔伊斯一生所具有的叛逆性,以及他的入不敷出的窘迫、自我流放的生活成就了他传奇的人生。乔伊斯在流亡中获取自信,与他的生活相比,他艺术的辉煌照亮的不仅仅是一个世纪,而是整个人类文学史。"从表面看来似乎一直都是不上正轨,好像总是在临时对付似的。但是它的核心意义,和他的著作一样,是有明确方向的。他写书所用的灵活巧妙手法,和他迫使世人读他的著作所用的手法是一样的;他对布卢姆和小说中其他主要人物的柔情,和他对自己家庭成员的感情是一致的;他对布尔乔亚式的节约习惯和清规戒律的蔑视,正是他在文学创作中大刀阔斧将一片荒蛮之地开辟出来建立新境界的精神。不论他干什么,他的两大衷心喜爱——他的家庭和他的写作——是绝不动摇的。这两种内心感情是永不衰减的。第一种感情的炽烈使他的作品富有人情和人道;第二种感情的炽烈使他的生命达到尊严和崇高的境界。"③而所有的一切是通过张扬的艺术追求、摆脱个人危机、拯救自我、实现自我从而达到精神自由的最好方式。他的作品成为艺术家对自我生命意义和艺术使命及未来命运的感悟过程的心灵记载。乔伊斯认为通过艺术,可以为自己的个性提供一种截然不同的生存方式。艺术创造是一种苦修,做一名艺术家,就意味着宗教式的献身和永无休止的奋斗。这就是为什么他把《青年艺术家的画像》中的主人公取名为斯蒂芬·代达勒斯的原因,他是中世纪的第一位殉道者,正是这种圣徒般的殉道精神使乔伊斯创造了另一部现代神话《尤利西斯》和更加晦涩难懂的《芬尼根守灵夜》。高尔斯华绥曾说过,"乔伊斯代替了上帝",毫无疑问,他的艺术统治了那个时代,而他的小说带来的震撼和回响,将永存于人世。

---

① 理查德·艾尔曼:《乔伊斯传》,金隄、李汉林、王振平译,北京十月文艺出版社,2006,第460页。
② 同①,第562页。
③ 同①,第833页。

第三节 金隄:披荆斩棘,追求完美的学者

金隄先生因其"等效翻译"的思想在译学界受到广泛关注,但是真正让他为更多人所熟知是他在20世纪90年代初翻译的《尤利西斯》的问世。人们开始从他的学者身份转向翻译家身份进行研究。他翻译的《尤利西斯》是国内乔学研究者们案头不可或缺的作品。根据知网检索,对其研究的论文数量不到50篇,但是其中研究他的翻译作品、翻译思想的文章仅有30余篇,这显然与金隄先生的翻译家身份是不相称的。本节重点对金隄的译事活动和翻译思想做一简单梳理。

一、生平简介

金隄1921年生于浙江湖州南浔,1945年毕业于西南联大外文系英语专业,并留校任助教,后出任美国驻华新闻处翻译。1947年任北京大学英语助教、文科研究所研究生。中国人民解放军进入北京后,金隄毅然加入第四野战军南下工作团,后调任中央军委机关从事编译工作。1955年金隄从部队复员到《中国建设》(China Reconstruction)杂志社(现名 China Today)工作。1957年,他受李霁野系主任邀请到南开大学外文系任教,从1957年到1966年主要任高年级英语精读课主讲教授。

天津外国语学院成立后,金隄于1977年被聘为天津外院教授,同年被选为天津市政协委员。20世纪80年代初,金隄曾应邀到英国牛津大学(Oxford University)讲学。从80年代中期到2006年他曾多次应邀到美国讲学并作研究。他曾分别在美国耶鲁大学(Yale University)、全美人文中心(The National Humanities Center)、圣母大学(University of Notre Dame)、弗吉尼亚大学(University of Virginia)、北卡罗来纳大学教堂山分校(University of North Carolina at Chapel Hill)、俄勒冈大学(University of Oregon)、华盛顿大学(University of Washington)和香港城市大学等大学的语言和翻译中心任高级研究员和客座教授。金隄教授因为翻译《尤利西斯》,在1997年被中国作家协会授予鲁迅文学奖——全国优秀文学翻译彩虹奖。他的译作《尤利西斯》1998年获得新闻出版总署优秀外国文学图书奖一等奖,2001年他被中国翻译协会授予"资深翻译家"荣誉称号,2005年爱尔兰翻译协会授予金隄教授荣誉会员称号。金隄于2008年11月7日在美国逝世,享年87岁。

二、翻译活动

金隄教授从事翻译活动时间跨度长,译作颇丰。从1947开始对中国新文学的译介到2008年完成其遗著《文学翻译的道路》,他从事翻译活动约61年。虽然他的一生不是以翻译

为主业,但是他在 1994 年完成的《尤利西斯》中文全译本赢得译界的认可。他的主要译著有:沈从文的《中国土地》(与英国诗人白英合译,George Allen & Unwin Ltd,1947)、白居易的《白马集》(George Allen & Unwin Ltd,1949)、《女主人》(作家出版社,1956)、《绿光》(人民文学出版社,1959)、《赵一曼传》(外文出版社,1960)、《神秘的微笑》(百花文艺出版社,1984)、《〈尤利西斯〉选译》(百花文艺出版社,1987)、《尤利西斯》(人民文学出版社,1994—1996)、《乔伊斯传》(与李汉林、王振平合译,北京十月文艺出版社,2006)。除了译作成绩斐然外,他的翻译思想同样不容忽视。金隄的许多翻译思想集中体现在他的著作《论翻译》(*On Translation*)(和尤金·奈达合著,中国对外翻译出版公司,1984;增订版,香港城市大学出版社,2006)、《等效翻译探索》(中国对外翻译出版公司,1989;繁体字增订版,台北书林出版公司,1998;简体字增订版,中国对外翻译出版公司,1998)、《三叶草与筷子》(*Shamrock and Chopsticks*)(香港城市大学出版社,2001)、《文学翻译:艺术完整性的求索》(*Literary Translation: Quest for Artistic Integrity*)(Manchester St. Jerome Publishing,2003)。

(一) 1944—1949 年

1941 年,金隄进入西南联大外文系英语专业学习。在大学三年级时,他得到了英国诗人白英(Robert Payne)教授和沈从文的鼓励,开始翻译沈从文的小说集《中国土地》(*The Chinese Earth*),该书 1947 年在英国出版,1982 年在美国再版。金隄同时还把白居易的《白马集》翻译成英文,并于 1949 年在英国出版。青年时期的金隄展露出翻译的才华,并取得了很好的成绩。在这段时期,金隄一直致力于创作与翻译,作品在北京、天津、上海等地报刊发表,其中包括他自己编辑的两家文艺副刊。他翻译的作品主要是英、美短篇小说。

(二) 1950—1979 年

新中国成立以后,金隄长期在中央军委机关从事编译工作。虽然他年轻时的梦想是文学创作,但是后来文艺界的一次次运动,让他不再有文学梦,翻译成为他实现自己文学梦的有效手段。正如他自己所言:"翻译一直就是我的工作,但搞翻译并不是我青少年时期的主观追求,我那时热衷的是文学创作。可是,我刚走上社会不久就被当作美军特务关了两年,文艺界的一次次运动也使我感到迷茫和害怕,所以我放弃了走文学创作的道路,决心从事文学翻译。文学翻译既跟我的工作紧密相关,又从另一个角度实现了我对文学的追求。从小对文学的爱好这一必然性和工作中要接触文学翻译这一现实,最终促使我走上了文学翻译的道路。"①命运弄人,过去那个时代的印记深深地烙在他们那一代知识分子身上。在动荡的岁月中,金隄业余翻译俄文小说《女主人》和《绿光》,分别于 1956 年由作家出版社出版和

---

① 王振平:《论翻译之道说〈尤利西斯〉——金隄教授访谈录》,《中国翻译》2000 年第 1 期。

1959年由人民文学出版社。金隄先生还和他人合作翻译了《赵一曼传》，并于1960年由北京外文出版社出版。

（三）1980—2008年

党的十一届三中全会顺利召开后，饱经沧桑的新中国迎来了新时代。金隄先生也迎来了自己翻译生涯的新的曙光。他和他人开始合作翻译《神秘的微笑》，并于1984年由百花文艺出版社出版。《尤利西斯》译事活动从1979年开始。1978年中国社会科学院外国文学研究所决定出版4卷集《外国现代派作品选》。主编袁可嘉先生认为，这样的集子中非包括《尤利西斯》不可。袁可嘉也是西南联大外文系毕业的，比金先生晚一年。袁先生亲自去天津邀请金先生翻译《尤利西斯》。金先生早在1945年就曾通读全书，深知翻译此书的难度，于是与袁可嘉商定先试译一章。金隄先生选的是第二章。金先生后来回忆说，这是全书最短的一章，但译它所花费的力气，远远超过以后各章，主要原因是当时除了外国文学所提供的几本20世纪30年代以前的书外，没有其他任何参考资料。而且，金先生对西方半个多世纪以来研究乔伊斯和《尤利西斯》的成果一无所知。金先生感到好像自己仍要从1945年的水平上开始着手，每个典故都要自己研究解决。金先生诙谐地说，翻译《尤利西斯》有点破译密码的味道。

金隄先生用了将近一年的时间翻译完成只有5000多字的第二章。这章译文在1980年社科院外文所出版的《外国现代派作品选》中发表，填补了我国翻译《尤利西斯》的空白。人民文学出版社见到金隄先生的译文后，立即派副总编辑秦顺新找到金先生，表示愿意出版《尤利西斯》全书，并提出，"因为这书特别难，可以多给时间，三至五年交稿"。金隄先生已经"尝过这梨子的滋味"，甚知它有多难，十分肯定地回答说，译全书至少需要十年时间。就这样，金隄先生于1980年接受了这项在很多人看来是"不可能的任务"。

数十年来坚持介绍外国文学的《世界文学》自1984年开始就热情支持金隄先生的选译计划，主编李文俊曾专程来天津和金隄先生研究确定选译四章并同时发表一篇论文的计划。两年之后，该刊于1986年第一期刊登了这批译文和题目为《西方文学的一部奇书》的长达24 000多字的论文。

1987年天津百花文艺出版社在《世界文学》选译与论文的基础上，又增加了一篇译文，出版了《尤利西斯选译》单行本。从不出版选译本的《人民文学》此时也决定接受《尤利西斯》的选译本。时任人民文学编辑部主任的任吉生（南开校友，1962届）亲自来天津向金隄先生约稿。从1978年算起，金隄先生又历经15年的潜心研究和翻译，终于在1993年完成《尤利西斯》（上卷）。该书于1993年10月在台湾九歌出版社出版，成为《尤利西斯》的首部中译本，并于1994年4月在大陆由人民文学出版社出版。

三、著译简介

金隄一生翻译作品十余部,其中比较有影响的有《尤利西斯》《神秘的微笑》《乔伊斯传》等。他对翻译理论研究有自己的独到之处,比较有影响的是他的"等效翻译"理论,在国内外译界引起较大反响。他的主要论述主要集中在《论翻译》、《等效翻译探索》和《文学翻译:艺术完整性的求索》等著作中,另外还散见在他发表的一些学术文章中。这些翻译理论很好地指导了他后来一举成名的《尤利西斯》翻译工作,并在翻译过程中得到了很好的体现。本部分重点对其主要的几部译作做一简述。

(一)《尤利西斯》译作简述

《尤利西斯》是爱尔兰作家乔伊斯的巅峰之作,该书于1922年问世。这部小说在西方国家经历了风风雨雨,但是现在无论是中西方文艺界还是读者都把它看成是西方文学史上的一部奇书,是有口皆碑的传世名著,对此书的日益深入的研究工作方兴未艾。金隄是我国第一位翻译《尤利西斯》的译者,并凭借对该作品的成功翻译,成为我国著名的翻译家。因为乔伊斯故意在文字中到处安排疑阵,让《尤利西斯》这部作品成为文学史上最为晦涩的小说。乔学研究专家埃尔曼曾经说过,"(《尤利西斯》)却仍是所有有趣味的小说中最难懂的一部,同时也是难懂小说中最有趣味的一部。"①的确,虽然小说中的很多情节和人物直接有着某种联系,但是乔伊斯若无其事地把这些内容散落在各处,一切都变得那么偶然,那么没有逻辑性,需要读者自己寻找内在的关联性。早在20世纪70年代末,金隄在袁可嘉的多次劝说下才开始正式翻译《尤利西斯》的部分章节。当时袁可嘉编写《外国现代派作品选》,他邀请金隄翻译一个章节。该书在1981年出版,也使得金隄成为《尤利西斯》的第一个中文译者。后来金隄又选取了一些代表性强的章节在《世界文学》上刊载。1987年,在百花文艺出版社的大力支持下,金隄出版了《尤利西斯》选译本,使得《尤利西斯》第一次在中国出版界获得了独立存在的地位。"对于广大读者而言,一个好的选本的实际意义可能不下于原书。"②也因为他对《尤利西斯》的翻译,金隄最终选择后半生集中从事乔伊斯研究和《尤利西斯》的翻译工作。经过十余年的努力,金隄于20世纪90年代初完成了《尤利西斯》全本的翻译。金隄在翻译《尤利西斯》时对追求的目标做了一个简述:"我的目的是尽可能忠实、尽可能全面地在中文中重现原著的艺术,要使中文读者获得尽可能接近原文读者所获得的效果。"③因为"作为译者,我们既没有作者那样选择文体的自由,也没有读者那样任意取舍的自由。我们唯一

---

① 詹姆斯·乔伊斯:《尤利西斯》,金隄译,百花文艺出版社,1987,第199页。
② 同上书,第1页。
③ 詹姆斯·乔伊斯:《尤利西斯》,金隄译,百花文艺出版社,1987,第179页。

的自由就是可以选择我们自己认为最好的办法去表现原著的神韵:它是庄严的,我们也要庄严;它是巧妙的,我们也要尽量同样地巧妙;它是笨拙的,我们也得照样笨拙一些。幸好绝大多数的译者,尤其是文艺作品的译者,都是欣赏、喜爱自己的原作风格的,所以在这一点自由的范围内尽量发挥自己的文学才能,调动自己的艺术想象力,来用中文可以接受的表达方法求得尽可能近似的效果"①。

  Ugly and futile: lean neck and thick hair and a stain of ink, a snail's bed. Yet someone had loved him, borne him in her arms and in her heart. But for her the race of the world would have trampled him underfoot, a squashed boneless snail. She had loved his weak watery blood drained from her own. Was that then real? The only true thing in life? His mother's prostrate body the fiery Columbanus in holy zeal bestrode. She was no more: the trembling skeleton of a twig burnt in the fire, an odour of rosewood and wetted ashes. She had saved him from being trampled underfoot and had gone, scarcely having been. A poor soul gone to heaven: and on a heath beneath winking stars a fox, red reek of rapine in his fur, with merciless bright eyes scraped in the earth, listened, scraped up the earth, listened, scraped and scraped.②

  又丑,又没有出息:细脖子,厚头发,一抹墨水,蜗牛的窝儿。然而也曾经有人爱过他,在怀里抱过他,在心中疼过他。要不是有她,他早就被你争我夺的社会踩在脚下,变成一摊稀烂的蜗牛泥了。她疼爱从自己身上流到他身上去的孱弱稀薄的血液。那么就是真实的了?生活中唯一靠得住的东西?他母亲平卧的身子上,跨着圣情高涨的烈性子高隆班。她已经不复存在:一根在火中烧化了的小树枝,只留下颤巍巍的残骸,花梨木和沾湿了的灰烬的气味。她保护了他,使他免受践踏,自己却还没有怎么生活就与世长辞了。一个可怜的灵魂升了天:而在闪烁不已的繁星底下,在一块荒地上,一只皮毛带着劫掠者的红色腥臭的狐狸眼中放射出残忍的凶光,用爪子刨着地,听着,刨起了泥土,刨了又听,听了又刨。③

  这段话是斯蒂汾在给萨金特检查算术作业时,看着萨金特的样子而进行的意识流活动。萨金特是一个比较迟钝的学生,头发厚实,比较消瘦,脸色灰暗无血色,面颊上抹了墨水,形状如同蜗牛壳似的。就是这样的儿子,也得到了他母亲的疼爱。由此斯蒂汾联想到他自己的母亲,认为社会上唯一可以靠得住的就是母爱,自己却违背了母亲临终前让他对主忏悔的

---

① 同上书,第171页。
② James Joyce, *Ulysses* (London: Penguin Group, 1992), p.33.
③ 乔伊斯:《尤利西斯》,金隄译,人民文学出版社,2011,第44-45页。

要求,在梦中他闻到母亲身上散发出蜡和花梨木的气息。金隄在翻译时,无论是语言形式上还是艺术形式上都力争等效。如:"the race of the world""a squashed boneless snail""watery blood""the fiery Columbanus in holy zeal bestrode""She was no more""had gone, scarcely having been""rapine"等分别翻译为"你争我夺的社会"(揭示当时爱尔兰残酷的社会现实);"变成一摊稀烂的蜗牛泥了"(没有把 boneless 译出来,因为蜗牛本身就是无骨的);"稀薄的血液"(翻译同样到位);"跨着圣情高涨的烈性子高隆班"(表明斯蒂汾母亲临终前让他心向上帝的要求);"她已经不复存在"(显然是根据后面的内容予以补充完成,使得意思更加清楚);"自己却还没有怎么生活就与世长辞了"(译者出于上下文的语义补充完整意思,便于读者更好理解,实现意义等效);"劫掠者"(直接根据意思翻译,揭示爱尔兰社会受到劫掠者的剥削和压榨,而没有翻译成猎物,这样易于淡化作者的意图)。总之,金隄在翻译时无论是在字面上还是意义上都力求等效。

(二)《乔伊斯传》译作简述

《乔伊斯传》是理查德·艾尔曼(Richard Ellmann)的三大传记著作之一。著名评论家哈姆斯认为"他写叶芝胜过任何爱尔兰人,他的《乔伊斯传》是 20 世纪最优秀的文学传记,而且很可能将继续保持这一地位——除非他知道临终前完成的《王尔德传》比它更胜一筹"。的确,《乔伊斯传》在 1959 年初版后就得到学界普遍赞赏并被国际乔学界奉为权威之作。但是艾尔曼仍不满足,继续进行调查研究,在乔伊斯诞辰 100 周年之际完成了修订版,比初版多了 100 页新内容。该作品的特点是资料翔实、客观,充分分析了乔伊斯成为伟大作家的内外因素,也不掩饰他身上的种种缺点。书中对《尤利西斯》及其主要人物布卢姆的分析,对于读者更好地理解《尤利西斯》起着很好的作用。1986 年初,金隄选译的《尤利西斯》在《世界文学》发表并在天津百花文艺出版社出版单行本后,《世界文学》杂志的李文俊和申慧辉邀请他选译《乔伊斯传》,由于当时他忙于《尤利西斯》全译本的工作,他就选定内容后由泥点女士担任初译,由他定稿刊发在《世界文学》1989 年第 5 期。1999 年金隄从美国回到天津讲学,北京十月文艺出版社韩敬群先生主动登门邀请他翻译《乔伊斯传》,但由于他手头还有译学翻译理论著作没有完成,并没有立即接受任务。最终,在韩敬群和朱卫清坚持不懈的努力下,2001 年金隄和出版社达成全面翻译出版协议。《乔伊斯传》最终由金隄、李汉林和王振平三人共同翻译完成,并在 2006 年 2 月问世。其中金隄翻译了第一章、第二十二章到三十七章。我们选择金隄翻译的一段话做一介绍。

For a few days all went well in Locarno except that the cat was in a catfight. The milder climate was a pleasant change, and Joyce had thoughts of settling in Locarno permanently. Then the city began to pall. Joyce had assumed, as he told

Sykes, that he could live anywhere so long as he had a place to write. But he was a more gregarious man than he supposed, and Locarno proved to be a backwater. He stayed at the Pension Villa Rossa on his arrival, then moved in mid-November to the Pension Haheim. Here he was enlivened by a meeting with a young woman doctor, Gertrude Kaempffer. She was twenty-six, tall (almost five feet eight inches), and attractive, with delicate features and somewhat subdued manner. They daughter of a lawyer in East Prussia, she had been brought to Switzerland three years before with what appeared to be a terminal case of tuberculosis. But thanks to an almost unbelievable pneumothoracic cure, she was recovering, and when Joyce met her was almost well. She had come down by funicular from Orselina, where she was staying, to visit some friends in the pension on the evening when she was introduced to the thin, intellectual, polyglot Irishman. Joyce offered later to see her home, but her friends whispered to her that Mrs. Joyce was jealous and would not be at all pleased.①

  在洛迦诺的头几天，除了猫打架以外一切都很顺利。这里气候温和，比苏黎世舒服得多，乔伊斯甚至产生了定居洛迦诺的念头。然而这个城市不久就令人感到乏味了。乔伊斯原先以为只要有地方写作，自己在哪里都能住下来，他对赛克斯就说过这样的话，没有想到自己实际上不是那么甘于寂寞的人，而洛迦诺实在是一潭死水。初到洛迦诺时他住在玫瑰别墅公寓，十一月中旬搬到达海姆公寓。在这里，他的生活丰富了一些，认识了一位名叫格特鲁德·肯普弗的年轻女医生。这位姑娘二十六岁，个子高高的（差不多五英尺八英寸），面目秀丽，举止安静，楚楚动人。他父亲是东普鲁士的一位律师。三年前她因晚期肺结核病被送到瑞士疗养，但经过一种几乎令人难以相信的气胸疗法，她的病情居然渐渐好转，到乔伊斯认识她时差不多已经痊愈。有一天晚上，她从住地奥塞里纳乘缆车下山，到乔伊斯住的公寓来看朋友，经人介绍认识了这个形容消瘦、文质彬彬、通晓多种语言的爱尔兰人。后来乔伊斯提出要送她回家，但她的朋友悄悄地对她说，乔伊斯的太太爱吃醋，会生气的。②

  《乔伊斯传》的最大特点之一就是材料丰富。在对乔伊斯人生各个方面的介绍时会嵌入很多其他资料，如和他写作有关的人或事。应该说《乔伊斯传》更多的是纪实，很少有传记文学的虚构特征。那么什么是传记文学？1986年出版的《新不列颠百科全书》是这样定义的：

---

① Richard Ellmann, *James Joyce* (New York: Oxford University Press, 1982), p. 418.
② 理查德·艾尔曼：《乔伊斯传》，金隄、李汉林、王振平译，北京十月文艺出版社，2006，第476页。

传记文学作为最古老的文学表现形式之一,它吸收各种材料来源、回忆和一切可以得到的书面的、口头的、图画的证据,力图以文字重现某个人——或者是作者本人,或者是另外一个人——的生平。①

　　这里赘述一下传记文学是为了我们更好地分析金隄先生的翻译。传记文学的核心是事实。传统上认为历史、传记和新闻报道属于非虚构性作品,因为它们采用的叙事方式是纪实,而把小说、戏剧和诗歌划为虚构性作品,因为该类作品更加注重各种虚构或者情感艺术创作等。正如赵白生对传记事实的界定,"传记事实,狭义地说,是指传记里对传主的个性起界定性作用的那些事实。它们是司马迁所说的'轶事',它们是普鲁塔克传记里的'心灵的证据',它们是吴尔夫笔下的'创造力强的事实,丰润的事实,诱导暗示和生成酝发的事实'。简言之,传记事实是一部传记的生命线。"②通篇阅读《乔伊斯传》很难看到一些艺术性的语言,因为它的学术性价值远远高于艺术性。如果把《乔伊斯传》完全归为传记文学确实有点勉强,因为它的艺术性不足,更缺乏传记文学适当的虚构性特征。我们选取的这一段,可以说是许多事实中难得见到的具有艺术性描写的话语。这一段话有景色描写,同时也有对乔伊斯企图和刚认识的年轻女医生格特鲁德·肯普弗发生点轶事的情节。金隄先生很好地忠实原文,用轻松的语调再现了乔伊斯当时的心情和状态,让读者能够从丰富的事实中呼吸点新鲜的空气。

四、翻译思想

　　金隄的翻译思想主要集中体现在他的几部学术专著、一些学术论文以及一些译作的序言中。通过对他的翻译思想进行梳理,结合金隄先生的翻译实践,笔者拟从翻译目标、翻译风格、翻译题材和翻译与创作的关系等方面对金隄先生的翻译思想做一简单的探析。

(一) 翻译目标:等效论

　　在中国的传统译论中,不少译者提出了自己的翻译原则和目标。公元 7 世纪,玄奘就提出"既须求真,又须喻俗"③。"求真"就是强调翻译的准确性,这是翻译的最基本要求。"喻俗"就是要让读者易于接受、理解,这是翻译的目的,达到传递原作的效果。18 世纪末,英国文艺理论家泰勒提出了著名的"翻译三原则"。学界往往更加重视三原则,却忽视了另外一句话,"在好的翻译中,原著的优点已经完全注入另一种语言,从而使另一种语言所属国家的

---

① 杨正润:《传记文学史纲》,江苏教育出版社,1994,第 4 页。
② 赵白生:《传记文学理论》,北京大学出版社,2003,第 14 页。
③ 马祖毅:《中国翻译简史》,中国对外翻译出版公司,1984,第 58 页。

人能够获得清楚的理解和强烈的感受,程度和使用原著语言的人相等。"①19 世纪末,中国近代翻译事业开拓者严复在译文序言中指出,"顾信矣不达,虽译犹不译也,则达尚焉。"他的观点也是强调翻译的信,否则即便是翻译出来,也无法传达原作的意图。瞿秋白在 1931 年指出,"翻译应该把原文的本意,完全正确地介绍给中国读者,使中国读者所得到的概念等于英俄日德法。……为保存原作的精神,并用不着容忍'多少的不顺'。相反的,容忍着'多少的不顺'……反而要多少的丧失原作的精神。"这些观点一定程度上追求翻译的等效性。1964年,奈达在《翻译科学初探》一文中提出了"动态对等"的概念,强调译文"接受者和译文信息之间的关系,应该与原文接受者和原文信息之间的关系基本上相同"②。金隄认为"动态对等"为两千多年来西方译界长期争论的直译与意译提供了解决方案。20 世纪 60 年代以后,许多学者都对等效原则给予充分肯定,但是也有部分学者对此提出了质疑,如纽马克就认为通达性翻译常常不可能等效。金隄根据自己的翻译实践和翻译理论研究对等效论提出了自己的观点,"我的目的是尽可能忠实、尽可能全面地在中文中重现原著的艺术,要使中文读者获得尽可能接近原文读者所获得的效果。"③

(二) 文体翻译:可译性

文体是否具有可译性一直是译界争论的话题。例如:翁显良就认为文体是可译的,但是周煦良则认为是不可译的。金隄在他和奈达合作的《论翻译》一书中则倾向于文体可译的观点。他认为,"在高度创造性的文学作品中,文体的特性往往对于译文的是否被接受起着决定性的作用。在这一方面,文体的因素甚至比内容的忠实性更为重要。"④这句话充分说明文体翻译忠实性对于一篇翻译作品是十分重要的。因为"文体风格是对读者产生效果的重要因素之一,所以在译文中需要尽量利用和原文接近的风格,但是文字风格是一个极其复杂的问题,如果模仿原文风格造成读者无法接受译文,根本不能感动读者,或者是节外生枝,使读者获得一些与原文信息相左的印象,那么即使表面上格式相似,实际上韵味却是大不相同"⑤。因此,在翻译时一定要尽可能做到内容与风格协调,"如果风格与内容不协调,读者即使不对照原文也能有所觉察。"⑥为了证明他的等效翻译可以保持原文的文体特征,金隄专门举了《尤利西斯》中的一段话为例:

  All kings of places are good for ads. The quack doc for the clap used to be

---

① Tytler A. F., *Essay on the Principles of Translation*(Amsterdam: John Benjamings B. V, 1978), pp.15 - 16.
② Nida E. A., *Toward a Science of Translation*(Leiden: E. J. Brill, 1964), p.159.
③ 金隄:《等效翻译探索》,中国对外翻译出版公司,1998,第 179 页。
④ Jin Di & Nida E. A., *On Translation*, 中国对外翻译出版公司,1984,第 98 页。
⑤ 金隄:《等效翻译探索》,中国对外翻译出版公司,1998,第 49 页。
⑥ 同上书,第 56 页。

stuck up in all the greenhouse... Just the place too. POST NO BILLS. POST I IO PILLS. Some chap with a dose burning him.①

各种各样的地点，都是可以做广告的。绿房子里曾经到处都有一个专治淋病的江湖意思的招贴。……也正是地方。不准招贴，不住招贴。遇上个患梅毒烧得火辣辣的家伙。②

这是布卢姆的一段意识流活动。他在利菲河桥上看到河里泊着一条小船，船上竖着一块广告牌随着水波晃动，出于职业的敏感性，他认为这是个不错的广告之处，于是就联想到了什么地方都可以做广告，也联想到"绿房子"（公共厕所）上的招贴。脑海中闪过"POST NO BILLS. POST I IO PILLS"。如果直译为"禁止张贴广告，邮寄 110 个药丸"应该没问题。但是我们细心一看，"POST I IO PILLS"中的"I IO"是"NO"被人涂鸦成"I IO"，如同"110"。如果按照前面的直译，广告文体效应就没有了。所以金隄认为，"等效翻译，就是要求用尽可能接近原著的笔调，再创造尽可能接近原著的形象，让中文读者看来也像是布卢姆心中一闪而过的景象，同时也要能表现出原来改动公告的俏皮手法"③。因此，他设想"准"被人改成"住"，形成与原广告相反的意思。可以看出金隄为了实现文体可译可谓煞费苦心。

（三）翻译两对关系：灵活与准确和准确与通顺

当然，金隄教授对灵活与准确的关系也进行了讨论。首先要弄清楚两种语言词汇的对应关系，避免我们脑中形成词汇的机械对等。翻译中的对等不是简单的词与词直接的对等，而是整句或整个语篇译文能给译文读者与原文读者同样的感受。因此，在准确翻译的同时需要灵活处理。"调整用词是否恰如其分，关键就在于调整之后给读者的感受是否与原文给读者的感受一致。"他还对准确与通顺的关系进行了讨论。既要准确，又要通顺是翻译的追求目标。但是在实际翻译过程中，这是一个非常复杂的处理过程。不少学者认为，翻译既要准确，又要通顺易懂，当二者不可得兼时，首要考虑准确。在做到准确的前提下，力求通顺易懂。金隄则认为准确与通顺两者是不能割裂的，是密不可分的。如果译文脱离了通顺，也不可能做到准确。金隄指出：

准确也好，通顺也好，都不能脱离读者。翻译是沟通两种语言的信息传递，所谓准确的翻译，就是把原文变成译文之后，译文给读者的信息与原文给读者的信息基本上相同。所谓通顺的翻译，就是译文能顺利地被读者看懂，以便信息能顺利地被读者接收。翻译而不通顺，或者欠通顺，那就是译文叫人看不懂或者看不大懂，

---

① James Joyce, *Ulysses* (London: Penguin Group, 1992), p. 193.
② 乔伊斯：《尤利西斯》，金隄译，人民文学出版社，2011，第 235 页。
③ 金隄：《等效翻译探索》，中国对外翻译出版公司，1998，第 193 页。

信息不能被读者接收或者不能完全被接收:信息传递的目的没有达到,还谈得上什么准确不准确呢?①

他进一步指出他的观点是翻译"既要准确,又要通顺,二者必须兼而有之;在万不得已的时候可以略微有些不顺,但什么时候都不能不同,什么时候也不能叫人看不懂或是产生误会"②。

五、译作影响

金隄虽然一直从事翻译实践与理论研究工作,但是他要不是因为《尤利西斯》翻译的成功,很难引起译界的关注。虽然早期他的等效论的翻译观点引起了学者的关注,但是更多的读者还是因为他翻译的《尤利西斯》对他有了更加全面的认识。他出版的《尤利西斯》选译本印数4000册,早已成为绝版。他在人民文学出版社出版的《尤利西斯》有三个版次,1994年版(上卷)印数40 000册,1997年出版之后又在2011年再版8000册,此外还在2001年出版精装本,都已售罄。他合作翻译的《乔伊斯传》印数8000册,也很受读者和研究者的欢迎。虽然他的译作不算丰富,但是他的翻译作品具有学者式的严谨。通过一生潜心治学,不断追求完美,金隄无论是在翻译理论研究还是在翻译实践都取得了令人瞩目的成就。

第四节　萧乾:德艺双馨、未带地图的旅人

20世纪90年代初,中国外国文学翻译的出版市场成绩斐然,其中《尤利西斯》汉译本的问世,无疑是中国乃至世界译界的大事,打破了《尤利西斯》70多年无中文译本的尴尬局面。更为难得的是,在1993年和1994年前后金隄和萧乾、文洁若伉俪分别推出了《尤利西斯》的中译本上卷。1994年10月,萧乾和文洁若夫妇合译的《尤利西斯》全译本率先出版。1996年,金隄的全译本也不甘落后地上市。在译界和读者对两个风格迥异的译本褒贬不一之际,媒体上也不时传出萧乾和金隄因为翻译《尤利西斯》引发的一场恩怨,其中孰是孰非,不敢妄评。在媒体的各种形式的造势中,国内持续出现了"《尤利西斯》热"。萧乾先生也因为翻译《尤利西斯》引起更多学者关注他的翻译家身份,并在译界确立了自己的地位。近几年学界持续出现了"萧乾热",关于萧乾的评传、传记、专论之类的著作颇丰。根据知网检索,对其研究的论文数量更是高达481篇,但是其中研究他的翻译作品、翻译思想的文章仅有43篇,这显然对于萧乾的翻译家身份是不够的。因此,本节重点对萧乾的译事活动和翻译思想作一简单梳理。

---

① 金隄:《等效翻译探索》,中国对外翻译出版公司,1998,第114页。
② 同上书,第118页。

一、生平简介

　　萧乾 1910 年 1 月 27 日生于北京,原名萧炳乾。化名萧若萍,笔名有塔塔木林和佟荔。1926 年在北京崇实中学学习,1930 年考入辅仁大学英文系,1933 年转入燕京大学新闻系学习,1935 年毕业后开始从事新闻工作。他先后在天津、上海、香港三地的《大公报》主编《文艺》副刊。1939 年受英国伦敦大学东方学院邀请赴伦敦任教,同时兼《大公报》驻英记者。1942 年开始在英国剑桥大学英国文学系攻读硕士研究生学位,从事英国心理派小说研究。1944 年因为第二次世界大战放弃剑桥大学学位,毅然担任《大公报》驻英特派员兼战地随军记者,成为当时西欧战场上唯一的中国记者。在战火纷飞的欧洲战场采访,萧乾写下了《银风筝下的伦敦》《矛盾交响曲》等描写欧洲人民反法西斯斗争的大量通讯和特写。1945 年赴美国旧金山采访联合国成立大会、波茨坦会议和纽伦堡对纳粹战犯的审判。1946 年回国继续在《大公报》工作,兼任复旦大学英文系和新闻系教授。新中国成立后,历任《人民中国》(英文版)副主编,《译文》杂志编辑部副主任,《人民日报》文艺版顾问,《文艺报》副总编等职。1954 年他参加了第一次全国文代会筹备工作;1961 年任人民文学出版社编辑;"文革"期间受到冲击,被批斗、抄家,所藏图书、研究资料及文稿全部丢失;1979 年获得平反。同年起,他历任中国作协理事,中央文史研究馆馆长,全国政协委员、常委,民盟中央常委等职。萧乾一生共出版有著、译作品 43 部,主要作品有:短篇小说集《篱下集》、长篇小说《梦之谷》、报告文学集《人生采访》,译著《好兵帅克》(捷)、《莎士比亚戏剧故事集》《大伟人江奈生·魏尔德传》《弃儿汤姆·琼斯的历史》《尤利西斯》以及《八十自省》《未带地图的旅人——萧乾回忆录》等。他和夫人文洁若历时 4 年合译完成的《尤利西斯》中译本,确立了他在译界的重要地位,正如其夫人所言:"去年,我收到了湖北教育出版社出版的《翻译名家研究》(郭著章等著,1999 年 7 月版)和《文学翻译比较美学》(奚永吉著,2000 年 11 月版)。前者把萧乾列为十六位名家之一,是按出生年月和从事译事活动的先后排列的。"(文洁若,2002)萧乾于 1999 年 2 月 21 日逝世,享年 89 岁。

二、翻译活动

　　萧乾从事翻译活动时间跨度长,译作颇丰。从 1931 年开始对中国新文学的译介到 1998 年结束美国新科技探案小说《夜幕降临》的翻译,他从事翻译活动约 57 年。虽然他的一生不是以翻译为主业,但是由于他在 85 岁高龄和夫人文洁若完成了《尤利西斯》的翻译,成为学界公认的著名翻译家。萧乾是全能型译者,"既有中译英,也有英译中;既有译他作品,也有自译作品;既有直译作品,也有转译作品;既有文学作品,也有非文学作品;既有独译作品,也有合译作品。"①除了译作成绩斐然外,他的翻译思想同样不容忽视。萧乾不仅注重翻译实践,而且注重对翻译理论的探讨和思考。这些探讨和思考散见于他的一些文章、序、跋中。鉴于萧乾特殊的传奇一生,他的翻译活动一般可分为三个阶段:1931—1949年、1950—1979年和1980—1999年。

(一) 1931—1949年

1931年,萧乾在辅仁大学英语系学习期间和美国青年威廉·阿兰合办了《中国简报》(*China in Brief*),积极从事文学创作并开始向世界介绍中国的新文学。在现存的一到八期中,萧乾翻译了现代作家鲁迅、闻一多、徐志摩、沈从文等的散文和诗歌,这是他从事翻译活动的最早记载。1932年,他翻译了郭沫若的戏剧《王昭君》、熊佛西的《艺术家》和田汉的《湖上的悲剧》,刊载在《辅仁杂志》上②。从这些翻译的选材上看,一方面反映了他当时追求个性解放、男女平等、自由恋爱等新文学思想,另一方面也为他后来的文学创作和翻译实践打下了坚实的基础。1933年,萧乾转入燕京大学新闻系,他的写作和翻译才华得到了当时在燕京大学新闻系任教的美国作家埃德加·斯诺的赏识。斯诺早就注意到在《中国简报》上发表文章和译作的萧乾,"此时的斯诺,想把中国'五四'以来的新文学介绍给西方读者,他把鲁迅自选的7篇小说译成英文,又邀萧乾等人翻译茅盾、丁玲、柔石、巴金等人的作品作为英文版《活的中国》的第一、二部分,同时点名要萧乾的作品《皈依》。"③事实上,姚莘农翻译了鲁迅的6篇小说和一篇杂文,其他的17篇短篇小说都是由萧乾和杨刚翻译,最后由斯诺修改、润色和定稿。斯诺所编的《活的中国——现代中国短篇小说选》于1935年完成,1936年由伦敦乔治·哈拉普公司出版。"站在老师打字机旁看着斯诺字斟句酌改稿的萧乾,从中学到很多东西:主要是怎样把文字推敲得非常简练,不拖沓——萧称之为文字经济学。"④通过跟斯诺的学习,萧乾懂得了翻译的基本原则,并初步形成了自己的翻译诗学观——语言简洁明快,真切自然。1934年,萧乾翻译了美国戏剧家弗兰克·G.汤普金斯的独幕剧《虚伪》和英国戏剧家奥利芬特的独幕剧《梦的制作者》,分别刊载在《文学季刊》和《国闻周报》上。1936年他翻译了高尔基的《被损毁的作家》和《卖考夫与物蛛》以及罗曼·罗兰的《论布里兹》,刊载在《译文》杂志上。1939年10月他赴英任伦敦大学东方学院讲师,兼任《大公报》驻英特派记者,报道战时英伦。1940年他翻译了华利的《中英文化姻缘》,刊发在香港《大公报》上。在旅英7年间,萧乾共出版了五本英文著作,其中《吐丝者》(*Spinners of Silk*)是萧乾自选自译的散文小说集,共收

---

① 李小蓓:《萧乾文学翻译思想研究》,博士学位论文,华东师范大学,2013,第4页。
② 同上书,第213页。
③ 毛峥嵘:《斯诺与萧乾交往纪事》,《四川统一战线》2014年第6期。
④ 符家钦:《记萧乾》,时事出版社,1996,第58页。

散文、小说 12 篇①。

（二）1950—1979 年

　　新中国成立后，萧乾任英文刊物《人民中国》副主编。1950 年秋，中宣部组织一批人编译宋庆龄文集《为新中国奋斗》。原文全是英文，萧乾、徐迟、汪衡、付家钦、柳无垢等，夜以继日对英文进行润色，此书出版后获得了苏联和平奖。1952 年萧乾把巴金的《生活在英雄们中间》译成英文刊发在英文版《人民中国》上，后出版单行本。1953 年萧乾调至中国作家协会，任《译文》编委兼编辑部副主任，翻译捷克学者恰佩克的《谈谈文学》，刊载在《译文》上。1954—1956 年，萧乾翻译了《莎士比亚戏剧故事集》《好兵帅克》《大伟人江奈生·魏尔德传》，均于 1956 年出版。1958 年 4 月到 1961 年 6 月，因为被划成"右派"而发配至农场，其间，他和夫人文洁若合译了美国小说家西奥多·德莱赛的自传性小说《黎明》，"他在农场的三年零三个月，通过家信，对译稿进行加工"②，但是遗憾的是，他们花费四年之久的四十万字的手稿在"文化大革命"期间化为灰烬。1961 年 6 月，萧乾被调动至人民文学出版社编译所任编辑，开始翻译菲尔丁的《弃儿汤姆·琼斯的历史》，在"文化大革命"前夕，翻译完成了菲尔丁近 70 万字的代表作。1962 年 3 月，人民出版社出版了萧乾业余翻译的《里柯克小品选》，使用笔名"佟荔"。1964 年 7 月，萧乾被摘掉"右派"的帽子。他与张梦麟等三人合译了美国作家厄普顿·辛克莱的《屠场》。1973 年 8 月，萧乾参加了美国作家赫尔曼·沃克的长篇小说《战争风云》的翻译工作。"十个译者中，他最年长，译得最多，达十六万三千字，还校订了六万三千字(全书共八十八万九千字)。"③同年，他加入了出版局组织的翻译组，参与《麦克·米伦回忆录》《拿破仑论》《1932—1972 美国实录：光荣与梦想》的翻译工作。1976 年他被借调到商务印书馆，参加《美国海军史》《肯尼迪在白宫一千天》《第二次世界大战史》等国际政治作品的翻译工作。1978 年，他为《世界文学》杂志翻译了挪威戏剧家易卜生的《培尔·金特》的第一、五两幕。1979 年他与张梦麟、黄雨石、施咸荣合译的小说《屠场》由人民文学出版社出版。

（三）1980—1999 年

　　1980 年 8 月，萧乾将自己的作品《一本褪色的相册》译成英文，收在《栗子及其他》(*Chestnuts and Others*)中。1981 年夏，他完成了《培尔·金特》全译，刊载于《外国戏剧》。1983 年，萧乾和文洁若合译了《托尔斯泰中短篇小说选》，由香港基督教文艺出版社出版。

---

① 文洁若：《萧乾、文洁若谈翻译》，内蒙古教育出版社，2012，第 166 页。
② 同上书，第 170 页。
③ 同①，第 171 页。

1988年,萧乾、赵萝蕤、文洁若合译了华裔女作家包柏漪的《猪年的棒球王》。1990年,他和文洁若开始合译《尤利西斯》。历经四载,老夫妻终于完成了《尤利西斯》的全译工作。1994年,萧乾、文洁若伉俪的译作《尤利西斯》由译林出版社出版。1995年,他们的译作《尤利西斯》获第二届全国优秀外国文学图书奖一等奖和第二届国家图书奖提名奖,同年该译作还被中国作家协会中外文学交流委员会授予"彩虹翻译奖"。毫无疑问,《尤利西斯》的出版,使得萧乾在中国译学史上登到自己的最高峰,也让他取得了翻译名家的地位。萧乾的勤奋超乎常人的想象,可能是他对因为多种原因而逝去宝贵时间的弥补,正如他自言"要跑好人生最后一圈",直到他去世前,他还在翻译美国新科技探案小说《夜幕降临》。文洁若回忆说"本来上海少年儿童出版社的责任编辑没敢惊动他这个年奔九十的重病号,是约我一个人译的。岂料他拿起来就放不下了,连字典都没查,坐在沙发上逐字逐句地译起来,不出一个月就把六万五千字的初稿完成了"①。最终,在1998年,他和夫人文洁若合译完成了这部小说,并由上海少年儿童出版社出版。1999年2月21日,萧乾因病逝世,结束了他传奇而又光辉的一生。

三、著译简介

萧乾一生翻译了各种作品二十余部,其中比较有影响的有《好兵帅克》《莎士比亚戏剧故事集》《弃儿汤姆·琼斯的历史》《大伟人江奈生·魏尔德传》和《尤利西斯》等。他对翻译的一些论述主要集中在《文学翻译琐议》《漫谈文学翻译》《我的副业是沟通土洋》等文章中,"另外,他在通信、谈话、书评、演讲和自传里也表达了不少关于翻译理论的言论。这些关于翻译理论的论述逐步形成了他自己的翻译理论基础。"②萧乾童年命运坎坷。他出生前就失去了父亲,母亲也在他幼年时病逝。他的童年生活受尽磨难和屈辱,是"在饥饿、孤独和凌辱中挣扎过来的"③,在十一岁入小学一年级之前,萧乾在破尼姑庵里和"二十几个贫而淘气的书生"④一起消磨童年,挨过迂腐老头子扎肉的板子。后来"转到洋人办的工读学堂""一黑早就起床去干活,一直到中午,只在下半天才上课""受够了鞭打和脚踢"⑤,这些经历对于他的创作色调、幽默讽刺的文学书写有很大的作用,他也往往倾向于选择幽默讽刺的"钟爱"作品进行翻译。本节重点对其主要的几部译作作一简述。

---

① 文洁若:《我与萧乾》,广西教育出版社,1992,第207页。
② 孙建光:《论译者个体翻译诗学在〈尤利西斯〉译介中的作用》,《江苏外语教学研究》2013年第2期。
③ 鲍霁:《萧乾研究资料》,北京十月文艺出版社,1988,第254页。
④ 萧乾:《文学回忆录》,北方文艺出版社,2014,第20页。
⑤ 鲍霁:《萧乾研究资料》,北京十月文艺出版社,1988,第33页。

(一)《莎士比亚戏剧故事集》译作简述

《莎士比亚戏剧故事集》(以下简称《故事集》)是萧乾的重要翻译代表作之一,1956 年 7 月以《莎士比亚故事集》之名由中国青年出版社出版。《故事集》是以英国散文家兰姆姐弟(Charles Lamb & Mary Lamb)用散文形式改写的《莎士比亚故事集》为蓝本翻译的。1957 年重新出版改名为《莎士比亚戏剧故事集》。莎士比亚戏剧作品最早译介到中国就是通过兰姆姐弟的改写本实现的。"虽然当了专业作家,却不能搞创作,自己又不甘心成天闲着。在无可奈何的情况下,我只好埋头搞翻译,一连译了三本书。"① 其中一部译著就是《故事集》。莎士比亚的作品在国内一直很热,另外该《故事集》又被兰姆姐弟改编成儿童文学。萧乾的许多短篇小说都是儿童素材,因此《故事集》非常适合萧乾的"选材"观。在《故事集》前言中,萧乾(1978)写到能"为孩子们做一些启蒙的工作,这是多么重要和有意义的事啊"。当时的翻译生态环境,内外因素都有利于萧乾翻译《故事集》,也使得该《故事集》在 1956 年顺利出版。

萧乾翻译《故事集》遵循着他的翻译观:重在对原作"传神"上下功夫,达到对原作的融会贯通,切忌带"翻译腔"。兰姆姐弟改编的《故事集》目的就是为年轻读者研究莎剧原作提供一个平台。在前言中,他们说明了改写《故事集》的目的,"这些故事是为年轻的读者写的,当作他们研究莎士比亚作品的一个初阶"②(兰姆姐弟,2011)。萧乾译作的接受群体也是孩子们,因此在翻译中他坚持"给孩子们看的书,得用孩子们的语言"③的标准来再现原作。我们摘录一小段话,看看萧乾是如何在《故事集》中使用适合孩子阅读的口语化语言再现原文的:

> Portia asked if the scales were ready to weigh the flesh, and she said to the Jew, "Shylock, you must have some surgeon by, lest he bleed to death." Shylock, whose whole intent was that Antonio should bleed to death, said, "It is not so named in the bond." Portia replied: "It is not so named in the bond, but what of that? It were good you did so much for charity." To this all the answer Shylock would make was, "I cannot find it; it is not in the bond." "Then," said Portia, "a pound of Antonio's flesh is shine. The law allows it, and the court awards it. And you may cut this flesh from off his breast. The law allows it and the court awards it." Again Shylock exclaimed, "O wise and upright judge! A Daniel is come to judgment!" And then he sharpened his long knife again, and looking ea-

---

① 萧乾:《文学回忆录》,北方文艺出版社,2014,第 286 页。
② 兰姆姐弟:《莎士比亚戏剧故事》,萧乾译,中国人口出版社,2011。
③ 萧乾:《萧乾全集(文论卷)》,湖北人民出版社,2005,第 33 页。

gerly on Antonio, he said, "come, prepare!"①

　　鲍西娅问称肉的天平预备好了没有,然后对那个犹太人说:"夏洛克,你得请一位外科大夫在旁边照顾,免得他流血太多,送了命。"夏洛克整个的打算就是叫安东尼奥流血好要他的命,因此就说:"借约里可没有这一条。"鲍西娅回答说:"借约上没有这一条又有什么关系呢? 行得儿善总是好的。"夏洛克对这些请求只回答一句:"我找不到。借约里根本就没这一条。""那么,"鲍西娅说,"安东尼奥身上的一磅肉是你的了。法律许可你,法庭判给了你。你可以从他胸脯上割这块肉。法律许可你,法庭判给了你。"夏洛克又大声嚷:"啊,又明智又正直的法官! 一位但以理来裁判啦!"随后他重新磨起他那把长刀,急切地望着安东尼奥说,"来,准备好吧!"②

　　本段话节选自改编后的《威尼斯商人》。萧乾在翻译时使用了很多口语表达,如"if(是否)"翻译成"好了没有","must(必须)"翻译成"得请","lest(以防)"翻译成"免得","death(死亡)"翻译成"送了命","should(必须)"翻译成"就是叫","to death(到死)"翻译成"好要","is not so named(没有列在)"翻译成"可没有","charity(慈善)"译成"行得儿善","shine(光泽)"翻译成"是你的了","A Daniel is come to judgment!"译成"但以理来裁判啦!","come, prepare!"译成"来,准备好吧!"。这些充满口语化的表达,通俗易懂、简单明了,便于孩子们阅读。在翻译中,萧乾遵循着自己的翻译标准:忠实原文,尽可能使用孩子们的语言。

　　萧乾翻译的《故事集》在国内的受欢迎度,从其不断的再版程度可见一斑。萧乾翻译的《故事集》两年间(1956—1957年)共印行两次,发行量达25万册,仅次于朱生豪译本30多万册的印数(张泗洋,2001:1283)。"《故事集》于1979年又有了第四次重印,两次总印数达30万册","截至20世纪80年代中后期,《故事集》在中国青年出版社已印刷10次,总印数达到81万余册,再加上商务印书馆1983年出版的英汉对照本,总印数接近100万册了","自20世纪90年代至今,《故事集》在大陆多家出版社再版11次,在台湾再版2次。"③这些再版的《故事集》呈多元化功能,面向英语学习、莎剧评论、影视欣赏以及纪念收藏等。毫无疑问,萧乾译《故事集》在莎士比亚故事译作中独领风骚,萧乾也成为《故事集》翻译的权威。

(二)《弃儿汤姆·琼斯的历史》译作简述

　　《弃儿汤姆·琼斯的历史》是亨利·菲尔丁的代表作。菲尔丁是18世纪英国和欧洲最

---

① Charles & Mary Lamb, *Tales from Shakespeare* (Shanghai: Shanghai World Publishing Corporation, 2011), p.104.
② 兰姆姐弟:《莎士比亚戏剧故事》,萧乾译,中国人口出版社,2011,第139-140页。
③ 黄焰结:《文化解读萧乾的莎剧故事翻译》,《湖北大学学报(哲学社会科学版)》2009年第6期。

杰出的现实主义小说家之一,他和笛福、理查逊被称为英国现代小说的三大奠基人。《弃儿汤姆·琼斯的历史》的主人公汤姆·琼斯自幼被遗弃,由乡绅奥尔华绥收养,长大成人。后来和邻居魏斯顿的女儿苏菲亚小姐相爱,但遭到双方家长的反对。奥尔华绥的外甥布利非为了获得奥尔华绥的遗产,故意诋毁汤姆,汤姆被养父逐出家门,也与恋人苏菲亚失去联系。苏菲亚违背父命坚决不嫁给虚伪的布利非,选择独自离家寻找自己的爱人。后来汤姆身世之谜揭晓,他竟是奥尔华绥妹妹的私生子。养父澄清了对汤姆的误解,汤姆重新获得养父的信任,与苏菲亚终成眷属。在《弃儿汤姆·琼斯的历史》中,菲尔丁运用诙谐、滑稽、讽刺的笔调刻画了底层人物的故事,对英国社会的虚伪风气进行了尖锐的抨击。《弃儿汤姆·琼斯的历史》最初是人民文学出版社邀请云南大学李从弼教授翻译,但是后来出版社打算退稿让萧乾重新翻译。后来经萧乾和出版社商量,此书作为合译处理。但是事实上,"由于萧乾和李从弼的翻译风格不同,他只得甩开原译,另行起稿,历时五年,'文化大革命'前夕终于把菲尔丁这部近七十万字的代表作译俊。"①萧乾也非常喜欢讽刺文学创作,1961年6月他被调到人民文学出版社编译所翻译该部作品确实是投其所好。萧乾在译作中,很好地再现了原文的幽默特点。我们摘录一小段话,看看萧乾是如何再现原文的幽默效果的:

"It is impossible, it is impossible," cries the aunt; "no one can undervalue such a boor."

"Boar," answered the squire, "I am no boar; no' nor ass; no, nor rat neither, madam. Remember that — I am no rat. I am a true Englishman' and not of your Hanover breed, that have eat up the nation."②

"不可能再贬低啦! 不可能啦。"姑妈大声叫道,"没人能再贬低一个老粗!"

"老猪!"乡绅回答道:"我不是老猪,也不是头驴;不,也不是耗子。别忘记,女士——我不是耗子! 我是一个货真价实的英国人,并非你们那帮把英国啃得精光的汉诺威耗子。"③

这段话是乡绅魏斯顿和他妹妹之间的争吵。他们兄妹因为苏菲亚违抗父命,也不听从姑妈劝说嫁给布利非而产生了争吵。苏菲亚埋怨父亲的"荒唐行为",而乡绅魏斯顿指责妹妹给侄女带来恶劣影响。魏斯顿姑姑嘲笑哥哥不需要苏菲亚贬低他,因为他本身就是一个粗俗不堪的家伙(boor)。魏斯顿先生却把"boor"听成"boar"。"boar"的意思是"公猪",但是魏斯顿先生却声称自己是一个"货真价实的英国人"。此处的"猪"的含义必须译出来才能和后文的"驴"和"耗子"形成呼应,才能实现对乡绅魏斯顿的政治讽刺。李小蓓分析认为:萧乾

---

① 文洁若:《萧乾、文洁若谈翻译》,内蒙古教育出版社,2012,第170页。
② Henry Fielding, *Tom Jones* (Oxford: Oxford University Press, 1996), p.292.
③ 亨利·菲尔丁:《弃儿汤姆·琼斯的历史》,萧乾、李从弼译,太白文艺出版社,2005,第6页。

音义兼顾,用"老粗"和"老猪",既忠实于原文的意思,也由于"cu"和"zhu"共享韵母而产生谐音的效果。不仅如此,"boor"和"boar"同"粗"和"猪"的发音在口型上都有相近之处,几乎可以带来一样的发音感受①。萧乾通过谐音处理,使译文具有诙谐性,和原文取得了异曲同工之妙,达到了传递原文风貌的目的,实现了"存形求神"和"舍形求神"两种方式的灵活运用,将原作的讽刺效果很好地传递出来。

有人把萧乾称为"作家型"翻译家,"萧乾、文洁若属于主观型译者,他们的译作透着作家型的美学特点。萧乾的作品具有'写意'的特点,即不求形似只求神似。"②萧乾的译笔流畅,语言生动,刻画人物栩栩如生,译文如同创作,忠实而准确地传递原文的精神实质。

So charming may she now appear! and you the feathered choristers of nature, whose sweetest notes not even Handel can excell, tune your melodious throats to celebrate her appearance. From love proceeds your music, and to love it returns. Awaken therefore that gentle passion in every swain: for lo! adorned with all the charms in which nature can array her; bedecked with beauty, youth, sprightliness, innocence, modesty, and tenderness, breathing sweetness from her rosy lips, and darting brightness from her sparkling eyes, the lovely Sophia comes!③

愿如此美丽的苏菲亚现在出现吧。大自然的羽族合唱队,便是韩德尔也谱不出你们那样动人的曲调,请放开你们悦耳的歌喉,欢迎她登场吧。你们的歌声发自爱情,又以爱情为终结。请在每个青年的心里唤起甜蜜的情思吧,因为看哪,可爱的苏菲亚出来了。大自然把一切魅力都赋予她,用姿容、青春、活泼、天真、谦恭和温柔来打扮她。芬芳从她的樱唇里呼出,她那双晶莹的眸子射出灿烂的光辉。④

如果抛开原作,读者很难想象这段汉语是萧乾的译作。它们读起来更像是萧乾的散文,文字中透露着一种童话般的浪漫,诗情画意。"sweetest notes""melodious throats""gentle passion""rosy lips""sparkling eyes"等译成了"动人的曲调""悦耳的歌喉""甜蜜的情思""樱唇""那双晶莹的眸子"等,并把最后的"the lovely Sophia comes!"调整到前面。他没有刻意追求"形式"上的忠实,而是追求"内容"上的传神。萧乾是伟大的作家,具有非常强的文字驾驭能力,因此他的译本往往给读者一种美的享受。显然,给他冠以"作家型"翻译家是再贴切不过了。

---

① 李小蓓:《萧乾文学翻译思想研究》,博士学位论文,华东师范大学,2013,第 94 页。
② 孙建光:《论译者个体翻译诗学在〈尤利西斯〉译介中的作用》,《江苏外语教学研究》2013 年第 2 期。
③ Henry Fielding, *Tom Jones* (Oxford: Oxford University Press), 1996, p.145.
④ 亨利·菲尔丁:《弃儿汤姆·琼斯的历史》,萧乾、李从弼译,太白文艺出版社,2005,第 140 页。

(三)《尤利西斯》译作简述

《尤利西斯》是乔伊斯的巅峰之作。小说围绕斯蒂汾、布卢姆和莫莉三人的活动,特别是意识流活动,花费十八个小时左右的时间跨度,为广大读者呈现了17世纪末到20世纪初的爱尔兰社会政治、宗教、经济、人性、伦理、种族等现实社会的历史画卷。通过对社会方方面面真实的描写,作者深刻地揭露了爱尔兰人民在英国殖民统治和天主教精神统治下的荒诞、瘫痪、迷茫、堕落的心态。小说运用形式的游戏,书写了现实生活的真实。形式和真实的辩证结合,再现了作者作为殖民地的臣民对天主教的叛逆,以及对英国的世俗殖民主义的反抗。乔伊斯通过形式和内容的完美结合实现了小说的真实性书写,他精确地把握了现实世界跳动的脉搏,通过文字组合和创新性设计再现了现实世界的复杂性和现实性,从而给读者呈现了一个有着自主逻辑的艺术形式[①]。直到20世纪90年代初,《尤利西斯》这部形式与内容完美结合的"天书"全译本在出版人、译者等千辛万苦的努力下才得以问世。"五十年代末期以后,随着政治运动的起伏,我们对待外国文学的态度也是摇摆不定的,总的来说,是不断地向'左'的方向发展,逐渐形成否定一切外国文学的关门主义形势。人们还时常把社会上的不良风气归罪于外国文学的影响。到了十年浩劫时期,对外国文学的兴趣从'落后思想'变成了'反革命修正主义'和'妄图复辟资本主义'的'罪行',外国文学完全变成了应该清除的对象。"[②]可以想象,像《尤利西斯》这样在西方国家都饱受争议的作品是很难能被译介到中国的。直到20世纪70年代末,袁可嘉多次劝金隄翻译《尤利西斯》,金隄一直不敢轻易答应。原因多种,一方面这是一部"天书",翻译工作实属不易,另外我国刚刚进行改革开放,国家对西方文学的译介政策尚不明了,一些原来属于"黄皮书"的文学作品显然不能轻易地面向广大读者。金隄最终选择后半生集中从事乔伊斯研究和《尤利西斯》的翻译工作,经过十余年的努力,于20世纪90年代中叶完成了《尤利西斯》全译本。20世纪80年代末,译林出版社原社长遍邀当时国内的主要翻译大家,如钱锺书、叶君健、冯亦代、董乐山等,但都遭谢绝。

萧乾、文洁若翻译《尤利西斯》是命运的合理安排,让这对进入晚年的老人实现了多年的夙愿,也实现了填补"空白"的目的。这一命运安排离不开著名出版人李景端的不懈努力。在李景端同志的软磨硬泡下,文洁若首先被说服,然后她再说服萧乾一起翻译。"事实也像他们预计的一样,萧乾谢绝了除《尤利西斯》以外的一切约稿,全力投入《尤利西斯》的翻译工作。"[③]在翻译《尤利西斯》过程中,萧乾一直坚持在保持原作的"陌生化"前提下考虑到"可读

[①] 孙建光:《〈尤利西斯〉小说真实与形式的游戏》,《浙江师范大学学报(社会科学版)》2014年第2期。

[②] 冯至:《继续解放思想,实事求是地开展外国文学工作——在中国外国文学学会第一届年会上的报告》,《外国文学研究》1981年第1期。

[③] 孙建光:《论译者个体翻译诗学在〈尤利西斯〉译介中的作用》,《江苏外语教学研究》2013年第2期。

性"的诗学观,"以极其审慎的态度悉心化解了原著中的众多迷津。"①他们在《尤利西斯》的译者前言中指出了他们的翻译原则:"作为初译者,我们的目标是尽管原作艰涩难懂,我们一定得尽最大努力把它化开,使译文尽可能流畅,口语化。"②可见,萧乾、文洁若的翻译是为了方便读者,替读者考虑的更多,"他们把重心置于读者,担心他们能否读懂,因此决心化艰涩为流畅,却担着改变乔伊斯的风险。"③确实,化解谜团同时也会让原作的陌生化效果消失。他们化解原作的晦涩语言,首先就是通过使用通俗易懂的语言方便读者阅读,坚持语言的通俗化和口语化。在《尤利西斯》中有许多藏头诗。如在第十五章中,布卢姆和斯蒂芬晚间一起逛都柏林"地狱门"(妓院),二人在妓院中和妓女们打情骂俏,言辞中充满了龌龊、淫荡的话语。隐含的文字游戏从形式上的多变也为叙述话语的陌生化提供了表现手法。如:

  If you see Kay
  Tell him he may
  See you in tea
  Tell him from me.④
萧译:你若遇凯伊,
  告诉他可以
  喝茶时见你,
  替我捎此语。⑤

  如果把译文和英文原文对照,萧、文译文和原文的字面意思是一致的,但是乔伊斯的文字游戏的意思就荡然无存。这是首离合诗。只要把第一句和第三句中的单词字母抽取组成新的单词,就会发现:"If you see Kay"藏有 F、U、C、K 四个字母,构成了 fuck,即"性交"的意思。"See you in tea"藏有 C、U、N、T 四个字母,构成了 cunt,是女性的生殖器。萧、文虽然做了注解,但是原文所要表达的信息却荡然无存。萧、文译文虽然用注解的方式传递了基本信息,却也消减了原文陌生化的效果⑥。在翻译过程中,如何处理好字面含义与内在含义确实是两难的工作。萧文显然选择了字面处理,额外注释的方式,这确实是不得已而为之的方式。

  关于译文的注释问题,萧乾有着自己的观点。他认为为译作加注释是一种美德。萧乾在评张谷若先生的《还乡》译文时写道:"本书另一个特殊的美德,……是注解的详尽。这种

---

① 李小蓓:《萧乾文学翻译思想研究》,博士学位论文,华东师范大学,2013,第119页。
② 詹姆斯·乔伊斯:《尤利西斯》,萧乾、文洁若译,文化艺术出版社,2002,第15页。
③ 王友贵:《世纪之译:细读〈尤利西斯〉的两个中译本》,《中国比较文学》1998年第4期。
④ James Joyce, *Ulysses* (London: Penguin Group, 1992), p.616.
⑤ 同②,第868页。
⑥ 孙建光、张明兰:《〈尤利西斯〉"前景化"语言汉译比较》,《西南交通大学学报(社会科学版)》2013年第1期。

傻功夫，是滥译粗译家所绝不肯卖的力气。为着学术工作的认真风气，这力气是应被推崇的。"①他对张谷若先生的钦佩之情溢于言表，"注疏极详的论述著作我们见过，但外国文艺作品的翻译，后面附带长度约原文五分之一的注解的，笔者这是第一次看到。读到书尾还看到'代考'处十一条，对译者这种近于金石家的缜密周详，丝毫不苟，只有佩服了。"②虽然他对译者加注表示肯定，但是他也认为翻译时加注也要适当。"加注要有个分寸感，译者不能太低估读者的能力。现在有些文学译著中，加的注太随意，渗入了译者的主观色彩，歪曲了原意。另外，注太多，干扰读者阅读，有些得不偿失。"③也就是说，在翻译过程中，加注要适度，尽量少注，但是在《尤利西斯》翻译中萧乾则是采取了该注则注的方法。这和被称之为"天书"的《尤利西斯》本身有关系。"《尤利西斯》的艰深非常书可比。即便不为研究者，只要还存有希望普通读者能够读懂的愿望，注释就不可少。就算是本国读者也需要借助各种各样的注释本才可读懂。"④萧乾在他在《小说艺术的止境》一文中发出慨叹："乔艾斯走的死路是他放弃了文学的'传达性'，以致他的巨著尽管是空前而且大半绝后的深奥，对于举世，他的书是上了锁的。"⑤所以为了能满足普通读者的理解需要，萧乾需要通过注释来解锁，对文中极难且影响对文章主旨的理解之处加以注释是十分必要的，虽然会对读者造成一定的"干扰"，但是为了帮助读者更好理解原文，这种干扰是无法避免的。根据对文化艺术出版社出版的《尤利西斯》的注释统计，全书共有5992条注释。乔伊斯试图为后人设置一个个谜团，而萧乾、文洁若夫妇则努力通过注释来解开谜团。对于这部"天书"的翻译，读者从他们的一个个注释不难体会到这对老翻译家严谨的译风和尽可能地满足受众阅读需求所做出的卓越努力。

萧乾、文洁若译本替读者考虑的更多，试图通过自己的译文能让读者更好地理解原文写作意图，重在传递原文的信息，所以在翻译过程中尽可能化解艰深晦涩、扑朔迷离的内容，不惜牺牲原文的混乱、破碎的意识流语言特色。虽然他们尽量保持乔伊斯遣词造句的独特风格，但是还是以力求易懂为首要原则，在翻译过程中顺应汉语表达习惯，用自然流畅、创作性的语言来迎合读者的阅读期待。事实证明，译者在翻译过程中会充分发挥自己的主观向度。影响译者主体性的因素包括译者的翻译目的、两种语言的思维差异、社会文化、意识形态等。译者一直徘徊于翻译的"充分性"（adequacy）和"接受性"（acceptability）之间，即是向原语文化靠近，还是向目的语文化靠近，这是非常难以取舍的⑥。

---

① 文洁若、傅光明、黄友文主编《萧乾全集（书信卷）》，湖北人民出版社，2005，第533页。
② 同上书，第534页。
③ 萧乾、文洁若、许钧：《翻译这门学问或艺术创造是没有止境的》，载《文学翻译的理论与实践——翻译对话录》，译林出版社，2010，第87-88页。
④ 李小蓓：《萧乾文学翻译思想研究》，博士学位论文，华东师范大学，2013，第156页。
⑤ 同①，第456页。
⑥ 孙建光、张明兰：《〈尤利西斯〉"前景化"语言汉译比较》，《西南交通大学学报（社会科学版）》2013年第1期。

四、翻译思想

萧乾的翻译思想主要集中体现在一些译作的序言、跋、散论、书信中,以及几篇专门谈论翻译的文章中。通过对他的翻译诗学观进行梳理,结合萧乾先生的翻译实践,笔者拟从翻译标准、翻译风格、翻译题材和翻译与创作的关系等方面对萧乾先生的翻译思想作一简单探析。

(一)翻译标准:忠实观

在中国的传统译论中,忠实是重要的翻译原则,即最初使用的"信"。钱锺书说严复提出的"译事三难:信、达、雅"三个字皆已见于支谦的《法句经序》"①。林语堂较早使用"忠实"的说法。"这翻译的三重标准,与严氏的'译事三难'大体上是正相比符的。'忠实'就是'信'……。"②那么何为忠实?根据中文释义,"忠"意为忠诚;"实"意为真实。西方译学理论中,忠(loyalty)和忠实(faithfulness)也是有区分的。诺德(Nord)把忠诚的概念引入翻译学,把它看成处理翻译活动中人与人之间关系的道德规范。忠实是处理描述目标语文本与源语文本之间关系的规范。显然中西方译学界对"忠"与"忠实"达成了共识。萧乾的忠实观主要体现在宏观上汲取了中国传统的"忠实"的标准,并没有对"忠"进行微观审视(也可能了然并赞同"忠"的内涵,但并未形成文字)③。萧乾的忠实观主要强调的是文际间的真实性。他的忠实观主要体现在精神的"忠实"而不是字面的"忠实"。

萧乾强调译作的忠实性,是要译者能真实地反映出原作的精神实质,即"传神"。萧乾认为,忠实于原作的风格就是忠实于原作的"神",即忠实于原作的"感情"。他自称是翻译的"灵活派",坦承自己在翻译时"尽量从'神'而不是从'形'上着眼"④。

> 我主张不要硬译,译文要合乎中文语法。我们讲忠实,是忠实于精神,绝不仅是文字本身。只忠实于原文有时会闹出笑话的。在翻译小说、戏剧等作品时,首先应该掌握原作的内涵。
>
> 我在《译文》上译得《好兵帅克》是根据英译本转译的。英译本多次出现Sir这个字,如译成"先生",必然瞥扭。我把它都译成"报告长官",这样军营的气氛就出来了。那种硬译、死译,也即是抠字眼的方法,我觉得不是搞文学翻译的方法。⑤

---

① 罗新璋:《我国自成体系的翻译理论》,载《翻译论集》,商务印书馆,2009,第23页。
② 同上书,第492页。
③ 李小蓓:《萧乾文学翻译思想研究》,博士学位论文,华东师范大学,2013,第53页。
④ 萧乾、文洁若、许钧:《翻译这门学问或艺术创造是没有止境的》,载《文学翻译的理论与实践——翻译对话录》,译林出版社,2010,第80页。
⑤ 文洁若:《萧乾、文洁若谈翻译》,内蒙古教育出版社,2012,第22页。

文洁若回忆说:"亚(指萧乾)认为搞文学翻译,首先要抓住原著的内涵,推敲作者写时的心态。他反对停留在表面的文字上。翻译《好兵帅克》时,他经常一边译一边笑。"①他还在《文学翻译琐议》一文中提到"我认为衡量文学翻译的标准首先是看对原作在感情(而不是在字面)上忠不忠实,能不能把字里行间的(例如语气)译出来。倘若把滑稽的作品译得一本正经,毫不可笑,或把催人泪下的原作译得完全没有悲感,则无论字面上多么忠实,一个零件不丢,也算不得忠实"②。

从萧乾在不同场合或文章中的一些谈论翻译标准的文字中,我们可以提炼出他的翻译标准:忠实原文,特别是精神上对原作的忠实,是他从事翻译的重要标准。他对文学翻译的忠实标准观对从事翻译活动的译者具有很强的示范意义。萧乾的译作《莎士比亚戏剧故事集》《好兵帅克》《弃儿汤姆·琼斯的历史》和《尤利西斯》等,深受广大读者喜爱,这和他抓住了原作精神,为读者再现原作中一个个栩栩如生、活灵活现的人物形象是分不开的。

(二) 翻译选材:"钟爱"观与"系统"观

翻译就是选择。选择的内容很多,其中选材是翻译活动的首要工作。翻译选材观是萧乾翻译思想的基石。早在20世纪30年代,他就向一位立志翻译的读者提出来翻译选材的观点:一是"可以依着目前国内文艺界的客观需要,看看一般译者们曾忽略了什么不应忽略的作品";二是"选定自己所最钟爱的作者,系统地工作下去"。虽然有两种选材观,但是他还是更倾向于第二种。"这种客观的选择,对于弥空有着莫大的功绩",但若想取得"好的翻译",第二种办法"更妥帖"③。何为钟爱?就是强调译者对作者的喜爱,他们之间有着某种情感上的契合。何为系统?系统就是要求译者能专注于某一作家的研究和译介。萧乾的"钟爱"观和"系统"观强调译者在脾气禀赋和生活经验方面与作者的相似性,以便对作品达到更好的理解。他曾经说:"另一个更妥帖的办法是选译您最钟爱的作家:和您有着同样的情绪或类似的生活经验的。"④当一个译者选择了自己钟爱的作家,就需要投入更多的精力去研究该作家的相关作品。他在《我的副业是沟通土洋》一文中曾经写道:"当翻译家,得就一位外国作家的生平、思想及全部作品做深入认真的研究,并且精心将其主要作品通译过来。这就意味着两颗心灵的契合,同时需要大量耐心细致的工作。"⑤另外,在《关于外国文学——答〈世界文学〉编者问》一文中,萧乾再次强调翻译的系统性问题。他认为搞翻译时,尽可能先抱住一个作家来译,将有关这个作家的其他作品及有关资料都看看,会有助于掌握他的精神

---

① 文洁若:《我与萧乾》,广西教育出版社,1992,第39页。
② 萧乾:《文学翻译琐议》,《读书》1994年第7期。
③ 文洁若:《萧乾、文洁若谈翻译》,内蒙古教育出版社,2012,第4页。
④ 同上。
⑤ 萧乾:《文学回忆录》,北方文艺出版社,2014,第284页。

实质,并举例"潘家洵先生,他半个多世纪以来一直研究易卜生,值得学习"①。

当然,除了选择自己钟爱的作家,还有就是出于"弥空"需要进行翻译。也还有一些其他原因需要决定选材的情况,萧乾也给出了他的观点。他在《关于新书审读问题》一文中做了比较详尽的陈述:

> 判断一部洋书对我有无用处,就要从这些方面着手。
> 我个人看的内部书有限,就已看到的,我认为大致有这么几类:
> 有些书既可供有关单位参考,又为一般关心时事的读者所喜读,如《第三帝国的兴亡》或《克格勃》。这类书应译。
> 有些书一般读者未必感兴趣,但材料权威,系统化,价值稳定,如《苏联海军史》《第二次世界大战史》。这类书属于基本建设性质,应译。
> 有些书价值并不稳定,但是为我外事部门所急需者,如福特访华之前,《福特传》应作特急件赶译出来。这是为了应急。②

显然,萧乾认为翻译选材除了译者个人的喜好之外,也受到意识形态、读者期待、特殊需要等外部因素的影响。李小蓓博士对于萧乾的选材观做了比较全面的概括,"出版社作为翻译的组织者,应当把握大的方向,'大译''系统''弥空'是他们应当考虑的三大原则。作为译者呢,'钟爱'和'系统'是一贯坚持的两个原则。"③

(三)翻译风格:得体论

得体是翻译优劣的重要评价指标之一。杨自俭和刘学云的《翻译新论》在对萧乾的《翻译的艺术》点评时指出:

> 翻译的艺术是使译文得体。我认为"得体"(appropriateness)是翻译的最高标准。译文除忠实和流畅外,还要得体,"得体"就是指译文在文体风格上与原作非常接近。……"得体"比"雅""神似""化境""等值""等效"的说法更通俗、更准确、更有概括性,既适用于口译与笔译,也适用于各类不同的文体。④

得体,这里"得"取恰当之意,如相得益彰;"体"是指语体和风格,萧乾把风格称为"情感"。得体就是要译文和原文的"体"保持恰当、接近,甚至是一致的。萧乾本人在论及翻译方面并没有明确地提出得体论这一说法。但是他在《翻译的艺术》一文中借用英国学者理查

---

① 文洁若:《萧乾、文洁若谈翻译》,内蒙古教育出版社,2012,第23页。
② 同上书,第37页。
③ 李小蓓:《萧乾文学翻译思想研究》,博士学位论文,华东师范大学,2013,第37页。
④ 杨自俭、刘学云:《翻译新论》,湖北教育出版社,2003,第40-41页。

兹(I. A. Richards)关于"意义"的概念论述了翻译与文体。

三十年代曾有一位李嘉慈教授(英国人)在北京讲过学。他在他所著的《意义学》一书中,把"意义"分为四种,即含义、情感、口吻及意向(sense, emotion, tone and intention,笔者加)。我看这种分法很适用于翻译工作。当你译科技或文件时,"含义"应占第一位。因此,宜用一字不动的直译法。然而,当你译文学作品(不论是一首诗还是一篇散文)时,首先应考虑如何传达原作的情感内容。原作如果是忧伤的,或讽刺的,或幽默的,译者应首先把握住并尽力传达给译文的读者。倘若原作的意图是使读者笑,而译文读者在读了之后一点不觉得其可笑,那么,不论译得多么忠实,我也认为是失败了。好的译文永远不会把读者引入歧途,也永不歪曲原作,这就是译文质量之所在。①

另外,他还在其他文字中多次提出类似的观点,如在《论翻译》中:

纵使迭更生的作品是多么缺乏翻译,一个不甚幽默的人是不会翻好的。如果自己对于海没有亲切的认识,提笔译康瑞德的小说或欧尼尔的戏剧如何能真切生动! 一个译曼殊菲尔的人至少也须具有那样一具纤秀细腻的心灵。翻译也不仅是拓版。为了传神,他还有着诠释的作用。②

《英语不难学》一文中,他提出了文学翻译"传情"的重要性。

文学翻译本身则是一种再创作,要着眼于再现原作的形象,传达原作的感情。原作是悲惨的,译出来不能使读者产生凄凉之感,或者原作是幽默的,译文却使读者感到索然无味,文字上再"忠实"也是失败的。③

萧乾是一个经验丰富的翻译实践家,这和他的翻译经历有很大关系。他翻译过文学作品、政治文件以及应用性文章。在文学作品翻译中,除了诗歌以外,其他的主要文学形式都有实践,包括小说、散文和戏剧等。他非常强调译文的"传情"性。奚永吉认为"得体论"是萧乾翻译思想的精华,并作出如下评价:

观其言,查其行,他所倡言的"得体论",与其气质和经历可谓契合无间。他是以翻译实践为主旨,积累了丰富的实践经验,并用以持论,虽然着墨甚少,然而出入离合之间,字无虚设,语不违宗,所以对翻译之途,剖析纤靡,无微不入。④

---

① 杨自俭、刘学云:《翻译新论》,湖北教育出版社,2003,第35-36页。
② 文洁若:《萧乾、文洁若谈翻译》,内蒙古教育出版社,2012,第4页。
③ 同上书,第13页。
④ 奚永吉:《文学翻译比较美学》,湖北教育出版社,2001,第12页。

萧乾对于翻译的得体性是非常重视的,他在自己的翻译实践中一直也是孜孜以求这一终极目标。"我认为衡量文学翻译的标准首先是看对原作在感情(而不是在字面)上忠不忠实,能不能把字里行间的(例如语气)译出来。"① 因此,虽然萧乾没有直接提出得体论的观点,但是根据其谈翻译的一些观点,我们可以提炼出他一直崇尚"得体论"的翻译思想,这对于从事译事活动的人员具有重要的理论指导意义。

(四) 翻译与创作:"无我"与"有我"

翻译与创作的关系,也是萧乾译学思想的重要组成部分之一。他对翻译与创作之间关系的见解,对于我们深化翻译的重要性有着积极意义。萧乾认为翻译活动必须做到"无我"境界,即在翻译中不能杂糅译者的痕迹,应忠实于原作。创作则必须做到"有我"的境界,是凭借作者自己的感情和意志行事,做作品的主人,驾驭自己的作品。1987年1月24日,萧乾、文洁若在香港翻译学会午餐例会上的讲话《我对翻译的一些看法》中对翻译和创作做了简单的区分。"翻译有别于创作,创作是你写你的,我写我的,不用相互交流。翻译就很需要这种交流。"② 这应该是萧乾比较早的对创作与翻译关系的论述。后来在符家钦著的《译林百家》中,萧乾把他在台湾一次文学翻译会议上的发言稿作为该书的代序——《说说文学翻译》。在该代序中,他对翻译与创作做了较为深入的阐述。

> 创作是把自己头脑中的形象和心理感到的思绪铺在纸上。就心理过程而言,是单一的。当然,创作有时也会很苦,不知该从何下笔;但作家毕竟是文章的主人,凭自己的情感与意志落笔,是处于"有我"之境。翻译除非像当年林琴南那样半著半译,否则就得做到"无我"。……一个译者(指的当然是好译者)拿起笔来也只能揣摩原作的艺术意图,在脑中构想出原作的形象和意境,经过"再创作",然后用另一种文字来表达。③

他认为相对于译者,作家要自由得多,虽然创作艰辛,但是作家驾驭自己文章的能动性更强,而译者却要"带着镣铐跳舞",受到原作的束缚,不能随意篡改原作,必须要尽可能地揣摩原作的意图,再现原作的形象和意境。创作和翻译的另外一个区别是,写作是"根据自己的知识范围"进行艺术创作的一个过程。如果说写作时设置谜团,那么翻译则要解开谜团。所以"翻译——尤其经典作品的翻译,原作引用什么,译者就得翻来覆去选择根据出自何典;作者藏藏掖掖,译者得千方百计地把隐晦处尽量挑明"④。萧乾结合自己翻译《尤利西斯》的

---

① 文洁若:《萧乾、文洁若谈翻译》,内蒙古教育出版社,2012,第49页。
② 同上书,第44页。
③ 同①,第50页。
④ 同上。

实践,指出他和夫人文洁若为了让读者看得更明白,全书注释近 6000 条。创作和翻译的再一个区别是翻译具有创作没有的功能,翻译"能冲破地域、种族和语言的畛域,沟通民族与民族之间的思想感情,促进相互间的了解,从而把世界朝着大同的理想推进"①。

五、译作影响

萧乾认为文学翻译有两种做法,一是"游击战",二是"阵地战"。他戏称自己是"游击战士"。就是因为他的"游击战士"翻译者身份,过去很少有人重视萧乾的翻译家身份。事实上,他的翻译作品在广大读者中很受欢迎。根据符家钦对萧乾的主要译作的统计,到 1986 年止,"《莎士比亚戏剧故事》印了八十四万册,《战争风云》印了五十八万册,《好兵帅克》印了十六万册,《屠场》印了十六万册。这种印数在近年来都算是比较大的。"②从当时的印刷数足以推断出其译作在读者中的受欢迎度很高。萧乾译作多次再版,具有很大受众。2005 年,荟萃萧乾一生全部文学翻译作品的《萧乾译作全集》十卷本由太白文艺出版社出版。《萧乾译作全集(套装共 10 册)》收入了包括《尤利西斯》《好兵帅克》《莎士比亚戏剧故事集》等在内的萧乾从事文学翻译活动近 70 年来的全部翻译作品。陈毅夫人张茜曾经对萧乾说过,"陈毅喜欢看《好兵帅克》,常夸萧乾译得好。他认为译文把原著的幽默、俏皮、诙谐风格都恰如其分地表达出来了。不像现在流传的某些翻译,佶屈聱牙的。"③《好兵帅克》的影响力是很大的,还有几位四十年代初出生的,现今担任部门领导的人曾经对萧乾说过"他们少年时代通过阅读《好兵帅克》中译本,学会了独立思考"④。在《里柯克讽刺小说选》的出版贺词中,一位加拿大大使写道:"作为加拿大在中国的代表,我非常高兴,这个版本将使这个伟大的国家的读者更好地理解里柯克的作品。我们很幸运,这个作品是萧乾翻译的。他用作家自己的敏感和技巧使中国的读者能够领会原著的精神和意图。"萧乾的译作是具有很高信度的,他用作家的思维能更好地传递原作的风貌。叶圣陶在 1963 年 5 月 10 日写给萧乾的信中也对《里柯克讽刺小说选》译作做了很高的评价,"此译我甚喜爱,心赏之处甚多,……"⑤。

经萧乾、文洁若历时四年的辛劳,在国内学界的期待中,《尤利西斯》(上卷)于 1994 年 4 月问世了。他们的译作取得了巨大的成功。1994 年 4 月 9 日到 10 日两天,译林出版社在上海安排的萧乾、文洁若签名售书会上,"当时气氛热烈,排队的人特别多。两个半天的活动,共签售出《尤利西斯》1000 部。"⑥目前《尤利西斯》全译本已在多个出版社出版,如译林出版

---

① 文洁若:《萧乾、文洁若谈翻译》,内蒙古教育出版社,2012,第 51 页。
② 符家钦:《翻译家萧乾》,《中国翻译》1986 年第 6 期。
③ 同①,第 169 页。
④ 同上。
⑤ 叶圣陶:《致萧乾谈翻译作品》,《中国作家》1988 年第 3 期。
⑥ 丁亚平:《水底的火焰:知识分子萧乾:1949—1999》,中国人民大学出版社,2010,第 203 页。

社、上海三联书店、文化艺术出版社等。萧乾文洁若译本和金隄译本是目前国内读者普遍认同的权威译本,具有很高的文学欣赏和研究价值。目前,在网络上检索萧乾的译作,读者不难发现,他的很多译作被一版再版,销量喜人。

第五节 文洁若:走出丈夫"光环"的资深翻译家

文洁若,萧乾先生的夫人。萧乾先生在世时文先生总是被她丈夫的光环所笼罩。事实上,文洁若先生是一位成绩卓著的翻译家,还是一位作家。她一生翻译出版了14部长篇小说、18部中篇小说和100多篇短篇小说,她还编辑校订了150余部外国文学作品,以及与萧乾合译的《尤利西斯》等,计近千万字。她是名副其实的翻译家。她还著有长篇纪实文学《萧乾与文洁若》《我与萧乾》,随笔集《旅人的绿洲》合集,散文集《梦之谷奇遇》《风雨忆故人》,评论集《文学姻缘》等。由于是萧乾先生的夫人,萧先生在世时,文洁若总是被介绍为"萧乾夫人"。萧乾先生去世后,文先生一直致力于整理萧乾的文稿,一向在幕后的耕耘者,终于走到台前,走进人们的视野。2012年12月,文洁若被中国翻译家协会授予"翻译文化终身成就奖"。根据知网检索,与其有关的文章数量只有50余篇,其中主要涉及的翻译方面都是和《尤利西斯》有关,有30多篇,但是对她的其他翻译作品的研究几乎没有,她的翻译思想方面的文章更是没有。显然,对于文洁若先生的翻译家身份的研究是十分不够的。本节重点对文洁若的译事活动和翻译思想作一简单梳理。

一、生平简介

文洁若,汉族,贵阳人,1927年7月15日生于北京。1934年,她们姐弟6人一起被父亲文宗淑接到东京,文洁若和四姐则被插班送进日本小学读书。1936年,日本法西斯军人发动"二二六"政变后,她们全家回到北平。回国后她还是在日本小学上学,后来她的父亲把她转入天主教会的圣心学校攻读英文。圣心学校是法国天主教修女开办的一所以培养富家女子而闻名的学校,学制十年,分布于世界各国。1941年年底,文洁若以优异的成绩读完了四年级,由于家里境况不太好了,五六个孩子读书全靠变卖家产支撑。她的父母实在付不起昂贵的学费,文洁若不得不辍学半年,在家自修初中课程。1942年9月,文洁若插班进入辅仁大学附属中学女校初三学习,次年考入高中。童年时打下的良好日语和英语基础使得她在高中阶段学习一直名列前茅。日语老师特许她在日语课期间到一个德国修女处学习德语。1946年,文洁若如愿以偿地考取了清华大学外国语文学系英语专业,开始了她的大学生活。1949年因为家庭变故,她被迫中止学业回到家乡贵阳,并转入贵州大学继续学习。1950年,文洁若以优异的成绩大学毕业并考入三联书店,当了一名校对员。1951年3月,文洁若和几个一起在三联书店工作的同学被调到刚成立的人民文学出版社工作,专门从事翻译作品的技术加工。1954年,文洁若嫁给年长自己17岁的萧乾,那时的萧乾已经48岁。但是好景不长,接踵而来的政治风暴把这个家庭冲击得支离破碎:先是文洁若被下放到农村劳动,紧接着在1957年,萧乾被划为"右派",下放到远离北京的唐山柏各庄农村劳动。文洁若下放结束回到北京独自带着孩子生活。1961年,萧乾终于从劳改农场回到北京,但是"右派"的尾巴没有彻底割断。"文革"期间,他们夫妻俩被戴上"牛鬼蛇神"和"现行反革命分子"的帽子,被抄家、批斗,直到1979年才由中国作家协会正式平反昭雪。在这段特殊的岁月,文洁若用她柔弱的双肩挑起了抚养孩子、照料老人的重任,不断给萧乾生活的勇气和信心,鼓励他度过他一生中最寒冷的岁月。大好的光阴都被蹉跎了,恢复工作后,文洁若和萧乾要把失去的时间追回来,他们不停地翻译、写作,还常常进行"写作比赛"。1990—1994年,两位老人翻译完成一生中最为重要的一部作品《尤利西斯》。这一对年龄相加近一百五十岁的老夫妇,靠着勤奋与执着,完成了这部难读难懂、晦涩奇异的鸿篇巨制的翻译工作,成为文坛的一件盛事。1995年,萧乾病倒,文洁若一边日夜陪护丈夫,一边为萧乾做着琐碎的文秘工作,还要完成自己的翻译与写作。丈夫去世后,文洁若知道萧乾身后的事情十年也做不完,她必须不停地写作和翻译,这是自己的心愿,也是对萧乾最好的怀念。文洁若在孤独中整理完成了《微笑着离去——忆萧乾》,重新修订了十卷本的《萧乾文集》,编辑出版了《萧乾家书》,并在2011年出版了个人散文集《风雨忆故人》。文先生自己曾对采访者说道:"现在我很满足,身体不错,每天都可以翻译。除了工作还是工作,没什么娱乐,工作就是乐趣。以前我都是业余做翻译,现在能全日来做,没有干扰,所以翻译得比较满意。在翻译和写作方面,我都有庞大的计划,足够干一二十年的。杨绛一百零二岁了,周有光一百零七岁了,我再干二十年不成问题。只要一息尚存,我就要继续工作下去。"[①]希望文老健康长寿,实现自己的夙愿。

二、翻译活动

文洁若从事翻译活动的时间跨度长,是一个十分多产的翻译家。文洁若1950年毕业于清华大学外国语文学系,精通日语、英语,曾任职于三联书店和人民文学出版社,编辑校订过150余部、3000余万字的外国文学作品。她还翻译了14部长篇小说、18部中篇小说、100多篇短篇小说,以及与萧乾合译的《尤利西斯》等,计近千万字。除了译作成绩斐然外,她的翻译思想同样不容忽视。文洁若不仅注重翻译实践,而且注重对翻译理论的探讨和思考。这些探讨和思考散见于她的一些文章、序、跋中。对于她的翻译活动可分为三个阶段:1937—1949年、1950—1979年和1980年至今进行简单回顾。

---

① 刘守华:《文洁若:走出"萧乾夫人"光环的翻译家》,《名人传记》2013年第5期。

（一）1937—1949 年

1937 年，年仅 10 岁的文洁若就开始在父亲的鼓励下翻译日语《世界小学读本》，小小年纪的文洁若，靠着蚂蚁啃骨头的精神，历时四年，终于把这套 100 万字、十卷本的书翻译成中文，为日后终身从事翻译工作打下了坚实的基础①。非常遗憾的是，翻译稿在"文革"时期都弄丢了。在清华大学读书期间，文洁若利用课余时间苦练翻译基本功，她把郭沫若的《女神》翻译成英文，又把英国小说家查理·里德的代表作《修道院与家灶》翻译成中文。

（二）1950—1979 年

文洁若是在图书馆里迎接新中国成立的，因为大学时代的她几乎都是在图书馆度过的。1951 年 3 月，文洁若主动要求调到刚成立的人民文学出版社。刚到出版社，她主要从事文字校对工作，但是她内心一直渴望做翻译工作，给焦菊隐看《阿·托尔斯泰短篇小说选》校样时，就曾"多此一举"地从资料室借来英译本，指出许多漏译错译处。因为总是"管得太宽"，人民文学出版社组建了以文洁若为首的一个介于编辑部和校对科之间的"整理科"。这样一来，文洁若虽然无权在译稿上直接改动，却可以在稿子周围贴上密密麻麻的小纸条，写满了各种修改意见。经过文洁若编辑的译稿，总是像老头子一样满脸胡须。她参与编辑的译稿包括周作人译的《古事记》《枕草子》《狂言选》《浮世澡堂》《浮世理发馆》《平家物语》（未完成），钱稻孙译的《近松门左卫门作品选》《井原西鹤作品选》，丰子恺译的《源氏物语》等。自 1954 年她跟萧乾结婚以后的三年里，文洁若每年完成近 200 万字的编辑任务，除了"整理译稿"，还利用业余时间翻译了日本文学作品。1955 年 1 月，文洁若和梅韬合译的《日本劳动者》由作家出版社出版；1956 年 3 月，她翻译的《活下去》由作家出版社出版；1956 年 4 月，从英文转译了苏联纳吉宾·契索夫的《沙漠》，由作家出版社出版；1957 年 2 月，从英文转译了苏联西莫娜依契捷的《布雪和她的妹妹们》，由人民文学出版社出版；1958 年 9 月，从英文转译了苏联阿达勉的《她的生活是怎样开始的》，由人民文学出版社出版；1959 年 12 月，翻译日本作家泉大八的短篇小说《假想党员》，刊载在《世界文学》杂志上。1956—1960 年，文洁若花费了近四年的时间把美国作家西奥多·德莱塞近 50 万字的《黎明》翻译完成，由萧乾校订完毕，可惜这部译稿毁于"文革"②。1958 年，出版社的下放干部有一半能够回北京。文洁若作为业务骨干，在回京名单当中，被调入亚非组，从事日本文学编辑工作。1965 年 4 月，文洁若和钱稻孙合译完成了有吉佐和子著的《木偶净琉璃》，并由作家出版社出版；1965 年 9 月，文洁若翻译完成日本作家松本清张著的《日本的黑雾》，并由作家出版社出版。文洁若说，从

---

① 刘守华：《文洁若：走出"萧乾夫人"光环的翻译家》，《名人传记》2013 年第 5 期。
② 陆云红：《著名翻译家文洁若：和萧乾一起翻译〈尤利西斯〉的时光最快乐》，《深圳特区报》2013 年 03 月 20 日。

那时起到"文革",是她一生中精力最充沛的时期。她1958年11月下旬回京上班,年内就出了两本书,共计40万字。之后数年,她经常在办公室加班到晚上10点,再带一本书稿回家,工作到凌晨2点。她不仅独力完成日本文学的组稿、发稿,还编辑了菲律宾作家何塞·黎萨尔的长篇小说《不许犯我》(现译《社会毒瘤》)及其续编《起义者》,共80万字。当时萧乾还在农场劳动,两人至多三天必有一次通信往来,都编了号,其中很多就是讨论书稿翻译的[①]。1973年,文洁若从咸宁的五七干校回到北京,进入了第三次工作"高峰"。她家原来的住房已经被人侵占,文洁若就在单位办公室,用八把椅子拼在一起当床,凑合着过夜,就这样过了十年,一直到1984年,她和萧乾才有了能住下全家五口人的房子。就是在这种环境下,文洁若翻译了很多日本文学作品[②]。1977年11月,人民文学出版社出版了她翻译的《有吉佐和子小说选》。

(三) 1980年至今

文洁若早期主要以翻译日本文学为主,她是我国个人翻译日文作品字数最多的翻译家之一。前后半个多世纪,她主编《日本文学》丛书19卷,翻译了14部长篇小说,18部中篇小说,100多篇短篇小说,如《高野圣僧——泉镜花小说选》《芥川龙之介小说选》《海市蜃楼·橘子》《天人五衰》《东京人》等。井上靖、川端康成、水上勉、三岛由纪夫等人的作品,都是经她的翻译,才得以被中国人所熟知的。1980年2月,湖南人民出版社出版了她翻译的《树影》([日]佐多稻子著);1980年10月,上海译文出版社出版了她翻译的《夜声》([日]井上靖著);1981年11月,人民文学出版社出版了她翻译的《芥川龙之介小说选》;1982年3月,山西人民出版社出版了她翻译的《防雪林》([日]小林多喜二著);1982年8月,外国文学出版社出版了她翻译的《水上勉选集》;1982年10月,外国文学出版社出版了她翻译的《曾野绫子小说选》;1983年4月,湖南人民出版社出版了她翻译的《活的中国》([美]埃德加·斯诺著);1983年7月,人民文学出版社出版了文洁若和楼适夷、叶渭渠、李长信等人合译的《小林多喜二小说选》;1985年8月,中国文联出版公司出版了她翻译的《海魂》([日]井上靖著);1987年1月,国际文化出版公司出版了她翻译的《深层海流》([日]松本清张著);1987年6月,漓江出版社出版了她翻译的《五重塔》([日]幸田露伴著);1987年8月,外国文学出版社出版了她翻译的《旅社棘刺》([日]三浦绫子著);1987年9月,中国文联出版公司出版了她翻译的《死神悄悄来临》([日]有吉佐和子著);1987年10月,人民文学出版社出版了她翻译的《他的妹妹:日本现代戏剧选》([日]武者小路实笃著);1988年10月,外国文学出版社出版了她翻译的《蜜月》([英]曼斯菲尔德著);1990年3月,人民文学出版社出版了她翻译的《高野圣僧:泉镜

---

① 陈洁:《文洁若:梅边吹雪乐其成》,《中华读书报》2010年01月09日。
② 同上。

花小说选》（[日]泉镜花著）；1990年8月，人民文学出版社出版了她翻译的《风流佛》（[日]幸田露伴著）；1990年8月，中国友谊出版公司出版了她翻译的《春雪 天人五衰》（[日]三岛由纪夫著）；1991年1月，国际文化出版公司出版了她翻译的《光枝的初恋》（[日]中本高子著）；1992年8月，鹭江出版社出版了她翻译的《汤岛之恋》（[日]泉镜花著）；1992年9月，百花文艺出版社出版了她翻译的《外遇》（[日]森村诚一著），该译作收录在《域外小说新译丛书》中；1993年9月，海天出版社出版了她与萧乾合译的《里柯克幽默小品选》（[加]里柯克著）；1994年4月，译林出版社出版了她与萧乾合译的《尤利西斯》（[爱尔兰]詹姆斯·乔伊斯著），这部译作让她和其丈夫萧乾在翻译界名声大振，也由此引起了广大读者对文洁若的关注；1995年11月，百花文艺出版社出版了她翻译的《彩虹梦》（[日]森村诚一著），该译作收录在《域外小说新译丛书》中；1996年2月，百花文艺出版社出版了她翻译的《十胜山之恋》（[日]三浦绫子著），该译作收录在《域外小说新译丛书》中；1996年8月她翻译的《黄漠奇闻》（[日]稻垣足穗著）入选《世界短篇小说精品文库·日本卷》，由海峡文艺出版社出版；1998年8月，中国世界语出版社出版了文洁若与楼适夷、吕元明等人合译的《芥川龙之介作品集（小说卷）》；1998年12月，少年儿童出版社出版了她与萧乾合译的《夜幕悄悄降临》（[美]莱斯·马丁著）；1999年6月她翻译的《山庵杂记》（[日]北村透谷著）和《色香》（[日]富冈多惠子）被收录在《日本散文精品》咏事卷里，由云南人民出版社出版；1999年9月，湖南文艺出版社出版了她与萧乾合译的《威尼斯商人》（[英]威廉·莎士比亚著）；2001年1月，华夏出版社出版了她翻译的《圣经故事》（[美]玛丽·巴切勒著、海森绘画）；2001年1月，外文出版社出版了文洁若与萧乾合译的《哈姆莱特》（[英]威廉·莎士比亚著）；2002年10月，文化艺术出版社出版了她翻译的《莫瑞斯》（[英]爱·摩·福斯特著）；2002年8月，作家出版社出版了她翻译的《理解友谊和平：池田大作诗选》（[日]池田大作著）；2002年11月，中国友谊出版公司出版了她翻译的《冬天里的故事》（[美]露丝·蓓尔·葛培理著）；2003年9月，文化艺术出版社出版了她翻译的《一个已婚男人的自述》（[英]曼斯菲尔德著）；2003年12月，华夏出版社出版了她与高慧勤合译的《罗生门》（[日]芥川龙之介著）；2004年5月，文化艺术出版社出版了她翻译的《魂断阿寒》（[日]渡边淳一著）；2005年1月，太白文艺出版社出版了她与萧乾合译《托尔斯泰中短篇小说选》；2006年7月，人民文学出版社出版了她翻译的《园会》（[美]凯瑟琳·曼斯菲尔德著）；2013年6月1日，中国致公出版社出版了她翻译的《荷马史诗故事》（荷马著）和《悲惨世界》（雨果著），这些书为MK珍藏版世界名著系列丛书。

三、著译简介

文洁若一生翻译各种作品一百三十余部，其中，比较有影响的译著有《高野圣僧——泉镜花小说选》《芥川龙之介小说选》《天人五衰》《东京人》《圣经故事》，以及与萧乾合译的意识流开山之作《尤利西斯》等。由于《尤利西斯》在萧乾章节中做了介绍，本节重点对文洁若的其他几部译作做一简述。

(一)《罗生门》译作简述

《罗生门》是日本著名作家芥川龙之介的代表作。他的小说篇幅很短,取材新颖,情节新奇甚至诡异。作品关注社会丑恶现象,但很少直接评论,也讨厌平庸,讨厌隔靴搔痒式的含蓄,讨厌直露浮泛和自然主义式的写实。芥川龙之介用冷峻的文笔和简洁有力的语言来陈述,作品风格也较为沉郁悲凉,处处透露着对人性的思考以及对于人性复杂的无奈,让读者深深感觉到人性之丑恶,彰显了高度的艺术感染力。同时,他注重写作技巧,精于语言雕琢,善于构筑情节,捕捉人物心理瞬间的变化,并使故事的结局出人意料且蕴含深刻含义。芥川的行文风格冷峻,他以极其冷静的态度细细描写浮世众生的情态,少有华丽的辞藻。《罗生门》篇幅短,人物不多,情节不多,但作者巧妙地进行了时空与环境的设定,比如以"晚秋""雨天""黄昏"为开场,奠定了阴冷的基调。周围的环境由于地震、飓风等一系列灾害,"京都城里衰败至极""连平时来啄死人肉的乌鸦也踪影全无",这些都在烘托凄惨悲凉的气氛。芥川行文短小精悍,情节紧凑,短时间内聚集矛盾冲突,精彩地展现了人心堕落的环境下人的复杂性和心理变化,语言精练。节选一段文洁若的翻译简单分析如下:

> 成程な、死人の髪の毛を抜くと云う事は、何ぼう悪い事かも知れぬ。じゃが、ここにいる死人どもは、皆、その位な事を、されてもいい人間ばかりだぞよ。現在、わしが今、髪を抜いた女などはな、蛇を四寸ばかりづつに切って干したのを、干魚だと云うて、太刀帯の陣へ売りに往んだわ。疫病にかかって死ななんだら、今でも売りに往んでいた事であろ。……

> 可不是呢,薅死人头发这档子事儿,也许是缺德带冒烟儿的勾当。可是,撂在这儿说是干鱼,拿到带刀的警卫坊去卖。要不是害瘟病一命呜呼了,这会子大概还在干这营生呢。……

文洁若翻译的语气和句式表达习惯很符合老太婆的身份特点,这和她一贯推崇的翻译"精准"原则相吻合,但是某些措辞,比如"薅死人头发这档子事儿,也许是缺德带冒烟儿的勾当"过于口语化,将一个平安时代的日本老太婆语气生生地描绘成了土生土长的东北老人的口吻,虽然容易被中国读者所接受,但是却将日本京城老太太的身份弄得有点像中国农村老太太。

(二)《一个已婚男人的自述》译作简述

《一个已婚男人的自述》是英国女作家凯瑟琳·曼斯菲尔德的代表作之一。曼斯菲尔德是20世纪初英国著名的短篇小说家,但是英年早逝,在短短的17年间创作了88篇短篇小说,代表作品还有《园会》《在德国的公寓里》等。曼斯菲尔德的小说题材大多数来自她的亲身经历,具有独特的女性视角,作品具有诗一般的语言,描写细腻深刻。劳伦斯称赞她的作品为"天才之作",将她的作品介绍给中国的诗人徐志摩,更是将其人其作视作美的象征。曼斯菲尔德因其精湛独特的短篇小说创作风格和技巧被称作"英国的契诃夫"。《一个已婚男人的自述》写于1921年,是曼斯菲尔德创作成熟时期的作品之一。曼斯菲尔德大多数作品都以女人的角度进行叙事,从不同的角度揭示人,特别是女性的不幸,而《一个已婚男人的自述》却是以男性作为故事的第一人称叙事和事件的见证者,这一叙事视角在曼斯菲尔德的短篇小说中比较罕见。《一个已婚男人的自述》中男人对妻儿自以为是的虚伪冷漠态度无疑是曼斯菲尔德在生命走向尽头前对自己生存现状的再一次审视,是她发出的一声无可奈何的叹息[①]。《一个已婚男人的自述》从头到尾以男人的心理活动为叙述脉络,完全没有情节,而是由散乱琐碎的生活片段、支离破碎的回忆以及幻觉组成,就好像电影的一个个镜头或者一幅幅静止的画面。这些片段看似杂乱无章,但实际上统摄于男人的心理变化,反映了男人无序的心理状态。

> Late, it grows late. I love the night. I love to feel the tide of darkness rising slowly and slowly washing, turning over and over, lifting, floating, and that lies strewn upon the dark beach, all that lies hid in rocky hollows. I love, I love this strange feeling of drifting—whither? After my mother's death I hated to go to bed. I used to sit on the window-sill, folded up, and watch the sky. It seemed to me the moon moved much faster than the sun. And one big, bright green star. I choose for my own. But I never thought of it beckoning to me or twinkling merrily for my sake. Cruel, indifferent, splendid—it burned in the airy night. No matter—it was mine.[②]

> 天色晚了,越来越晚了。我爱夜晚。我爱那逐渐上涨的暗潮,缓慢地冲刷这洒在黑魆魆的沙滩上的一切。隐藏在岩穴中的一切,旋转它们,把它们举起来,让他们漂浮。我爱,我爱这种飘荡的感觉——飘到何处?母亲死后,我厌恶上床了。我经常把自己裹得严严实实的,坐在窗台上望着天空。我恍惚觉得月亮比太阳移动得快多了。我为自己选择了一颗又大又亮的绿星星。我的星星!但是我从来不曾认为它在向我召唤,或是为了我的缘故而快乐地闪烁。残忍,冷漠,灿烂——它在

---

① 官雪梅:《浅析凯瑟琳·曼斯菲尔德〈一个已婚男人的自述〉的现代主义特征》,《西南民族大学学报(人文社会科学版)》2011年第S2期。

② Katherine Mansfield, *Letters and Journals of Katherine Mansfield* (London: Allen lane, 1977), p. 216.

风凉的夜晚燃烧着。不管怎样，它是我的。①

文洁若遵循着她准确的翻译原则，准确地传递叙述者的意识流活动。通过叙述者自我意识无序的幻想揭示自我感伤和自我怜悯之情。当他爱上"夜晚"，爱上"暗潮"，爱上"飘荡的感觉"，到飘无定所，体现了叙述者自我的迷失。因为母亲的去世，他开始孤立自己，喜欢"坐在窗台上望着天空"，寻找属于自己的一个星星。虽然仅是叙述者自己的遐想，译者却能很好地再现曼斯菲尔德那含蓄而典雅的语言艺术，读者能体会到作者观察敏锐而精致，抒情细腻而清新，其作品宛如一首首散文诗，给人一种美的享受。同时，译者也很好地再现了曼斯菲尔德在其作品中运用现代主义创作手法给作品带来的艺术张力，让读者在她诗意般的语言、如画的意境中感受到她作品创作中的文笔犀利和酣畅淋漓，深刻描绘了叙述者内心微妙细腻的情感。

（三）《莫瑞斯》译作简述

《莫瑞斯》是福斯特在1913年开始写的一部关于同性恋题材的作品。他在1914年完成了《莫瑞斯》的初稿，在随后的几十年中对其进行了断断续续的修改，虽然其修改并没有脱离初衷，但这一漫长过程就是福斯特探索同性恋本质和内涵的过程，从不同角度较全面映射出福斯特的性伦理观。福斯特因为《印度之行》而闻名中国。中国学者已经围绕《印度之行》发表约四百余篇论文，主要是从现代主义或者后殖民主义的视角出发对其进行研究。但是《莫瑞斯》这部耗时最久、福斯特生前还不愿或者不敢出版的小说在中国颇受冷遇。究其原因，就是它译介到中国比较晚。2009年文洁若才把《莫瑞斯》译介到中国，使得中国人对这部作品有了进一步深刻的认识，至今也仅有120余篇关于《莫瑞斯》同性恋主题的研究文章。萧乾和福斯特是忘年交，他们经常保持通信联系。"萧乾去世后，为了纪念中英两位作家之间这段弥足珍贵的友谊，我把《莫瑞斯》翻译出来。"②这是文洁若翻译《莫瑞斯》的初衷。但是没有一个研究者对这部英译本做出相关研究，甚是遗憾。文洁若的译笔流畅，语言通俗易懂，能够准确地传递原作的意图。为了更好地了解其翻译特点，笔者摘录一段进行分析。

> Love and life still remained, and he touched on them as they strolled forward by the colourless sea. He spoke of the ideal man-chaste with asceticism. He sketched the glory of Woman. Engaged to be married himself, he grew more human, and his eyes coloured up behind the strong spectacles; his cheek flushed. To love a noble woman, to protect and serve her-this, he told the little boy, was

---

① 凯瑟琳·曼斯菲尔德：《一个已婚男人的自述》，萧乾、文洁若、萧荔译，上海三联书店，2010，第146页。
② 福斯特：《莫瑞斯》，文洁若译，上海译文出版社，2009，第190页。

the crown of life. 'You can't understand now, you will some day, and when you do understand it, remember the poor old pedagougue who put you on the track. It all hangs together-all-and God's in his heaven, All's right with the world. Male and female! Ah wonderful!'

'I think I shall not marry,' remarked Maurice.①

然而,还有爱与人生的问题。当他们沿着灰暗的海边漫步的时候,他谈到了这些。他谈到由于禁欲的缘故变得纯洁的理想任务,他描绘了女性的光辉。目前已订了婚,越谈越富于人情味儿,透过深度眼镜,目光炯炯有神。他的两颊泛红了。爱一个高尚的女子,保护并侍奉她——他告诉这个稚气的男孩,人生的意义就在于此。"眼下你还不能理解这些,有一天你会理解的。当你理解了的时候,可要记起那个启蒙你的老教师。所有的事都安排得严丝合缝——神在天上,尘世太平无事。男人和女人!多么美妙啊!"

"我认为我是不会结婚的。"莫瑞斯说。②

莫瑞斯先接受的是私立的传统教育,预备学校校长亚伯拉罕先生关心的是学生的行为,以"防止他们品行不端"。教务主任杜希先生在莫瑞斯要升入公学时也不放过最后教育他的机会,主要目的是第一次公开跟莫瑞斯讨论性,强调男女之间的差别,也谈到"由于禁欲的缘故变得纯洁的理想人物,他描绘了女性的光辉"③。杜希先生的教育关注节制欲望,强调性欲是与男女有关的。这种教育蕴含着男女截然区分的概念和异性恋主流的话语,该话语主宰着传统社会的性取向,指向了同性恋的禁忌,而且该话语强调其社会功效和对性取向进行监管。

但是,杜希先生的教诲并没有产生预期的作用,"他(莫瑞斯)知道话题是严肃的,涉及自己的肉体。但是他无法把它与自己联系起来,这就犹如一道难以解答的问题,杜希先生的说明自左耳朵进去,右耳朵出来,简直是白费力气。"④这时已经朦胧感受到自己同性恋倾向的莫瑞斯14岁,虽然他希望老师指点迷津,但是传统的异性恋教育无法让他摆脱同性恋的倾向。最后,当杜希先生鼓励他与异性结婚并且希望他十年后带妻子来吃饭时,莫瑞斯本能的回答是"我认为我是不会结婚的"⑤。当杜希先生的讲话结束后,福斯特的描述是"黑暗将少年笼罩住。久远的然而并非是永恒的黑暗落下帷幕,等待着自身那充满痛苦的黎明"⑥。

---

① E. M. Forster, *Maurice* (London: Penguin Classics, 2005), p. 10.
② 福斯特:《莫瑞斯》,文洁若译,上海译文出版社,2009,第3页。
③ 同上书,第9页。
④ 同②,第8页。
⑤ 同③。
⑥ 同②,第10页。

文洁若的翻译准确、传神、易懂,很好地传达了原作的内容与形式。

四、翻译思想

文洁若的翻译思想主要集中体现在一些译作的序言、跋、散论、书信和访谈中。通过对她的翻译诗学观进行梳理,结合文洁若先生的翻译实践,从翻译选材、翻译标准、翻译风格和翻译的度等方面对文洁若的翻译思想做一简单的探析。

(一)翻译选材标准

选材是一个翻译家从事翻译活动的最初标准。但是翻译选材会受到意识形态、个人喜好以及读者期待等多种因素的影响。鉴于本节探讨的是译者个人的翻译思想,所以笔者集中讨论译者个人的选材标准。文洁若的选材具有明显的个人喜好倾向。正如她自己在接受许钧教授访谈时所言:

> 我喜欢选择那种具有强烈的艺术感染力的作品来译。例如凯瑟琳·曼斯菲尔德的作品就给人译美感享受——语言美,情调美。日本近代作家泉镜花的《高野圣僧》,芥川龙之介的《海市蜃楼》,以及英年早逝的女作家有吉佐和子的短篇小说《地歌》和《黑衣》,还有水上勉的散文《京都四季》,他们都以敏锐的观察力和细腻的表现力见称,表达了日本传统文化的审美情趣。对日本作品我还有个标准或原则:着重翻译那些谴责日本军国主义对我国发动的侵略战争的作品,其中包括天主教作家远藤周作的《架着双拐的人》和三浦绫子的《绿色荆棘》《爱国心》。①

从这段话中可以看出文洁若的选材倾向:一是作品具有艺术性;二是谴责日本军国主义的作品。

(二)翻译标准

文洁若翻译的标准,一是强调准确,即忠实。萧乾曾夸奖夫人文洁若的严谨翻译态度时说"一个零件也不丢,连一个虚词也不放过",可以理解为文先生对译文要求极高。文先生把原作比作一部机器,希望译者在拆卸后重新组合成译作这部新机器时,不要遗漏,更不能抛弃原来机器上的零件,哪怕是一个虚词,一个看起来很小的零件②。译文要通过意义、顺达、风格三个层面完整地体现原作的意义和思想感情。雷婉等通过对《尤利西斯》汉译的随机举例发现,译文在准确、完整地再现了原作的意义、顺畅和风格等方面,很好地做到了"信",虽

---

① 许钧:《文学翻译的理论与实践——翻译对话录》,译林出版社,2010,第63页。
② 雷婉、王旭安、尤珂:《文洁若的翻译理论与实践——〈尤利西斯〉选评》,《重庆第二师范学院学报》2013年第4期。

然仍有个别问题,譬如原文典故、双关等没有全部译出,但是译文尽可能地靠近了文洁若忠实原文的翻译目标。二是力求通俗易懂。萧乾在《尤利西斯》中译本序中提到,"我们的目标是,尽管原作艰涩难懂,我们一定得尽最大努力把它化开,使译文尽可能流畅,口语化(我们二人都是北京人,难免有时还不自觉地打些京腔)。"① 显然这一翻译思想和文洁若受到前辈钱稻孙影响是分不开的。文洁若在《东亚乐器考》跋中写道:"除了钱稻孙先生,很难设想还有第二个人能把这么一部艰深的学术著作译得如此通俗易懂,而且文字优美。"②

(三)如何做好翻译

文洁若对如何做好翻译有自己独到的见解。她认为"要搞好翻译工作,就需多看创作"③。她在翻译时如果发现意思完全懂,但是不知道如何准确地传达给读者,就会把翻译先放一放,找一些内容题材与原作相近的作品看看,寻找灵感。特别是在翻译不同风格作家的作品时,这个做法非常有效。她自己曾现身说法谈了自己的体会。例如她在翻译凯瑟琳·曼斯菲尔德的短篇小说时,阅读了冰心、凌叔华和林徽因的作品,在翻译加拿大作家斯蒂芬·里柯克的幽默、讽刺小说时,就曾阅读过鲁迅先生的杂文和林语堂的幽默小品文。

(四)理想的译者

文洁若根据自己多年的编校和翻译实践,对什么是理想的、最合格的译者有自己的观点。她指出,"拿日本文学来说,我认为译者不但对中日文都能驾驭自如,而且对两国现代及古典文学都有基础,并且熟悉日本社会习尚和风土人情,方为上乘。"④对这段话稍加提炼,我们可以看出文洁若理想的译者是:一是熟练掌握中外两种语言;二是拥有中外古典文学和现代文学基础;三是熟悉源语作品的社会风俗和风土人情。她认为周作人和钱稻孙是理想译者的典范。他们二位都是家学渊深,涉猎广博,因此译笔不仅能达意,而且传神,确实是艺术地在创作⑤。理想的译者不会出现粗制滥造和投机取巧,他们往往都具有奉献精神。这样既是对原作者负责任,也是对广大读者负责任。

五、译作影响

文洁若是译作丰富的翻译家。她曾经和采访者说过这样一句话,"一生只做三件事,搞

---

① 文洁若:《萧乾、文洁若谈翻译》,内蒙古教育出版社,2012,第71页。
② 同上书,第124页。
③ 同①,第136页。
④ 同①,第135页。
⑤ 同①,第125页。

翻译、写散文、保护萧乾。"①翻译是她生命中的重要事情之一，这或许解释了她为什么有如此多的译作面世。文洁若早期主要以翻译日本文学为主，她是我国个人翻译日文作品字数最多（800多万字）的翻译家之一。前后半个多世纪，她主编《日本文学》丛书19卷，翻译了14部长篇小说，18部中篇小说，100多篇短篇小说。很多读者都把她看成是日文作品翻译家，事实上她还是英文作品翻译家。她和丈夫萧乾翻译了《一个已婚男人的自述》（［英］凯瑟琳·曼斯菲尔德）、《里柯克幽默小品选》（［加］里柯克）、《尤利西斯》（［爱尔兰］詹姆斯·乔伊斯）、《莫瑞斯》（［英］爱·摩·福斯特）、《冬天里的故事》（［美］露丝·蓓尔·葛培理）、《威尼斯商人》等。文洁若的很多译作多次再版，具有很大受众。在《里柯克讽刺小说选》出版的贺词中，一位加拿大大使写道："作为加拿大在中国的代表，我非常高兴，这个版本将使这个伟大的国家的读者更好地理解里柯克的作品。我们很幸运，这个作品是萧乾翻译的。他用作家自己的敏感和技巧使中国的读者能够领会原著的精神和意图。"叶圣陶在1963年5月10日写给萧乾的信中也对《里柯克讽刺小说选》译作做了很高的评价，"此译我甚喜爱，心赏之处甚多，……"②。

《尤利西斯》（上卷）于1994年4月问世了，广受读者欢迎。目前《尤利西斯》全译本已在多个出版社出版，如译林出版社、上海三联书店、文化艺术出版社等。萧乾文洁若译本和金隄译本是目前读者界普遍认同的权威译本，具有很高的文学欣赏和研究价值。目前，在网络上检索文洁若的译作，读者不难发现，她的很多译作被一版再版，销量喜人。其中，《莫瑞斯》2009年由上海译文出版社发行10 000册，目前已经售罄，读者只能从网上购买该书的复印版。

第六节　译者对作者及原著的认同与转化分析

人类作为一种"社会动物"，是具有自我反思性的主体，在不同社会、文化背景中，特别是处于困惑、迷茫或者某种边缘的状态下，内心尤会潜意识地发出"我是谁？我们是谁？归属在哪儿？"等问题。这就涉及主体对自身认同的问题。应该说"认同"（identity）是近来学界频繁使用的一个术语，内涵丰富。认同作为一个问题，广泛地存在于社会文化的各个层面中，它蕴含了复杂的"差异政治"及其权力关系。从民族的、种族的文化差异，到阶级的、社会分层的差异，再到性别的差异，各种亚文化的差异，甚至区域文化地方性的差异等，都可以包容在认同的范畴之下。弗洛伊德把认同过程看作人的一种重要而又复杂的心理机制，"认同

---

① 李樱：《文洁若一生只做三件事》，《三月风》2008年第6期。
② 叶圣陶：《致萧乾谈翻译作品》，《中国作家》1988年第3期。

过程(identification)是精神分析理论认识到的一人与另一人有情感联系的最早的表现形式[①]。认同过程有以下几个特征：(1) 认同过程是一种情感上与他人的关联，是通过"移情"方式实现的；(2) 认同过程从一开始就是一种矛盾的情绪，诸如亲近与拒斥共存；(3) 自我是从认同过程中产生的[②]。霍尔认为"在通常的说法中，认同过程（identification）实践是在对某些共同本原的体认上建构起来的，或是与他人或群体所共有的某些特征，或是共有某种理想，共有某种建立在这一基础之上自然封闭的团结和忠诚。然而，与这种界定的'自然主义'相反，话语研究方法则把认同过程视作一种建构，一个从未完成——总在'进行中'——的过程"。它始终是"赢得"或"失去"、拥有或抛弃，在这个意义上说，它是不确定的。尽管有其存在的确定条件，包括维系它所需要的一些物质的或象征的资源，但是，认同过程是无条件的，处于偶然性之中。一旦它得到了，它就不会抹去差异了。它所暗示的整合事实上只是一种统合的幻想[③]。周宪教授通过分析得出：一方面，认同是一个动态的、发展的和未完成的过程，具有开放性和建构性；另一方面，认同又是在话语实践中进行的，在种种象征认同形态中，语言和文学无疑扮演了极为重要的角色。从第一个推论出发，可以说认同始终是一个从当下性出发指向未来的过程，这一点非常重要。从后一个推论出发，可以说文学是一种建构性的认同话语实践，其作用不可或缺[④]。应该说译者对原著、原作者的认同始终处于一种动态的变化之中。根据 Michel Pecheux 模型，在一个文化体系内，如果存在着主导文化与被主导文化的关系，那么在一个体系中被主导文化对主导文化的文化认同可分为三种类型：第一种是对主导文化无条件的认同，即被主导文化对主导文化没有任何争议；第二种是反对主导文化，这表现为对主导文化常常提出相反的意见，不认同主导文化，但仍停留在这一体系内；第三种是否定并超越的认同，这是被主导文化虽然并不认同主导文化，但希望能够建立一种超越体系内的主导与被主导的关系的认同方式，从而来认同主导文化。文学作为文化的一个子因素，译者对原著的认同也适用于该模型。

这里我们同样使用"认同"这一术语来探讨译者对原作者的认同内涵。译文译者实现对原作者的认同，是他实现对原作译介的首要前提。那么何谓认同？心理学意义上的"认同"一词最早由精神分析学派西格蒙德·弗洛伊德提出。他将儿童把父母或教师的某些品质吸收成为自己人格的一部分的行为称为"认同作用"，用以表述个人与他人、群体或模仿人物在感情上、心理上趋同的过程，并指出这是一种个体与他人有情感联系的最早的表现形式[⑤]。符号互动论的主要代表人物查尔斯·库利主张人们在参与社会互动的过程中改造着他们自

[①] 弗洛伊德：《弗洛伊德后期著作选》，林尘、张唤民、陈伟奇译，上海译文出版社，1986。
[②] 同上。
[③] Stuart Hall and Paul de Gey eds., *Questions of Cultural Identity* (London: Sage, 1996), pp. 2-3.
[④] 周宪：《文学与认同》，《文学评论》2006 年第 6 期。
[⑤] 车文博：《弗洛伊德主义原著选辑》，辽宁人民出版社，1988，第 375 页。

己的世界,强调社会关系和文化因素对人的本质的决定性作用。乔治·米德继续阐释了库利的"镜中自我"概念,并且对于自我及社会化的发展过程提出了许多独到的看法。他指出,我们通过以对待他人的方式来对待自己,从而获得自我感。我们在意识中采用了双重视角:我们既是观察的主体,同时也是观察的客体。我们在想象中站在他人立场上,并从这一视角看待我们自己。特纳(Turner)和塔费尔(Tafel)区分了个体认同与社会认同,认为个体认同是指对个人的认同作用,或通常说明个体具体特点的自我描述,是个人特有的自我参照;而社会认同是指社会的认同作用,或是由一个社会类别全体成员得出的自我描述[①]。无论是从心理学还是社会学视域,都有一个共性,就是通过对他者在情感上、心理上、性格上、社会关系、文化间性等方面实现价值认同、工作或职业认同和角色认同。认同感平常都是隐藏的、潜在的,认同的情感是深沉的、潜藏的,是一种内在的文化、血缘和出生性的情感。当然认同是一个动态发展的概念,正如周宪认为,"一方面,认同是一个动态的、发展的和未完成的过程,具有开放性和建构性;另一方面,认同又是在话语实践中进行的,在种种象征认同形态中,语言和文学无疑扮演了极为重要的角色。"[②]他的观点对于我们探讨译者对原作意识的认同和转化有着积极的借鉴价值。对于译者来说,从事文学翻译的过程也是动态的、发展的过程,翻译也具有开放性和对原作重新建构的功能。翻译过程其实就是译者对原作和原作者的认同过程,在认同的过程中不断实现自我的认同和对他者的认同。下面将重点探讨一下《尤利西斯》两版本的译者对原作者的意识认同和自我意识认同。

一、译者对原作者的意识认同

辩证唯物主义认为,意识是人脑的机能和属性,是社会的人对客观存在的主观映象。意识,在文学家看来,是世间万物皆具有的"灵性"。译者对原作者的意识认同至少包括对他者的身份认同、作品的认同和作品中折射出来的意识认同。

斯特劳斯(Strauss)在1959年出版的《镜子与面具:关于认同的研究》一书中,认为认同必然与自己和他人对自我的重要评价相联系。"将研究的重点放在人们相互之间如何联结在一起并受到影响,以及如何通过这种联结而相互影响。"[③]该观点同样适用于译者对原作者的身份认同。所谓对原作者的身份认同是对作者取得的文学成就、文学地位、人格魅力等的认同。乔伊斯义无返顾地"背叛"了家庭、宗教和民族主义想象的共同体爱尔兰,以出走的方式来冲破爱尔兰后殖民话语的压制。1904年大学刚毕业不久,他在一封信中说:"我的内心

[①] Henri Tafel and John C. Turner, "The Social Identity Theory of Intergroup Behavior," in *Political Psychology* (London: Psychology Press, 2004), p. 18.
[②] 周宪:《文学与认同》,《文学评论》2006年第6期。
[③] 王莹:《身份认同与身份建构研究评析》,《河南师范大学学报(哲学社会科学版)》2008年第1期。

与现行的社会秩序,与基督教,与家庭,与被认可的德行,与生活的等级以及宗教学说格格不入。"①就是这样的"叛逆者"对《尤利西斯》两位中文译者产生了深刻的磁力和影响力,使他们对乔伊斯情有独钟,有动力去完成这部天书的翻译工作。相对来说,萧乾接触乔伊斯要早于金隄,这得益于萧乾在 1939 年就赴英,在伦敦大学东方学院执教。"除了劳伦斯和维·吴尔夫的作品,他还买了乔伊斯早期的短篇集《都柏林人》和《艺术家年轻时的写照》。"②1939 年 6 月 3 日,萧乾从剑桥给胡适寄去一张明信片,其中有一段写道:"近与一爱尔兰青年合读 James Joyce 的 *Ulysses*(《尤利西斯》)。这本小说如有人译出,对我国创作技巧势必大有影响,惜不是一件轻易的工作。"可见当时萧乾对乔伊斯及其作品比较感兴趣,特别是对《尤利西斯》简直是顶礼膜拜,在他 1939 年买的两卷《尤利西斯》扉页上写着,"天书 弟子萧乾虔读 一九四〇年初夏,剑桥"③。正如萧乾认为"乔伊斯必是个有见地、有勇气的作家",并"对叛逆者持有好感"④。当然金隄教授接触《尤利西斯》也比较早。金隄曾说过:"蓦地听来,我这话好像有一点夸张,因为《尤利西斯》这书我在 1945 年西南联大外文系毕业当助教之后,读过一遍,还只是弄个一知半解,但真从深处回顾,我的一生历程,我认为家乡浔中的三年,确是起了关键作用的基础。如果我没有这个基础,是很难翻译好《尤利西斯》的。"⑤之后他说"开始是受命而译,后来我渐渐为《尤》的语言和艺术性所吸引,向中国译介此书成了我追求的目标。虽然我知道中国还没人翻译此书,可我并没有想到要去填补什么'空白',只是出于我对此书的热爱和有众多乔学界朋友的支持和鼓励,我才干了下去"⑥。从两个版本的译者前言中也可以看出译者对《尤利西斯》的充分肯定。萧乾"当时一边读得十分吃力,一边可又在想,不管你喜欢也罢,不喜欢也罢,它总是本世纪人类在文学创作上的一宗奇迹"⑦。同样,金隄也对《尤利西斯》做了很高的评价,"《尤利西斯》之所受到那么多文学评论家和读者的赞赏以致热爱,被尊为二十世纪最伟大的英语文学著作,主要就在于它以极其精湛准确的语言,栩栩如生地刻画了一个城市内的人、时、地,使读者对一些人物获得在英语文学中空前深入而全面的理解,并在种种貌似平凡的事件中,甚至在滑稽可笑的日常生活中,表现了人的高贵品质究竟何在"⑧。毋庸置疑,从上述材料我们不难看出,两个译本的译者都对乔伊斯和《尤利西斯》充分地认同,包括乔伊斯身份、作品的认同和作品中折射出来的意识认同。

---

① 彼特·科斯特洛:《乔伊斯》,何及锋、柳萌译,中国社会科学出版社,1990,第 58 页。
② 参见张建智的《金隄与〈尤利西斯〉》一文相关内容。
③ 詹姆斯·乔伊斯:《尤利西斯》,萧乾、文洁若译,文化艺术出版社,2002,第 2-3 页。
④ 同上书,第 2 页。
⑤ 同②。
⑥ 王振平:《论翻译之道说〈尤利西斯〉——金隄教授访谈录》,《中国翻译》2000 年第 1 期。
⑦ 詹姆斯·乔伊斯:《尤利西斯》,萧乾、文洁若译,文化艺术出版社,2002,第 3 页。
⑧ 乔伊斯:《尤利西斯》,金隄译,人民文学出版社,1997,第 5 页。

二、译者对原作者的意识转化

译者对原作者及其作品的认同往往是翻译的前提(除了受到外界的强迫),只有对原作者和原作的认同,对原作者的意识进行转化才成为可能。为什么说是成为可能呢?因为这里还涉及译者的自我认同,即我是否具备翻译原作的能力和素养。并不是只有懂得英文,拿一本字典就可以实现文学翻译的。所以译者首先要完成自我认同,才能着手进行原作的翻译工作。我们都知道翻译分为文学翻译与非文学翻译两类翻译,对译者的素质修养的要求也是各有不同。相同的是,对两类翻译而言,具有高水平的母语和外语能力和一定的专业知识素养等都是必备的。不同的是,非文学翻译对译者的科学思维、逻辑思维要求较高,而文学翻译对译者的形象思维、情感思维(即"情商")的要求较高。同时,鉴于文学与社会历史、现实人生等方方面面密切相关,因而对文学翻译者的知识面的要求更宽。文学作品的语言表现方式也往往更丰富、更复杂,因而对译者母语和外语的词汇量、句式的掌握和运用也具有很高的要求。如前所述,萧文伉俪无论是中文素养还是英文素养都是一流的,这为他们从事《尤》译提供了必要的人力基础。从前文可知,金隄是资深翻译家。金隄先生在多年的翻译实践中,逐渐形成了自己的一套翻译理论,即等效翻译理论。早在 1978 年,他在联合国文件翻译工作简报上发表的《论翻译的准确性》一文中就初步表达了他的"等效翻译"思想。在他随后发表的翻译研究论文中大体可以见到他等效翻译思想的形成轨迹。一位听过他演讲的美籍教师认为,金隄的翻译思想与美国的翻译理论家奈达很接近,并介绍他认识了奈达。与奈达相识,使金隄走上了中国传统译论和西方科学译论相结合的道路,并最终形成了自己独特的等效翻译理论。他 1982 年出版了 *On Translation*(《论翻译》)(与尤金・奈达合著,中国对外翻译出版公司,1984),1989 年出版了《等效翻译探索》(中国对外翻译出版公司,1989),2003 年出版了 *Literary Translation, Quest for Artistic Integrity*(《文学翻译:艺术完整的求索》)(Manchester: St. Jerome Publishing,2003)。可以说,三位译家背景虽然有异,但都在文学、文字方面造诣精深,翻译实践经历丰富,但这仅仅是他们具备的自然条件,还得他们认识到自己具备翻译《尤》的条件,从而实现对原作的转化。根据对他们的相关资料的整理,我们得到一个惊人的发现:第一,他们决定翻译《尤利西斯》都是在各方面成熟之际。萧乾(当时 80 岁)在 1990 年开始正式和文洁若(当时 63 岁)从事《尤》译,而金隄(当时 66 岁)是在 1987 年正式从事《尤》译。第二,他们都是从受到外界的要求开始到余生一直致力于《尤》译和乔伊斯研究的。这一过程可以说是他们从自我认同向对原作的认同转化过程。从对相关资料的整理和梳理可以看出他们对乔伊斯接触都较早,但是涉及不多,特别是对《尤利西斯。萧乾说"我最早听到乔伊斯这个名字,是在一九二九年","后来在美国教授包贵思开的'英国小说'课上,又一次听到他的名字。当时还不知道乔伊斯是爱尔兰人"①。可见,当时萧乾只是知道有这么一个作家,其他一无所知,"当时我并没能读到他的书"②。根据他的译序得知他正式接触乔伊斯的作品是在1939年下半年,"劳伦斯、维·吴尔夫——自然我也买了乔伊斯早期的短篇集《都柏林人》和《一个青年艺术家的画像》。那时《尤利西斯》刚开禁不久,英国版才出了没几年。它的单行本最早是一九二二年由巴黎莎士比亚书屋出版的。我买到的是奥德赛出版社(1935年8月版)出版的两卷本。当时有关此书的索引及注释本都还没出,我花了好大力气才勉强把它读完"③。1942—1944年,萧乾开始研究起乔伊斯的《尤利西斯》和半部《芬尼根守灵夜》。他在译序中说道:"正当整个世界卷入战火纷飞的年月里,我却躲在剑桥王家学院一间十四世纪的书房里,研究起乔伊斯的这本意识流小说《尤利西斯》来了。当时一边读得十分吃力,一边又在想,不管你喜欢也罢,不喜欢也罢,它总是本世纪人类在文学创作上的一宗奇迹。""正当我啃了半部乔伊斯的《芬尼根守灵夜》时(那是1944年6月),联军从诺曼底登陆反攻了。我也就丢下学位和乔伊斯,重操旧业,当随军记者去了。"至此,萧乾也几乎中断了对乔伊斯的研究,特别是《尤利西斯》的研究。文洁若最早听说《尤利西斯》是在20世纪30年代,她随全家赴日,在东京接受教育。"一次,已在日本做了将近20年外交官的父亲,拿出当时刚出版的《尤利西斯》日译本,对她说:'要是你刻苦用功,将来能把这本奇书译出来,在这个奇书的中译本上印上自己的名字,该有多好。'从此,小小的文洁若便记住了父亲这温存的话语,而将自己投入长长的遐想之中。读了大学,她又一次趋近《尤利西斯》,再一次感受到了这部'天书'对自己的强烈的引力。"④直到1990年8月译林出版社社长李景端先生上门来向他们约翻译《尤利西斯》。他们,特别是萧乾的乔伊斯梦才在外力的作用下开始燃烧,同时将《尤利西斯》介绍给中国读者,成了文洁若始终萦绕的一个梦想,一个念愿,所以她大力主张和支持翻译这部天书。文洁若说:"这正是目前情况下最适宜萧乾做的工作了。创作我帮不上忙,翻译呢,只要我把初稿译好,把严'信'这个关,以他深厚的英文功底,神来之笔,做到'达、雅',可以说是驾轻就熟。与其从早到晚为病情忧虑,不如做这项有价值的工作,说不定对身心还有益处。大功告成之日,就意味着给他四十年代功亏一篑的意识流研究工作画个完满的句号。"⑤金隄最早接触《尤利西斯》可以追溯到1945年,"《尤利西斯》这书我在1945年西南联大外文系毕业当助教之后,读过一遍,还只是弄个一知半解,……",直到70年代后"多年不见的老同学袁可嘉来天津竭力劝我译书、80年

---

① 詹姆斯·乔伊斯:《尤利西斯》,萧乾、文洁若译,文化艺术出版社,2002,第2页。
② 同上书,第3页。
③ 同上。
④ 丁亚平:《"天书"情缘——萧乾、文洁若与〈尤利西斯〉》,《群言》1994年第8期。
⑤ 同①,第30页。

代中期《世界文学》积极刊载译文……"①。他从 1981 年就开始译《尤》的一个章节,刊登于 1981 年出版的《外国现代派作品选》,1987 年出版了《尤利西斯》选译本,其中包括《涅斯托尔》《哈德斯》《游动山崖》三章全文和《喀尔刻》《珀涅罗珀》两章的片段。后来在 1993 年和 1994 年分别在台湾九歌出版社和人民文学出版社出版全译本上卷,1996 年出版全译本下卷。应该说持续时间长达 15 年。正如他自己所言,"我从事这一译事前后十六年,前十年以研究为主,具体发表三整章加两个片段的译文和若干论文……后六年全力以赴,……"②。可见,两个译本的译者们都经历了自我认同和对原作者及作品的一个认同过程。王友贵对二译本的译者给予了极高的评价,"《尤》是英语文学的一座珠峰,翻译《尤》亦堪称译坛上的珠穆朗玛峰。攀登者非勇者、智者、百折不挠者不敢为之,不能为之。中国译坛有幸,得此三位经验丰富的译家,以近乎'皓首穷经'的精神孜孜译事;有文学方面最严谨的出版社承揽出书,使汉语世界增添了两本风格迥异但品质上乘的译本"③。第三,两个译本的译者都具有相似的命运经历。萧乾一生走过的曲折道路在现代中国作家中具有很大的代表性。在 20 世纪 40 年代末期,他曾一度"迷茫"过,即对未来的前途命运有无所适从之感。金隄刚则走上社会不久就被当作美军特务关了两年,文艺界的一次次运动也使他感到迷茫和害怕,所以最终放弃了走文学创作的道路,决心从事文学翻译。他们具有和乔伊斯一样对前途迷茫的经历,这一点对于他们进行自我身份和原作者身份认同具有重要意义。

三、译者对原作者及原著认同转化的主要体现

译者要实现对原作者及原作的认同转化,通常要涉及以下几个方面。

(一) 强调研究原作家原作品的重要性

郭沫若在《讨论注译运动及其他》(1923)一文中,对译者作为理想的翻译主体提出了如下四个条件,其中两个条件就是:"对于原书要有理解""对于作者要有研究"。茅盾在《译文学书方法的讨论》(1921)一文中,认为从事文学翻译的人必须具备三个条件。其中第一个条件就是"翻译文学书的人一定要他就是研究文学的人"。郁达夫在《读了铠生的译诗而论及于翻译》(1924)一文中,提出了"学、思、得"三个字,分别从知识背景、原作家、原作品三个方面,提出翻译者的内在条件。所谓"学",即对于翻译对象及其背景知识的深入了解和研究,他以泰戈尔、拜伦的作品翻译为例,说明必须在动手翻译之前研究原作者所在国家的传统思想、风俗、习惯,原作者所处的环境,并阅读原作者的主要作品及传记材料,然后才能从事翻

---

① 金隄:《〈尤利西斯〉译后三题》,《天津外国语学院学报》1995 年第 3 期。
② 同上。
③ 王友贵:《世纪之译:细读〈尤利西斯〉的两个中译本》,《中国比较文学》1998 年第 4 期。

译;所谓的"思",就是深刻领会原作者的思想意图,他说,"但我想我们既欲把一个异国人的思想丽句,传给同胞,我们的职务,终不是翻翻字典可以了局,原著者既费了几年的汗血,付与他思想以一个形式,我们想传他的思想的人,至少也得从头至尾,设身处地地陪他思索一番,才能对得起作者";所谓"得",就是"完全了解原文的精神"。而要做到这些当然实属不易,对此,翻译家傅雷也深有体会地写道:"译事虽近舌人,要以艺术修养为根本:无敏感之心灵,无热烈之同情,无适当之鉴赏能力,无相当之社会经验,无充分之常识(即所谓杂学),势难彻底理解原作。即或理解。亦未必深切领悟。"①《尤》译三位译者确实也都强调对原作家和原作的研究。从萧、文译序中可以看出他们对乔伊斯和《尤利西斯》都进行了大量深入的研究,对不同版本的研究,"除了研究专著及传记之外",还参阅了很多"有关的工具书,包括注释本及手册"②。他们同时还做了大量基础工作,"全书有大量的拉丁文及天主教用语","所有宗教用语都来自教内,而不是我们杜撰的。遇到没有把握时,洁若还通过译林出版社向南京的神学院或向北京西什库北堂的天主教神职人员请教过。"③在翻译过程中,他们得到了英国文化委员会(British Council)的钟恩(Adrian Johnson)及艾得福(Christopher Edwards),以及爱尔兰大使塞尔玛·多兰(Thelma Doran)的大力支持,"为我们提供各种参考书、地图以及录像带,使我们的工作得以顺利进行。他们设法帮助解答我们在翻译过程中所遇到的疑难问题,有时还代我们向他们本国的专家请教。"④他们还得到了爱尔兰裔加拿大小说家柯伟诺(Patrick Kavanagh)和他的夫人唐兰(Sarah Taylor)的大力帮助。他们"对乔伊斯很有研究,同爱尔兰又有着血缘关系。最重要的是 Patrick 是个热心肠的人,因而他就成为我们最经常呼唤的'救火队'。每逢假日他回到爱尔兰裔人聚居的家乡,必带上我们成串的问题。有的迎刃而解,有的他还到处代我们去请教"⑤。在专业方面他们也请教了很多人,如音乐方面"多次请教过孙明珠和刘国纪,医学方面麻烦过李璞和姜波,经济和法律方面经常向祝友三和易家祥请教,天文方面则向林盛然请教过","全书使用希腊文和拉丁文处很多。我们主要请教的是老友杨宪益。梵文及佛学则多次请教过季羡林教授。阿拉伯文曾请教过李玉侠,法文请教过夏玫,意大利文请教过吕同六。古汉语方面请教过吴小如教授。"⑥金隄也同样对原作者和原作进行了深入研究,他自己就说过,"我从事这一译事前后十六年,前十年以研究为主,具体发表三整章加两个片段的译文和若干论文……后六年全力以赴,……"⑦

---

① 傅雷:《论文学翻译书》,载《翻译论集》,商务印书馆,1984,第695页。
② 詹姆斯·乔伊斯:《尤利西斯》,萧乾、文洁若译,文化艺术出版社,2002,第23页。
③ 同上书,第25页。
④ 同②,第26页。
⑤ 同②,第27页。
⑥ 同上。
⑦ 金隄:《〈尤利西斯〉译后三题》,《天津外国语学院学报》1995年第3期。

（二）确立自己的翻译原则或是标准

萧译原则是"我认为衡量文学翻译的标准首先是看对原作在感情（而不是在字面）上忠不忠实，能不能把字里行间的（例如语气）译出来。倘若把滑稽的作品译得一本正经，毫不可笑，或把催人泪下的原作译得完全没有悲感，则无论字面上多么忠实，一个零件不丢，也算不得忠实"①。他还说"作为初译者，我们的目标是尽管原作艰涩难懂，我们一定得尽最大努力把它化开，使译文尽可能流畅，口语化"②。可见，萧乾、文洁若的翻译是为了方便读者，替读者考虑的更多，"他们把重心置于读者，担心他们能否读懂，因此决心化艰涩为流畅，却担着改变乔伊斯的风险。"③金隄先生在翻译《尤》时强调他的翻译理论——等效翻译理论，因此在翻译过程中也重视忠实于原作。他说"我的目的是尽可能忠实、尽可能全面地在中文中重现原著，要使中文读者读来获得尽可能接近英语读者所获得的效果"。王友贵评价"萧、文在减轻难度、提高易读性上用力，金隄却像水蛭一般死死贴近原著，在'等效'上做功"④。他们提供的两种风格大异的译本，在很大程度上满足了不同层次、不同口味、不同需求的读者，具有极高的阅读价值。可以说，他们就是在对原作和原作者的认同过程中，不断实现对自己的认同，从而实现对原作和原作者的认同转化，才在自己的晚年也是人生最为成熟之际完成了《尤利西斯》这部天书的翻译，他们翻越了《尤利西斯》这座文学的珠穆朗玛峰，又实现了自己的译作的巅峰。王友贵说："世纪末的这两大译本遥遥呼应一个世纪的我国译界直译意译之争，必将成为世纪之交中国译坛两座里程碑式的巨石，既是漫长而佳作迭出的百年翻译之路的一次总结，又以其个性彰明、相当成熟的译品，昭示中国译界下个世纪文学翻译将行之路，即金隄教授的'影子式'等效翻译和萧文二先生的'化解哺乳式'，只是我以为其重心恰恰与20世纪相反，应当偏重前者，尤其是在翻译博大精深的文学作品之时。"⑤王友贵的观点可谓是对他们的成就中肯的褒奖。他们的译学成就值得我们进一步的深入研究，无论是从宏观方面对译学影响的研究还是微观方面具体的文字、句法、音韵、人物形象、意识流、注释、典故和双关语、误译等方面，无不值得我们深入研究。

本章小结

目前学界对《尤利西斯》、乔伊斯、金隄、萧乾和文洁若都有所研究，有的介绍内容丰富些，有的介绍零散些。本章旨在围绕作品、作家、译者三者进行深入分析介绍，为构建多维对

---

① 萧乾：《文学翻译琐议》，《读书》1994年第7期。
② 詹姆斯·乔伊斯：《尤利西斯》，萧乾、文洁若译，文化艺术出版社，2002，第15页。
③ 王友贵：《世纪之译：细读〈尤利西斯〉的两个中译本》，《中国比较文学》1998年第4期。
④ 同上。
⑤ 同上。

话主体提供前期基础。对《尤利西斯》的分析,笔者重点聚焦形式与真实之间的巧妙结合和有机统一,使用丰富的隐喻、文体、叙事形式、人物塑造形式等在形式上取得巨大突破;在多样的形式下,大量近似现实的人物、事件、历史跳跃在读者眼前,如同是发生在自己身边的现实。作者通过真实的内容和形式的完美结合为世人提供了一部"百科全书式"的文学史书,深刻揭露了17世纪末到20世纪上半叶爱尔兰真实的政治社会生活,表现了作者对爱尔兰未来的思考;乔伊斯成为伟大作家有着内外因素,但他身上也存在的各种各样的缺点和弱点,甚至是一些荒谬可笑的东西。但是就是这样一个时代逆子,为了艺术追求,或通过艺术来达到拯救精神麻痹瘫痪的爱尔兰人而自愿自我放逐,实现在精神上和肉体上远离了自己的祖国,摆脱了令人困扰不堪的社会、文化和宗教环境。因为只有在自我放逐中,他才能拥有梦想中的精神自由,才能在艺术世界中自由驰骋。本章还在比较零散地研究金隄的基础上,重点介绍其主要经历、主要译著和翻译思想及其和《尤利西斯》之间的故事。本章在众多关于萧乾主要经历的材料基础上,提炼并重点介绍其在翻译领域的成就,围绕其主要译著和翻译思想以及和《尤利西斯》之间的故事。文洁若虽然著译颇丰,但是对其很少有系统的研究,本章在对现有材料梳理的基础上,重点分析她的主要经历、主要译著和其翻译思想及其和《尤利西斯》之间的故事。通过对作品、作家和译者们的介绍,分析他们之间的世纪之缘,探讨译者对作品和作者的认同与转化过程,揭示译者对作品、作家接受的过程与内在机理,为深刻分析主体间性关系提供有益支撑。

第三章
《尤利西斯》汉译的语言研究

第一节 《尤利西斯》汉译"陌生化"美学特点

陌生化(defamiliarization)作为诗学范畴滥觞于"新奇"。对新奇最早进行论述的是亚里士多德,他在《修辞学》中强调应给平常的事物赋予一种不平常的气氛,因为在他看来,诗歌当中的人物和事件都和日常生活隔得较远。亚里士多德强调语言与情节的不平常,认为将平常熟悉的事物变得不寻常和奇异,才能使风格不致流于平淡,使观众有惊奇的快感[1]。随后,16世纪意大利美学家马佐尼也强调诗应具有不平凡的故事情节和思想,从而产生惊奇感。17世纪英国文论家爱迪生也对"新奇"进行了论述:"凡是新的不平常的东西都能在想象中引起一种乐趣,因为这种东西使心灵感到一种愉快的惊奇,满足它的好奇心,使它得到它原来不曾有过的一种观念。"[2]此外,黑格尔、华兹华斯、柯勒律治和雪莱等都对"新奇"或"惊奇"有过论述。他们认为诗的目的就是通过不寻常的艺术手法来让日常熟悉的事物变得不平凡,"通过唤起人对习惯的麻木性的注意,引导他去观察眼前世界的美丽和惊人的事物,以激起一种类似超自然的感觉"[3]。黑格尔在《美学》中多次论述道:"艺术观照,宗教观照乃至科学研究一般都起于惊奇感。……客观事物对人既有吸引力,又有抗拒力。正是在克服这种矛盾的努力中所获得的对矛盾的认识才产生了惊奇感。"[4]他们所有关于对"新奇"的论述都是"陌生化"美学诗学的最初萌芽。明确提出"陌生化"概念的是形式主义者什克洛夫斯基,"为了恢复对生活的感觉,为了感觉到事物,为了使石头成为石头,存在着一种名为艺术的东西。艺术的目的是提供作为视觉而不是作为识别的事物的感觉;艺术的手法是事物的

---

[1] 杨向荣:《陌生化》,《外国文学》2005年第1期。
[2] 北京大学哲学系美学教研室:《西方美学家论美与美感》,商务印书馆,1982,第97页。
[3] 刘若端:《十九世纪英国诗人论诗》,人民文学出版社,1984,第63页。
[4] 黑格尔:《美学》(第二卷),商务印书馆,1979,第22页。

'陌生化'手法,是使形式变得模糊、增加感觉的困难与时间的手法"①。他的论述强调了艺术的目的在于克服主体对日常事物如石头等的机械性知觉,打破人们对事物的定式思维,用一种新奇的眼光去感知事物的生动性和丰富性,唤醒主体对生活的感受,提高作品的可感性。因此,陌生化是主体对业已熟视无睹、自动化、习惯化、无意识的感觉通过变现、扭曲、破坏并重新建构而产生新的感知。换句话说,打破主体对事物感知的"前在性"而实现对事物感知的"当下性",对原有的事物产生新的感觉和认知。那么,"陌生化"作为诗学范畴的概念是否能运用到文学翻译中呢?答案是肯定的。陌生化是翻译美学的重要特征。俄国形式主义学派奥波亚兹认为:"陌生化是文学语言的本质属性,也是文学作为一种语言艺术的最本质特征,陌生化就是艺术性或是文学性的代名词。"②翻译文学是文学艺术的重要组成部分,这已得到充分的认同,因此,它也就具有作为一种语言艺术的文学的最本质特征:对陌生化的追求。陌生化是文学性获得新奇美感享受的根本属性,翻译文学的陌生化是译者孜孜以求的目标,正如此,陌生化成为文学翻译的重要手段。对这一点国内外不少翻译研究者都予以充分的认同。希尼(Seamus Heaney)认为"翻译过程中译者适当抛弃语言的一般表达方式,将目的语的表达世界变得'陌生',以更新译者和读者已丧失了的对语言新鲜感的接受能力,使译者确实能够将原作中的差异性传达出来,以促进不同民族间相互理解和交流"③。伊文-佐哈尔提出,"当一种文学在文学多元系统中处于边缘地位或弱势地位,翻译文学不仅成为输入流行语域(fashionable repertoire)的主要途径,而且还是提供新的表达方式的源泉。处于强势地位的文学就有了在本土从边缘文学那里纳新(adopt novelties)的选择"④。的确,翻译文学为民族文学输入了新的文学主题、文学手段和文学意象。根茨勒(Gentzler)也强调"译文应该保留源语文本的陌生化表现手法,如果源语文本中的表现手法在第二语言中已经存在,译者就要构想出新的表现手法"⑤。我国著名学者孙艺风教授认为:"在目的语读者的期待视野里,翻译还应该为目的语注入新鲜的文体风格。……一般而言,这样的违规行为并非译者有意而为,而是由于在源语文本已经出现了违背规范的情形,在文学作品里较常见,所谓'陌生化'便是有意识的违规之举……应该在译文中保留这些特征。"⑥孙会军认为,"翻译文学也具有文学作品的特征,要使其具有艺术性、文学性,翻译作品也应该具有陌生化的特征。'陌生化'应该成为文学翻译中的重要手段","对原文中陌生化的地方,在译文中也要尽

---

① Julie Rivkin and Michael Ryan, *Literary Theory: An Antholog* (Massachusetts: Blackwell Publisher Inc., 1998), p. 18.
② 张冰:《陌生化诗学:俄国形式主义研究》,北京师范大学出版社,2000,第163页。
③ Seamus Heaney, *The Government of the Tongue* (London: Faber and Faber, 1998), p. 36.
④ 陈琳:《论陌生化翻译》,《中国翻译》2010年第1期。
⑤ Edwin Gentzler, *Contemporary Translation Theories* (Shanghai: Shanghai Foreign Language Education Press, 2004), p. 80.
⑥ 孙艺风:《翻译规范与主体意识》,《中国翻译》2003年第3期。

量用陌生化的手段进行处理,而异化的翻译策略不失为一个很好的策略"①。可以说,文学翻译的陌生化至少包括主客体两个方面:一是原作本身具有提供陌生化的条件,包括原作中的修辞、隐喻、主题、母题、意向、叙事模式等;二是译者本身具有陌生化的美学意识,从而真正发挥译者的主体性。郑海凌教授明确提出,"'陌生化'移用于翻译,恰恰是译者的再创造。'陌生化'手法的运用,往往使译文同原作的语言形式之间保持一定距离,突出译者再创造的艺术效果。……这种译法反映译者主体性的觉醒,说明文学翻译创造性的不可忽略,译作忠实于原文,是翻译常理,但在文学实践中,译者往往需要以细部的背离来实现整体的忠实","文学手法的翻译是一种艺术的再创造,是在原作所指向的艺术空间里创新。所以翻译的出奇出新与'陌生化'的艺术主张是一致的"②。无疑,陌生化手段的运用是译者主体性发挥的重要表现形式。陈琳更是直言不讳:"翻译文学具有陌生化特征,译者的翻译可以具有陌生化取向。"③追求文学的新奇性是现今译者在翻译时不得不考虑的重要问题之一。这就要求译者在保证翻译的忠实性和目的语文本整体和谐性的前提下,要重视译作的艺术新奇性,谋求保存源语文本的新奇性和陌生性,满足广大读者的美学欣赏期待,这才是翻译诗学的最终目的。

一、《尤利西斯》"陌生化"的美学"当下性"

翻译审美陌生化的前提是文本此在的可感性。要实现文本具有可感性,就要求文本的作者具有创新性,打破"前在性"的束缚。所谓"前在性"是相对于"当下性"而言的,即主体在平常对事物的习以为常,甚至达到熟视无睹的感性,这种感性已变成无意识状态。就创作而言,就是创作的主题、母题、文学体裁和叙事手段等业已落入俗套,所表现的内容采用乏味、普通、陈旧的语言来呈现,缺乏新奇感。如果一部文学作品具有这样的特性,在某种意义上也就失去了它存在的价值,也就不值得译介。因此文学作品要摆脱俗套,就必须打破"前在性"。而"取消'前在性'意味着在创作中要不落俗套,要将习以为常的、陈旧的语言和文本经验通过变形处理,使之成为独特的、陌生的文本经验和符号体验"④。这就会打破目标读者的阅读传统体验,颠覆读者潜在的符号范式,给他们一种全新的阅读冲击效果,作品也以新的形象展现在读者面前。作为现代派最杰出的文学家之一,乔伊斯突破传统语言的规范,通过对形式和技巧进行反传统、非常规式的创新,"关注的是人物的精神世界,凌乱纷呈的,多为基本意识之外的记忆、思绪、情感,乃未经理性控制或逻辑编排,乱云飞渡式的思维活动。强调模仿原始自然状态下的意识活动,包括潜意识、下意识活动,它飘忽不定,时空因素混乱交

---

① 孙会军:《普遍与差异》,上海译文出版社,2005,第189-190页。
② 郑海凌:《"陌生化"与文学翻译》,《中国俄语教学》2003年第2期。
③ 陈琳:《论陌生化翻译》,《中国翻译》2010年第1期。
④ 张冰:《陌生化诗学:俄国形式主义研究》,北京师范大学出版社,2000,第64页。

杂，而作家又故意放任不加规范"①，"对西方固有的文学秩序进行了大胆的反拨与重建。他率先大胆地将小说从描绘外部世界转入内省，将反映意识作为现代小说改革与创新的突破口，确立了自己成为英语意识流小说最杰出的开拓者和实验者"②，为现代小说提供了新颖多样的表现形式。在《尤利西斯》中，乔伊斯灵活运用了丰富多彩的"陌生化"语言来揭示现代人内心隐秘的思想活动和情感细微变化的轨迹，深刻揭示了现代社会普通人内心的迷茫、荒诞，乃至扭曲异化的苦闷精神世界。外来语是《尤利西斯》中使用广泛的语言形式之一，如文中大量使用拉丁语、古希腊语、意大利语、法语、瑞典语、德语和匈牙利语等十多种外来语，极大地增加了作品陌生化的"当下性"。乔伊斯还在《尤利西斯》中使用各种表达手段，如戏拟、反讽、引语、暗示、内心独白以及各章的文体的自由转换，使作品呈现出前所未有的自由和宏大特征。乔伊斯在写作《尤利西斯》期间，曾向庞德诉苦道："我的灵感或想象力微乎其微，或根本就没有，我的写作非常费力，被一些细碎的琐事弄得筋疲力尽。"③应该说作者为了让自己的作品与众不同，可谓殚精竭虑。对于他的代表作《尤利西斯》，乔伊斯曾幽默地说道："我在书里设置了许许多多的疑团和迷魂阵，教授们要弄清我到底是什么意思，够他们争论几个世纪的，这是取得不朽地位的唯一办法。"④《尤利西斯》文本本身就充满了众多的"陌生化"美学特质，这为译者进行翻译的陌生化主体性发挥提供了便利的条件。下面以金隄译《尤利西斯》作为研究对象，探讨《尤利西斯》汉译陌生化的美学具体表现。

二、《尤利西斯》汉译"陌生化"的美学主体性的表现

翻译的功能之一就是要向目的语语域输入新的内容，引起受众的好奇感和陌生感，进而达到传输信息和文化的交际功能。正如陈琳所言："翻译文学的新奇性决定了陌生化应该成为文学翻译的重要手段。翻译文学对新奇性的追求有效地反映和揭露被归化或宽泛化翻译所蒙蔽的源语文本的现实，改变审美主体的思维定势，引导他们以一种新的眼光对被非陌生化的世界进行审美和判断，获得对译文文本的本真认识，这正是对被非陌生化掩盖下的本真文本的一种挖掘手段。"⑤因此，陌生化是满足读者期待的重要手段，这也就成为译者孜孜以求的目标。有文学艺术素养的译者更是希望其译作能给人耳目一新的感觉，"既不会成为生硬的直译，也不会雷同于平行文本，而是让他的翻译文本处于游离于目的语文化和源语文化之间的地带"⑥。金隄教授在《尤利西斯》汉译过程中充分展现了他的"陌生化"翻译美学思

---

① 孙建光：《西方意识流小说"前景化"分析》，《长春理工大学学报（社会科学版）》2010年第1期。
② 孙建光、王成军：《詹姆斯·乔伊斯：叛逆和艺术张扬的文学巨匠》，《西南科技大学学报：哲学社会科学版》2010年第1期。
③ Richard Ellmann, *James Joyce*(New York: Oxford University Press, 1982), p.661.
④ 理查德·艾尔曼：《乔伊斯传》，金隄、李汉林、王振平译，北京十月文艺出版社，2006，第589页。
⑤ 陈琳：《论陌生化翻译》，《中国翻译》2010年第1期。
⑥ 同上。

想。主要表现在以下几个方面:

(一) 金隄的翻译"陌生化"美学诗学

金隄先生一生致力于他的等效翻译理论的探索和研究,并取得了卓越的成就。他在《等效翻译探索》一书中讨论了翻译学本体理论研究的五个关系问题,指出"实际上翻译作品永远不可能完全摆脱异国情调风味,除非不是翻译而是改写","还有一个输入新鲜表现手段借以进一步丰富祖国语言的问题,还有一个读者究竟是否希望看到完全没有外国风味的译本问题"[1],从中可以看出他的翻译"陌生化"美学思想的端倪。根据等效论的观点,他将翻译实践中所追求的目标简述为:我的目的是尽可能忠实、尽可能全面地在中文中重现原著的艺术,要使中文读者获得尽可能接近原文读者所获得的效果[2]。这里他明确地提出了他的"陌生化"翻译美学思想。他在翻译过程中孜孜以求的译文也是等效的译文,即尽可能全面地再现原著的"当下性"陌生化特点。金隄教授本人在翻译《尤利西斯》关于"陌生化"时还是提出了不少自己的看法。"凡是原文有意隐晦,译文中常常有必要同样的隐晦,因为这样的隐晦也正是一种重要的神韵。"[3]这正是译者为了满足原著的"陌生化"美学特点的重要翻译原则。为了证明自己对于"陌生化"美学思想的追求,金隄在翻译《尤利西斯》中的许多谜团时可谓费尽了脑筋。如:

> She took a folded postcard from her handbag.
> —Read that, she said. He got it this morning.
> —What is it? Mr. Bloom asked, taking the card. U. P. ?
> —U. P. : up, she said. Someone taking a rise out of him ...[4]

关于 U. P. 究竟是什么意思,许多乔伊斯研究者进行了各种揣测,具体是什么意思可能只有乔伊斯自己知道。但就是这个让广大读者费解的迷,恰恰凸显了原作的"陌生化"特性。对于此词语的翻译金隄先生可谓煞费苦心,他采用汉字拆字法将它译成:

> ——什么呀? 布卢姆先生接过明信片说。卜一?
> ——卜一:上,她说。有人在作弄他。……[5]

我们在此姑且不评价他翻译的是否准确,但是译文同样给中文读者提供了一个类似原文的谜团,让读者根据上下文线索展开自己想象的翅膀自主翱翔。他对自己的翻译做了一

---

[1] 金隄:《等效翻译探索》,中国对外翻译出版公司,2004,第10-11页。
[2] 同上书,第179页。
[3] 同[1],第166页。
[4] James Joyce, *Ulysses* (London: Penguin Group, 1992), p.199.
[5] 乔伊斯:《尤利西斯》,金隄译,人民文学出版社,1994,第236页。

个总结:在原文有意模糊的地方,如果译文仍然一味追求"流畅易懂",只能走上一条和原文背道而驰的道路,不论是对原著或是对读者都是同样的不忠实①。可见,金隄先生在翻译《尤利西斯》的过程中始终践行着自己的翻译"陌生化"的美学诗学观。

(二)《尤利西斯》"陌生化"语言的再现

乔伊斯在《尤利西斯》中对各种语言的运用达到淋漓尽致的程度。语言的陌生化集中体现在语言的变异上。语言变异涉及语音变异、词汇杂合、语法变异、方言变异、语域变异、外来语变异等,这些变异在《尤利西斯》中均有所体现。笔者针对语音变异、词汇杂合、语法变异等陌生化语言来探讨金隄在翻译过程中是如何实现陌生化语言的再现的。

1. 语音变异

语音变异是乔伊斯在《尤利西斯》中表现其语言驾驭能力的重要表现之一。艺术创作的一个重要特点就是创造者要制造一些人为的语言特点,以便让作品的艺术性具有冲击性的视感,达到保持尽可能的持久性。诗化语言是一种含蓄、艰深化、障碍重重的语言,因而也能在文学作品中起到陌生化的效果。维克多·什克洛夫斯基认为,散文语言接近日常语言,其陌生化程度不高,而诗歌语言的陌生化程度很高。乔伊斯在《尤利西斯》中,特别是在第十一章中,大量采用了诗歌化的语言,增强了作品的诗化和音乐化特性,在增强了作品美感的同时也凸显了陌生化特点。

> Jingle. Bloo.
> Boomed crashing chords. When love absorbs. War!
> War! The tympanum.
> A sail! A veil awave upon the waves.
> Lost. Throstle fluted. All is lost now.
> Horn. Hawhorn.
> When first he saw. Alas!
> Full tup. Full throb.
> Warbling. Ah, lure! Alluring.
> Martha! Come!
> Clapclap. Clipclap. Clappyclap.
> Goodgod henev erheard inall.②

---

① 金隄:《等效翻译探索》,中国对外翻译出版公司,2004,第170页。
② James Joyce, *Ulysses* (London: Penguin Group, 1992), p. 329.

这段话使用了拟声词、首韵法、声喻法、半谐音、重叠音等强化听觉形象,给人耳目一新的感觉,增强了诗化氛围,突出了陌生化的效果。金隄在翻译过程中也尽量采用了类似的"陌生化"翻译策略,来再现原文陌生化的色彩。

> 锵锵锵。布卢。
> 和音大声轰鸣。爱情吸住了。战争!战争!耳膜。
> 一张风帆。在波涛中颠簸的一张风帆。
> 完了。画眉声声唤。一切全完了。
> 角。犄角。
> 当他初次见到。可叹呀。
> 充分交媾。强烈搏动。
> 啭鸣。啊,迷人,勾人心魄!
> 玛莎!回来吧!
> 呱嗒呱嗒。快嗒呱嗒。呱呱叫呱呱嗒。
> 好天主啊,他这一辈子从来没有听到过。①

金隄教授的译文译出了原文的声感,对于原文的各种韵法、重叠音也采用了相应的韵法和叠音翻译方法,把 sail 和 veil 都翻译成"风帆",lost 都翻译成"完了",horn 译成"角","Clapclap. Clipclap. Clappyclap."译成"呱嗒呱嗒。快嗒呱嗒。呱呱叫呱呱嗒",很好地传递了原著的音感和声感,实现了语言的诗化、音乐化,也保留住了原文的陌生化特点。

2. 词汇变异

词汇变异是《尤利西斯》表现陌生化的重要特点。乔伊斯大胆突破语言常规,偏离英语构词的基本规律,创造了许多怪异的词汇和短语。如:contransmagnificandjewbangtanitiality② 一词是由乔伊斯自造的新词,由 36 个字母组成。这一复合词将主张三位一体的"圣体共在论"一词中的"圣体"一词去掉,又在"共在"和"论"之间插入"变体""赞美""攻击""犹太"等词,旨在暗示早期基督教对教义的不同解释引起的种种混乱。对广大读者来说,这无疑是打破了习惯的阅读思维,不得不停下来经历阅读的陌生化体验。金隄把这句话翻译成,"同体变体宏伟犹太人大新闻问题斗争"③。可以说此类词在《尤利西斯》中俯拾皆是,如:

> roaring wayawayawayawayaway④

---

① 乔伊斯:《尤利西斯》,金隄译,人民文学出版社,1994,第 393 页。
② James Joyce, *Ulysses* (London: Penguin Group, 1992), p. 47.
③ 同①,第 61 页。
④ 同②60.

轰啊轰啊轰啊轰啊轰啊①
endlessnessnessnessness ②
无穷无尽无尽无尽③
Outtohelloutofthat④
滚滚滚去地狱⑤
wavyavyeavyheavyeavyevyevy⑥
波纹起伏浓浓秘密卷卷曲曲的⑦

译者在处理时尽可能地保持了原文的陌生化，不是具有深刻的表意功能，就是旨在突出奇特的诗化效果，增强了作品的美感。

3. 外来语

乔伊斯在作品中使用十多种外来语，强化外来语给读者所带来的怪诞、突现式的陌生化效果，深刻地展现人物内心的孤寂感和精神的荒芜感，以及古代文明在现代反英雄行为的映衬下的强烈对照，批判了现代文明的没落，人们精神的空虚、心灵的扭曲、行为的怪诞。显然，在翻译外来语方面，金隄一直遵循着他的翻译原则，"凡是原文有意隐晦，译文中常常有必要表现同样的隐晦，因为这样的隐晦也正是一种重要的神韵。"⑧因此，在他的译本中凡是外来语都保持原文的原状，而采用脚注的方法来翻译外来语，让中国读者也感受到乔伊斯在《尤利西斯》中非凡的外来语的驾驭能力，以凸显原著的陌生化，给读者留下深刻的印象。这样的目的是"尽可能忠实、尽可能全面地在中文中重现原著，要使中文读者读来获得尽可能接近英语读者所获得的效果"，从而为广大读者展示翻译的"陌生化"美学特质。如：

> Her hoarse loud breath rattling in horror, while all prayed on their knees. Her eyes on me to strike me down. Liliata rutilantium te confessorum turma circumdet: iubilantium te virginum chorus excipiat. ⑨

> 她嗓音嘶哑，大声喘息着，发出恐怖的哮吼声，周围的人都跪下祈祷了。她的目光落在我身上，要把我按下去。Liliata rutilantium te confessorum turma cir-

---

① 乔伊斯：《尤利西斯》，金隄译，人民文学出版社，1994，第79页。
② James Joyce, *Ulysses* (London: Penguin Group, 1992), p. 355.
③ 同①，第424页。
④ 同②357.
⑤ 同①，第427页。
⑥ 同②.
⑦ 同⑤.
⑧ 金隄：《等效翻译探索》，中国对外翻译出版公司，2004，第166页。
⑨ 同②16.

cumdet: iubilantium te virginum chorus excipiat.①

不难看出,金译文让读者读到外来语时因信息的缺少而突然感到无所适从,这些拉丁文对读者来说是如此的陌生。可以说原著想要传递的陌生化目标在中国读者中也发挥了作用,同时读者不得不停下来寻求外来语的含义,这样造成了阅读的断裂性,增加了译文的阅读难度。

4. 文字游戏

文字游戏是乔伊斯在《尤利西斯》中使用比较频繁的陌生化技巧之一。在作品中,他使用戏拟、藏头诗、绕口令、回文法等来增强其作品的陌生化效果。如:

> Sinbad the Sailor and Tinbad the Tailor and Jinbad the Jailer and Whinbad the Whaler and Ninbad the Nailer and Finbad the Failer and Binbad the Bailer and Pinbad the Pailer and Minbad the Mailer and Hinbad the Hailer and Rinbad the Railer and Dinbad the Kailer and Vinbad the Quailer and Linbad the Yailer and Xinbad the Phthailer.②

> 水手辛巴德、裁缝钦巴德、监守人简巴德、会捕鲸鱼的会巴德、拧螺丝的宁巴德、废物蛋费巴德、秉公保释的宾巴德、拼合木桶的品巴德、天明送信的明巴德、哼唱颂歌的亨巴德、领头嘲笑的林巴德、光吃蔬菜的丁巴德、胆怯退缩的温巴德、啤酒灌饱的蘭巴德、邻苯二甲酸的柯辛巴德。③

这是布卢姆在准备睡觉时的意识流活动,很有绕口令的色彩。Sinbad 和 Whinbad 是都柏林哑剧《水手辛巴德》中的真实人物,但是在他快要睡着时的意识流串现出各形各色的人物,都是"×巴德"。布卢姆借助他接着创作出的这些人物自由翱翔,穿越时空,进行着自己的梦幻之旅。金隄先生在翻译中充分表现了原著的绕口令特色,很好地传递了原著的陌生化效果,充分表现了乔伊斯非凡的语言文字创造技巧,给读者一种新奇感、兴奋感和对乔伊斯的陌生化语言的敬畏感。

翻译的陌生化是翻译美学的重要特征之一。它给读者带来了阅读的新奇感,同样也带来断缺感。因此,采用此种美学翻译手法,势必需要它的受众具有较高的文学修养和文化素养,较高的阅读和欣赏能力。因此,译者在翻译时,要充分考虑到读者的期待视域,把握好翻译陌生化的度,而要把握好翻译陌生化的度就有必要处理好外来语言和本族语言两者杂合物的审美对象。换句话说,翻译的陌生化美学特性是原文本的异域性与译本的本土性相互

---

① 乔伊斯:《尤利西斯》,金隄译,人民文学出版社,1994,第13页。
② James Joyce, *Ulysses* (London: Penguin Group, 1992), p. 871.
③ 同①,第997页。

兼容,适度的陌生化有利于美学效果的传递。这就要求译者在译语受众可理解的范围内尽可能再现原著的艺术特色,充分延续原著的异域性,以实现译文的陌生化效果。译者在翻译处理过程中,"一方面有限度地消除译文的前在性(即译入语平行文本的审美特征);另一方面展现源语文本的当下性(即异域性),创造一种使接受主体以全新的目光去感受事物和文本经验(即陌生化效果)。"①通过对《尤利西斯》汉译本的翻译话语分析,不难发现,金隄教授着力在等效上下功夫。他的主观向度是在翻译过程中尽力保留原文句式、复现原语特征、尽可能再现原作的艺术特征,给译入语文化输入原汁原味的异国情调,从形式、内容到艺术表现上都亦步亦趋,即在最大程度上保持异域性,凸显原著的陌生化特性,就是这种对翻译审美陌生化的美学诉求,很好地协调了翻译杂合的度与陌生化效果的关系,为广大读者呈现了近似原汁原味的《尤利西斯》。通过对陌生化的概念、《尤利西斯》陌生化美学的"当下性"以及《尤利西斯》汉译"陌生化"的美学主体性的表现分析,我们不难看出翻译是通过文本间性、主体间性等建立起联系的,这些间性的相互作用促成了翻译文本中独特的审美杂合性与陌生化效果。其中译者的主体性与创造性的发挥正契合了翻译陌生化的要求。译者身兼多重身份,首先是读者,他用自己的"前接受视野"对艺术进行接受。这些都是固有的、已知的、俗套的、"前在性"的体验,但是他对原作的接受又是"未知"的。因此,读者的阅读期待视野永远指向"未知"。所以,翻译的陌生化效果的产生需要考虑目标读者的视域融合。所以,译者在充分展现译作的陌生化特点时,还有很多的要素需要考虑。

第二节 《尤利西斯》"前景化"语言汉译比较

意识流小说的作家们在重视传统创作手法的基础上不断创新,通过各种陌生化手段来再现现实生活的方方面面,但是他们不是直接告诉读者想要表达的主题,而是通过记录人物的非理性的思绪跳动、意识的自由流动来揭露他们的内心紊乱体验和无逻辑的思维活动轨迹。意识流文学作家们在创作过程中大量采用了"心理挖掘""内心独白""蒙太奇""自由联想""感官印象""镶嵌画"等叙事技巧和使用"前景化"语言来表现市井百姓的各种心理,而传统的文学作品的写作技巧却是使用读者长期习惯的某种语言模式或某种定式化的表达,因此久而久之他们会对这种语言模式和艺术形式产生视觉倦怠或审美疲劳。要想消除读者这种倦怠,作者或译者创作时在语言表达、叙事风格上就要有所变化,必须使用新颖、反习惯化、反常规的语言表达方式,把人物的主观思想推向前台,把外部环境和客体置于幕后,让读者和人物直接进行思想碰撞和交流,从而给读者带来强烈的视觉冲击、瓦解他们的定式思

---

① 陈琳、张春柏:《文学翻译审美的陌生化性》,《清华大学学报(哲学社会科学版)》2006年第6期。

维,给他们一种陌生感。实现作品人物的思维活动是通过非传统的构词手法、多种语言的镶嵌式植入、残缺或混乱的句法结构和多视角的叙事模式等来表现的,那么进行再创造的翻译活动应如何体现这些叙事策略呢?在此,笔者以《尤利西斯》中"前景化"语言的使用为研究对象来探讨译者在翻译过程中的翻译策略。

一、语言形式的前景化

传统小说都是由故事和话语相互协调而构建的,读者习惯于叙述者的叙事模式,对叙事的结果有某种心理定式。而意识流小说在继承传统小说的语言特征的基础上,力求变化、撕破读者传统的阅读定式,从而使读者阅读时产生新鲜感和猎奇心理。乔伊斯在《尤利西斯》的叙事话语的前景化主要表现为叙事话语的"陌生化"。维克多·什克洛夫斯基说:"艺术之所以存在,就是要恢复人们对生活的感觉……。艺术的目的在于让人们感知到事物……。艺术的技巧就是要使对象'陌生化',使形式变得难以理解,增加感悟的难度,增长感悟的时间,感知过程本身就是审美的目的,必须延长感悟的时间。"[1]可见,陌生化对文学艺术创作非常重要。乔伊斯在《尤利西斯》中充分展现了他对陌生化叙事话语使用的能力,他通过模式化的语言生动地揭示了人物内心隐藏的心理变化和微妙细腻的情感流动,深刻地揭示了现代社会小人物那种心灵被扭曲和异化的特点。在《尤利西斯》中,具体的陌生化叙事话语可以梳理为以下几个方面(两个译本对这些陌生化叙事话语的不同翻译可见不同翻译策略的使用带来的不同翻译效果)。

(一) 外来语的借用

乔伊斯在《尤利西斯》中使用了十余种外来语,这些外来语的使用凸显了语言陌生化所产生的离奇、荒诞以及怪异的效果,深刻地揭示了人物内心的孤寂和精神世界的自我迷失,以及古代文明在现代反英雄行为的映衬下所折射出的现代文明的没落,民众精神的空虚、心灵的扭曲、行为的怪诞。在翻译外来语方面,萧、文译本和金译本的译者们所采用的翻译策略是明显不同的。金隄一直遵循着他的翻译原则,"凡是原文有意隐晦,译文中常常有必要表现同样的隐晦,因为这样的隐晦也正是一种重要的神韵。"[2]因此,在他的译本中凡是外来语都保持原状而采用脚注的方法来翻译,以便让中国读者能感受到乔伊斯在《尤利西斯》中非凡的外来语的驾驭能力,从而凸显原著的陌生化效果,给读者留下深刻的印象。这样的目的是"尽可能忠实、尽可能全面地在中文中重现原著,使中文读者读来获得尽可能接近英语

---

[1] 吴庆军:《〈尤利西斯〉叙事艺术研究》,北京理工大学出版社,2006,第155页。
[2] 金隄:《等效翻译探索》,中国对外翻译出版公司,1997,第166页。

读者所获得的效果"①。萧乾、文洁若译本则遵循"尽管原作艰涩难懂,我们一定得尽最大努力把它化开"②的原则,尽量化解原文晦涩隐秘之处,使译文流畅通达,同时又能保持原作者遣词造句的独特风格。他们在处理外来语中采用的不同策略,为中国读者提供了风格迥异的译本。如在《尤利西斯》中的一段外来语,金隄和萧乾、文洁若采取了截然不同的翻译策略。

　　——C'est tordant, vous savez. Moi, je suis socialiste. Je necrois pas en l'existence de Dieu. Faut pas le dire a mon p-re.

　　——Il croit?

　　——Mon pere, oui

　　Schluss. He laps. ③

金译:——C'est tordant, vous savez. Moi, je suis socialiste. Je necrois pas en l'existence de Dieu. Faut pas le dire a mon p-re.

　　——Il croit?

　　——Mon pere, oui.

　　唏噜丝。他舔着牛奶。④

　　"他信吗?"

　　"我父亲吗,信。"⑤

萧译:"你要知道,真逗。我呢,是个社会主义者。我不相信天主的存在。可不要告诉我父亲。"

　　"他信吗?"

　　"父亲吗,他信[76]。"

　　够啦[77]。他在舔哪。

[76]以上三句对话的原文均为法语。

[77]原文为德语⑥。

　　从上面的例句可以看出,由于缺少外来语信息,金隄译文让读者感到无所适从,尤其对不懂法语的读者来说更是困难重重。保留原著中所使用的前景化语言让读者感受到了陌生

---

① 金隄:《等效翻译探索》,中国对外翻译出版公司,1997,第167页。
② 詹姆斯·乔伊斯:《尤利西斯》,萧乾、文洁若译,文化艺术出版社,2002,第15页。
③ James Joyce, *Ulysses* (London: Penguin Group, 1992), p. 51.
④ "你知道吗?逗乐极了。我自己是社会主义者。我不相信上帝的存在。可别和我父亲说。"
⑤ 乔伊斯:《尤利西斯》,金隄译,人民文学出版社,1994,第67-68页。
⑥ 同②,第107页。

化的语言特征,但同时也中断了读者阅读的连贯性,增加了译文可读性的难度,他们不得不停下来弄清外来语的含义然后再接着阅读。"Schluss"一词是德语,意思是"结束",金隄则翻译成"唏噜丝",显然是音译,读者阅读时就更无所适从,不知何意而将其看为象声词。而萧、文译文则直接把法语翻译成中文,并对源语的出处做了注脚,从而化解了原文的晦涩和陌生化,方便了读者阅读,有利于阅读的延续性和连贯性,但同时原文陌生化的语言特点也被化解了。

(二) 科学语言的使用

文学作品中出现科学语言无疑会让读者产生怪异的感觉,但正是这样的语言变化实现了作者的语言陌生化叙事效果。乔伊斯在其作品中就有意这样做,希望读者对他的作品产生新鲜、冷峻、清晰感,而且通过科学语言的使用来凸显其关注犹太人"他者"身份的态度,以表现他对犹太种族受到歧视的同情。在对科学语言的处理上,两个译本也采用了不同的翻译策略。

> The catastrophe was terrific and instantaneous in its effect. The observatory of Dunsink registered in all eleven shocks, all of the fifth grade of Mercalli's scale, and there is no record extant of a similar seismic disturbance in our island since the earthquake of 1534, the year of the rebellion of Silken Thomas.①
>
> 金译:这场灾祸来势惊天动地,并且立见效果。邓辛克天文台录到了共计十一次的震动,每次强度均达麦加利震级的第五级,我岛自一五三四年即绸服托玛斯叛乱之年的大地震以来,还从无如此规模的地震记录可查。……②
>
> 萧译:这场灾祸立即造成可怕的后果。根据邓辛克气象台记录,一共震动了十一次。照梅尔卡利的仪器记算,统统达到了震级的第五级。五三四年——也就是绢骑士托马斯起义那一年的地震以来,我岛现存的记录中还没有过如此剧烈的地壳运动。……③

在小说的第十二章中,一个绰号叫"市民"的人攻击犹太人,于是身为犹太人的布卢姆为了维护犹太种族的尊严,和市民产生了冲突。愤怒的"市民"抓起一只饼干盒砸向了布卢姆,布卢姆被吓得落荒而逃。乔伊斯采用写地震报告的语言,夸张地描写"市民"随手扔出的饼干盒砸出了地震般的效果。作者采用这种夸张的手法来表达对犹太人的同情,再现了现代社会在推崇理想的博爱、平等、自由的外衣下,种族歧视的泛滥,人们追求的文明社会已然崩

---

① James Joyce, *Ulysses* (London: Penguin Group, 1992), p.447.
② 乔伊斯:《尤利西斯》,金隄译,人民文学出版社,1994,第419页。
③ 詹姆斯·乔伊斯:《尤利西斯》,萧乾、文洁若译,文化艺术出版社,2002,第645页。

塌。两个译本在翻译这种科学语言的时候,金译文字更加符合科学报告的语言规范,使用了科学术语,简洁明了、冷峻客观;萧、文译文显得啰唆,语言表达不流畅,语体留有口语化痕迹,缺乏科学性,因而缺失了反讽性。显然,在凸显现代人的精神瘫痪、现代文明的荡然无存方面金译要略胜一筹。

(三)文字游戏的运用

在《尤利西斯》中,乔伊斯使用了许多文字游戏,如戏拟、离合诗、镶嵌古今文学作品词句、宗教哲学话语等极大地增加了语言的陌生化,凸显了人物的身份和性格特点。如在第十五章中,布卢姆和斯蒂芬晚间一起逛都柏林"地狱门"(妓院),二人在妓院中和妓女们打情骂俏,言辞中充满了龌龊、淫荡的话语。隐含的文字游戏从形式上的多变也为叙述话语的陌生化提供了表现手法。如:

If you see Kay
Tell him he may
See you in tea
Tell him from me.①

金译:你若见她
　　　角边有虫
　　　请你告她
　　　尸下穴中②

萧译:你若遇凯伊,
　　　告诉他可以
　　　喝茶时见你,
　　　替我捎此语。③

如果把译文和英文原文对照,萧、文译文和原文的字面意思是一致的,但是乔伊斯的文字游戏的意思就荡然无存。这是首离合诗。只要把第一句和第三句中的单词字母抽取组成新的单词,就会发现:"If you see Kay"藏有 F、U、C、K 四个字母,构成了 fuck,即"性交"的意思;"See you in tea"藏有 C、U、N、T 四个字母,构成了 cunt,是女性的生殖器。萧、文虽然做了注解,但是原文所要表达的信息却荡然无存。而金译文让读者不知所云。因为译文和原文竟是两个版本,不过读者认真阅读后,还是能体会译者的用心。为了尽可能地实现译意和

---

① James Joyce, *Ulysses* (London: Penguin Group, 1992), pp. 357 - 358.
② 乔伊斯:《尤利西斯》,金隄译,人民文学出版社,1994,第 427 页。
③ 詹姆斯·乔伊斯:《尤利西斯》,萧乾、文洁若译,文化艺术出版社,2002,第 534 - 535 页。

原意的"等效",再现原文的藏头诗特色,译者硬是根据原文可能传递的信息编造了一首藏头诗。译文中的"角边有虫"为触,"尸下穴中"为女性的生殖器,显然是想和"fuck"和"cunt"形成对应,这虽然和原文的表达还有很大差距,不过相比较而言,金译无论在形式上还是意思上都更能传达乔伊斯的意思。萧、文译文虽然用注解的方式传递了基本信息,却也消减了原文陌生化的效果。

(四) 词汇拼缀的前景化

乔伊斯为了让读者在阅读中产生强烈的陌生化感,创造性地对词汇构成使用了"前景化"手段,通过对词汇连续的拼缀来反映叙述者的意识流状态,从而突出了意识流动的真实性和自然性,以契合作品人物性格与特征。韩佳霖对《尤利西斯》中复合词的分析表明,"单词长度在10个字母或10个字母以上的占所有词汇使用的5%"[1]。可见,乔伊斯对于拼缀词汇使用的频率非常高。如:

> Death. Explos. Knock on the head. Outtohelloutofthat.... Her wavyavyeavy heavyeav yevyevyhair un comb:'d.[2]

金译:死亡。炸。当头一棒。滚滚滚去地狱。……她的波纹起伏浓浓密密卷卷曲曲的头发未经,梳,理。[3]

萧译:死亡啦。爆炸啦。猛击头部啦。于是,就堕入地狱里去。……她那波—浪—状、沉—甸—甸的头发不曾梳理。[4]

这是小说第十一章中布卢姆的一段心理活动。布卢姆在奥蒙德酒吧吃饭,碰到布莱泽斯·博伊兰——莫莉的情夫,想到他将和自己的妻子幽会,心中甚是不爽。在听着西蒙·迪达勒斯和本·多拉德演唱歌曲时,他的意识流活动也开始了。在意识流活动中,詹姆斯·乔伊斯把"Out to hell out of that"拼缀成"Outtohelloutofthat"来描写布卢姆内心厌倦、烦躁不安的心情。通过对"wavy"进行缩略并向"heavy"过渡,又对"heavy"进行缩写,给读者提供一种节奏感、声响感,同时又对莫莉美丽的发型进行了生动、形象的描写。金隄延续了他对原文的忠实,用"波纹起伏浓浓密密卷卷曲曲"的翻译来达到对莫莉浓密卷曲的秀发的客观描写,以凸显她的美丽,并通过将"uncombed"处理成"un comb:'d.",给人一种迟钝感、阶段性连续感,从而说明她的头发"未经,梳,理"。而萧、文"那波—浪—状、沉—甸—甸"的翻译则

---

[1] 韩佳霖:《〈尤利西斯〉意识流语言特点翻译——语料库辅助研究》,硕士学位论文,大连海事大学外国语学院,2008,第35页。
[2] James Joyce, *Ulysses* (London: Penguin Group, 1992), p.447.
[3] 乔伊斯:《尤利西斯》,金隄译,人民文学出版社,1994,第529页。
[4] 詹姆斯·乔伊斯:《尤利西斯》,萧乾、文洁若译,文化艺术出版社,2002,第645页。

给读者无尽的遐想,但是,对"un comb:'d."的处理显然略逊于金隄译文。萧、文译本的"不曾梳理"显得单调乏味。相对而言,金译更贴近原文所要表达的布卢姆烦躁不安的心情和对莫莉的无限遐思。

二、句式的前景化

句式结构的"前景化"主要表现在意识流作家使用残缺句、混乱无逻辑的句子等。运用句子的残缺,造成语义隔断,缺乏连贯性,可表现意识的流动感、飘忽感、朦胧感和非理性感。乔伊斯在《尤利西斯》中大量使用了有别于传统语法规则的省略句,并掺入各种典故或戏拟其他作家作品中的话语、诗词等来突出句法结构的前景化。这些句子有时前言不搭后语,这种突然镶嵌话语的方式则导致一个句子没完成而另一个句子又出现了,使读者不得不中断当下的阅读而去探寻这些前景化句子的含义。尽管语法上给人混乱感,但这种错乱的意识流语体句法结构却真实地反映了人物内心细腻的情感变化和混乱无序的心理活动轨迹。例如:

> Richie cocked his lips apout. A low incipient note sweet banshee murmured: all. A thrush. A throstle. His breath, birdsweet, good teeth he's proud of, fluted with plaintive woe. Is lost. Rich sound. Two notes in one there. Blackbird I heard in the hawthorn valley. Taking my motives he twined and turned them. All most too new call is lost in all. Echo. How sweet the answer. How is that done? All lost now. Mournful he whistled. Fall, surrender, lost.[①]

> 金译:里奇撅起了嘴唇。幽幽升起的一声啭鸣,报丧女的婉转哀音在喃喃诉说:一切。鸫鸟的啼声。画眉。……全完了。圆润的声音。……一切大多新呼声完了全。回音。多美的回答。是闸门弄出来的?现在全完了。悲哀的音调,他吹的口哨。坠落、放弃、完了。[②]

> 萧译:里奇噘起嘴来。可爱的猞女喃喃地唱着音调低沉的序曲:一切。一只画眉。一只画眉鸟。……失去了。嗓音圆润。……过于新颖的呼声,消失在万有之中。回声。多么婉转悠扬的回音啊!那是怎样形成的呢?现在一切都失去啦。他哀恸地吹着口哨。垮台,降伏,消失。[③]

这段是对里奇的形态、声音的描写。语言跳跃性强,支离破碎的、断裂的思绪交错,不同的片段纷至沓来。错乱的句法结构着重突出了布卢姆对妻子和博伊兰幽会的不快,特别是

---

① James Joyce, *Ulysses* (London: Penguin Group, 1992), p.616.
② 乔伊斯:《尤利西斯》,金隄译,人民文学出版社,1994,第706页。
③ 詹姆斯·乔伊斯:《尤利西斯》,萧乾、文洁若译,文化艺术出版社,2002,第868页。

里奇告诉他"现在一切都失去啦"时,他更感到茫然,不知身处何地,从金隄和萧乾、文洁若的两个译文比较来看:金译文完全按照原文的词语排列顺序依次翻译,译文给读者同样错乱混杂的感觉;萧、文的译文更加符合汉语表达习惯,读者读起来更加容易理解,不足的是对原文的支离破碎、混乱的思绪表达得不充分。

《尤利西斯》整部作品"前景化"表现最直观的是标点符号的缺失。从词汇层面到句式层面,再到篇章层面可谓表现得淋漓尽致。最变形的部分是第十八章,整章结构别致,全章无停顿之处,标点极少,只在第四大段和全书结尾处分别加了两个句号。该章一开始就让读者进入莫莉内心飘忽不定、混乱无序的意识激流中,莫莉睡眼惺忪,在朦胧晦涩的意识活动状态下,思维混乱无序。交错重叠、川流不息的意识流动真实地凸显了她水性杨花、耽于幻想、反复无常的性格特征。在翻译该段时就需要译者充分译出莫莉那飘忽不定、思绪杂乱的意识流活动。金译文保持了原作没有任何停顿的特点,较好地反映了人物断断续续、飘浮不定或连绵不绝、流动不已的思维活动规律。萧、文的译文则在语意停顿的地方都加了个空格,以方便读者阅读。这种差异是由两个版本译者所采用的翻译原则决定的,不同的翻译原则决定了不同的翻译策略。萧乾、文洁若就说:"如果照搬,译文势必比原作更要难懂。为了尊重原作,我们虽也未加标点,但为了便利阅读,还是在该加标点的地方一律加了个空格,算是一种折中吧。"[1]

三、结语

语言的长期习惯化、自动化会掩盖语言本身所具有的文学性,所以对传统语言表现形式的突破无疑是很好的文学创作的实验和革新。深受俄国形式主义"普通语言会削弱对现实的感悟力,它只能简单地证实我们已知的事物"观点的影响,乔伊斯在展现现代人精神危机时,也发现传统语言和叙事技巧很难表达人物内心世界的异化和迷茫,于是在《尤利西斯》中,他进行了"一系列重大的实验与革新,执着追求艺术形式的改革与创新,对西方固有的文学秩序进行了大胆的反拨与重建"[2],力图运用"前景化"语言修辞和叙述技巧揭示人物扭曲异化的内心世界和现代社会的精神荒原,为读者刻画出一个个真实可信、客观冷峻而又性格饱满的人物形象。通过对陌生化话语的翻译分析,我们发现译者所持的不同翻译观和译者本身的身份都会影响译作的最终表现形式。两译本的译者们都遵循着自己的翻译标准。金隄教授在等效上下功夫,试图通过异变译异变的方式来保持原著的陌生化艺术特点和审美趣味。他的主观向度是着力于保留原文句式、复现原语特征的文字翻译,以求给译入语文化

---

[1] 詹姆斯·乔伊斯:《尤利西斯》,萧乾、文洁若译,文化艺术出版社,2002,第16页。
[2] 孙建光、王成军:《詹姆斯·乔伊斯:叛逆和艺术张扬的文学巨匠》,《西南科技大学学报(哲学社会科学版)》2010年第6期。

输入原汁原味的异国情调,从形式到内容上都是亦步亦趋,在很大程度上再现了原著晦涩难懂的艺术特征。如他自己所言,"它是庄严的,我们也要庄严;它是巧妙的,我们也要尽量同样地巧妙;它是笨拙的,我们也得照样笨拙一些"①。而萧乾、文洁若译本替读者考虑的更多,试图通过自己的译文能让读者更好地理解原文的写作意图,重在传递原文的信息,所以在翻译过程中是尽可能化解艰深晦涩、扑朔迷离的内容,不惜牺牲原文的混乱、破碎的意识流语言特色。虽然他们尽量保持乔伊斯遣词造句的独特风格,但还是以力求易懂为首要原则,在翻译过程中顺应汉语表达习惯,用自然流畅、创作性的语言来迎合读者的阅读期待。事实证明,译者在翻译过程中会充分发挥自己的主观向度。影响译者主体性的因素包括译者的翻译目的、两种语言的思维差异、社会文化、意识形态等。译者一直徘徊于翻译的"充分性"(adequacy)和"接受性"(acceptability)之间,即是向原语文化靠近,还是向目的语文化靠近,这是非常难以取舍的。正是两译本的译者在翻译过程表现出不同的主观向度,最终为广大读者提供了两种风格迥异的译本,以满足不同受众的欣赏水平。他们的译作都得到了广泛肯定和赞誉,同时也为《尤利西斯》汉译研究提供了很好的研究范本。

第三节 《尤利西斯》中的典故汉译比较

"典故"一词在《辞海》和《辞源》中有两个词义:一是古义,指古代的典章制度、旧事旧例。二是典故的今义。根据《现代汉语词典》,典故是指"诗文等所引用的古书中的故事或词句"。英语中的典故通常用"allusion"或"literary quotation"来表达。根据《牛津高阶英汉双解词典》,allusion 意为"暗指;典故"(indirect reference)。allusion 来源于拉丁词"ludere, lusus est"(游戏,诙谐),是指通过一种表达影射出另外一种相关性的联想。典故是戏仿与拼贴密切相关,也是"文本链接"的文学手法。从艺术角度来讲,典故将用典文本放到一个新的语境中,形成新的内涵与外延,所有的新义本和典故产生的互文模式是不可能预先确定的。我们讨论的是典故的今义,文学作品中的故事或词语用典。西方典故主要来源于《圣经》、古希腊神话、民俗、文学作品以及社会各个方面。《尤利西斯》被称为百科全书式的文学作品,在文学史上,可能没有其他作品能比《尤利西斯》让它潜在的读者如此无助地陷入沮丧状态。无论是形式上,还是内容上都充斥着晦涩。乔伊斯运用高超的艺术技巧把《尤利西斯》与《奥德赛》的结构与寓意融为一体②,形成典故的互文性。乔伊斯在文中使用了各种类型和来源的典故,为广大读者提供了一个个谜团。在《尤利西斯》中,乔伊斯巧妙地将小说的主要人物与

---

① 乔伊斯:《尤利西斯》,金隄译,人民文学出版社,1994,第 7 页。
② 孙建光:《〈尤利西斯〉:小说真实与形式的游戏》,《浙江师范大学学报(社会科学版)》2014 年第 2 期。

荷马史诗《奥德赛》中的人物进行隐喻性对应①。作为译者,他们需要对原文中的典故进行解读来为读者打开谜团之门。本节以1992年企鹅出版社出版的《尤利西斯》为原版、2011年人民文学出版社的金译本和2002年文化艺术出版社的萧译本为研究对象,通过比较他们对《尤利西斯》中的典故翻译,试图揭开两译本的译者在翻译典故时的语言认知、文化认知以及翻译诗学认知等方面的异同以及相应的翻译策略。通过对译者翻译活动的描述性阐释,读者能更好地理解原作和翻译过程,加深对西方文化与思维的认知。

一、两译本中典故翻译的语言认知

语言认知过程是大脑对语言的理解过程中对语言信息的编码、换算、分配、加工、逆反和影响的过程。人脑神经网络首先对物理符号(语言)产生化学和电反应,实现生物电对物理符号的传输和化学神经递质对输入符号的编码,大脑会本能地将受过编码的信号转换成对应的信息。根据信息的性质,大脑机能会对换算后的信息进行配置,遴选出控制性信息和目标信息。控制性信息是实现目标信息的各种指令、动机、命令等信息,而目标信息是待处理加工的语言任务。待加工语言任务需要大脑神经元进行搜寻、匹配、重新组合,形成各种输出的相应信号编码。信息编码完成输出不会停止认知活动过程,它还会对后续、相关的信息持续产生影响,形成语言认知动态循环圈。翻译最基本的表述是用一种语言再现另外一种语言所表达的形式与内容。这个表述充分地体现了翻译过程是语言信息的编码、换算、分配、加工、逆反和影响的过程。因此,翻译活动本质上是属于认知语言学范畴的。语言反映了人类的三大本质属性,即生理性、文化性和思维性②。翻译过程是语言系统与概念系统的自我调节。语言处理属于语言系统,文化、常识等概念信息的传递属于概念系统。翻译既是语言的转换,也是概念的转换。翻译过程是语言理解过程,是译者主动加工处理的过程。译者需要对原作者的愿望和意图进行猜测。这是一个认知取向的过程,涉及语言处理、心理、思维和推理等过程③。翻译过程就是复杂的认知体验、心理认同和概念输出的过程。因此,研究翻译就是要研究语言系统的信息处理过程,厘清语言表达时神经抽象和概念系统所折射出的文化与思维的通联,激发认知想象,实现再创造。翻译中的认知取向是非常值得研究的课题,《尤利西斯》中的典故翻译,为我们研究译者的语言认知提供了丰富的案例。例如:

> Stephen suffered him to pull out and hold up on show by its corner a dirty crumpled handkerchief. Buck Mulligan wiped the razorblade neatly. Then, gazing over the handkerchief, he said:

---

① 孙建光:《〈尤利西斯〉:小说真实与形式的游戏》,《浙江师范大学学报(社会科学版)》2014年第2期。
② 程琪龙:《语言认知和隐喻》,《外国语》2002年第1期。
③ 同上。

—The bard's noserag! A new art colour for our Irish poets: snotgreen. You can almost taste it, can't you?

He mounted to the parapet again and gazed out over Dublin bay, his fair oakpale hair stirring slightly.

—God! he said quietly. Isn't the sea what Algy calls it: a great sweet mother? The snotgreen sea. The scrotumtightening sea. Epi oinopa ponton. Ah, Dedalus, the Greeks! I must teach you. You must read them in the original. Thalatta! Thalatta! She is our great sweet mother. Come and look.①

萧译:斯蒂芬听任他拽出那条皱巴巴的脏手绢,捏着一角,把它抖落开来。勃克·马利根干净利索地揩完剃胡刀,望着手绢说:

"'大诗人'的鼻涕布。属于咱们爱尔兰诗人的一种新的艺术色彩:鼻涕绿。简直可以尝得出它的滋味,对吗?"

他又跨上胸墙,眺望着都柏林湾。他那浅橡木色的黄头发微微飘动着。

"喏!"他安详地说。"这海不就是阿尔杰所说的吗:一位伟大可爱的母亲?鼻涕绿的海。使人的睾丸紧缩的海。到葡萄紫的大海上去。喂,迪达勒斯,那些希腊人啊。我得教给你。你非用原文来读不可。海!海!她是我们的伟大可爱的母亲。过来瞧瞧。"②

金译:斯蒂汾听任他掏出一块又脏又皱的手帕,提着一角抖弄了一会儿。壮鹿马利根干净利落地擦好剃刀后,端详着手帕说:

—— 诗人的鼻涕布!咱们的爱尔兰诗歌有了新的艺术色彩:鼻涕青。几乎可以尝到它的味儿了,是不是?

他又登上护墙去眺望都柏林海湾,他的淡淡的橡木色头发在轻轻飘动。

—— 天主呵!他安静地说。阿尔杰把海洋叫作伟大而又温柔的母亲,可不真是:鼻涕青的大海。使人阴囊紧缩的大海。Epi Oinopa pontoon. 啊,代达勒斯,那些希腊人呀!我得教教你。他们的作品得读原文才行。Thalatta! Thalatta! 海确是我们的伟大而又温柔的母亲。过去看。③

这段话描述了马利根向斯蒂汾借手帕擦拭他的剃须刀,充满了典故和隐喻。"bard's noserag"中 bard 主要指的是"吟游诗人",马利根把它称为诗人的鼻涕布来嘲弄斯蒂汾。两个译本的译者对此有不同的认知,因此表达也有所不同。萧乾、文洁若翻译成"'大诗人'的

---

① James Joyce, *Ulysses* (London: Penguin Group, 1992), p. 3.
② 詹姆斯·乔伊斯:《尤利西斯》,萧乾、文洁若译,文化艺术出版社,2002,第42页。
③ 乔伊斯:《尤利西斯》,金隄译,人民文学出版社,2011,第6页。

鼻涕布",把马利根对斯蒂汾的挖苦提到了很高的高度,而金隄翻译成"诗人的鼻涕布",讽刺意味明显弱化,某种程度上或看成一种幽默和调侃。由于斯蒂汾的鼻涕布比较脏,可能都变成绿色的了。马利根进一步把鼻涕布的颜色说成是爱尔兰诗人新的艺术色彩。两个版本的译者表达的语言虽然意思相近,但是语气是有明显的差异的。萧乾、文洁若翻译成"属于咱们爱尔兰诗人的一种新的艺术色彩:鼻涕绿",而金隄翻译成"咱们的爱尔兰诗歌有了新的艺术色彩:鼻涕青"。显然"属于"和"有了"在语言认知上是有差别的。"属于"是既成事实,而"有了"是成为一种可供选择的可能。显然二译本的译者对于马利根对斯蒂汾的调侃认知程度是有差别的,因此译文也出现了一些认知差异。接着,马利根远眺都柏林湾的海面,思绪在跳动。他联想到爱尔兰诗人阿尔杰农·斯温伯恩在其尝试《时间的胜利》(1866)中把大海描写成"伟大可爱的母亲"。紧接着的希腊语"Epi Oinopa pontoon",萧乾、文洁若把它直接译成汉语,而金隄则保留了希腊语,通过注释来翻译。显然两个译本的译者的语言认知过程有所差异。萧乾、文洁若的语言编码、解码的结果是要让读者易于理解,能够继续进行阅读,而金隄的语言处理过程是要保持原作的陌生化,让读者在阅读过程中和原作的读者一样,突然遇到阻滞,无法继续下去。不同的译者的语言认知是有差别的,这和他们对原作意图的猜测产生不同的认知结果是有关联的,同时也和他们自身的语言素养分不开。

二、两译本中典故翻译的文化认知

  文化和认知之间是密不可分的。认知的框架是文化,文化的传承靠认知。文化是人类通过对自然与社会认知而形成的一种物质或精神产品的复合体。生态化范式认知研究把文化看成是人类各种认知的基础[①]。跨文化研究发现不同的文化背景中成长的个体对文化有不同的认知。事实上,文化深刻影响着人类的认知过程,是文化赋予认知过程的意义解释性。它作用于认知的选择、组织和阐释三个阶段。何为文化?文化是人类创作的一切物质和精神产品的总称,包含艺术、道德、知识、法律、习俗、伦理和个人与群体所需的各种能力和习惯。把文化因素引入认知研究的变量中是认知研究生态化的本质要求[②]。翻译的过程是概念系统的转换过程,译者处理语言系统的同时,也不可避免地要处理文化系统,但是传统的认知观点强调信息转换的语言性,把文化性排除在认知研究之外。翻译活动实质是跨文化交际活动,这和原作所处的文化环境和译作所处的文化环境差别有很大关系,因此翻译过程从认知学角度来看也是是跨文化认知过程。如果翻译活动脱离了文化背景,翻译活动就只是停留在字面上的机械转换。好的译作需要译者具有很强的文化认知能力,因为译者对文化具备了深刻的认知力、理解力、分析力和操纵力,才能翻译出理想的作品。这是一个文

---

① 周荃、刘建平、刘佳明:《文化认知:认知心理学研究的新视角》,《社会心理科学》2013年第2期。
② 同上。

化认知富集的过程。"富集作用为文化认知的积累提供了丰厚的言语素材。"①译者会在译作的语言再现上达到美学再现或者是超越原作的美学创造。优秀译作之所以得到读者的认同和感知,是因为译者的文化认知富集创造了新的文化认知,并得到了读者共有的认同。同时,对文化认知的比较也有利于对原著文化和译作文化的的深刻理解,也可对译者的文化认知环境有所洞悉。例如:

> Dunlop, Judge, the noblest Roman of them all, A. E., Arval, the Name Ineffable, in heaven hight: K. H., their master, whose identity is no secret to adepts. Brothers of the great white lodge always watching to see if they can help. The Christ with the bridesister, moisture of light, born of an ensouled virgin, repentant sophia, departed to the plane of buddhi. The life esoteric is not for ordinary person.②

萧译:邓洛普,贾奇,在他们那群人当中最高贵的罗马人,A. E.。阿尔瓦尔,高高在天上的那个应当避讳的名字:库.胡.——那是他们的大师,消息灵通人士都晓得其真实面目。大白屋支部的成员们总是观察着,留意他们能否出一臂之力。基督携带着新娘子修女,润湿的光,受胎于圣灵的处女,忏悔的神之智慧,死后进入佛陀的境界。秘教的生活不适宜一般人。③

金译:邓洛普、贾奇——他们之中最高贵的一个罗马人——A·E、阿尔瓦尔、避讳不可提的名字,在天堂称为:K·H,他们的大师,此人的真面目对于里手并非秘密。大白会的弟兄们都在守望着,随时准备助以一臂之力。基督领着他的新娘姊,沐着光的,由具有灵魂的处女生育的,忏悔的索菲娅,去了大悟层。奥秘的生活,不是常人能享有的。④

本段话中有很多和宗教有关的典故,涉及天主教、佛教等典故。正如张美芳所言,《尤利西斯》中处处藏玄机,章章有迷津⑤。这些典故涉及人名、地名和事件,甚至宗教词汇和引语,包含着丰富的文化因子。想要翻译好这些典故,需要译者具有很强的文化认知能力。"Dunlop"和"Judge"是两个人名,如果不和罗马人联系起来,读者是不会有过多的解读和思考的。根据萧乾和金隄的译注,可以得知他们是欧美通神协会占重要地位的爱尔兰人。乔伊斯引用莎剧《裘力斯·凯撒》中安东尼对安鲁特斯死后的评价,来评价他们。K. H. 是西藏人库

---

① 董博:《文化认知的富集与翻译》,《内蒙古农业大学学报(社会科学版)》2011 年第 6 期。
② James Joyce, *Ulysses*(London: Penguin Group, 1992), p. 237.
③ 詹姆斯·乔伊斯:《尤利西斯》,萧乾、文洁若译,文化艺术出版社,2002,第 362 页。
④ 乔伊斯:《尤利西斯》,金隄译,人民文学出版社,2011,第 284 页。
⑤ 同上书,第 6 页。

特·胡米大圣。萧乾、文洁若把它直接译出来,然后加注详细解释,而金隄直接保持英文格式,也通过加注解释,但不是十分详细。"in heaven hight",萧乾、文洁若翻译成"高高在天上的",而金隄翻译成"在天堂",显然二译本译者对文化认知是有区别的。相对而言,萧、文翻译得更为准确,一般"天堂"主要用于天主教或基督教的概念,其他宗教相对较少这样翻译。"Brothers of the great white lodge",两个版本的翻译也有所不同,萧、文译成"大白屋支部的成员们",而金隄翻译成"大白会的弟兄们",虽然基本意思相近,但是翻译得都不太准确,其实这是一个信仰神秘主义和通神学的一个组织,翻译成"通神会大白屋分会的会员们"可能更便于读者接受。虽然他们都通过加注来解释该组织的意思,但是读者如果不认真研究注解,也很难明白"great white lodge"到底是地点名还是教会名。"The Christ with the bridesister"中的文化内涵丰富。基督怎么带着新娘姐妹?这一文化典故,萧、文译本加了注释"按照天主教的说法,修女在精神上已嫁给了基督,故终身保持独身",金译本没加注。如果不看文化认知,从他们的译文"基督携带着新娘子修女"和"基督领着他的新娘姊",可以感受到金隄翻译得更有新意,但是如果考虑文化因素,萧、文翻译得更有文化性,因为"sister"在天主教中就是修女的称呼。"repentant sophia",二译本的翻译也存在文化认知差异。萧、文译为"忏悔的神之智慧",而金隄译为"忏悔的索菲娅"。他们都对"sophia"做了注解,按照通神论,是指人格化的神智慧,但是两个译本的译者解释又有所区别。萧、文认为此处是指耶稣基督,而金隄认为是智慧企图上升反而坠入混沌,忏悔后由基督洗礼后方获拯救。分析原文,这里确实应该是指基督。显然,无论译者如何想做到尽可能地破解原文的典故的文化内涵,如果不能对"典故的出处、结构和民族色彩了如指掌"[1],是很难做到形神兼顾的,一定会发出和戈宝权教授感同身受的"翻译典故难"的感慨。

三、两译本中典故翻译的诗学认知

传统的文学批评主要围绕作者、文本和读者分别研究或者研究三者的关系,不同的批评学派有不同的侧重点。我们讨论的诗学认知则把翻译活动看成是一个整体活动,是对译事过程的一个重估。诗学一词源于亚里士多德的《诗学》。诗学是研究艺术的学问。勒菲弗尔认为,诗学由两个层面的因素构成:一是文本本体因素,如文学风格、题材、叙事策略、主题、人物和情节等;二是创作理念或观念,从社会层面探讨文学对社会的作用等[2]。诗学认知是主体从经验认知、语言认知到文化认知不断升华而形成诗学体系的过程,实现诗学将言语思维与映象思维的结合,形成对某种诗学的认同或者创立自己的诗学体系。翻译诗学认知就

---

[1] 夏敏:《试论英汉典故翻译》,《安徽大学学报》1998年第2期。
[2] André Lefevere, *Translation, Rewriting, and the Manipulation of Literary Fame* (Shanghai: Shanghai Foreign Language Education Press, 2004), p. 26.

是译者破解原作,特别是已故作者创作的"心理图式",考察译者在翻译过程中对诗学的理解与实际运用。我们可以把原作看作"对于对象的话语描述",通过对"象"的认知和理解与阐释,得出"图"全景或者变异的全景①。译者如何再现"图"需要他们形成自己的翻译诗学观。诗学认知不等同于认知诗学(cognitive poetics),但它们有着某种关联性。刘文博士认为认知诗学是利用语言认知和语言运用的相关理论研究文本,寻求文学研究与语言认知研究的共同处②,促进诗学的认知发展。笔者认为认知诗学是在认知语言学与认知心理学的理论基础上,以体验性的方式,结合文本进行理论探讨与实例分析的美学范畴,试图把文学研究和语言学与心理学结合起来,提供文学研究新的途径。诗学认知也是通过对语言的认知过程形成自己对某种诗学的认同或形成自己的诗学体系。它们的相同之处都是通过认知来构建自己的话语。

通过上述分析可知,《尤利西斯》中典故众多,就是一个典故百科全书,译者如果不根据自己的语言认知、文化认知和诗学认知采取深度翻译或者补偿翻译策略,是很难让读者真正体会到原著的艺术魅力和价值。《尤利西斯》涉及诸多外语、神话、宗教典故、地点人名典故、引文典故等。乔伊斯的意图是让自己的作品成为不朽之作,让后人对他的原意进行解码。把一种语言用另外一种语言表达出来实属不易,将蕴含丰富民族色彩和文化渊源的典故恰到好处地翻译出来更是难上加难,不可避免地会出现顾此失彼的现象③。因此,译者在实际翻译过程中不得不采用各种手段,既要准确传递原文信息,又要保持典故的民族特色,还要满足译作的读者需求,可谓难于上青天。《尤利西斯》两译本的译者们煞费苦心地通过添加各种注释来再现原著的语言陌生化、文化语境和原作的"意图黑箱"。相比较而言,萧乾、文洁若的翻译消解了原著的"迷津",原著读者需要自己进入迷宫探索,中译本的读者则可以在标好标记的迷宫里观光④。金译本很好地保持了原文的晦涩,但是有时这也不能成为中译本不流畅的借口。不管怎么说,即便我们不能完全读懂乔伊斯创作的"意图黑箱",读者都可以借助译者们的详细或者较为详细的注释慢慢地揭开"意图黑箱"内的秘密。

第四节 《尤利西斯》中的隐喻分析及其翻译

20世纪70年代后期,全球学术界掀起了一股"隐喻热"。这波热潮从20世纪90年代开始,也在我国语言研究界掀起了一股不大不小的"隐喻热"。简言之,隐喻是把属于一种事物

---

① 陆环、蔡兴勇:《诗学认知模型的开发和设计》,《中国比较文学》1998年第1期。
② 刘文:《认知诗学:认知科学在文学研究中的运用》,《求索》2007年第10期。
③ 诸雅芸:《也谈典故翻译中的欠额补偿——兼与乐金声先生商榷》,《中国翻译》2000年第4期。
④ 张美芳:《意图与语篇制作策略》,《外国语》2001年第2期。

的特性运用到另一事物之上。它具有和语言共生的特质,由于和人类的思维有着密切的联系,是人们用一事物认识、理解、思考、表达另一事物的过程,具有概念性的特征。束定芳认为"隐喻不但是一种语言想象,而且在本质上是人类理解周围世界的一种感知和形成概念的工具"[1]。隐喻概念系统具有普遍性和相对性,这主要是由于人类的认知活动源于日常的身体体验,人类作为认识世界、改造世界的主体所经历的身体体验总体上具有普遍性特征,因此隐喻概念具有普遍性特征;但是由于不同民族所处的地理环境,社会文化、历史宗教等具有差异性,身体体验也具有差异性,所以说在不同文化中的隐喻概念系统中存在差异性。隐喻作为认知语言学的研究重点已被使用在各个学科之中,包括哲学、心理学、语言学、人类学、社会学、符号学等学科,它们的发展离不开认知科学,其他传统学科如数学、物理学、生物学、文学、经济学、政治学、教育学等的发展也离不开认知科学。文学作品中隐喻的使用更是丰富,这主要是由于隐喻的使用和人们的诗性思维与形象感悟等因素联系密切,所以隐喻特质在文学作品中得到淋漓尽致的表现,作家用美学和艺术的方式来展示对人、物、世界的认识和不断深化的感悟。从表面上看,翻译是两种不同的语言之间的语码转换,即翻译主体对源语的理解和用目标语进行源意的传达。实际上,翻译是一个相当复杂的认知过程,是思维方式的转换过程。它涉及对源语语言文化的充分理解和对目的语语言文化的深刻洞悉,从而才能表达出源文所要传递的信息,并能满足目标读者的阅读期待。"翻译过程即译者对不可变更的源语符号的理解或其表征(presentation)的逆向还原,翻译结果实际上是译者(认知主体)在这种表征的制约下,通过理解思维过程获得对重新整合(blend)构建的意义。"[2]文学翻译就是用译语的隐喻美来实现源语的隐喻美,即再现源语的艺术美学效果。古特(Ernst-August Gutt)认为"在原文提供的心理图式框架即文本提供的文化语境或语用假设下,译者为了实现译文的审美目标,激发目标语读者的阅读期待和想象,会充分利用目标语共同的认知心理图式和语用假设以寻求最佳关联(optimal relevance)"[3]。译者为创造最佳译文审美效果,满足目标受众的阅读期待,必然会采取不同的语言表达形式、文本结构和心理图式选择,从而实现翻译文学的生命延续。《尤利西斯》作为詹姆斯·乔伊斯的代表作,文中使用了大量的隐喻和其他的意识流写作技巧,使得该部作品呈现出前所未有的自由叙事和宏大叙事的特征。正如他本人曾幽默地说道:"我在书里设置了许许多多的疑团和迷魂阵,教授们要弄清我到底是什么意思,够他们争论几个世纪的,这是取得不朽地位的唯一办法。"[4]英国学者韦恩·布斯(Wayne Booth)指出:"杰出的文学作品本身即是对生活及其可

---

[1] 束定芳:《隐喻学研究》,上海外语教育出版社,2005,第30页。
[2] 刘翼斌:《〈哈姆雷特〉隐喻汉译认知研究》,《广西师范大学学报(哲学社会科学版)》2011年第3期。
[3] Gutt E. A. *Translation and Relevance: Cognition and Context* (Shanghai: Shanghai Foreign Language Education Press, 2005), pp. 52-60.
[4] 理查德·艾尔曼:《乔伊斯传》,金隄、李汉林、王振平译,北京十月文艺出版社,2006,第589页。

能形态的隐喻,艺术作品隐喻地表达了艺术家对生活的理想与批判;鉴于此,隐喻并非手段,它本身即是生活的一个主要目的,而分享隐喻乃成为必不可少的一种人类生活经验。"[1]因此,译者有义务在翻译时把源文中的隐喻很好地传播出来,一方面表现出文学作品的美学效果,另一方面有必要把异域的隐喻特质传播到本族文化中。笔者以金隄译本和萧乾、文洁若的译本为研究参照,分析译者在翻译过程中是如何再现原作的隐喻特质的。

一、《尤利西斯》中隐喻的主要表现形式

在《尤利西斯》中,乔伊斯运用丰富的隐喻技巧来传递他的文学美学特质。正如丹尼尔·R. 希瓦茨曾经指出,在《尤利西斯》中,乔伊斯把隐喻观念定义为词汇与现实的最基本关系。"强调语言模式,减低传统情节,要求在语言和内在言辞关系方面认真讨论。"[2]事实上,对于乔伊斯来说,隐喻是揭示现实的有力工具,因为标题《尤利西斯》就宣传其作品的隐喻性特征。《尤利西斯》就是乔伊斯探寻隐喻作为一种工具来理解人类本身和所处环境的百科全书。整个作品的模式是仿荷马典故的,因为荷马的世界和1904年的都柏林具有相似微妙的关系。通过讽刺性的仿拟手法把明显的不相似的东西拼凑在一起来揭示事物的相似性和差异性,可以说,隐喻延伸了我们的体验。通过《尤利西斯》,作者把都柏林和爱尔兰与古希腊文化联系到一起。乔伊斯曾经对弗兰克·巴金说:"我总是想让读者通过暗示来理解而不是通过直接的表述来理解。"[3]他的意思很明确,就是要给《尤利西斯》最为广泛的体验外延,因此隐喻是最好的实现他目的的有效手段。隐喻的联想表达已成为《尤利西斯》主要的行文结构和主题原则的特征之一,因此,在阅读该作品时,读者需要破解其中隐藏的隐喻性特征。译者在翻译时更要注意原作的隐喻特征,这样才能再现原作的隐喻审美艺术特征。隐喻的翻译活动绝不是纯粹的语言符号的转换过程,其实是一个涉及语言与思维、文化与文学、心理与生理等多维度的认知活动过程。译者的认知能力、价值取向、文化品位、审美取向等向度直接影响译者对原著中的隐喻的理解。"译者只有充分解读作品中的隐喻,才能更全面地理解作者的创作意图,在此基础上,运用自身的概念隐喻系统知识,发挥熟谙目的语和源语文化及语言的优势,尽可能再现原作中的隐喻,从而恰当地再现人物形象与主题,力求让汉语读者像英语读者一样领略作品的崇高思想和艺术境界。"[4]下面笔者对《尤利西斯》中的隐喻主要表现形式做一简单梳理。

---

[1] 张沛:《隐喻的生命》,北京大学出版社,2004,第88页。
[2] Daniel R. Schwarz, *Reading Joyce's Ulysses*(New York: Palgrave MacMillan, 1987), p. 13.
[3] Budgen Frank, *James Joyce and the Making of Ulysses*(London: Oxford University Press, 1972), p. 21.
[4] 肖家燕、李恒威:《概念隐喻视角下的隐喻翻译研究》,《中国外语》2010年第5期。

（一）宗教的隐喻

在《尤利西斯》的一开始，斯蒂芬的意识流活动中就充满了隐喻，折射出他对性的困惑、他的负罪感、他的艺术追求和他对语言的热爱。其中，在他母亲临死的场景描写中充满了隐喻的特质。

Her glazing eyes, staring out of death, to shake and bend my soul. On me alone. The ghostcandle to light her agony. Ghostly light on the tortured face. Her hoarse loud breath rattling in horror, while all prayed on their knees. Her eyes on me to strike me down. Liliata rutilantium te confessorum turma circumdet: iubilantium te virginum chorus excipiat.

Ghoul! Chewer of corpses!①

本段话描写了斯蒂芬看着心爱的母亲临终前经受漫长而痛苦的病痛折磨，痛不欲生。母亲因为斯蒂芬脱离天主教而深感忧虑，一直劝他忏悔并参加领圣餐，但直至母亲去世，他也没有同意母亲的劝告。本段话的隐喻在于表现斯蒂芬断然和宗教决裂的坚定决心，即便在母亲的亡灵前，他也拒绝向她所信奉的世俗宗教屈服，不愿为满足她最后的遗愿而放弃自己的信仰。同时他内心也充满了愧疚感，没能在母亲临终前满足她的遗愿，所以他把自己喻为东方神话中的食尸鬼。通过斯蒂芬内心独白的意识流活动，隐喻外延了理解人物内心世界和外部环境的可能性。

（二）子宫的隐喻

子宫或由它构成的词汇在《尤利西斯》中出现了 21 次。子宫隐喻已成为乔伊斯消化现实的有力手段，在他的早期作品《青年艺术家画像》中初见端倪。斯蒂芬把对诗学的追求看成是自我受精："In the virgin womb of the imagination the word was made flesh."。同样的图景再次出现在第十四章《太阳神牛》中。

In woman's womb word is made flesh but in the spirit of the maker all flesh that passes becomes the word that shall not pass away. This is the postcreation. *Omnis caro ad te veniet*. No question but her name is puissant who aventried the dear corse of our Agenbuyer, Healer and Herd, our mighty mother and mother most venerable...②

性繁殖隐喻在乔伊斯的作品中是一个普遍现象。无论在乔伊斯还是斯蒂芬的心中，文学都是一个怀孕和分娩的过程。乔伊斯作品的形成都经历类似于生物力量并且因为孕育期（构思）的推延又经历了许多变化。子宫被喻为培育、孕育的过程。通过隐喻手法，可以让作

---

① James Joyce, *Ulysses* (London: Penguin Group, 1992), pp. 9-10.
② 同①, p. 511.

者找到那些难以表达的事物最恰当的表现形式。此处根据《新约·约翰福音》第一章,基督为"道"所压身的肉身,"道"是在子宫内孕育化为肉身,肉体可以消亡但是消亡的肉体也化为"道"。

(三) 音乐的隐喻

音乐是第十一章《赛仑》的主题。文章以诗句般的短文开首,作者全篇着眼于音效、旋律、概念的使用,为了呼应人面鸟身的赛仑那美丽的歌喉,通篇使用了音调铿锵、节奏感强的语言来凸显音乐隐喻的作用。这里用音乐的声音表达可视性的物体,充分地表达了本体的不可能性,形成一种模糊的、幻觉的形象。隐喻成为音乐共鸣效果各种变形的手段。

O greasy eyes! Imagine being married to a man like that! She cried. With his bit of beard! Douce gave full vent to a splendid yell, a full yell of full woman, delight, joy, indignation. —Married to the greasy nose! she yelled.

Shrill, with deep laughter, after, gold after bronze, they urged each to peal after peal, ringing in changes, bronzegold, goldbronze, shrilldeep, to laughter after laughter. And then laughed more. Greasy I knows. Exhausted, breathless, their shaken heads they laid, braided and pinnacled by glossycombed, against the counterledge. All flushed (O!), panting, sweating (O!), all breathless.

Married to Bloom, to greaseabloom.①

本片段通过"greasy eyes"→"greasy nose"→"Greasy I knows"→"greaseabloom"的推进,如同一个一个跳动的音符,折射出嫁给布卢姆的羞辱感。音乐是《赛仑》章节中隐喻的重要线索。本章节散布着作曲家瓦格纳的主调风格,再现人物性格、典型情景和音乐主调的思想。乔伊斯在写作中使用47种不同的音乐作品,创造出他具有交响乐效果的《赛仑》。这些歌曲隐喻着他和莫莉过去的幸福爱情、孤独的心灵,也蕴含着妻子对他的埋怨,以及爱尔兰当前的政治前景等。就像背景音乐一样,歌曲成为所有无法言表的故事和历史的隐喻。

(四) 食品的隐喻

乔伊斯在《尤利西斯》中大量使用食品的隐喻。无论布卢姆何时去吃午餐,所看到所想到的任何东西都会和食品的味道联系在一起。布卢姆在作品中第一次出现也是和食物一道。

Mr Leopold Bloom ate with relish the inner organs of beasts and fowls. He liked thick giblet soup, nutty gizzards, a stuffed roast heart, liverslices fried with crustcrumbs, fried

---

① James Joyce, *Ulysses* (London: Penguin Group, 1992), 334-335.

hencods' roes. Most of all he liked grilled mutton kidneys which gave to his palate a fine tang of faintly scented urine.①

在所有的食品中,腰子是整天在布卢姆脑海中浮现的食物,整部作品共出现29次,甚至在第十五章《刻尔吉》中,他把Bloomusalem(布卢姆撒冷)"built in the shape of a huge pork kidney"(建成巨型的猪腰形状)②。腰子喻为精力,男子气概。布卢姆人到中年精力不足。他嫉妒博伊兰强悍的肉体和旺盛的精力,认为多吃羊腰子可以提升自己的精力,同样腰子和尿酸疾病也外化了都柏林的毫无活力。林玉珍认为"当布卢姆开始新的一天为莫莉做早餐,布卢姆到家决定用鸡蛋而不是腰子作为自己的早餐。如果说这个行为暗示在他克服'尿酸'不足后布卢姆的中年时代的精力复活的话,这个有限的胜利对于瘫痪的整个爱尔兰来说也是意义非凡的"③。

无疑,《尤利西斯》犹如隐喻的宝库,限于篇幅此处不再赘述。所有的这些隐喻拓宽了人的经历体验和意识状态,可以让人展开无尽的想象。基于历史典故、日常琐事、人名的拼合,乔伊斯所见所想的几乎任何事物都被赋予种种把玩式的隐喻技巧。通过隐喻,《尤利西斯》为全世界的人们构架了通向爱尔兰人世界的桥梁。隐喻为《尤利西斯》构架了基本的蓝图,把人类世界推向深远的极限。

二、隐喻翻译深层问题探究

隐喻的翻译涉及译者对隐喻的认知和转化。这一认知转化过程其实是译者用跨概念域的隐喻性拓展法对世界的认识和理解,即用自己的隐喻体验(即莱考夫提出的"源域")来认知原作的隐喻(即莱考夫提出的"目标域"),有些是具有共性的,有些是具有差异性的,这需要译者在认知过程中借助译者对语境和文化因子的考量。莱考夫(Lakoff)和约翰逊(Johnson)认为,"概念隐喻的重要功能是将推理类型从一个概念域映射到另一个概念域"④,即通过将源域的体验映射到目标域,从而实现认识目标域的目标,这就是概念隐喻认知的一个实质性过程。翻译过程就是一个跨域映射的活动。译者根据自己已有的双语语言文化的种种体验来对异域文化现象和文化风情进行映射,以期满足读者的阅读期待。译者对于隐喻的翻译其实就是一个认知过程,"是一种受文化制约的、创造性的、解释性的隐喻化过程。"⑤

---

① James Joyce, *Ulysses* (London: Penguin Group, 1992), p. 65.
② 同①606.
③ Lin Yu-chen, "Uric Acid and the Configuration of Subjectivity in James Joyce's *Ulysses*," *Sun Yat-sen Journal of Humanities* 4(1993): 243.
④ George Lakoff and Mark Johnson, *Philosophy in the Flesh: The Embodied Mind and Its Challenge to Western Thought* (New York: Basic Books, 1999), p. 82.
⑤ 徐翠波:《语篇翻译的认知隐喻视角》,《中南林业科技大学学报(社会科学版)》2011年第1期。

（一）隐喻翻译是一个双重认知过程

隐喻翻译过程就是译者对原作隐喻认知体验的过程。"是一个由阅读、体会、沟通到表现的审美创造过程。在这一过程中，译者通过视觉器官认识原作的语言符号，这些语言符号反映到译者的大脑转化为概念，由概念组合成完整的思想，然后发展成为更复杂的思维活动，如联想、评价、想象，等等。"[①]因此，要准确地传递源语的隐喻内涵，译者需要结合源语和目标语的具体文化认知特点，把隐喻翻译的过程看作一个双重认知过程。例4中，布卢姆喜欢吃动物内脏，特别是羊腰子。如果割裂全篇、直接翻译显然很难翻译出腰子的隐喻性，这需要译者通篇整体考量，不仅要有对源语文化的认知理解，还要有对译语文化的认知理解，才能揭示腰子的隐喻性。"Most of all he liked grilled mutton kidneys which gave to his palate a fine tang of faintly scented urine."，金隄译为"他最喜欢的是炙羊腰，吃到嘴里有一种特殊的微带尿意的味道"，而萧乾、文洁若译为"他尤其爱吃在烤架上烤的羊腰子。那淡淡的骚味微妙地刺激着他的味觉"。应该说两个译文都是把英语的意思翻译出来了，但是读者要是不通篇看文章，是很难读出"羊腰子"的隐喻性的。腰子在中西方文化中的功能是相同的。腰子即肾的主要功能是藏精、纳气、主骨、生髓和主管水液的运行。羊腰子含有丰富的蛋白质、维生素A、铁、磷、硒等营养元素，有生精益血、壮阳补肾功效。布卢姆一直肾亏，羡慕博伊兰强悍的肉体和旺盛的精力，所以希望吃羊腰子能达到强身的目的。再加上当时都柏林政治处于瘫痪状态，希望把布卢姆撒冷建成腰子形状来振兴爱尔兰。所以说翻译活动其实就是两个认知域之间对话的过程，是源语语篇或源语文化域向目标语语篇或目标语文化域映射的过程。"基于这种语言认知观和概念隐喻理论，隐喻翻译过程中的语言表层转换深层地关涉隐喻所存在的社会文化环境、译者的认知能力等。这样不仅从根本上确认了译者在隐喻翻译中的主体地位，还揭示了隐喻翻译的体验基础。"[②]

（二）隐喻翻译是一个概念整合过程

中英两种语言的使用者，在面对相同的客观世界时所获得的体验具有相似性，因此在对事物的认知理解过程中也具有较大的相似性。不同民族的语言中会出现许多源域向目标域映射方式不同但是体验类似的隐喻，处理此类隐喻的翻译，可以通过概念整合的方式把源语的隐喻传递给目标读者，通过隐喻概念的整合映射方式，既可以传递源语的隐喻特质，又可以满足读者的阅读期待。例1中，金隄把"ghostcandle"译为"灵前的蜡烛"，而萧乾、文洁若译为"那只避邪蜡烛"。"Her eyes on me to strike me down."，金隄译为"她的目光落在我身

[①] 郑海凌：《文学翻译的本质特征》，《中国翻译》1998年第6期。
[②] 肖家燕、李恒威：《概念隐喻视角下的隐喻翻译研究》，《中国外语》2010年第5期。

上,要把我按下去",而萧乾、文洁若译为"她两眼盯着我,想迫使我下跪。"虽然两译本的表述文字有异,但是它们的意思是相同的,都传递了原作的隐喻意义。显然,中西文化中,人死之前或死后床头都会放有灯或蜡烛,目的是为将死的或已死的人照亮通往天堂的道路。根据文章的上下语境也能读懂"Her eyes on me to strike me down."的隐喻内涵,即斯蒂芬的母亲因他脱离天主教而深感忧虑,希望在她去世之前能说服他对主忏悔自己的错误,因而"她目视我让我下跪领取圣餐",从而顺服天主教。两个版本的译文都翻译出隐喻的含义,因为译者都用自己对英语的认知能力读懂隐喻内涵。通过对隐喻的整合翻译,实现隐喻的映射,这充分证明了不同文化之间的类似或重叠隐喻可以充分转译而不需担心目标读者的接受问题,对于人死床前点灯中西方都具有相似的体验。所以隐喻翻译的基础很大程度上依赖于不同文化体验的重叠程度,重叠度越高隐喻翻译近似度越高,对于双方相似的体验一方面可以通过概念整合很好地再现,另一方面也让目标读者不会产生模糊感或差额感。

(三)隐喻翻译的差额补偿过程

所谓差额补偿指的是由于在翻译过程中,源语隐喻信息表现不太突出,读者很难获得或无法理解原文的隐喻性,这就需要译者在翻译中予以补偿。当然,受语境制约、文化认知体验制约以及翻译策略的可及性等因素的干扰,隐喻翻译过程中出现信息流失也是在所难免的。这就对译者的隐喻性翻译提出来更高的要求,在翻译过程中要特别关注原著的隐喻问题。由于译者对隐喻意义的判断是一个主观、动态的过程,译者要想尽量地减少差额翻译,对于原著的隐喻理解、读者的阅读期待和译者主体创造性方面都提出了很高的要求,需要译者对于双语文化知识的储备、双重认知体验的积累等方面有着极深的造诣。例2中"In woman's womb word is made flesh but in the spirit of the maker all flesh that passes becomes the word that shall not pass away.",金隄译为"妇人腹内,道化为肉,肉身虽促,无论何人,皆有灵魂,由造物主,圣灵影响,复化为道,永世不忘",而萧乾、文洁若译为"在女子的子宫内,道成了肉身,然而在造物主心中,所有必将消亡之肉身,一概变成不会消亡之道。"两译本都点出了 womb(子宫)的孕育功能。"道化为肉"和"道成了肉身"都让读者清楚地明白,是女性子宫的作用孕育"道",而"道"又生成"肉体"。再如,"Bloowho went by by Moulang's pipes bearing in his breast the sweets of sin, by Wine's antiques, in memory bearing sweet sinful words,…"[1],金隄译为"羊羔布卢从莫郎烟斗店走过,怀揣着偷情的乐趣,走过了瓦恩古董店,心里还记着一些偷情的甜言蜜语……"[2],而萧乾、文洁若译为"布卢某怀着偷情的快乐,从牟兰那家店的烟斗旁走过;心中萦绕着偷情时的甜言蜜语,走过瓦恩

---

[1] James Joyce, *Ulysses* (London: Penguin Group, 1992), p.331.
[2] 詹姆斯·乔伊斯:《尤利西斯》,金隄译,百花文艺出版社,1987,第396页。

那家店的古董……"①。其实此处 Bloowho 就是布卢姆,乔伊斯使用 Bloowho 来模糊化 Bloom,金隄译为"羊羔布卢",而萧乾、文洁若译为"布卢某"。两译本译者可谓费尽心力对隐喻进行补偿翻译,相对而言,萧乾、文洁若的翻译技高一筹,"布卢某"和布卢姆形成了谐音。另外,"bearing in his breast the sweets of sin",金隄译为"怀揣着偷情的乐趣",而萧乾、文洁若译为"怀着偷情的快乐"。粗略地看两译本的意思差不多,其实是有差别的。The Sweets of Sin(《偷情的快乐》)是布卢姆给妻子买的一本书。此处乔伊斯采用了双关手法,一方面他确实怀揣偷情的快乐,另一方面是他和玛莎偷情,刚交换了情书,心中也偷着乐呢。金隄翻译成"怀揣着偷情的乐趣",读者并不明白是本书,但是保持了乔伊斯的意图模糊化,萧乾、文洁若译为"怀着偷情的快乐",但是做了注解,让读者看得明白。应该说萧乾、文洁若在翻译的差额补偿上下足了功夫。

隐喻翻译是一个复杂的、涉及双重认知域、双语文化域、思维域等方方面面的过程,因此在翻译过程中认知不能停留在字面语言层,而要从文化、思维等获得深层次理解;表达也不是一味地追求形式对等,而需要根据隐喻发生的语境、作者的动机和创作意图、读者的阅读期待等进行恰当地表达。在翻译过程中,译者还要根据自己的认知水平进行创造性地阐释和翻译,从而实现隐喻翻译从源域映射到目标域的互动过程。《尤利西斯》犹如浩瀚的百科全书,乔伊斯在创作过程中把隐喻运用得淋漓尽致,为广大读者和研究者提供了广阔的欣赏和研究视域。金隄和萧乾、文洁若伉俪的翻译犹如两座翻译史上的珠穆朗玛峰,值得年轻学者们不断攀登挖掘。这其中涉及隐喻认知框架研究、隐喻翻译策略研究、典故隐喻翻译研究,以及翻译评价体系的构建研究? 相信概念隐喻的引入无论是对翻译理论研究的深化,还是对原作中的隐喻翻译研究都有深远的指导意义。

本章小结

本章主要从语言层面探讨译者在翻译过程中如何实现源语与目标语之间的对话和融合。首先,通过对目标语与源语之间的转换,分析《尤利西斯》陌生化的"前在性",为金隄译本的陌生化处理提供了基础。在此重点探讨了《尤利西斯》陌生化的主体性表现,涉及译者的陌生化诗学观及原著的陌生化表现,让我们更加直观地理解翻译的"陌生化"美学特征。其次,结合《尤利西斯》中大量使用的"前景化"语言,金隄译本和萧乾、文洁若译本对《尤利西斯》"前景化"语言和前景化句式的不同理解,并提供了风格迥异的译本,通过比较译本的翻译风格,深入分析译者所持的翻译观和翻译原则等在翻译过程中的作用,从而揭示译者语言艺术再现和为读者提供了陌生化的审美效果的能力,这对译者主体性研究具有积极的意义。从语言层面探讨《尤利西斯》中的典故翻译,通过比较两译本之间的差异,分析译者在翻译典

---

① 詹姆斯·乔伊斯:《尤利西斯》,萧乾、文洁若译,文化艺术出版社,2002,第498-499页。

故时的语言认知、文化认知以及翻译诗学认知等方面的异同,及相应的翻译策略。通过对译者翻译工作的描述性阐释,读者能更好地理解原作和翻译过程,加深对西方文化与思想的认知。通过对语言层面的研究,读者能更好地理解译者如何实现两种语言之间的对话与融合,实现内容与形式的转换。隐喻是认知语言学研究的热点之一,笔者对《尤利西斯》的主要隐喻特征做一梳理,并结合案例分析了隐喻翻译的深层问题,如翻译的双重认知过程、概念整合过程和差额补偿过程等,为拓展翻译研究视角进行了积极的探索。

第四章

《尤利西斯》汉译的文化研究

第一节　意识形态在《尤利西斯》译介中的影响

爱尔兰著名现代派小说家詹姆斯·乔伊斯呕心沥血的天才之作《尤利西斯》,在世界文学史上首先广泛运用意识流创作手法,被尊为"天书"和"20世纪最伟大的英语文学著作"。20世纪80年代以后,在金隄和萧乾、文洁若伉俪的努力下,《尤利西斯》两个中译本相继问世。我国的文学评论家和读者终于能通过阅读中文的《尤利西斯》来一睹现代派大师詹姆斯·乔伊斯高超的意识流小说创作技巧。可以说《尤利西斯》是英语文学的一座珠峰,翻译《尤利西斯》亦堪称译坛上的一座珠峰。两本风格迥异但品质上乘的译本引来了不少研究者聚焦于译法、风格、译注等方面的研究,可谓成果斐然。以"翻译研究学派"著名的翻译理论家苏珊·巴斯奈特(Susan Bassnett)和安德烈·勒菲弗尔(Andre Lefevere)等为旗手的文化学派从文化层面进行翻译研究,使得翻译研究经历了一场新的范式革命。特别是勒菲弗尔提出的"折射"和"改写"理论,不仅关注翻译的内部研究,即从文本到文本的转换过程,而且关注翻译的外部研究,特别强调意识形态、文化、历史等对翻译活动的影响,把翻译研究置于更为广阔的文化语境之中,因而拓展了其研究视域。笔者针对《尤利西斯》及原著者和译者的意识形态影响关系,借助勒菲弗尔的操作理论,从文化层面探讨意识形态在《尤利西斯》翻译过程中所产生的影响,下面首先对意识形态理论进行简单回顾。

一、意识形态的概念

什么是意识形态(ideology)? ideology 源自希腊文 idea(观念)和 logos(逻各斯),字面意思是观念逻各斯,即观念的学说。意识形态也称作"意识型态",是指一种观念的集合。每个社会都有意识形态,作为形成"大众想法"或共识的基础。意识形态有很多不同的种类,有政治的、社会的、知识论的、伦理的等。伊格尔顿曾给出意识形态的16种定义[①],大致可归纳为

---

① Terry Eagleton, *Ideology: An Introduction*(London: Verso, 1991), pp.1-2.

三类:群体意识形态、社会主流意识形态、个体或个人的意识形态。根据《现代汉语词典》,意识形态为:

> 在一定的经济基础上形成的,人对于世界和社会的有系统的看法和见解,哲学、政治、法律、艺术、宗教、道德等是它的具体表现。意识形态是上层建筑的组成部分,在阶级社会里具有阶级性,也叫观念形态。①

《韦氏大学词典》则对意识形态作了如下定义:

> 1. 尤指关于人类生活或文化的观念的系统总和;2. 个人、集团或文化所特有的思想方式或内容;3. 形成社会政治纲领的一体化主张、理论和目标。

勒菲弗尔也对意识形态作了一个界定:"意识形态,指的是社会的、政治的思想观念,或世界观。它可以是社会的、上层的,也可以是个人的。"②可见,意识形态是一定社会和文化的产物,是一种观念系统,属于上层建筑的范畴,并且有集体和个人之分,具有很强的影响和支配的力量,会对个人或社会群体的精神、观念和思想产生影响甚至制约作用,进而影响到社会结构、社会制度、社会组织等社会基本物质构成。翻译作为一种跨文化的交际活动,除了受个人文学文化修养的影响,还深刻地受到所处的意识形态环境的影响。可以说,翻译活动一开始就烙上了意识形态的印痕。"译者在将一个异域文化的话语所包含的观念引入本土文化时,必然会对这来自异域文化的价值观做出自己的价值判断,然后决定传达策略。"③西班牙著名学者玛丽亚·维达曾对意识形态与翻译之间的关系做过这样的描述:"后现代主义哲学和后结构主义的出现,导致了层级削减,这使得翻译和译者的地位总算趋于合理。与此同时,也再次证明了翻译既不是纯洁的也不是无辜的。译者的意识形态、赞助人的意识形态和译作待出版的出版中介的意识形态,都是非常重要的因素,它们足可以改变产品的最后形态。但有一点是肯定的:文化是翻译的一个基本要素,翻译不可避免地要改写。此外值得一提的是,翻译不过是译者传递意识形态的一个借口罢了。"④翻译、译者与意识形态之间的共谋关系使得作者和译者间原本等级森严、尊卑有序的门户观念遭遇消解。翻译是两种文化的交流,表面上看两种文化的交流似乎是平等的,其实这种交流的背后隐含着种种权力的斗争,是不同意识形态之间的对抗之后妥协的结果。正是如此,原著者的意识形态在某种意义上会和译者的意识形态产生共鸣或矛盾,从而影响对原著的译介。事实上,意识形态对翻译

---

① 中国社会科学院语言研究所词典编辑室:《现代汉语词典》,商务印书馆,2012,第 1546 页。
② Susan Bassnett and Andre Lefevere, *Translation, History & Culture* (London: Routledge,1992), p. 14.
③ 王东风:《一只看不见的手:论意识形态对翻译的操纵》,《中国翻译》2003 年第 5 期。
④ Vidal, Maria del. Carmen, frica, "(Mis) Translating Degree Zero: Ideology and Conceptual Art," in *Apropos of Ideology: Translation Studies on Ideology-Ideologies in Translation Studies*, ed. Maria Calzada-Perez (Manchester: St. Jerome Publishing, 2003), p. 85.

活动的诸多方面进行着操控,我们也可以把这种意识形态称为翻译生态环境。胡庚申认为,"从适应与选择的视角可以把翻译定义为:'译者适应翻译生态环境的选择活动。'翻译生态环境指'原文、原语和译语所呈现的世界,即语言、交际、文化、社会,以及作者、读者、委托者等互联互动的整体'"①。如果这些因素之间发生冲突的话,译者必须在它们之间做出抉择。译者的决定受到占主导地位的因素的影响,而这些主导因素往往就可能是当时占主导地位的意识形态。这种意识形态的操控往往体现在对翻译活动的隐性操控和显性操控两个方面。

二、意识形态对翻译的隐性操控

所谓隐性操控是指意识形态或诗学对原著或原作者的接受程度,或译者的翻译目的和动机中所折射出来的强烈的意识形态倾向。这些操纵是隐性的,不是直接告诉读者而是需要读者研究体会的。勒菲弗尔认为,翻译受到内外两大因素的影响和制约:一是文学系统内部的包括批评家、教师、译者在内的"专业人士"在诗学方面进行的操控;二是文学系统以外的"赞助人"的意识形态的操控。事实上,无论是他提出的诗学还是"赞助人"都属于意识形态范畴。它对翻译活动的操控是多方面的,隐性操控包括翻译动机和选材、译者诗学形态对译本的操控等。

(一)意识形态对翻译动机和选材的影响

由于人类文化的复杂性和多样性,翻译不仅仅是实现语言符号层面的转换和变形,而且旨在传递信息、传播异域文化,但同时又对目的语文化构成一种潜在的威胁。在这个过程中,首先涉及的是译者的翻译动机和选材。可以说选择贯穿于与翻译相关的整个过程,即从翻译的原本的创作者开始,到译作的读者为止,选择存在于每一个环节。它涉及从作家的选题、选材、人物的描写、相应的写作方法和写作风格、作品中的遣词造句等各个环节。这时意识形态就对译者的翻译过程产生了影响,这个影响是巨大的。正因为如此,译者的翻译动机和对拟译文本的选择绝不是个人的自由选择,而要受到所处时代主流意识形态的控制与支配。

在中国最早开始翻译《尤利西斯》的是金隄。他于1981年译《尤》的一个章节,刊登于1981年出版的《外国现代派作品选》。而萧乾和文洁若则是从20世纪90年代初开始从事《尤利西斯》的翻译工作。应该说他们从事《尤利西斯》的翻译工作是在我国实行改革开放之后,而之前几乎无人问津,更不要说进行翻译。这和新中国刚成立到改革开放那时的意识形态有密切的关系。这一时期,意识形态对翻译选目的操控尤为明显,俄苏作品翻译"一花独

---

① 胡庚申:《从"译者主体"到"译者中心"》,《中国翻译》2004年第3期。

放",欧美现代作品被一概拒之门外。那段时期的国家叙述和国家意识使得"西化模式"销声匿迹,在主流意识形态空前强大的操控下,"中国主要是与苏联、亚非拉发生现在时的翻译关系(但跟欧洲古典文学亦有过去完成时的翻译关系),基本上跟现代欧美不发生翻译关系。这个时期即便是翻译一点法英美德的作品,其选目范围和标准,亦跟 30 年代的《译文》杂志非常接近,即只用范围极有限的过去时,不用现在时。这个选目标准跟当时的苏联标准明显接近"①。在很长一段时期,中国对西方尤其是欧美文学总体上存在着排斥倾向,因而也不可能引进、翻译大量的文艺作品,甚至有人认为欧美文艺作品是"反动"的、颓废的。特别是"文革"期间,针对拟译本的自由选择权,很多译者由于有自己的意见而受到冲击。《尤利西斯》"荒诞怪异,琐碎离题,且不按传统主角品格塑造主人公,这就很难适应形势"②,再加上它曾于 1920 年因"有伤风化"被美国邮局没收焚毁。1921 年《小评论》杂志因刊登"猥亵作品"(指《尤利西斯》)被判有罪。1922 年《尤利西斯》虽在巴黎首次全本出版,但在英美却被认为是禁书。这期间,《尤利西斯》两次进入美国法庭。可以说,《尤利西斯》一直被认为是"淫书",和当时中国的意识形态是格格不入的。即便是进入 80 年代,李景端同志曾决心组译这本书,他先后找过英语界一大批专家,例如王佐良、周珏良、赵萝蕤、杨岂深、冯亦代、施咸荣、董乐山、梅绍武、陆谷孙等,他们都婉言谢绝翻译,叶君健先生还风趣地说:"中国只有钱锺书能译《尤利西斯》,因为汉字不够用,钱先生能边译边造词。"李景端也约请过钱锺书先生,他谦虚地表示:"八十衰翁,再来自寻烦恼讨苦吃,那就仿佛别开生面的自杀了。"③可见当时翻译该书所遇到的困难之大,不仅有外部因素,也有内部因素。一方面该书本身晦涩难懂,读者理解难度大,另一方面和《尤利西斯》曾被西方某些国家认为是"淫书"是分不开的。"有人担心在我国难以出版,加上 1981 年袁可嘉主编的《西方现代派文学作品选》中,只选译了金隄翻译的《尤利西斯》中的两章,而在随后'清除精神污染'时,这本书又一度受到了批评。出于上述顾虑,一些译者或许有意回避翻译这本书。"④这些都足以证明意识形态对翻译选材的影响。翻译活动都要受到主流社会的意识形态的约束,这种制约性有来自政府出版审查方面的,也有来自译者个人政治意识的。翻译实践告诉我们,译者的实践目的、价值取向、选择原作和翻译策略无法超越译语文化的主流意识形态所构成的权力话语。确实,译者们涉及的大语境因素是大致相同的,但所面临的大语境的具体情况是千差万别的。所以每个译作都有其各自与众不同的地方,即使是以同一个版本为原本,同时代的同一语言文化的译者也会产出不同的译作。

---

① 王友贵:《意识形态与 20 世纪中国翻译文学史(1899—1979)》,《中国翻译》2003 年第 5 期。
② Cait Mophy and David Johnson, "*Ulysses* in Chinese," *The Atlantic Monthly* 9(1995): 23.
③ 李景端:《从〈尤利西斯〉中译本说起》,《大公报》2008 年第 8 期。
④ 同上。

（二）诗学形态对译本的操控作用

　　译者对翻译文本的选择是从完全有意识的语言活动到完全无意识的语言活动的连续过渡体。译者的选择是能动的，是他对自己的能力的有限性做出的积极反应。他是在创造性地寻求解决问题的方法，在自己力所能及的范围内集中解决他认为最重要的，或者是比较重要的问题。正如奈达在《语言、文化和翻译》一书中写道："人们的语言行为带有意识成分，但意识程度不同，是一个从完全有意识到完全无意识的连续过渡体。翻译选择过程中也同样存在着译者的意识程度问题。如果意识程度低，翻译活动就是一种人类交际中的自然行为，它不需要学习和训练，几乎完全出于本能。如果意识程度较高，翻译活动就是译者在某种理论指导下做出的某种特殊选择的过程。译者很清楚是什么促使他选择此而不选择彼，他明白某种选择的目的和意义。"[①]这就是译者的诗学形态对译本的操控发生了作用。所谓个人诗学形态是指个人由于受到特定的政治、哲学、科学、宗教、道德伦理、社会教育、社会心理的操控而对施加影响的物化所折射出来的个人意识活动的外化或形态化表现，特别是在翻译某件作品之前，就确定了自己的翻译原则。金隄教授是研究乔伊斯的专家，他几乎耗尽后半生的精力研究《尤利西斯》，在翻译过程中一直用他的"等效翻译"理论指导《尤利西斯》的翻译。用他自己的话：我的目的是尽可能忠实、尽可能全面地在中文中重现名著，要使中国读者读来获得尽可能接近英语读者所获得的效果[②]。这是他翻译的最高艺术追求。有人把他的《尤利西斯》译本称为"学者型"翻译。而萧乾和文洁若的目标是："尽管原作艰涩难懂，我们一定得尽最大努力把它化开，使译文尽可能流畅，口语化。"[③]可以看出两个译本的翻译原则是泾渭分明的，笼统地说金隄更多强调的是"等效原则"，即主要采用异化手法，而萧乾和文洁若重视"化"难求易，更多地替中国读者考虑，主要采用的是归化手法。这种差异从他们的译文可见一斑。例如：

> Gerty MacDowell who was seated near her companions, lost in thought, gazing far away into the distance was, in very truth, as fair a specimen of winsome Irish girlhood as one could wish to see. She was pronounced beautiful by all who knew her though, as folks often said, she was more a Giltrap than a MacDowell. Her figure was slight and graceful, inclining even to fragility but those iron jelloids she had been taking of late had done her a world of good much better than

---

[①] Eugine A. Nida, *Language, Culture and Translating* (Shanghai: Shanghai Foreign Language Education Press, 1993), p.1.
[②] 乔伊斯：《尤利西斯》，金隄译，人民文学出版社，1997，第7页。
[③] 詹姆斯·乔伊斯：《尤利西斯》，萧乾、文洁若译，文化艺术出版社，2002，第15页。

the Widow Welch's female pills and she was much better of those discharges she used to get and that tired feeling. The waxen pallor of her face was almost spiritual in its ivorylike purity though her rosebud mouth was a genuine Cupid's bow, Greekly perfect. Her hands were of finely veined alabaster with tapering fingers and as white as lemonjuice and queen of ointments could make them though it was not true that she used to wear kid gloves in bed or take a milk footbath either. Bertha Supple told that once to Edy Boardman, a deliberate lie,...①

金译：坐在离女伴们不远处独自凝眸望着远处出神的格蒂·麦格道尔，丝毫不差是迷人的爱尔兰妙龄女郎中最美好的典型，比她更美的无处可觅。凡是认识她的人，没有不夸她是美女的，不过有些人常说他不完全像是麦格道尔家的人，倒是吉尔特拉普家的成分更多。她的身段纤巧苗条，甚至有一些近于纤弱，然而她近来服用的铁质胶丸，对她起了无比的作用，比韦尔奇寡妇的妇女药片效果强得多，过去常流的东西现在就好得多了，那种疲乏感也轻得多了。她的脸庞白净如蜡，透出象牙般的纯洁，产生一种几乎是超越尘世的神态，然而她的玫瑰花苞的小嘴，却又是地道的爱神之弓，是完美的希腊式的嘴唇。她的纤细纹理的雪花石膏似的手，十指尖尖，用柠檬汁和油膏女王擦得白而又白，不过她说她戴着小山羊皮的手套睡觉或是用牛奶浴脚都不符合事实。②

萧译：格蒂·麦克道维尔坐在离伙伴不远处。她凝望远方，沉面在默想中。她在富于魅力的爱尔兰姑娘中间，确实是位不经见的美少女典范。凡是认识她的人都一口称道她的美貌。人们常说，她长得与其说是像父方麦克道维尔家的，倒不如说是更像母方吉尔特拉普家的人。她身材苗条优美，甚至有些纤弱，然而她近日服用的铁片，比寡妇韦尔奇的妇女丸药对她更加滋补。过去常有的白带什么的少了，疲劳感也减轻了不少。她那蜡一般白皙的脸，纯净如象牙，真是天仙一般。她那玫瑰花蕾般的嘴唇，确实是爱神之弓，有着匀称的希腊美。她那双有着细微血管的手像是雪花膏做成的，纤纤手指如烛心，只有柠檬汁和高级软膏才能使它们这般白嫩。然而关于她睡觉时戴羔羊皮手套和用牛奶泡脚之说，则纯属捏造。③

从上述两个版本的译文，我们明显地感受到译者们都按照自己的诗学理论指导进行自己的翻译，从译文中折射出译者所持的诗学观念，即个人所持的意识形态。金隄像"水蛭一

---

① James Joyce, *Ulysses* (London: Penguin Group, 1992), pp. 634 – 635.
② 詹姆斯·乔伊斯：《尤利西斯》，金隄译，人民文学出版社，2011，第535页。
③ 詹姆斯·乔伊斯：《尤利西斯》，萧乾、文洁若译，文化艺术出版社，2002，第662页。

般死死贴近原著,在'等效'上做功"①,而萧乾和文洁若则"在减轻难度、提高易读性上用力"②。金隄在践行他的等效译学理念,而萧、文旨在为读者考虑,尽可能化难为易。萧乾说:"我们这个初译本想尽量搞得通顺易懂,不去刻意模仿原作行文的晦涩。"③事实上,翻译是跨文化交流的重要组成部分,在此过程中,译者"制造"了一系列他者,涉及好几种自我/他者的关系。对译者而言,原作者是他者,反之亦然。可以说他者无时无刻不在困扰着译者,有时不可避免地会发生自我和他者的换位,这是藏匿于他者中的自我会对文本进行意识形态的操纵,从而体现自我的主体意识。这就是上述事例所表现出来的不同译本的译者所操持的诗学理念来指导自己的翻译活动。

三、意识形态对翻译的显性操控

所谓显性操控是指原著或原作者的意识形态对译入国看得见的操纵或译者明确提出对该作品或作者的评价以及诗学观念,或是赞助人意识形态的操控等。译者在翻译过程中的选择不仅受到语言方面的因素的影响,还有非语言方面的因素。非语言方面的因素就是翻译文化学派强调的不包括非语言方面的因素在内的文化语境。它可以包括很多方面,如翻译机构或出版社、作者以及赞助人的翻译目的,目标语读者的需求和认知语境,译者的翻译策略和原著对译入语的意识形态的建构等。这些特性往往形成一种主流或从译作中可以比较清楚地看出,我们把它们归为意识形态的显性操控。

(一) 赞助人、出版社等对翻译的影响

在所有对译者的选择造成影响的因素中,一般情况下,与语言因素相比,非语言因素起着更大的作用。原则上,如果同时代的同一语言文化的译者面对同一本原作,他们面对的两种语言的所有可能性是一样的,所以他们产出不同译作完全是由于语言以外的因素。但就实际情况而言,由于认知语境的差别,任何两个读者面对的两种语言的可能性是不一样的。即便如此,非语言因素对翻译的巨大影响仍然是显而易见的。从这个角度上看,对翻译的研究离不开对非语言因素的研究。本章将主要探讨非语言因素对译者选择的影响,关注的焦点是翻译机构、出版社、目标语文化、译者等。

在对待《尤利西斯》的汉译问题上,两个版本的译者都是在赞助人(出版社)的推动下由无意识状态进入有意识状态的。直到20世纪70年代后,金隄多年不见的老同学袁可嘉来天津竭力劝其译书、80年代中期《世界文学》积极刊载译文……。他说:"翻译《尤》开始也不

---

① 王友贵:《世纪之译:细读〈尤利西斯〉的两个中译本》,《中国比较文学》1998年第4期。
② 同上。
③ 萧乾:《我同〈尤利西斯〉的姻缘——致李景端同志》,《译林》1993年第4期。

是主动的,是袁可嘉出于介绍西方现代小说的目的约请我翻的。当时只翻了一章,那是1979年。后来国外乔学界听说了此事,给了我很大的支持,鼓励我干下去,并在国外的乔学专门研究机构为我提供资料、场所和一切可能的帮助。开始是受命而译,后来我渐为《尤》的语言和艺术性所吸引,向中国译介此书成了我追求的目标。"①金隄从1981年就开始译《尤》的一个章节,并于1981年刊登在《外国现代派作品选》,1986—1987年开始专注《尤》的选译,出版了《尤利西斯》选译本,其中包括"涅斯托尔""哈德斯""游动山崖"三章全文和"喀尔刻""珀涅罗珀"两章的片段。1993年和1994年分别在台湾九歌出版社和人民文学出版社出版全译本上卷,1996年出版全译本下卷。应该说翻译持续时间长达15年。正如他自己所言,"我从事这一译事前后十六年,前十年以研究为主,具体发表三整章加两个片段的译文和若干论文……后六年全力以赴,……"②萧乾和文洁若同样是在译林出版社长李景端的多次努力下才下决心翻译《尤利西斯》。正如萧乾在《我同〈尤利西斯〉的姻缘——致李景端同志》中写道:"3年前,倘若不是你那么热情怂恿,我是绝不会心血来潮,贸然拾起它的。因为我充分了解此举的难度。半个世纪前在剑桥那样的条件下,我都未敢尝试。如今,人已八十好几,能搜罗到身边的参考书终归有限,向人请教起来更没那么便当,这真是没罪找枷扛!然而正如你所说,这是个亟应补上的空白。七十多年前问世的一部名著,世界各主要国家均早已有了译本,有的甚至已有了三四种,而中国读者始终还只闻其名而不见其全豹。人到老年,有时也会有一种逆反心理:偏要干点只有小伙子能干的事。何况我的合译者文洁若精力还蛮充沛,是她先一口答应下来的。起初,我只答应从旁协助,结果越陷越深,成了合译者,但最重的担子还是在洁若肩上。"③从他们自己的亲身经历不难看出赞助人(出版社)在《尤利西斯》的译介过程中起到重要的作用。

  20世纪80年代初,由袁可嘉、董衡翼、郑克鲁编选的四册《外国现代派作品选》由上海文艺出版社出版,一经问世就引起了中国本土读者强烈的好奇心和阅读兴趣。该作品选共分十一个专辑,涉及十多个现代主义和后现代主义流派,从思想内容、语言风格、写作技巧等方面向中国读者展示了西方现代派文学的文学魅力,深受中国本土读者大众的欢迎。西方现代派小说中反映出来的人的孤独感、异化感、恐惧感、虚无感、毁灭感等情绪正好符合"文革"时期饱经风霜的中国民众的感情和心理经历,契合了深受"文革"期间思想文化禁锢的中国人民的文学期待视域,因此引起了读者大众强烈的心理共鸣,在中国本土享有越来越多的读者。现代派反映了现代西方社会动荡变化中的危机和矛盾,深刻地揭示了人类所赖以生存的四种基本关系——人与社会、人与人、人与自然(包括大自然、人性和物质世界)、人与自

---

① 王振平:《论翻译之道说〈尤利西斯〉——金隄教授访谈录》,《中国翻译》2000年第1期。
② 金隄:《〈尤利西斯〉译后三题》,《天津外国语学院学报》1995年第3期。
③ 萧乾:《我同〈尤利西斯〉的姻缘——致李景端同志》,《译林》1993年第4期。

我——方面的畸形脱节,以及由之产生的精神创伤和变态心理、虚无主义的思想和悲观绝望的情绪。就是通过这些出版人的不懈努力和译者的辛勤劳动,才把西方现代派文学作品译介到中国,让更多的中国读者感受到现代派作家的"不拘一格"的创作手法和叙事模式,开拓了中国文学创作的新领域。

(二) 意识形态对译者的译事的影响

意识形态对译者从事译事活动的影响是深远的。消除"文革"期间政治意识形态对文学作品和人们思想文化的禁锢是一个较为漫长的过程,在这个过程中,人们对西方现代派文学的认识也曾经反复,虽然现代派文学最终以它主题思想上的反传统和写作技巧上的新、奇、怪赢得了中国本土文学界和文学读者的认可和接受,成为中国本土文学作家,特别是先锋派小说家纷纷借鉴的文学范本。《尤利西斯》的两个版本的译者都为其的顺利翻译出版而努力。萧乾为《尤利西斯》能在国内顺利翻译出版做出了不懈的努力。正如他在给李景端的信中写道:"我认为,我们先要为《尤》制造些舆论,我已写了几篇容当复制寄上。我还将写下去。我就是要让人们了解《尤》书除了它在世界小说史上的独特地位之外,还具有:(1) 民族主义思想(反抗英国统治);(2) 理性的(反抗梵蒂冈统治);(3) 写都柏林那肮脏生活,是怀有厌恶心情是为了揭露;(4)主人公布卢姆是来自受压迫民族(犹太人),心地是善良的。最重要的是,关于《尤》是不是本淫书,1933—1935 年,大西洋两岸法院多次开庭辩论,西方许多大作家都出庭或书面支持《尤》书。法院的判决书,对《尤》做了重要肯定。那么,中国要不要在几十年后板出铁面孔,把它打入十八层地狱呢?""现在《废都》都未正式禁,那写得露骨多了。相信《尤》第十八章一关,可以顺利通过。但事先造些舆论还是必要的。"①可见,"文革"对萧乾的思想禁锢是严重的,从事《尤》译他深受以往的意识形态的影响,即便是改革开放后从事《尤》译,他还是担心会受到当时的政治意识形态的限制,所以他为《尤》译的顺利出版做了大量的努力。然而事实上,《尤利西斯》后来在中国出版并没有像他所想象的那么糟糕,他的译著还获得了全国第二届优秀外国文学图书一等奖。金隄译《尤》,开始也是同样受到当时意识形态的影响,在袁可嘉请他翻译《尤利西斯》部分章节时,他选择的是"涅斯托尔""哈德斯""游动山崖"三章全文和"喀尔刻""珀涅罗珀"两章的片段,一方面是与当时译者对原著的理解难度有关,另一方面和译者当时所处的翻译生态环境也是有深刻关系的。当然,后来译者移居海外,为他翻译《尤利西斯》提供了便捷的生态环境,在台湾出版他的译本,比当时在大陆出版也相对容易得多。著名翻译家屠岸先生所说的一番话确实能折射出意识形态对经历过"文革"的《尤》译译者们的影响之深。他说:"意识形态对翻译作品的选择与处理有很大影响,这是事实。50 年代中苏'蜜月'时期,也是俄苏作品译本出版的黄金时代。所以从

---

① 萧乾:《关于〈尤利西斯〉致李景端的信(九封)》,《作家》2004 年第 10 期。

50年代到70年代,我国出版界对欧美的现代作品一概拒之门外。60年代中苏分歧公开后,对苏联的当代作品也当作'修正主义'作品而打入冷宫。"[①]对欧美的现代作品一概拒之门外,是因为在当时人们的意识中,资本主义已走向没落,在这个环境下创作的文艺作品自然是腐朽的,是社会主义国家所不能接受的,这也是《尤利西斯》译者们刚开始译《尤》时,为何战战兢兢、需要多方造势的主要原因。

(三)意识形态对翻译的策略的影响

在翻译策略和翻译方法方面,选择的对象基本上以源语为中心还是以目标语为中心,以源语文化为中心还是以目标语文化为中心,以及由此引发的直译还是意译,甚至是美化原作的翻译;在创作艺术方面,译者面临着作者风格、译者风格还是读者喜爱的风格的选择。在理解之后对文本意义阐述时,译者面临着多个选择:文本的形式意义、言外之义、文化社会意义、联想意义等都存在"译"与"不译"的选择,在对信息加工时,选择可以具体到句式的选择、语气的选择、情感意义的选择、词汇色彩的选择甚至一个标点符号的选择等。意识形态对于翻译活动的操控,还体现在译者为了使译作被本国的主流意识形态所接受而采取的翻译策略,因为文学翻译的实践者和操作者正是译者本人,译者在使他的文学翻译努力适应社会主流意识形态的同时,还会自觉或不自觉地在翻译过程中加入自己的意识形态选择和文化立场、文化态度等,"翻译为文学作品树立何种形象,很大程度上取决于译者的意识形态;这种意识形态可以是译者本身认同的,也可以是赞助人强加给他的。"[②]译者在文学翻译的过程中,往往会紧跟或配合社会主流意识形态的要求,努力调整自己的文学翻译策略和方法。

翻译,从本质上来说,就是向本土文化意识形态输入异域文化的意识形态。对于本土的价值体系而言,这是一种外来的文化渗透,它意味着破坏,意味着颠覆,因而也就意味着对本土文化的考验。在本土文化意识形态和异域文化意识形态的相互博弈中,要么是本土意识形态实现对外来意识形态的消解、吸收、摒弃,实现对外来意识形态的归化,这样的结果往往是取悦于读者,要么就是本土文化意识形态被外来文化意识形态破坏、征服,最终被其颠覆,这样的结果是尽可能地保持原作的形式与内容。究竟采用哪种翻译策略,是译者在翻译中的内因因素,还是社会意识形态对译者的翻译过程起到相当大作用的外因因素?这取决于译者的创作个性、风格和目的,取决于他是想适应环境还是想改变环境。如果仅仅是想适应环境,取悦于读者,他则在更大程度上会屈服于它们,这时外因将占主导地位。即便如此,这也只是一个总的趋势问题,并不排除在局部个人的追求发挥决定性的作用。如果作者要改

---

① 屠岸、许钧:《"信达雅"与"真善美"》,《译林》1999年第4期。
② André Lefevere, *Translation, Rewriting, and the Manipulation of Literary Fame* (London: Routledge, 1992), p. 41.

变环境,他的翻译过程会在很大程度上受制于内因。在中国,传统上文化取向相当统一,人们接触外语和外来文化的机会并不多,对于外来词语和外来文化不是那么轻易就会接受的,所以翻译时译语文化占主导地位,翻译多采用归化策略。无论是金隄还是萧乾、文洁若翻译《尤利西斯》都是在我国改革开放之后,这时的社会翻译生态环境和之前相比发生了巨大变化。社会的意识形态弱化,则个人的意识形态对译本的操控得到了加强。译者除了受主流意识形态对文学翻译的文本、策略等影响进行选择外,还受个人的意识形态的影响。总的来说,改革开放以来,由于国际间文化交流日益频繁,异化译法将会越来越广泛地被采用,"与归化取得平衡,甚至可能占上风"①。这一点,从《尤利西斯》的两个汉译本中可见一斑。例如:

> And even scraping up the earth at night with a lantern like that case I read of to get at fresh buried females or even putrefied with running gravesores. Give you the creeps after a bit. I will appear to you after death. You will see my ghost after death. My ghost will haunt you after death. There is another world after death named hell. I do not like that other world she wrote. No more do I. Plenty to see and hear and feel yet. Feel live warm beings near you. Let them sleep in their maggoty beds. ②

金译:甚至还有我在报上看到的那件事,半夜拿着灯去扒坟头找新入土的的女尸或者甚至已经腐烂的还有流脓的墓疮。想一想,真叫人起鸡皮疙瘩。我死后来和你相会。我死后鬼魂老找你。我死后的鬼魂来缠住你。人死后,另外还有一个名叫地狱的世界。我不喜欢另外那一个司,她信里说。我也不喜欢。还有好多东西要看,要听,要感受呢。感受到身边有热乎乎的生命。让他们在长蛆的床上睡他们的长觉吧。③

萧译:我从书中得知:有人夜里提着灯去扒坟头,找新埋葬了的女尸,甚至那些已经腐烂而且流脓的墓疮。读罢使你真感到毛骨悚然。我死后将会在你面前出现。我死了,你会看到我的幽灵。我死后,将阴魂不散。死后有另一个叫作地狱的世界。她信里写道,我不喜欢那另一个世界。我也不喜欢。还有许许多多要看要听要感受的呢。感受到自己身边那热乎乎的生命。让他们在爬满了蛆的床上长眠去吧。④

---

① 孙致礼:《中国的文学翻译:从归化趋向异化》,《中国翻译》2002 年第 1 期。
② James Joyce, *Ulysses* (London: Penguin Group, 1992), pp. 204-205.
③ 詹姆斯·乔伊斯:《尤利西斯》,金隄译,人民文学出版社,2011,第 179 页。
④ 詹姆斯·乔伊斯:《尤利西斯》,萧乾、文洁若译,文化艺术出版社,2002,第 236 页。

比对英文原文和两个汉译本，可以发现，两个版本的译文都较好地传达了原著的意思。在整体上都是采用的"异化"翻译手法，其中也不免透出译者自己的风格。萧乾、文洁若伉俪为才华横溢的作家兼译者，他们深厚的英语语言与文学功底和渊博的人文知识及对前人研究成果的吸收造就了他们对怪异深奥原文的理解总体把握准确、到位。在他们的译文中很容易发现个人意识形态对翻译策略的影响，译文中出现大量补译、转译现象。这显然和他们的翻译诗学理念是分不开的，其理论主张便是一个"化"字。金隄教授毕生从事翻译理论与实践的研究，因此他对《尤》的研究首先立足于译介，并在译介过程中实践探索自己所倡导的"等效翻译理论"。可以说，两版译本文笔呈此起彼伏、互有长短之势。王友贵如是评价：总体而言，萧译本滋润但蕴藉不足，金译本削瘦但并不干涩；萧译本流畅易读，时见妙语生花，金译本宁"信"舍"雅"，但亦畅达可读；萧译本文字文学性强，辞采飞扬绮丽，俗雅分明，金译本第一章稍显拘执，有时文笔略见强直，随后渐入佳境，二译本文笔此后呈此起彼伏、互有长短之势，有时各领风骚三、四行；萧译本补译、转化译极多，金译本亦步亦趋，不越"雷池"半步；萧译本大胆爽朗，刀砍斧削，精裁巧贴，长于重新"组装"，金译本保守本分，尽量"原锅原汤煮原食"；萧译本率性，金译本克制①。他的评价可谓全面、客观。但是，我们也看到在他们的特点之外，共性的东西是个人的意识形态无疑是影响他们翻译的主要因素，他们都按照自己的诗学标准进行《尤利西斯》的翻译工作。

四、结语

毫无疑问，意识形态深入到人类的所有活动中，与人类生存自身的"活生生"的经历是一致的；这也就是为什么伟大在作品里我们所"看到的"意识形态都是以个体"活生生"的经历为表现形式的②。意识形态是非人为控制的，是自然而然地渗透到社会生活的每个方面的，因此译者在翻译时会受到外部意识形态的影响，有时甚至译者本人的意识形态也会进入译作当中。翻译并不只是进行两种文化的调解，有时出于对某种意识形态的考虑，甚至故意制造冲突。译者试图把原作的意识形态传递到译入语文本中，适当的文化协调和调整就会出现，确保原作的意识形态意义得以完整传递。意识形态确实在很大程度上影响了并正在影响着翻译的几乎方方面面，这种状况还会不断持续下去。这也预示着意识形态与文学翻译之间具有非常重要和复杂的互动关系。将意识形态引入翻译研究为我们提供了一个新的、有效的研究视角，给翻译研究带来了丰硕的成果，可以让我们将研究焦点从文本内转向文本外，从注重忠实原文转向探讨译文的变形，从语言对比研究转向翻译文化研究。但是，我们也要切记不要把意识形态的作用夸大化，随着国际交流的深入，一些传统的意识形态对翻译

---

① 王友贵：《世纪之译：细读《尤利西斯》的两个中译本》，《中国比较文学》1998 年第 4 期。
② Louis Althusser, *Essays on Ideology* (London & NewYork: Verso, 1971), p.175.

的影响会发生变化,有可能出现一些新的情况,如文化霸权、语言帝国等现象。因此,我们要充分维护文化多元性和平等性,善于吸收积极的文化养分同时还要去其糟粕,实现两种文化的融合与互动。

第二节 翻译诗学在《尤利西斯》译介中的影响

"诗学"一词源于亚里士多德的《诗学》。在《诗学》一书中,亚里士多德不仅探讨了诗的种类、功能、性质,也探讨了其他艺术理论以及悲剧、模仿等美学理论。实际上,亚里士多德已将"诗"放到了一般的意义上,即艺术。这就给"诗学"定了位,由此将诗学概念引入了美学,把"诗学"看作一般文艺理论。后来,西方文艺理论界一直沿用这种广义的诗学概念。"诗学"是一个包含诸多内容的约定俗成的传统概念,它既包括了诗论,也包括了一般的文艺理论乃至美学理论。下面重点介绍诗学的狭义内涵。勒菲弗尔认为诗学由两个部分构成:

> 其一是文学创作方法、创作风格、创作主题、原型人物及情景和象征。其二是文学作为整体在社会体系中的地位是什么或应该是什么。第二个概念在主题选择方面是很重要的。这些主题必须和社会体系是有关联的,除非该文学作品不为人知。在它的成型阶段,当诗学开始系统化,它反映了文学系统中主流文学作品的创作方法和"功能性观点"。①

应该说,勒菲弗尔对诗学的定义主要是狭义方面的,涉及作家的创作方法、主题、人物、情节、风格和象征等方面的具体内容。另外,对于文学在整个社会这个多元系统中的地位做了初步阐述,这对我们探讨翻译诗学,特别是探讨诗学在文学这一大系统中的地位具有重要意义。

勒菲弗尔还认为某个诗学的功能性成分明显和诗学领域以外的意识形态影响是密切联系的,并是由文学系统环境中的意识形态的力量所产生的。因此,诗学作为文艺学理论范畴的总称,对翻译过程中语言的运用、翻译策略、译者风格等方面也起着至关重要的作用。

他在著作中还探讨了作家的诗学和主流诗学的关系。

> 诗学的规范化也能使得特定的作家作品成为圣典,因为他们的作品被认为和规范的诗学最贴近。这些作家的作品会被宣传成未来作家所遵从的典范,会成为文学教学的中心地位。在有不同赞助人的制度里,不同的批评学派会尝试阐述他

---

① André Lefevere, *Translation, Rewriting, and the Manipulation of Literary Fame* (Shanghai: Shanghai Foreign Language Education Press, 2004), p. 26.

们自己的不同诗学圣典,并且每一个这样的学派都努力确立自己的诗学作为唯一"真实"的诗学,即一个和他们的诗学一致,或和他们的意识形态一致,或和两者都一致的诗学。①

勒菲弗尔认为诗学可以是目的语文化的主流诗学,也可能是译者自己的个人诗学。一个作家的作品诗学若和主流诗学一致就可能被封为"圣典",成为后人追崇的典范。但是不同学派或个人也一直致力于确立自己学派的诗学规范,以指导本学派的文学创作。这就告诉我们诗学的存在有主流诗学的规范,同时也有非主流诗学的存在,而恰恰是非主流诗学的存在,为译者发挥其主体性作用提供了重要依据。

勒菲弗尔指出:"有些重写后面的动机是意识形态的,……其他的重写后面的动机是诗学的。"②可以说,诗学和意识形态几乎是影响翻译的两个同等重要的因素,当然它们有时是相互交织在一起的。译者在翻译时,会受到主流诗学的影响,但是个人的诗学在翻译过程中的作用也是显而易见的。翻译诗学这一提法滥觞于英国学者贝克(Mona Baker)所编《翻译研究百科全书》中撰写的词条。翻译诗学首先指构成任何一个文学系统的文学类型、主题和文学方法的总和;其次是指在翻译研究中,一个文学系统在一个更大的社会系统中所起的作用,也表示这个文学系统如何与其他的(外国的)文学系统或符号系统相互作用;再次,从比较角度看,翻译诗学还研究源语文本在自身的文学系统中和译语文本在不同的系统中的关系③。段峰认为"翻译诗学是有关文学翻译的诗学,而文学翻译的过程是在一个给定的文本之上的创作过程,是一种特殊形式的文学创作,一种'二度创作'"④。这体现在译者在翻译过程中,首先是读者,其次还是创造者。他是集读者和作者两种身份于一体的。可以说,作者和读者的主体性就是对文本的自由操作性和自由阐释性,带有很大程度上的自主性。这是当代翻译理论的一个显著特点,即从规定性转换到描写性,从以源语文本、作者为中心转换到以译语文本、译者和读者为中心。亨利·梅肖尼克认为:在文本范围内(在暂时没有非文本因素条件下),没有理由认为翻译就是再现,相反它应是创造⑤。相反它是生产在翻译过程中,译者根据自己的个人诗学理论确定翻译翻译、翻译原则、译者的语体特色和翻译策略。王克非教授曾在一次学术报告中指出译者在翻译过程中想异化就异化,想归化就归化,这是译者的自由。译者在翻译过程中也会发挥主体性可能,抵挡主流社会文化的意识形态和诗

---

① André Lefevere, *Translation, Rewriting, and the Manipulation of Literary Fame* (Shanghai: Shanghai Foreign Language Education Press, 2004), p. 29.
② ibid.
③ Mona Baker and Gabriela Saldanha, *Routledge Encyclopedia of Translation Studies* (Shanghai: Shanghai Foreign Language Education Press, 2004), pp. 167-168.
④ 段峰:《论翻译的文化诗学研究》,《西南师范大学学报(社会科学版)》2006年第3期。
⑤ Henri Meschonnic, *Pour la Poétique, Epistémologie de l'écriture, Poétique de La tradction* (Paris: Gallimard, 1973), p. 352.

学操纵,转而进行积极的、开拓性的翻译操作,这是译者追求自由理想的必然结果。本节重点从译者的翻译目的、翻译原则、审美意识和语体特色四个方面探讨译者个人诗学在《尤利西斯》翻译过程中所折射出来的作用。

一、译者的翻译目的性

翻译目的论论者认为翻译是具有明确的目的和意图,通过译者的转换,以原文文本为基础的跨文化交际活动,具有有意图的互动性特征。翻译目的首要是改变语言的现有形态,至少让那些因为跨语言障碍而无法交际的人实现交际活动;其次,指具有更严格意义上的交际本质的意图,如尽可能地向译入语受众准确传递源语作者所要表达的思想。翻译目的论最早是由德国学者弗米尔(Hans J. Vermeer)在1978年发表的《普通翻译理论框架》(A Framework for a General Theory of Translation)一文中提出。他区分了翻译中三种可能的目的,即译者在翻译过程中的一般性目的(如谋生)、译文在译文语境中要达到的交际目的(如教育读者)和特殊的翻译策略或翻译方法要达到的目的(如为了再现原文特殊的结构)而尽可能地直译。事实上,翻译的目的是译者从事翻译的最初动机,它是译者个人诗学的重要组成部分。勒菲弗尔认为诗学是一种行为规范。既然诗学是一种行为规范,那么创作目的是这种行为规范的重要内容之一。同样,翻译目的也是译者诗学的重要组成部分之一。译者从事译事工作无论是出于外力还是内因都有其目的性。涂兵兰认为翻译活动中,译者有自己的翻译目的,同时还需要考虑赞助人的目的和读者的目的。这些目的是多种多样的。各种对象的目的有重合的地方,也有很多差异的地方。所以,译者在翻译时必须平衡各方的利益,即"既要照顾赞助人或发起人的情绪,又不能无视读者的需求"[①]。就是在这些复杂的需求之下,译者的翻译目的性得以充分体现他的主体性。涂兵兰进一步把翻译目的细化为三个方面,"……或为实现政治目的、或为取得经济地位、或为社会文化声誉,或为获得美学享受、文学熏陶。"[②]概括起来,就是出于政治的、经济的和社会文化的目的。下面我们具体探讨一下《尤利西斯》两汉译本的译者们金隄教授和萧乾、文洁若伉俪的翻译目的。从前文的论述中,我们知道无论是金隄先生还是萧乾、文洁若伉俪从事《尤利西斯》的翻译工作都是经历了对《尤利西斯》的认同和转化过程。在这一过程中,他们共同的特点是都很早接触《尤利西斯》,同时也对《尤》产生膜拜之情,都是从受到外部力量,如出版社或编辑的要求开始全面接触《尤利西斯》到此后余生全身心致力于《尤利西斯》汉译和乔伊斯的研究[③]。这一过程可以说是他们从自我认同向对原作认同的转化过程。诺德(Christiane Nord)认为翻译作为跨

[①] 涂兵兰:《论译者的翻译目的》,《吉首大学学报(社会科学版)》2010年第3期。
[②] 同上。
[③] 孙建光:《论〈尤利西斯〉译者对源著的认同和转化》,《长城》2010年第2期。

文化交际的重要途径,翻译的策动者在译事中起着举足轻重的作用,他们的目的在启动传意过程是决定其发展方向的主导因素①。翻译的目的就是要满足策动者的需要。他们不一定要重追求原文和译文的等值性,也不会刻意去考虑译文对受众的效果或是达到原作者所期望自己的作品要发挥的功能②。确实,他们从事《尤利西斯》翻译的目的有赞助人的要求、国内读者的需求,还有他们自己的翻译目的。金隄教授最初是受命翻译《尤利西斯》,萧乾、文洁若伉俪也是如此。换言之,他们都是受到赞助人的要求而从事《尤利西斯》的翻译工作。金隄教授坦陈他开始翻译《尤利西斯》是应袁可嘉介绍西方现代小说的目的所进行的,他自己并没有主动想翻译此作品。后来国外乔学界听说他翻译了一章节《尤利西斯》,一些国外乔学研究机构给他提供各种可能的帮助,鼓励他把《尤利西斯》译介到中国。"开始是受命而译,后来我渐为《尤》的语言和艺术性所吸引,向中国译介此书成了我追求的目标。"即便他自己如是说:"虽然我知道中国还没人翻译此书,可我并没有想到要去填补什么'空白',只是出于我对此书的热爱和有众多乔学界朋友的支持和鼓励,我才干了下去。"③但是无论是赞助人、读者还是他自己的翻译要求,都填补了中国文学翻译史的一项空白。萧乾、文洁若夫妇是受原译林出版社社长李景端先生的盛情邀请才正式开始翻译《尤利西斯》。李景端目的很明确,就是为了填补我国文学翻译史上的重大空白,因此在他组织翻译出版了法国普鲁斯特的名著《追忆似水年华》后,就把目标转到了《尤利西斯》翻译出版工作上来④。在李景端同志的软磨硬泡下,文洁若首先被说服,她同时也认定"面对填补译《尤利西斯》这样的重要空白,萧乾一定会接受挑战,而且一旦上手,一定会全力以赴"⑤。事实也像他们预计的一样,萧乾谢绝了除《尤利西斯》以外的一切约稿,全力投入《尤利西斯》的翻译工作。萧乾在和李景端同志的一组通信中提到,"我生性疏懒。如今八十好几,更怕干重活。如果不是你来恳切怂恿,我是不会动手翻译此书的。现在一边译,一边觉得这真是一个非不上不可的空白。"⑥应该说萧乾对《尤利西斯》的翻译目的非常明确,"我们合译《尤利西斯》时,绝无意作为定本。我们只为弥补这一空白,并为未来译本闯闯路。如果我们译笔偶有'神来'之处,我们欢迎未来译本采用,决不乱扣'抄袭'的帽子。"⑦可见,萧乾、文洁若夫妇的翻译目的和金隄教授虽是有所不同,但是总的大目标还是一致的。同样,对于有影响的名著翻译,作为出版者的李景端先生的目标也很明确,"既要考虑一般读者好奇的阅读心理,又要兼顾学者学术研究的需

---

① Christiane Nord, *Translation as a Purposeful Activity—Functionalist Approaches Explained* (Shanghai: Shanghai Foreign Language Education Press, 2001), p. 28.
② 陈德鸿、张南峰:《西方翻译理论精选》,香港城市大学出版社,2000,第90页。
③ 王振平:《论翻译之道说〈尤利西斯〉——金隄教授访谈录》,《中国翻译》,2000年第1期第57页。
④ 李景端:《编辑谈翻译》,湖北教育出版社,2009,第37页。
⑤ 同上书,第38页。
⑥ 同④,第39页。
⑦ 萧乾、文洁若、许钧:《翻译这门学问或艺术创造是没有止境的》,《译林》1999年第1期。

要,更要展现出版对外开放的良好形象。"①正是在出版商、编辑和译者的共同努力下,他们共同的目的铸成了一个事实——填补了中国文学翻译史上的一项空白,让中国读者读到像《尤利西斯》这样的现代派文学名著。

二、译者的翻译诗学观

确定翻译目的后,译者就要考虑采用什么样的翻译诗学观来满足出版商、读者和自己的美学需求。金隄教授是乔伊斯学研究专家及资深翻译家,一生致力于翻译实践和理论研究,并形成了自己的一套翻译理论,即等效翻译理论。他在《等效翻译探索》一书中一直致力于翻译的等效探索,力争"摆脱桎梏,追求完美"。在《尤利西斯》译者前言中,他明确提出了自己的翻译原则即译文要忠实原文、尽可能全面地用中文再现原著风采,实现中文读者阅读译作尽可能获得和英语读者相近的效果。由于语言的不同,绝对相同的效果是不可能的,但是译者追求与不追求等效,产生译品是很不一样的②。这一翻译原则是他在多年翻译实践过程中的最大研究成果。1989 年,金隄获得耶鲁大学研究资助,从而有机会到拜内克(Beinecke)善本与手稿图书馆,查阅法、德、西、丹麦语译本等。他在翻译《尤利西斯》过程中对读数种译本后,得出的结论是:"祈望拿出一个能够替代原作的完美无缺之艺术品的理想目标,实际上或许不可能实现,但倘若人人朝着这个目标努力,人们则更加能够比较各种原则和方法的功效,因而有助于最大限度地接近这个目标。"③因此,无论是在形式上还是内容风格上,金隄先生的译作都尽可能地忠实原文,"在自己的译品中尽可能接近地表现原著的艺术,虽然不能完美无缺,也要达到自己能力范围内的最高完美。"④形式上,如保持了原著对话中的法国式破折号,表示说话人的话语,原文没有标点符号,译文也保持原状等。在效果上,尽可能地揣摩说话者的说话心态,对同一词汇按照不同情况翻译,可谓追求效果上的等效。同样在神韵方面他也尽可能做到等效。金隄教授对自己的翻译提出了如下原则:"凡是原文有意隐晦,译文中常常有必要表现同样的隐晦,因为这样的隐晦也正是一种重要的神韵。"⑤

萧乾是集著作、译作大成的翻译家和作家;文洁若也是资深翻译家,同样著译有很多作品和译作。他们不仅注重翻译实践,而且注重对翻译理论的探讨和思考。萧乾对翻译也有自己的思考,他在《文学翻译琐议》《漫谈文学翻译》《我的副业是沟通土洋》等文章中对文学翻译的选题原则、标准和功能、直译和意译的关系、文学创作与文学翻译的区别、文学翻译的限度问题,以及文学翻译美学风格和翻译工作者的素质等诸多方面进行了深入的探讨和思

---

① 李景端:《编辑谈翻译》,湖北教育出版社,2009,第 38 页。
② 乔伊斯:《尤利西斯》,金隄译,人民文学出版社,1997,第 7 页。
③ Jin Di, *Shamroek & Chopsticts* (Hong Kong: City University of Hong Kong Press, 2001), p. 83.
④ 金隄:《等效翻译探索》,中国对外翻译出版公司,2004,第 162 页。
⑤ 同上书,第 166 页。

考。另外，他在通信、谈话、书评、演讲和自传里也表达了不少关于翻译理论的言论。这些关于翻译理论的论述逐步形成了他自己的翻译理论基础。他强调文学翻译的标准重在传递原作的情感，能够准确地把握文字间所要传递的语气和情感。"倘若把滑稽的作品译得一本正经，毫不可笑，或把催人泪下的原作译得完全没有悲感，则无论字面上多么忠实，一个零件不丢，也算不得忠实。"①但是，他又指出："灵活绝不是可以随便走样，而是要抓住作品的精神。若不能把握，这翻译就是失败的。"②他还认为翻译具备文学创作所没有的功能，它能冲破地域、种族和语言的畛域，沟通民主和民族之间的思想感情，促进相互间的了解，从而把世界朝大同的方向推进③。这些翻译理念是他们从事《尤利西斯》翻译理论上的知识储备，他们也对《尤利西斯》翻译明确提出了自己的翻译原则："作为初译者，我们的目标是尽管原作艰涩难懂，我们一定得尽最大努力把它化开，使译文尽可能流畅、口语化。"④可见，萧乾、文洁若的翻译是为了方便读者，替读者考虑的更多，"他们把重心置于读者，担心他们能否读懂，因此决心化艰涩为流畅，却担着改变乔伊斯的风险"⑤。王友贵如是评价"萧、文在减轻难度、提高易读性上用力，金隄却像水蛭一般死死贴近原著，在'等效'上做功"⑥。两个译本的译者们根据自己不同的翻译诗学观为中国读者呈现了两种风格大异的译本，在很大程度上满足了不同层次、不同需求的读者阅读期待，具有极高的阅读和研究价值。

三、译者的审美意识

所谓审美意识，即从艺术内容和形式的视角来表现作者（译者）的美学倾向，也就是创作主体对生活的属于自己的艺术发现，是作家（译者）对事物或意识形态的主体意识感受和审美意象的艺术外化，每个创作主题都会拥有属于自己的美学视角来挖掘现实和思维空间的艺术美学，对于美学视角的确定需要作家（译者）的主体意识来把握。翻译的审美主体包括译者、读者和编辑。译者作为翻译中的审美主体之一，在三个审美主体中起着主导作用。翻译的过程首先是译者接受原文信息的过程，在此过程中译者不是被动消极地接受信息而是以其固有的审美意识积极参与。可以说，在翻译审美活动中，译者的审美意识将直接决定着译者对原著审美构成的认知和理解，进而决定对它的表达，最终决定译文的审美价值。创作主体的个性，大体上可分为三种不同的类型：一类是主观型，一类是客观型，一类是主客观结合型。不同类型的创作主体往往表现出迥然不同的审美意识。金隄先生应该属于客观性译

---

① 萧乾：《文学翻译琐议》，《读书》1994年第7期。
② 萧乾：《负笈剑桥》，生活·读书·新知三联书店，1987，第399页。
③ 同①。
④ 詹姆斯·乔伊斯：《尤利西斯》，萧乾、文洁若译，文化艺术出版社，2002，第15页。
⑤ 王友贵：《世纪之译：细读〈尤利西斯〉的两个中译本》，《中国比较文学》1998年第4期。
⑥ 同上。

者,他的译作透着浓厚的学者风味。他认为,"应该承认,这种认识(文学翻译史一门艺术,无所谓理论不理论)有其符合客观真理的一面,因为谁都知道,凡是艺术活动都需要有意识的气质,离不开艺术家的天赋。然而同时必须指出,这种全面否定理论作用的观点基本上不符合文艺翻译的实际,因为翻译涉及语言文化的转换,其中有不可忽视的客观规律。"[①]萧乾、文洁若属于主观型译者,他们的译作透着作家型的美学特点。萧乾的作品具有"写意"的特点,即不求形似只求神似。萧乾的美学观是小说创作要善于借鉴中国古典诗词的意象美学,通过意象"在读者心中唤起某种感觉,诗人写'秋',字面上可能不见半个'秋'字,然而读完秋景的具体描写,一片秋意就自会在读者心中油然而生"[②]。在众多意识流派作家之中,萧乾最喜爱的是伍尔芙,他十分认同伍尔芙的"诗化小说"创作理念,在他的创作中力图使小说带有诗境色彩。萧乾的审美意识同样反映在他的《尤利西斯》翻译中。他的翻译语言朴素自然、清新明丽、优美灵动、流转自如、精练含蓄,能构成抒情意象、节奏感强、富于内在韵律的翻译语言,笔致充满了诗情画意,呈清新、俊逸、纯朴的美学形态。

四、译者的语体特色

语体是为了满足特定语境需要并实现交际目的的特定语言运用体式。在复杂多变的社会环境中,人们会根据不同的交际环境、交际对象、交际目标、交际内容、交际方式等使用不同的语体来实现不同的交际功能,或为解决一般日常生活问题,或为处理某些行政事务,或为思想理论教育与宣传,或为探求科学规律,或为致力于形象塑造等。因此,人们在交际过程中会对语言材料进行有意识的选择与安排,从而使语言材料在功能上得到细化,形成不同的语言运用特征体系和方式。詹姆斯·乔伊斯的《尤利西斯》被公认为意识流小说的经典之作,它彻底打破了传统小说尤其是现实主义小说的写作模式,无论是宏观叙事还是微观具体写作技巧的运用,无不匠心独具,超越常人。全书虽然采用分部分章的传统性小说样式,但在语体艺术上却力求新奇,各章之间异彩纷呈,终于使之成为长度达十八章、采用十八种语体范式、展现十八种文学风格的现代实验性小说。这就要求译者在翻译时要充分忠实于原文的各种语体特色,尽可能地保持原作的丰姿。但是翻译不是消极被动的模仿,其中不可避免地带有译者个人的语体特征。鉴于两个译本的译者所具有的学者型和作家型的身份,在他们译作的语体特色也表现出一定程度的差异。具体分析翻译案例,能更直观地感受到他们的语体特色。

  Woodshadows floated silently by through the morning peace from the stairhead seaward where he gazed. Inshore and farther out the mirror of water whit-

---

[①] 金隄:《等效翻译探索》,中国对外翻译出版公司,2004,第179页。
[②] 萧乾:《礼赞短短篇》,载《解读萧乾》,大众文艺出版社,2001,第268页。

ened, spurned by lightshod hurrying feet. White breast of the dim sea. The twining stresses, two by two. A hand plucking the harpstrings, merging their twining chords. Wavewhite wedded words shimmering on the dim tide.①

金译：树林的荫影默默地在宁静的晨空中游动，从楼梯口移向他正眺望的大海。水面如镜，从岸边一直向外伸展，在轻捷的光脚的踢动下泛着白色。朦胧海洋的白色酥胸。交缠的重音节，成双成对的。一只手在拨弄竖琴，琴弦交错着共发和音。白色波浪般交合的词句，在朦胧的海潮上闪闪放光。②

萧译：树林的阴影穿过清晨的寂静，从楼梯口悄然无声地飘向他正在眺望着的大海。岸边和海面上，明镜般的海水正泛起一片白色，好像是被登着轻盈的鞋疾跑着的脚踹起来的一般。朦胧的海洋那雪白的胸脯。重音节成双地交融在一起。一只手拨弄着竖琴，琴弦交错，发出谐音。一对对的浪白色歌词闪烁在幽暗的潮水上。③

从上面的例子不难看出，金隄在翻译时特别重视保持原文形式，但在汉语的表达方面略显拘泥。可能正如他自己认为要"在自己的译品中尽可能接近地表现原著的艺术"来凸显原文的晦涩难懂，如"荫影……游动""交缠的重音节""白色波浪般交合的词句"等都和原文一样晦涩难懂。而萧乾、文洁若的译文的语体特点是坚持直译原则，同时非常重视文学特色词汇的表达，如上例中的"悄然无声地飘向""明镜般的海水正泛起一片白色""被登着轻盈的鞋疾跑着的脚踹起来的一般""一对对的浪白色歌词闪烁在幽暗的潮水上"等都表现出浓厚的文学气息，增加了译文的美学神韵。

无疑，在翻译过程中，译者除了受到外部意识的影响，他们自身所持有的诗学观同样不容忽视。正如勒菲弗尔所言，"这些例子（语言的变化，笔者注）再次表明，问题不在于字典，它也不是一个语义对等的，而是两种诗学之间的妥协，在这两种诗学中，接收系统的诗学起着重要的作用。"④译者作为接收系统的一端，不可避免地在翻译过程中带有自己个体翻译诗学的烙印。个体翻译诗学表现的方面是多层次的，它涉及翻译目的、翻译原则、审美意识和语体特色等。在我们追求译作尽可能忠实原作的同时，同样需要具有鲜明风格和特色的作品，正是因为这些译者在翻译过程中充分发挥主体性，我们才会有《高老头》《贝姨》《哈姆雷特》等后人几乎无法超越的佳译。他们的译作中有的很难说是完全忠实于原文的，但是就是他们的个人翻译诗学的影响给了原作在异国他乡延续生命的机会。同样，《尤利西斯》的金

---

① James Joyce, *Ulysses* (London: Penguin Group, 1992), p. 9.
② 詹姆斯·乔伊斯：《尤利西斯》，金隄译，人民文学出版社，2011，第13页。
③ 詹姆斯·乔伊斯：《尤利西斯》，萧乾、文洁若译，文化艺术出版社，2002，第49页。
④ Andre Lefevere, *Translating Literature: Practice and Theory in a Comparative Literature Context* (New York: Modern Language Association of America, 1992), p. 242.

译本和萧译本充分发挥了他们的主体性作用。他们的翻译动机、翻译原则、审美意识和语体特色等各具特色,为我们提供了两种风格迥异的译本,在很大程度上满足了不同层次、不同口味、不同需求的读者期待,具有极高的阅读和研究价值,为我们对翻译诗学的微观研究提供了很好的视角,从而让我们对翻译诗学有了更为深刻和全面的认识和理解。

第三节 赞助人系统在《尤利西斯》译介中的影响

翻译过程是译者作为异质文化的媒介者、干预者进行的一个跨文化过程。澳大利亚翻译理论家安东尼·皮姆(Anthony Pym)认为译者不是只属于目标语文化或源语文化,更多的是属于两种文化的重叠或共通部分,即"文化的交互性"部分。在译作和原作的对话与融合过程中,译者既是文化的译介者,也是文化的传播者和创造者,其根本任务就是把源语文化译介到译入语文化中,并促进译语文化的接受①。但是在实际过程中,仅凭译者自身的能力显然很难独立完成这一艰巨任务。20世纪80年代后期,英国翻译理论家西奥·赫曼斯(Theo Hermans)把操纵作为翻译研究范式引入译学理论研究,他提出"从目标文学的视点来看,所有的翻译都意味着为了某种目的对原文文本进行某种程度的操纵"②。翻译研究者开始关注译者和译作以外的因素,即影响作品译介的外部因素。勒菲弗尔在其《翻译、改写以及对文学名声的制控》(1992)中首次将翻译研究同译者所处的外部生态环境结合起来,涉及政治、经济、文化、社会形态、赞助人等诸多因素。他认为赞助"可以被理解为有点像权力的东西,如人物和机构,能够促进或阻碍文学的阅读、写作和改写"③。他进一步指出赞助人作用的三个要素:"其一是意识形态。它对形式和主题的选择和发展都起着限制作用。其二是经济要素。赞助人要能保证作家或改写者能够谋生,通过给他们养老金或任命他们职位。赞助人也要对销售的图书付版税或雇用一些职业人士作为导师和评论者。其三是社会地位。"④

但是译者在实际从事翻译活动的过程中,还会受到不易察觉的精神支持或技术支持因素的影响。因此,笔者认为赞助人(patronage)应该是一个系统,它是由多维要素组成的,这些要素之间互为影响、互为能动而形成一个互动的系统。我们可以对赞助人系统做一个界

---

① Anthony Pym, *Method in Translation History* (Beijing: Foreign Language Teaching and Research Press, 2007), p. 186.
② Theo Hermans, *The Manipulation of Literature: Studies in Literary Translation* (London: Worcester, 1985), p. 11.
③ André Lefevere, *Translation, Rewriting, and the Manipulation of Literary Fame* (Shanghai: Shanghai Foreign Language Education Press, 1992), p. 15.
④ 同③, p. 16.

定：它可能是一个个具体的实体，也可能是抽象的单位，可能是可分的，也可能是不可分割的，它具有系统性和关联性。换句话说，任何可能促进或阻滞译事活动的力量都属于赞助人系统，它可以是具体的实体团体如宗教集团、政党，特别是执政党、政府、出版机构、大众传媒、团体组织、民间机构、学校，还可以是实体个体如出版商、丛书的主编、使节、家人、朋友等，它也可以是抽象的形态如政治环境、方针政策、诗学观、精神支持、舆论导向等。本节以《尤利西斯》译事活动为研究对象，考察赞助人系统在意识形态因素、经济因素、社会地位、精神支持和技术支持五个方面对译事活动的影响，对于深化理解译者当时的翻译生态环境具有理论与现实意义，也能更好地理解翻译源于原作但更高于原作的真正内涵。

一、意识形态因素的作用

在从原作转换的过程中，译作不可避免地烙上意识形态的印痕，因为在两种文化的交流过程中必然会出现此消彼长的冲突，不是原作文化或意识形态占主导地位就是译入语文化或意识形态占主导地位，两种文化之间不断进行相互抵触或融合。"翻译是两种文化的交流，表面上看两种文化的交流似乎是平等的，其实这种交流的背后隐含着种种权力的斗争，是不同意识形态之间对抗之后妥协的结果。"①但是在很多情况下，赞助人系统的意识形态往往直接施加在译事活动上。冯至在中国外国文学学会第一届年会上的报告中所言充分反映了 20 世纪 50 年代末至 70 年代末翻译活动受到政治性的影响。"五十年代末期以后，随着政治运动的起伏，我们对待外国文学的态度也是摇摆不定的，总的来说，是不断地向'左'的方向发展，逐渐形成否定一切外国文学的关门主义形势。人们还时常把社会上的不良风气归罪于外国文学的影响。到了十年浩劫时期，对外国文学的兴趣从'落后思想'变成了'反革命修正主义'和'妄图复辟资本主义'的'罪行'，外国文学完全变成了应该清除的对象。"②可以想象，像《尤利西斯》这样在西方国家都饱受争议的作品是很难能被译介到中国的。直到 20 世纪 70 年代末，袁可嘉多次劝金隄翻译《尤利西斯》，金隄一直不敢轻易答应，一个重要原因是译者认为国家对西方文学的译介政策尚不明了，因为像《尤利西斯》这样的作品显然"在政治上是反动的，在思想上是颓废的，在艺术上是形式主义的，因而在根本上是反现实主义的反动文学。"③不过，最终金隄还是答应了袁可嘉翻译了部分章节。"多年不见的老同学袁可嘉来天津竭力劝我译书、八十年代中期《世界文学》积极刊载译文。"④作为《外国现代派作品选》的主编之一，袁可嘉先生为推动《尤利西斯》的翻译开辟了先河。这和他当时所坚守

---

① 朱建新、孙建光：《论意识形态在〈尤利西斯〉汉译中的影响》，《中国比较文学》2011 年第 3 期。
② 冯至：《继续解放思想，实事求是地开展外国文学工作——在中国外国文学学会第一届年会上的报告》，《世界文学》1981 年第 1 期。
③ 朱建新、孙建光：《论意识形态在〈尤利西斯〉汉译中的影响》，《中国比较文学》2011 年第 3 期。
④ 金隄：《〈尤利西斯〉译后三题》，《天津外国语学院学报》1995 年第 3 期。

的个人意识形态有着很大关系。袁可嘉从20世纪40年代初在西南联大读书时就开始接触现代主义,并与其结下了不解之缘。其间,因为特殊时期停顿30多年,80年代又开始从事现代主义研究①。正是在袁可嘉的推动下,金隄于1981年开始翻译《尤利西斯》的一个章节并刊登在《外国现代派作品选》,1986—1987年选译出版《尤利西斯》选译本,1993年和1994年分别在台湾九歌出版社和人民文学出版社出版全译本上卷,1996年出版全译本下卷。金隄的下半生都是和《尤利西斯》翻译及翻译研究密切联系在一起的。

《尤利西斯》另一译本的译者萧乾、文洁若在翻译过程中,赞助人的意识形态作用也是非常明显的。李景端这个最初和外国文学一点关系都没有的出版人,在"文革"后受命创办外国文学期刊《译林》。在改革开放初期,很多人对外国文学翻译依然"心有余悸"时,李景端开拓进取,大胆决定《译林》以介绍外国当代文学作品为主,特别是选登能反映西方近现代社会现实的流行小说。由于20世纪80年初期,中国社会出现了对"人道主义"和"异化"的批判升级,接着提出"清除精神污染"。这时的社会意识形态使得翻译出版现代外国政治文学作品的三联、商务、社科、新华、世界知识五家出版社都不敢冒险,但是李景端具有思想开放、敢为人先的意识,大胆地冒着"风险"组织翻译西方意识流小说的开山之作《尤利西斯》。党的十四大后,翻译出版界终于等来了春天,李景端敏锐地把握机遇,遍邀当时国内的主要翻译大家,如王佐良、周珏良、赵萝蕤、杨岂深、冯亦代、施咸荣、董乐山、梅绍武、陆谷孙、叶君健和钱锺书等翻译《尤利西斯》,但都遭谢绝。最终"软磨硬泡"说服萧乾、文洁若夫妇担此重任。李景端的意识形态就是"为了填补我国文学翻译史上的重大空白""不让中国读者读到像《尤利西斯》这样的当代世界文学名著,不符合中国出版业要继续对外开放这个精神"②。通过他的个人意识努力,《尤利西斯》率先在中国大陆出版了全译本,同时也确立了萧乾、文洁若在中国翻译文学史上的名翻译家地位。的确,出版社或出版人的个人意识形态对于原著的选择、译者的选择、译事的翻译过程,甚至对后来译者的地位确立都起着不可估量的作用。

二、经济因素的作用

根据勒菲弗尔的观点,"赞助人通过提供生活津贴和办公场所来让作家或改写者(翻译者,笔者注)得以生存。"③这一观点应该主要针对过去专门以写作或改写为生的专业人士,如果赞助人不为他们提供生活津贴和办公场所,他们是无法生存和工作的。随着时代的发展,现在以写作和翻译为生的人士已不再是那么的单一,许多译者都是多重身份,或是以写作、

---

① 袁可嘉:《欧美现代派文学概论》,上海文艺出版社,1995,第9页。
② 李景端:《编辑谈翻译》,湖北教育出版社,2009,第37页。
③ André Lefevere, *Translation, Rewriting, and the Manipulation of Literary Fame* (Shanghai: Shanghai Foreign Language Education Press, 1992), p. 16.

翻译为生，或是兼职，或是兴趣爱好，或是学术发展需要。因此赞助人系统的经济因素对翻译的影响也不再是纯粹地给予生活补贴，可能是以直接提供稿酬的形式。这与勒菲弗尔所提的经济支持显然有比较大的区别。现在的经济赞助更注重双赢性，即赞助人通过经济手段为扩大他(们)所操纵的译作进行造势，如购买原著版权、举办系列专题研讨会、广告宣传、出版译作的导读等方式获取最大收益，这种收益有经济上的也有学术上的。

萧乾、文洁若译《尤利西斯》时，在新闻、创作、翻译等领域的成就和贡献是当代文学界有目共睹的。文洁若是既懂英文又懂日文的资深翻译家和作家，译作和创作颇丰。他们夫妇翻译《尤利西斯》时的经济基础是足以持家生活的，因此赞助人系统的经济因素作用主要体现在对译作的舆论造势上，即为译者翻译提供各种便利，包括提供各种所需资料，负责联络人脉等，最终实现双赢的目的。李景端作为赞助人系统的具体个体对萧、文的《尤利西斯》翻译活动倾注了大量心血。译林社方面"多方托人、多渠道从国外弄到有关《尤》的三十多种参考书，包括乔伊斯的传记、《尤利西斯词典》、都柏林地图等"①，从资料获得方面提供有力的经济支持。萧乾曾这样评价李景端对《尤利西斯》所做的工作，"大量印宣传海报、千方百计把媒体调动起来，在上海搞签名售书，在北京举办'乔伊斯与《尤利西斯》'国际研讨会，出版《尤利西斯导读》，等等。"②当然，译林出版社也为萧乾夫妇提供了低标准的稿酬，千字才35元。在《尤利西斯》出版前，有人许诺十万元先把译稿挖走时，萧老夫妇不为所动，从译林社得到的所有稿酬也全部捐献给上海文史馆。应该说，对于功成名就、文德高尚的译者，赞助人系统的经济因素影响力显然有所下降。

金隄受邀于袁可嘉为介绍西方现代小说，在1980年翻译《尤利西斯》第二章，被收录在《外国现代派作品选》中，显然赞助系统的经济因素在那个时候对金隄来说是比较小的。作为一名教师、学者，金隄已具备独立的持家经济基础，那时更需要的是学术成果。诚如其自己所言："开始是受命而译，后来我渐为《尤》的语言和艺术性所吸引，向中国译介此书成了我追求的目标。"③此后"袁可嘉同志一再敦促继续翻译"④，金隄开始集中研究《尤利西斯》并着手《尤利西斯》的翻译工作。1986年，《世界文学》上刊载了金隄翻译的二、六、十章全文和十八章片段，1987年百花文艺出版社出版了在《世界文学》选译的基础上又增加了一篇译文的《尤利西斯选译》单行本。毫无疑问，《世界文学》杂志社和百花文艺出版社对于金隄翻译《尤利西斯》提供了一定的经济支持，虽然不是很多，但是对于促进金隄从事《尤利西斯》翻译提供了必要的物资支持。金隄于1994年在人民文学出版社出版了《尤利西斯》全译本，得到了人民文学出版社的经济支持。

---

① 李景端:《〈尤利西斯〉出版"名利双收"的启示》，《出版史料》2008年第2期。
② 李景端:《如沐春风：与名家面对面》，百花文艺出版社，2006，第163页。
③ 王振平:《论翻译之道说〈尤利西斯〉——金隄教授访谈录》，《中国翻译》2000年第1期。
④ 詹姆斯·乔伊斯:《尤利西斯》，金隄译，百花文艺出版社，1987，第7页。

三、社会地位的作用

无论多么优秀的译者,也无论他的译作是多么的优秀,如果没有赞助人接受其翻译作品,或帮助其发表或出版翻译作品,他的译作就没有机会和读者见面,也不可能被读者所接受,更无从确立译者身份和获得其应有的社会地位。当然赞助系统自身的地位不同对译者和译作的推介度也是不同的。

目前《尤利西斯》全译本有四个译本——金隄译本,萧乾、文洁若译本,查群英译本和吴刚译本,但是广大读者所熟知的主要是金隄和萧乾、文洁若译本,而后两者的信息几乎不为人知,通过在网络上检索,笔者发现两个译者同时还重译不同语言的西方文学经典著作,因此不得不对他们的翻译动机和翻译水平产生疑惑。事实上他们的译作根本不能和金隄与萧乾、文洁若的译作相提并论。是何原因?一是他们的译作纯属商业炒作;二是赞助人系统的影响力不够。金译本由人民文学出版社出版,萧乾、文洁若译本由译林出版社出版,而查群英译本由内蒙古人民出版社出版,吴刚译本则由中国华侨出版社出版。不难看出,人民文学出版社和译林出版社都是国内主要出版外国文学作品的专业出版社,在读者心目中的地位是无法撼动的。读者对于他们出版译作的质量和水平是信赖的。出版其他《尤利西斯》译本的出版社无论是规模还是专业性都不能和人民文学出版社与译林出版社相媲美。从人文版和译林版的《尤利西斯》多版次推出,可以看出它们出版的《尤利西斯》在广大读者中的影响力。两个版本的译者也成为广大读者和学者关注的焦点,享有非常高的译学地位评价。毫无疑问,出版机构的地位对于译作的市场地位具有重要作用,同时对于译者的地位提高也具有直接推动作用。当今的译事活动更加趋于名译者或大家与名出版机构的联姻。李景端先生为了寻求合适的人选翻译《尤利西斯》①,遍访大家,但遭婉言谢绝。后来他又瞄上了萧乾、文洁若夫妇,经过他的不懈努力终于成功打动了他们。"现在看来,《尤》中文全译本的出版成功,既有《尤》本身的文学价值和它的传奇经历,但也不能无视萧乾夫妇作为名译者所产生的效应。"②从此例足以看出赞助人系统的社会地位对于译者地位的提高具有举足轻重的作用。

金隄是国内《尤利西斯》汉译的首译者。早期主要是以选译形式进行,得到了社科院外文所、人民文学出版社、《世界文学》杂志社、天津百花文艺出版社、《人民文学》杂志社以及台湾九歌出版社等具有权威或很高社会地位的出版机构的支持,特别是后来人民文学出版社出版金隄的《尤利西斯》全译本,使他在翻译史上的社会地位也得到了提升。目前,其他译本暂时无法在短期内撼动金译本和萧译本在翻译史上的地位。社会地位很高的赞助人系统的

---

① 王振平:《论翻译之道说〈尤利西斯〉——金隄教授访谈录》,《中国翻译》2000年第1期。
② 李景端:《〈尤利西斯〉出版"名利双收"的启示》,《出版史料》2008年第2期。

介入对提升译者和译作的地位具有重要作用,同样名家对于提升赞助人系统的影响力也是显而易见的。随着学者对这两个版本研究的不断深入,两个出版社都先后推出了新的版次来满足广大读者的需求,提升了和固化了它们在广大读者中的地位,真正实现了出版机构和译者名利双收的喜人局面。

四、精神支持作用

勒菲弗尔并没有提出赞助人系统的精神支持,但是精神支持是绝对不容忽视的一个因素。译者从事译事活动过程中,会遇到很多困难,或是经济上的、或是意识形态上、或是翻译中与译本相关的诸多困难,这时候译者极容易出现懈怠甚至放弃的念头。赞助人系统及时的精神支持在帮助译者克服困难方面起着重要作用。如前文我们对赞助人系统的界定,译者在翻译过程中可能得到机构、团体、朋友、使节、家人,甚至素昧平生的人的精神鼓励,这些可以归为赞助人系统的精神支持。

《尤利西斯》被称为"天书",足以说明它的晦涩难懂,因此要把它翻译成中文需要译者付出一般人所不能想象的努力。金隄在翻译过程中得到了国际上很多乔学家的支持和帮助,得以顺利完成这部巨著的译介工作。他说:"在我勉强翻译出第二章并发表之后,虽然出版社和首先建议、支持此举的袁可嘉同志一再敦促继续翻译,说实话我颇有知难而退的情绪,这时萍水相逢的雷诺兹夫人不仅热烈地表示支持鼓励,并非常主动地提供研究资料,介绍乔学情况,还曾经多次亲自和我讨论小说内容,可以说是起了决定性的促进作用。"[①]另外,他还得到了国际著名乔学家艾尔曼(Richard Ellmann)的支持,美国吉福德教授(Don Gifford)赠送给他的重要著作,弥补了主要参考资料的空缺。澳大利亚的布朗教授夫妇(Dorothy & Laurence B. Brown)在金隄 1979 年刚开始翻译《尤利西斯》时,也是他最困难的时候给予了帮助,还有热心的朋友如苏格兰的陶赫蒂先生(John J. Docherty)和爱尔兰的戈尔登教授(Sean Golden),海外华人庄信正、刘耀中先生,四川大学的李梦桃同志,天主教天津地区负责人马光普先生,体育界老前辈王士斌老师,中国社会科学院外国文学研究所的袁可嘉同志,《世界文学》杂志社的李文俊、邓启吟、申慧辉同志,百花文艺出版社的邓元惠、文秉勋、随武等同志,人民文学出版社的聂震宁社长、任吉生副总编和其他同志的支持和帮助。不难看出,赞助人系统的精神支持对金隄先生完成《尤利西斯》全译本所起到的作用是非常明显的。

赞助人系统的精神支持对萧乾、文洁若夫妇翻译《尤利西斯》的影响也是非常明显的。和金隄先生翻译《尤利西斯》最为显著的差别是,萧乾翻译《尤利西斯》的过程不是孤独的。三四年来,其夫人文洁若先生陪着他起早贪黑,放弃了一切休息和娱乐时间,并充当先锋作用,不断带动着萧乾一起完成了这部巨著的翻译工作。这种夫妻间的相互支持堪称译界佳

---

① 乔伊斯:《尤利西斯》,金隄译,人民文学出版社,1997,第 7 页。

话。整个翻译活动的发起者译林社社长李景端先生在《尤利西斯》汉译史上功不可没,正是他的一腔真情感动了萧乾夫妇,并在他们翻译过程中不断鼓劲造势,提供各种便利和帮助。英国文化委员会的钟恩(Adrian Johnson)、艾德福(Christopher Edwards),时任爱尔兰驻华大使塞尔玛·多兰(Thelma Doran),加拿大小说家柯伟诺(Patrick Kavanagh)和夫人唐兰(Sarah Taylor),英国的苏珊·威廉斯-埃利斯(Susan Williams-Ellis),美国的玛丽·雷戈(Mary Lago)教授,英籍专家卢贝斯(Lew Baxter),美籍专家巴德(Bud Nathans)等国际友人的支持为他们顺利完成《尤利西斯》的翻译工作也提供了重要的精神支持。国内的学者专家孙明珠、刘国纪、李璞、姜波、朱友三、易家祥、林盛然、杨宪益、季羡林、李玉侠、夏玫、吕同六、吴小如、丁亚平、商容、孙达先、宋红、陈恕、宋凯、杨毓如、李文俊等同样给予了大量的技术、知识、语言、精神和物资上的支持。萧乾夫妇的亲属如他们两个在国外的儿子、文洁若弟弟文学朴和弟媳李书元、三姐常韦都在他们的翻译过程中提供了精神层面的支持。萧乾后来回忆三姐常韦时说:"倘若没有她作为强大的后盾,当初我们根本就不敢去接受这么重的一项任务。"① 可见,翻译工作不只是译者个人的孤独劳动,还得益于赞助人系统中的诸多要素。毫无疑问,赞助人系统的精神支持对译事活动的作用不容忽视。

五、技术支持的作用

赞助人系统的技术支持涉及赞助人系统为译者翻译活动提供的一切软硬件的便利条件,它包括读者对译作的审阅与批评、友人对译作所需资料的提供、出版机构提供专业的编辑服务等。金隄在《尤》译出版后,一些学者对其译作做了肯定与批评。"而国内外客观公正的评论与赞许拙译译文效果的文章内,往往也指出作者认为可以改进的译法。"② 在金隄本人及读者多年的指点下,修订版修订了绝大多数翻译错误和欠妥之处。"尤其是专门研究翻译的青年学者王振平先生为此将拙译重新逐字逐句通读一遍,提出了许多很好的修改意见。""素未谋面的评论家王友贵先生,也应邀将他在过去研究过程中发现的问题提供给我,使我重新考虑并且改进了一些难点的译法。"③ 金隄先生在海内外学术交流中,通过和同行读者讨论具体译法和等效原则等,不断受到启发,促进了他对译作的不断修订完善。金隄试译第二章并于 1980 年刊发在社科院外文所《外国现代派作品选》上,人民文学出版社见到金隄译文后,立即派副总编秦顺新和金隄先生商谈出版《尤利西斯》全译本事宜,并提出因为该书特别困难,可以多给时间,三至五年交稿。作为国内介绍外国文学的重要刊物之一,《世界文学》从 1984 年开始积极支持金隄的选译计划,主编李文俊专程到天津和金隄商议确定选译四章

---

① 文洁若:《萧乾、文洁若谈翻译》,内蒙古教育出版社,2012,第 28 页。
② 乔伊斯:《尤利西斯》,金隄译,人民文学出版社,1997,第 4 页。
③ 同上书,第 5 页。

并发表一篇论文的计划。1986年,《世界文学》第一期刊登了金隄的选译章节和长达24 000多字的论文《西方文学的一部奇书》。1987年天津百花文艺出版社在《世界文学》选译本的基础上,又增加了一篇译文,出版了《尤利西斯选译》单行本。从不出版选译本的《人民文学》破天荒地接受了《尤利西斯》选译本。萧乾、文洁若翻译《尤利西斯》同样得到了赞助人系统的技术支持。虽然他们的工作室内堆满了各种工具书和参考书,但是也不能解决他们遇到的全部问题。于是他们将一些疑难问题列出,"分别交给英国和爱尔兰驻中国领事馆,希望通过这样的管道向欧美的乔伊斯专家请教"。美国著名期刊《哈珀斯》特地发表"他们开列出来的一部分疑难问题,希望以此引起更多人的注意"[1]。他们在翻译过程中得到了国内外友人的支持,前文已提及,不再赘述。"丁亚平和商容在完全抛开原作的情况下,帮我们全文重点地通读了一遍"[2],为译文的改善提出了有益的建议。一流的出版机构提供一流的编辑水平。译林出版社社长李景端除了在萧乾、文洁若翻译过程中提供技术支持外,在《尤利西斯》出版前期做了大量创新性的技术性工作。李景端先生多次劝服陈恕教授"为译林版《尤利西斯》撰写一本《尤利西斯导读》,并赶在与《尤利西斯》同时出版"[3],同时,在封面设计、印刷纸张等方面煞费苦心,并积极做了许多个性化宣传,如在国内外媒体上大力宣传萧乾夫妇,宣传《尤利西斯》首译本信息,在北京举办了"乔伊斯与《尤利西斯》研讨会",在上海、北京举行签名售书和读者见面会,举办萧乾夫妇将《尤利西斯》的翻译稿费捐赠给上海文史馆的捐赠仪式,邀请中外名家为萧乾夫妇的《尤利西斯》译本写书评等。所有这些活动一方面为萧乾夫妇翻译《尤利西斯》提供了巨大的技术支持,也极大地提升了萧乾夫妇的社会地位,甚至金隄会对记者抱怨,"认为自己研究和翻译《尤利西斯》比萧乾早,可现在人们只知道萧乾译《尤利西斯》,为此觉得很委屈。"[4]赞助人系统提供的技术支持,对于译作质量、进程和译者的身心愉悦等方面都有不可估量的作用。

勒菲弗尔提出的赞助人这一翻译术语为研究译者的外部生态环境对译事活动的作用提供了新的研究视域。他提出的赞助人在意识形态、经济利益和社会地位方面对译者的影响具有积极的理论指导意义。但是随着时代的发展,译者显然不再是简单的"翻译匠",而更多的是文化和文学交流与传播的积极参与者和媒介。金隄和萧乾夫妇用各自的《尤利西斯》译本很好地诠释了本土文化意识形态与异域文化意识形态的博弈结果。作为赞助人系统中最直接的代理人之一——出版者对于译者的经济支持还是必需的,只是从过去提供译者谋生的必要生活费用和办公场所等转换成对原著版权的购买、宣传包装、精神支持、技术支持、支付基本稿酬等。赞助人系统的各方面的努力也直接提高了译者的社会地位。现在的译事活

---

[1] 丁亚平:《水底的火焰:知识分子萧乾:1949—1999》,中国人民大学出版社,2010,第197-198页。
[2] 文洁若:《萧乾、文洁若谈翻译》,内蒙古教育出版社,2012,第27页。
[3] 李景端:《编辑谈翻译》,湖北教育出版社,2009,第28页。
[4] 同[1]。

动往往追求赞助人系统与译者的双赢效果,赞助人系统借助名家提高译作质量和促进出版物的发行量,而已具有很高地位的赞助人则可以进一步提升译者在社会上的影响力,从而确立其在译界的地位。通过前文的分析,我们可以清楚地感受到赞助人系统内各要素的互动性、联动性、交融性,有些时候它们的作用具有独立性,但更多时候是交融在一起的,甚至会界限模糊。译者就是在内因与外因相互作用的生态环境中勤耕笔墨,完成了本土文化和异域文化之间的交流和对话,最终实现相互融合,从而为读者提供既原汁原味的而又不悖读者阅读期待的译作。在我们对赞助人系统在译事中的作用探讨的同时,笔者认为有必要对一些问题提出进一步的思考:(1)要把赞助人系统研究上升到学理层面,重点围绕赞助人系统对译事活动影响的共性与特殊性进行研究;(2)在撰写翻译文学史的时候,赞助人系统的作用不容忽视,很有必要为赞助人系统单独列一章节进行专门论述。

第四节 《尤利西斯》中的异族文化因素翻译研究

人们往往会对不同于自己的人或民族持有某种偏见,心理上往往认为自己所属民族或种族比其他民族或种族具有某种优越性。因此,作者通常会在其作品中对"他者"形象的塑造带有与生俱来的偏见和歧视。德国汉学家卜松山(Karl-Heinz Pohl)曾一针见血地指出,"造成不同文化之间理解的最大障碍是站在种族中心主义思想的角度看问题。"[①]西方不少文学作品的作者自己很少到过"异族"之地,很多时候是靠别人的描述或者自我想象创造出一些"原始的""异国情调的""东方的"异族元素来迎合主流意识形态和价值观,满足西方读者对"异国情调的"猎奇心理。异族形象的塑造受到主客观双重因素的影响,一个是塑造者所处时代的社会集体想象,另一个是塑造者自己的想象。巴柔认为,所有形象的形成都是在"本我"和"他者"、"本土"与"异域"关系中的自觉意识折射[②]。褚蓓娟、徐绛雪认为,"他者"是注视者的主体情感、思想与被注视者社会文化相结合的产物[③]。乔伊斯在《尤利西斯》中进行了大量的异国异族形象的描写,批判了爱尔兰狭隘的民族主义思想,表明了他追求文化融合、民族平等的思想。小说中的人物对异族形象进行了妖魔化、神秘化,甚至动物化以达到抬高自我的目的,具有很强的狭隘民族主义意识。这些异族形象既有殖民者英国人形象,也有被殖民的非洲人形象、美洲人形象、中国人形象,还有犹太人形象。文章并没有采用传统的翻译评价方法判断《尤利西斯》译者对'异族'形象翻译哪个更好?"或"应该如何翻译?"

---

① 卜松山:《与中国作跨文化对话》,刘慧儒、张国刚等译,中华书局,2000,第98页。
② 孟华:《比较文学形象学》,北京大学出版社,2001,第155页。
③ 褚蓓娟、徐绛雪:《"他者"在注视中的变异——论比较文学中的"形象"》,《浙江工业大学学报(社会科学版)》2012年第3期。

等,而是采取描述性的研究方法,在对译者的知识结构和文化取向做出合理推断的基础上,考察译者为什么这样翻译、影响译者这样翻译的因素是什么,等等。下面具体通过对萧乾、文洁若和金隄译本关于"异族"形象的译例进行分析,探讨他们在翻译中的价值考量及其对翻译策略的影响。

一、犹太人形象翻译分析

乔伊斯曾经把《尤利西斯》评价为"一部关于两个民族的史诗"①,即关于犹太民族和爱尔兰民族的史诗。犹太民族长期受到其他民族主义者的排斥和挤压,无论他们身处何处,都找不到自己的根,处于漂泊流浪的状态。作品中主人公之一的布卢姆是一个流散到爱尔兰的犹太人。他是一个平凡而又普通的广告兜揽员,是一个实实在在的小人物,但是经常因为其犹太人的身份而遭到周围很多人的嘲讽和侮辱。乔伊斯将其体貌、性情、行为、自我同化和自我身份认同的悖性人物形象栩栩如生地呈现在读者面前。例如:

> Mr Leopold Bloom ate with relish the inner organs of beasts and fowls. He liked thick giblet soup, nutty gizzards, a stuffed roast heart, liverslices fried with crustcrumbs, fried hencods' roes. Most of all he liked grilled mutton kidneys which gave to his palate a fine tang of faintly scented urine.②

> 萧、文:利奥波德·布卢姆先生吃起牲口和家禽的下水来,真是津津有味。他喜欢浓郁的杂碎汤、有嚼头的胗、填料后用文火焙的心、裹着面包渣儿煎的肝片和炸雌鳕卵。他尤其爱吃在烤架上烤的羊腰子。那淡淡的骚味微妙地刺激着他的味觉。③

> 金隄:利奥波尔德·布卢姆先生吃牲畜和禽类的内脏津津有味。他喜欢浓浓的鸡杂汤、有嚼头的胗儿、镶菜烤心、油炸面包肝、油炸鲟鱼卵。他最喜爱的是炙羊腰,吃到嘴里有一种特殊的微带尿意的味道。④

译文很好地再现了原文中布卢姆生在爱尔兰,想融入爱尔兰社会并且叛逆犹太教义的形象。犹太人禁止食用任何动物的血和血制品,但是布卢姆却不遵守神圣诫命,喜欢吃动物的内脏,特别是带有骚味的羊腰子。萧、文在翻译时采用交际翻译的策略。他们在很大程度上是为了迎合目标语读者的语言和价值期待,而金隄翻译采用的是语义翻译的策略。不同的翻译方式,恰恰反映出两个译本所持有的不同的文化价值观。虽然两个译文都很贴近原

---

① Stuart Gilbert, *Letters of James Joyce* (New York: The Viking, 1957), p. 146.
② James Joyce, *Ulysses* (London: Penguin Group, 1992), p. 65.
③ 詹姆斯·乔伊斯:《尤利西斯》,萧乾、文洁若译,文化艺术出版社,2002,第131页。
④ 詹姆斯·乔伊斯:《尤利西斯》,金隄译,人民文学出版社,2011,第89页。

文,但是在读者理解方面,萧、文译文更胜一筹。

爱尔兰人虽然受英国和罗马教皇的双重奴役,但是他们也对犹太人充满了歧视和憎恶。迪希是一所私立小学的校长,作为出生于北爱尔兰的虔诚耶稣教徒,心中对犹太人充满了憎恶和恐惧。例如:

... England is in the hands of the jews. In all the highest places: her finance, her press. And they are the signs of a nation's decay. Wherever they gather they eat up the nation's vital strength... ①

萧、文:"……英国已经掌握在犹太人手里了。占去了所有高层的位置:金融界、报界。而且他们是一个国家衰败的兆头。不论他们凑到哪儿,他们就把国家的元气吞掉。……"②

金隄:……英国是落在犹太人手里了。钻进了所有的最高级的地方:金融界、新闻界。一个国家有了他们,准是衰败无疑。不论什么地方,只要有犹太人成了群,他们就能把国家的元气吞掉。……③

从这段文字,我们不难看出迪希非常仇视犹太人,认为犹太人是一切社会衰败的根源,并认为犹太人的眼睛里都是"黑暗"的,从而认为犹太人的心肠也是黑的。萧、文译文给读者一种从第三人视角看待犹太人的感觉,客观地转述他人的话语。例如"in the hands of""In...""And they are the signs of a nation's decay""Wherever they gather"。他们分别翻译成"掌握在……手里了""占去了……""他们是一个国家衰败的兆头""不论他们凑到哪儿"。而金隄译文更加犀利,很好地表现出迪希对犹太人的仇视之情,他分别把上述话语翻译成"落在……手里了""钻进了……""一个国家有了他们,准是衰败无疑""不论什么地方,只要有犹太人成了群"等。"落在""钻进""成了群"等在情感上都具有贬义色彩,特别是把"And they are the signs of a nation's decay"分译成"一个国家有了他们,准是衰败无疑",强调了犹太人的罪恶。显然,两个译本虽然都传递了原作的基本意涵,但是在表现爱尔兰人对犹太人的仇视方面有所差别,萧、文的译文一定程度上弱化了迪希对犹太人的憎恨,而金隄的译文则强化了迪希对犹太人的憎恶。

二、非洲人形象翻译分析

西方社会长期对殖民地和半殖民地人民进行矮化和异化,人们往往把非洲人看成是野蛮、无知愚钝、未开化的种族。很多人并没有亲身接触过非洲民众,而是根据一个社会或者

---

① James Joyce, *Ulysses* (London: Penguin Group, 1992), p. 65.
② 詹姆斯·乔伊斯:《尤利西斯》,萧乾、文洁若译,文化艺术出版社,2002,第91页。
③ 詹姆斯·乔伊斯:《尤利西斯》,金隄译,人民文学出版社,2011,第56页。

某个时代的注视者的描述形成对"他者"的想象,并逐渐格式化或者程式化。这其实和西方国家长期丑化非洲人的根深蒂固的观念有直接的关系。正如殖民主义人类学者在人种谱系图上只将黑人放在比大猩猩高一点点位置的地方①。在《尤利西斯》中,布卢姆经过教堂时,看到康米神父关于非洲传教的告示,心中不由臆想了非洲人接受布道的情景。

He's not going out in bluey specs with the sweat rolling off him to baptise blacks, is he? The glasses would take their fancy, flashing. Like to see them sitting round in a ring with blub lips, entranced, listening. Still life. Lap it up like milk, I suppose.②

萧、文:他总不至于戴上蓝眼镜,汗水涔涔地去给黑人施洗礼吧,他会吗?太阳镜闪闪发光,会把他们吸引住。这些厚嘴唇的黑人围成一圈坐着,听得入了迷。这副样子倒蛮有看头哩,活像是一幅静物画。我想,他们准是把他传的道当作牛奶那么舐掉了。③

金隄:……他不会出去带着蓝眼镜淌着汗珠子给黑人施洗礼的,是不是?镜片子闪着光,到时会吸引他们的。喜欢看他们坐成一圈,努着肥厚的嘴唇听得出神的样子。静物画。像舔牛奶似的舔进去了,我想。④

非洲由于长期以来都是西方发达国家的殖民地,西方殖民者往往对非洲人动物化、丑化,认为他们愚昧无知、未开化,以达到强调自身文明和先进的目的。因此在翻译中要充分把布卢姆自身也是受压迫的,但是却对"异族"极度贬低、异化的这一形象要尽可能等值地塑造出来。这段话是布卢姆想象法利神父给黑人传教的意识流活动。萧、文译文侧重于使用交际翻译原则,以目标语读者的反应为导向,把布卢姆塑造成一个思维活跃、性格开朗、诙谐的形象。"is not going out""is he?""entranced, listening""Lap it up like milk"分别翻译成"总不至于……去""他会吗?""听得入了迷""他们准是把他传的道当作牛奶那么舐掉了",特别还主观地补充加上了一句"这副样子倒蛮有看头哩"。金隄则侧重使用语义翻译原则,重视对作者、对原作负责,把布卢姆塑造成一个严肃、不善语言表达的形象,他分别把上述英语表达翻译成"不会出去""是不是?""听得出神的样子""像舔牛奶似的舔进去了"。两种译文中,布卢姆的形象大有不同,对待黑人的态度也有所区别。萧、文翻译语言轻快、俏皮,具有诗化的讽刺色彩,有种调侃的态度,异化黑人无知、愚钝,没有对神父的布道入心,而是像舔

---

① Vincent N. Parrillo, *Strangers to These Shores: Race and Ethnic Relations in the United States* (New York: Pearson Education, 2003), p. 87.
② James Joyce, *Ulysses* (London: Penguin Group, 1992), p. 98.
③ 詹姆斯·乔伊斯:《尤利西斯》,萧乾、文洁若译,文化艺术出版社,2002,第175页。
④ 詹姆斯·乔伊斯:《尤利西斯》,金隄译,人民文学出版社,2011,第124页。

牛奶那样穿肠而过,特别是把"blub"翻译成"厚嘴唇"很到位。"厚嘴唇"通常是西方殖民者对非洲黑人的"套话"。金隄的翻译语言则略显滞板、生硬,具有断裂感,特别是"静物画"和"像舔牛奶似的舔进去了,我想"的翻译,凸显了金隄秉持"语义翻译"效果。金隄通过版画式图景呈现把黑人愚昧地接受天主教布道的形象刻画出来,折射出深受西方殖民者统治思想流毒的布卢姆勾画出非洲人迟钝无知、不能真正用心听布道的"他者"形象。

  Cannibals would with lemon and rice. White missionary too salty. Like pickled pork. Expect the chief consumes the parts of honour. Ought to be tough from exercise. His wives in a row to watch the effect. There was a right royal old nigger.①

  萧、文:嗜食人肉者会就着柠檬和大米饭来用餐了。白种人传教师味道太咸了,很像腌猪肉。酋长想必会吃那精华的部分。由于经常使用,肉一定会老吧。他的妻子们全都站成一排,等着看效果。从前有过一位正统、高贵的黑皮肤老国王。②

  金隄:吃人生番愿意要加点柠檬就米饭。白人传教士的肉太咸。像腌猪肉。估计精华部分得归酋长享用。因为使得勤,肉恐怕会老。他的老婆们挨个等着看效果。从前有个挺尊贵的黑老头儿。③

西方殖民国家民众由于长期被宣传"白人至上",所以常常对其他人种进行矮化、丑化和野蛮化。本片段就是布卢姆在饭店吃饭时进行的意识流活动,他想象非洲食人族酋长吃食人肉的情景。萧、文译文通俗易懂,倾向于交际翻译,以目标语读者为导向,传递原文的信息,把布卢姆对非洲人的野蛮化和残忍性想象很好地表现出来,如"白种人传教师的味道太咸了,很像腌猪肉""妻子们全都站成一排,等着看效果"。金隄的译文很好地传递了原文句法结构和文本意义,倾向于语义翻译,以服从于原文作者和文本为导向,既传达文本的字面意义,又尽可能完整无损地表现文本的内涵意义、作者的写作风格,以及表现手法等。布卢姆跳跃性的意识流活动很好地再现出来,他对非洲食人族的残忍性进行了形象的刻画,如"白人传教士的肉太咸。像腌猪肉""精华部分得归酋长享用""他的老婆们挨个等着看效果"。《尤利西斯》中对异族形象的描写,是通过小说人物对异族形象进行矮化、妖魔化和神秘化,提升了本民族的狭隘主义意识,某种程度上也是作者根深蒂固的民族优越性在作祟。因此,译者在翻译时,要把作品中对异族形象的贬低充分再现出来,这样才能把作者的意图准确地传递出来。对照原文和译文,不难发现,两译本的译者都很好地传递出原作的基本内涵,但是对原文中的"There was a right royal old nigger"处理则不同,他们将其分别翻译为

---

① James Joyce, *Ulysses* (London: Penguin Group, 1992), p. 218.
② 詹姆斯·乔伊斯:《尤利西斯》,萧乾、文洁若译,文化艺术出版社,2002,第335页。
③ 詹姆斯·乔伊斯:《尤利西斯》,金隄译,人民文学出版社,2011,第262页。

"从前有过一位正统、高贵的黑皮肤老国王"和"从前有个挺尊贵的黑老头儿"。两种译文虽然都翻译出了基本含义,但是对原来异族形象的贬低色彩有所弱化。

三、南美洲人形象翻译分析

美洲人,特别是中南美洲土著民族,和非洲黑人一样,被西方殖民者丑化为"野蛮、落后、慵懒"的形象。他们通过对这些土著民族的落后生活方式和卑劣的生存环境进行嘲讽,以拔高自己民族的地位,显示"白人至上"、土著民族低人一等的观念,为他们的殖民统治提供合理的借口。在《尤利西斯》中,乔伊斯借助水手墨菲之口对"异国异族"进行讲述,揭示了爱尔兰人虽然自己也深受英国和罗马教皇的双重奴役,但认为自己高人一等,对异族进行极端的动物化和丑化。

... a group of savage women in striped loincloths, squatted, blinking, suckling, frowning, sleeping amid a swarm of infants (there must have been quite a score of them) outside some primitive shanties of osier.①

萧、文:……一群未开化的妇女腰间缠着条纹布,蹲在柳条编成的原始窝棚前面,在成群的娃娃(足有二十来个)簇拥下,边眨巴眼睛,让娃娃叼着乳房,边皱起眉头,打着盹儿。②

金隄:…… 几间原始的柳条棚屋,屋外蹲坐着一群生番妇女,围着条纹腰布,有眯着眼的,有喂奶的,有皱着眉头的,有睡觉的,周围是一大堆孩子(足有二十来个)。③

这段话充分表现了爱尔兰人对南美土著民族的极端丑化和矮化,以达到提升自己的"文明"和"先进"的目的。萧、文的翻译把南美土著妇女碌碌无为的家庭主妇动态画面形象地呈现在读者面前。把"savage""a swarm of infants"翻译成"未开化""成群的娃娃",栩栩如生地描绘出土著女性的真实生活场景;她们是裸露着身体的生育机器,形态各异。一方面再现了水手墨菲侃侃而谈、语言俏皮,另一方面通过调侃的方式对"异族"进行百般嘲讽及动物化,使得南美土著未开化、愚昧、残忍、落后的"他者"形象在听众中逐渐形成某种"定式"。金隄的翻译呈现在读者眼前的是一副画面肮脏、野蛮、残忍落后的土著女性静态画面形象,一切都仿佛是静止的,只有墨菲是活的。他把上述语言分别翻译成"生番""一大堆孩子",使译文给人一种停滞感和残酷感,把南美土著的愚昧无知、野蛮残酷都通过一个个静物画排列起来,特别是把"savage"翻译成"生番",拉开了读者和原作的距离。虽然"生番"也是指未开化

---

① James Joyce, *Ulysses* (London: Penguin Group, 1992), p.721.
② 詹姆斯·乔伊斯:《尤利西斯》,萧乾、文洁若译,文化艺术出版社,2002,第1021页。
③ 詹姆斯·乔伊斯:《尤利西斯》,金隄译,人民文学出版社,2011,第858页。

的意思,旧时晦称文明发展程度较低的人,但是很多读者乍读起来觉得有隔绝感。如果从这个词的角度考虑,则不难看出译者试图通过该词取得和原作同样的效果,因为在中国古代,以汉人为中心的统治阶级将偏远未开化、半开化地区的人们也称为"番"。金隄努力通过自己的方式再现普通的爱尔兰人所表现出来丑化和矮化南美土著人民的"异族"形象,揭示了爱尔兰人也是同样地无知和愚蠢,在某种程度上他们也是西方殖民者的帮凶。

《尤利西斯》中的"异族"形象描写,实质是反映了殖民地普通民众由于长期受到殖民统治者的思想宣传与灌输,鼓吹自己民族的文明、先进和发达,把异族矮化成落后、野蛮、愚昧、未开化,进行动物化、妖魔化和神秘化宣传,激发民众对这些国家的好奇心,从而为他们实施侵略和殖民统治提供合理的借口,同时也揭露了"英国殖民主义文化、狭隘的民族主义流毒对人们心灵的毒害"[1]。乔伊斯通过作品中的人物表征"异族"形象来达到自我定位。可以说,西方殖民主义集团就是在想象他者和反射自我过程中实现自我身份的建构[2]。因此,如何很好地再现原作的"异族"形象,是每个译者必须面临的现实问题。此时翻译已不再是简单地把一种语言转换成另外一种语言,而是"一种行为,一种思考方式"[3],翻译已然成为权力政治和意识形态斗争的场所。由于不同译者持有不同的翻译策略和文化观,翻译结果必然会呈现不同形态。比较萧乾、文洁若和金隄对《尤利西斯》中部分"异族"形象的翻译,不难发现,萧乾、文洁若采取以读者为导向的诗学观,一定程度上弱化了原作人物对"他者"形象的过度贬低和丑化,更多地采用交际翻译策略。金隄采取以原作为导向的诗学观,注重等效翻译原则,尽可能地再现原文的意涵与形式,尽可能地保持原作人物对"他者"形象的贬低和矮化,更多地采用语义翻译策略。因此,呈现在中国读者面前的异族形象有所差别。萧、文通过轻快、俏皮、活泼的话语把作品中的普通民众对"异族"形象的看法生动地呈现出来,而金隄则通过生硬、断裂、陌生化的话语把作品中的普通民众对"异族"形象的看法版画式地呈现出来。两种译本的表现存在差异,但是在很大程度上殊途同归地把作者批判殖民统治思想对普通民众的毒害和狭隘的民族主义思想的偏执较好地传递出来。我们认为,理想的"范本"是译者在翻译原文时应该充分考虑作者的意图,并尽可能地准确传递原文的内涵,同时尽可能地保持文本形式结构和语言风格。要做到这一点,译者需要根据自己的语言认知、文化认知和诗学认知结合原文本的作者意图、文本风格,采取深度翻译或者补偿翻译策略,才能尽可能地移植原著的艺术魅力和表现风格[4]。

---

[1] 叶如祥:《〈尤利西斯〉的"异域幻象"与乔伊斯的爱尔兰文化观》,《河南理工大学学报(社会科学版)》2011年第3期。
[2] 周宣丰:《文化"他者"翻译的权力政治研究》,《外语教学》2014年第6期。
[3] 刘军平:《超越后现代的"他者":翻译研究的张力与活力》,《中国翻译》2004年第1期。
[4] 孙建光:《〈尤利西斯〉中的典故汉译对比研究》,《西安外国语大学学报》2016年第1期。

本章小结

　　语言层面的翻译属于翻译研究的本体论范畴和微观研究，翻译活动除了这方面的研究同样需要考察外部环境和宏观研究，这些外部因素很多属于文化学研究的范畴。本章重点探讨外部因素是如何影响译者的译事活动的。首先，通过分析意识形态对翻译的影响，我们可以更加深刻地认识到翻译作为一种跨文化的交际活动，除了受个人文学文化修养的影响，还深刻地受到所处的意识形态环境的影响。可以说，翻译活动一开始就烙了意识形态的印痕。该部分重点围绕意识形态对翻译的隐性操控和显性操控进行深入分析，并得出结论：将"意识形态"引入翻译研究为我们提供了一个新的、有效的研究视角，给翻译研究带来了丰硕的成果。可以让我们将研究焦点从文本内转向文本外，从注重忠实原文转向探讨译文的变形，从语言对比研究转向翻译文化研究。但是，我们也要切记不要把"意识形态"作用夸大化，要充分注意到维护文化多元性和平等性的重要性。其次，诗学可分为主流诗学和个体诗学。本部分试图从译者个体诗学的角度探讨它对译者翻译过程中的影响作用，从而提升译者个人诗学在翻译中的地位，主要围绕译者的翻译的目的性、翻译原则、译者个人的审美意识和译者个人的语体特色等四个方面，以金隄和萧乾、文洁若的《尤利西斯》汉译为例进行深入的探讨。再次，赞助人在翻译活动中的作用是翻译的文化学派研究的重要内容之一。根据安德烈·勒菲弗尔的观点，赞助人是影响文学活动（包括翻译活动）的重要外部因素之一，它涉及意识形态、经济利益和社会地位三个方面。笔者提出了赞助人系统的理念，并把以往一直被忽略的精神支持与技术支持等重要因素纳入该系统中，以《尤利西斯》汉译为研究对象，探讨赞助人系统在意识形态、经济基础、社会地位以及精神支持与技术支持等方面在《尤利西斯》译事活动中发挥着重要作用，并能再现译者们在翻译时所处的生态境遇。最后，通过对《尤利西斯》中异族形象的翻译比较，揭示译者的文化翻译观。

第五章
《尤利西斯》汉译的间性研究

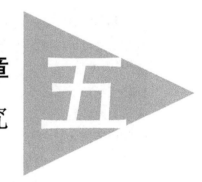

第一节 《尤利西斯》汉译生态间性研究

翻译学研究范式经历了语言学单一学科研究向多元学科研究范式发展的过程。翻译也被看成一种可以被描述的过程，和各个学科有紧密的关联性，涉及语言学、心理学、交际学、文学、人类学、伦理学、哲学、美学、计算机科学和符号学等学科。苏珊·巴斯奈特认为翻译学研究实现了语言学、文学、历史学、人类学和经济学等多种学科领域研究工作的融合[1]。格雷认为翻译是"一门交叉学科，将普通语言学和应用语言学的研究范式与普通文学和比较文学的研究范式合二为一，此外还借鉴信息论、逻辑学和数学的理科研究范式，也进一步借鉴了社会人类学、社会学和神学等研究范式"[2]。中国译学理论研究者在借鉴国外多元翻译理论的基础上整合吸收、消化融合、理性思考，把中国古典哲学思想如天人合一、中庸和谐、以人为本、整体综合的生态智慧糅合到西方翻译理论成就中来，提出了翻译研究多元性向多元统一和整合一体发展的研究思路，借鉴生态学的研究范式，提出了生态翻译学的研究范式，使得我国译界在国际译界话语缺失的局面发生了根本性变化。中国译学研究者扛起了自己的理论范式大旗，让中国声音在世界译界唱响。为此做出杰出贡献的有胡庚申教授和许建忠教授等一批学者，他们在十余年里笔耕生态翻译学研究，引起了国内外研究者的响应。

当我们提及生态翻译学，很多人立刻会和生态批评联系起来。生态批评是"以拯救环境为目的研究文学与环境之间的关系"[3]。切瑞尔·格罗特费尔蒂（Cheryll Glotfelty）的定义是"生态批评是探讨文学与自然环境之关系的研究"[4]。王诺认为生态批评是以生态主义的

---

[1] Edwin Gentzler, *Contemporary Translation Theories* (New York: Routledge, 1993).
[2] Dinda L. Gorlee, *Semiotics and the Problem of Translation: With Special Reference to the Semiotics of Charles S. Peirce* (Amsterdam/Atlanta: Editions Rodopi B. V., 1994), p. 133.
[3] Lawrence Buell, *The Environmental Imagination: Thoreau, Nature Writing, and the Formation of American Culture* (Boston: Harvard University Press, 1995), p. 430.
[4] Cheryll Glotfelty and Harold Fromm, *The Ecocriticism Reader* (Georgia: University of Georgia Press, 1996), p. 18.

视角研究文学与自然之间关系的一种文学批评形式。其目的是通过文学作品对生态危机的思考,探索文学的生态美学及其艺术表现形式①。通过他们的定义,我们可以看出生态批评侧重于探讨文学与自然环境的关系,通过文学艺术形式来呼吁人类关注自然、保护自然,强调生态主义世界观,进而引申到人类精神生态的危机。而生态翻译学和文学批评的生态批评显然有较大的差别,它是作为一个跨学性的途径,是运用生态理性、生态学研究范式和生态视角对翻译进行综观的一种研究理论。宏观上把翻译研究置于生态学研究的范式中,强调翻译生态系统的整体性、关联性、平衡性与和谐性;中观上注重译学本体论研究,对翻译行为进行理性描述;微观上注重文本操纵,涉及翻译原则、翻译策略、翻译标准等,同时也吸收了生态批评的理论观点,关注译者在翻译过程中对待原著生态因素的翻译观,如环境补建、自然"仿生"等。王宁教授认为生态翻译是从原作品的内在生态结构的态势需要来对拟翻译作品进行的选择过程,同时要能用另外一种语言再现原作的内在生态结构,在翻译过程中注重主客体的生态平衡。"它既不片面地强调翻译过程中译者的主体意识,同时又对一味追求对原文的被动的'忠实'起到抑制的作用。"②许建忠教授则认为翻译生态学是研究翻译与其外部生态环境之间的互动性。"将翻译及其生态环境相联系,并以其相互关系及其机理为对象进行深入研究,从生态学角度审视翻译、研究翻译,力求对翻译中的种种现象进行剖析和阐释。"③胡庚申教授从生态学视角对翻译活动进行纵观的翻译生态规律研究,侧重研究"翻译生态、文本生态、翻译群落生态及其相互关系"④。这些学者借鉴生态学的研究范式,从不同角度研究翻译,把翻译看成一个整体,其中各要素相互影响和联系,形成一种平衡与和谐。胡庚申指出生态翻译学的基础理论相对集中于语言维、文化维和交际维等维度的适应性选择⑤。鉴于生态翻译学研究范式面广,笔者以《尤利西斯》汉译本为范例,试图研究译者们在译事活动过程中是如何实现原作与译作在语言、文化、交际三维生态系统中的"平衡"与"和谐"的,借此探讨翻译过程中的生态间性问题。

一、《尤利西斯》汉译中语言维的适应性选择与转换

传统观点认为翻译是一种语言转换成另外一种语言的实践活动。译者翻译的最基本目标是实现源语向目的语的转换,但是译者进行语言转换时,必须要根据翻译的生态环境对语言做出适应性选择和转换。语言维的适应性选择与转换,是指译者在源语向目标语转换时,对源语如何处理和目标语用何种语言风格来再现源语的语言特色或是如何根据目标语生态

---

① 王诺:《欧美生态批评》,学林出版社,2008,第62页。
② 王宁:《生态文学与生态翻译学:解构与建构》,《中国翻译》2011年第2期。
③ 许建忠:《翻译生态学》,中国三峡出版社,2009,第3页。
④ 胡庚申:《生态翻译学建构与诠释》,商务印书馆,2013,第11-12页。
⑤ 胡庚申:《生态翻译学的研究焦点与理论视角》,《中国翻译》2011年第2期。

环境而选择如何表达源语的内容和风格,同样也涉及译者对语言适应性选择和转换的策略、翻译标准等诸多问题。在语言维转换过程中,译者需要考虑如何在源语与译语之间进行"选择性适应"和"适应性选择",实现转换过来的语言生态能够既输入新的语言形式而又接地气,最终得以在目标语的翻译生态环境中生存下来。《尤利西斯》的语言特点是"陌生化",作者通过语音变异、词汇杂合、语法变异、外来语穿插、语域变异等手段打破传统语言规范,实现形式与技巧的非常规式的创新来增加读者的新奇感,从而"揭示现代人内心隐秘的思想活动和情感细微变化的轨迹,深刻揭示了现代社会普通人的内心迷茫、荒诞乃至扭曲异化的苦闷精神世界"①。译者首先要对"先在性"语言进行适应,然后结合目标语生态环境的需求,根据自己的诗学观采用适当的翻译策略,进行源语向目标语的转换。为目标读者提供什么样的"当下性"语言,是每个译者都需要认真思考的问题。《尤利西斯》目前被公认的两个汉译本分别是金隄译本和萧乾、文洁若译本。他们在翻译过程中,对于"语言维"的适应性选择与转换为我们提供了很好的生态研究范例。例如:

> He took a page up from the pile of cut sheets: the model farm at Kinnereth on the lakeshore of Tiberias. Can become ideal winter sanatorium. Moses Montefiore. I thought he was. Farmhouse, wall round it, blurred cattle cropping. He held the page from him: interesting: read it nearer, the title, the blurred cropping cattle, the page rustling. A young white heifer. Those mornings in the cattlemarket, the beasts lowing in their pens, branded sheep, flop and fall of dung, the breeders in hobnailed boots trudging through the litter, slapping a palm on a ripemeated hindquarter, there's a prime one, unpeeled switches in their hands....②

> 萧译:他从那一大摞裁好的报纸上拿了一张。上面有太巴列湖畔基尼烈模范农场的照片。它可以成为一座理想的冬季休养地。我记得那农场主名叫摩西·蒙蒂斐奥雷。一座农舍,有围墙,吃草的牛群照得模糊不清。他把那张纸放远一点来瞧:挺有趣。接着又凑近一点来读:标题啦,还有那模模糊糊、正吃草的牛群。报纸沙沙响着。一头白色母牛犊。牲畜市场上,那些牲口每天早晨都在圈里叫着。被打上烙印的绵羊,吧嗒吧嗒地拉着屎。饲养员们脚登钉有平头钉的靴子,在褥草上蹚来蹚去,对准上了膘的后腿就是一巴掌:打得真响亮。他们手里拿着未剥皮的细树枝做的鞭子。……③

---

① 孙建光,《〈尤利西斯〉汉译"陌生化"美学研究》,《浙江师范大学学报(社会科学版)》2012年第6期。
② James Joyce, *Ulysses* (London: Penguin Group, 1992), p.71.
③ 詹姆斯·乔伊斯:《尤利西斯》,萧乾、文洁若译,文化艺术出版社,2002,第138页。

金译:他从那一叠裁好的纸上取下一张:太巴列湖畔,基内雷特模范农场。可成联系的冬暖休养地。摩西·蒙蒂菲奥里。我原来就想他是。农舍,四周有围墙,模糊的放牧牛群。他把那张纸放远一些:有意思:再放近一些看,标题,模糊的放牧牛群,纸张在瑟瑟作响。一头白色的小母牛。那些日子早上在牛市,牲口在围栏内哞哞地叫,烙上印记的绵羊,牛羊粪啪嗒啪嗒掉在地上,饲养员们穿着底上有平头钉的大靴子在牛羊粪堆之间转悠,伸手拍一拍肥壮的牲畜屁股,这是头等肉,手里还拿着带树皮的枝条。……①

本段话是布卢姆在报纸上看到的一幅农场的图片,有农舍、牛羊群和饲养员的场景。萧乾、文洁若译本和金隄译本有着很大的区别,他们对语言和目标语的适应性选择有所不同,虽然主要意思都表达出来了,但是呈现的译文语言形态有较大区别。萧、文译文语义连贯,读者读起来易于理解,映入读者眼帘的是一幅原生态的田园风光。金译让读者有一种断裂感,打破了目标语读者的阅读习惯思维,映入读者眼帘的是一幅接一幅的图画拼凑成的田园风光。例如,"Moses Montefiore. I thought he was. Farmhouse, wall round it, blurred cattle cropping",萧乾、文洁若译成"我记得那农场主名叫摩西·蒙蒂斐奥雷。一座农舍,有围墙,吃草的牛群照得模糊不清",而金隄译成"摩西·蒙蒂菲奥里。我原来就想他是。农舍,四周有围墙,模糊的放牧牛群"。萧、文对源语进行了适当的调整和补译,译文因此也就更符合目标语读者的阅读习惯。金隄保持了源语的句式,顺着原文的顺序翻译。两种译文给读者呈现出不同的想象图景。萧、文更多考虑的是读者的接受性,在尽量保持原作的语言句式的异化的前提下,"还是以力求易懂为首要原则,在翻译过程中顺应汉语表达习惯,用自然流畅、创作性的语言来迎合读者阅读期待"②。金隄更多考虑的是保持原作的陌生化语言特点,在翻译过程中注重保持原文的原生态,无论是用词、句式、各种外来语都尽可能再现原作的陌生化美学特征。两个译本的译者都根据自己的翻译生态需求,适应性地选择自己的语言表达形式,践行了自己的翻译诗学观,为读者呈现了两种风格迥异的语言表达风格。

二、《尤利西斯》汉译中文化维的适应性选择与转换

随着人们对翻译活动认识程度的不断提升,翻译已是跨文化交际的重要媒介,文化交流是翻译活动的重要目的之一。曹瑞明认为译者肩负着向目标语读者解码源语语言符号和破解源语文化符号的重任③。因此译者需要根据翻译生态的实际需对文化因素做出适应性的

---

① 詹姆斯·乔伊斯:《尤利西斯》,金隄译,人民文学出版社,2011,第95页。
② 孙建光、张明兰:《〈尤利西斯〉"前景化"语言汉译比较研究》,《西南交通大学学报(社会科学版)》2013年1期。
③ 曹瑞明:《跨文化交际翻译中的差异与融合》,《西安外国语学院学报》2006年第1期。

选择与转换。文化维的适应性选择与转换，是指译者在把源语文化输入目标语文化生态环境时采用的翻译策略，即完全输入，抑或不完全输入，甚至完全不输入，也包括在文化输入过程中如何把源语文化和目标语文化进行对接和转换。还包括这些适应性选择会受到何种因素影响，导致什么样的转换结果，等等。胡庚申强调译者要有文化意识，明白翻译是具有跨语言性和跨文化性的，只有弄清楚造成文化差异的文化障碍，才能在翻译中实现源语与目标语的文化生态的平衡与融合，最终实现信息交流的完整性[1]。在多元文化系统中，翻译研究不再囿于简单的语言转换，它和政治、文化、经济、社会、种族、自然、宗教、性别等诸多生态要素紧密关联。翻译是各个要素之间的平等、平衡与和谐，不再强调某一具体要素。事实上，翻译长期以来都是以欧美的强势文化输入到弱势文化的路径进行的，翻译是"一种实践活动，它控制着弱势语言的使用者和译者，译什么，何时译，如何译"[2]，译者同样成为弱势文化中迷失地位的创造者。张立峰、金文宁认为生态翻译的出现就是要瓦解翻译活动中隐形的中心论，如以人类、白人、男性、欧洲或财富为中心等思想意识[3]。只有消解各种中心论论调，翻译活动才真正回归到自然生态状态，实现"语言地位的平衡，文化交流的平衡"[4]。胡庚申认为文化维的适应性选择与转换是译者在译事活动中要弄清源语文化与译语文化在本质与内容上的差异，尽可能地避免从译语文化视域出发曲解原文，在进行语际转换时要关注适应双语的整体文化系统，实现双语文化内涵的有效传递与阐释[5]。也就是说，译者在处理源语与目的语文化交流的过程中，需要进行适应性选择，力争做到两种文化的平衡与和谐。

三、《尤利西斯》汉译中交际维的适应性选择与转换

翻译的另外一个目的就是有意图的互动活动。段自力认为翻译是具有目的性的，是以原文文本为基础的一种人类跨文化的交际活动[6]。译者在翻译过程中需要达到什么样的意图，如何使得原文与译文形成良性的互动，如何使得译文读者取得与原著读者同样的阅读体验，这些都需要译者根据自身的翻译生态做出抉择。交际维的适应性选择与转换，是指译者在源语与目标语之间的转换过程中如何实现对源语的交际意图的传递。通俗地说，就是译者通过语言的转换要达到的目的和结果，此种交际意图是"自然意义"还是"非自然意义"，都需要译者做出适应性选择和转换。黄鸣认为无论是表达理解自然意义还是非自然意义，语言都是思想表达的载体。判断交际是否成功主要取决于交流双方是否准确识别和理解对方

---

[1] 胡庚申:《生态翻译学建构与诠释》，商务印书馆，2013，第237页。
[2] Michael Cronin, *Translation and Globalization* (London and New York: Routledge, 2003), p.167.
[3] 张立峰、金文宁:《试论生态翻译学及其生态三维度——兼与胡庚申教授商榷》，《上海理工大学学报（社会科学版）》2011年第4期。
[4] 祖利军:《全球化背景下的生态翻译》，《中国外语》2007年第6期。
[5] 《从术语看译论——翻译适应选择论概观》，《上海翻译》2008年第2期。
[6] 段自力:《翻译目的论介评》，《渝州大学学报（社会科学版）》2000年第2期。

的意图①。因此,译者在传递交际意图的适应性选择并能很好地转换就显得特别重要。胡庚申指出译者不仅要实现语言维和文化维的适应性选择与转换,还要强调交际维的适应性选择与转换。"既关注源语系统里作者的总体交际意图是否在译语系统里得以体现,是否传递给译文读者;又关注源语系统里包括原文语言/文化形式和语言/文化内涵的交际意图是否传递给了读者。"②翻译中的交际维的适应性选择和转换对于译者提出了更高的要求,真正要求译者必须学贯中西,知识渊博,具有语言学、交际学、文化学、社会学、人类学等方方面面的知识储备。译者在翻译过程中需要遵循合作原则,无论是遵循"自然意义"的转换还是"非自然意义"的转换,最终需要达到"译作对译文读者产生的效果应尽量等同于原作对原文读者产生的效果"③。只有这样译者才能比较客观地达到交际维的目的。例如:

Well it is a long rest. Feel no more. It's the moment you feel. Must be damned unpleasant. Can't believe it at first. Mistake must be: someone else. Try the house opposite. Wait, I wanted to. I haven't yet. Then darkened deathchamber. Light they want. Whispering around you. Would you like to see a priest? Then rambling and wandering. Delirium all you hid all your life. The death struggle. His sleep is not natural. Press his lower eyelid. Watching is his nose pointed is his jaw sinking are the soles of his feet yellow. Pull the pillow away and finish it off on the floor since he's doomed. Devil in that picture of sinner's death showing him a woman. Dying to embrace her in his shirt. Last act ofLucia. Shall i nevermore behold thee? Bam! He expires. Gone at last. People talk about you a bit: forget you. Don't forget to pray for him. Remember him in your prayers. Even Parnell. Ivy day dying out. Then they follow: dropping into a hole, one after the other. ④

萧译:喏,这是漫长的安息。再也没有感觉了。只有在咽气的那一刹那才有感觉。准是不愉快透了。开头儿简直难以置信。一定是搞错了,该死的是旁的什么人。到对门那家去问问看。且慢,我要。我还没有。然后,死亡的房间遮暗了。他们要光。你周围有人窃窃私语。你想见见神父吗?接着就漫无边际地胡言乱语起来。隐埋了一辈子的事都在谵语中抖搂出来了。临终前的挣扎。他睡得不自然。按一按他的下眼睑吧。瞧瞧他的鼻子是否耸了起来,下颚是否凹陷,脚心是否发

---

① 黄鸣:《格赖斯意义理论及交际意图识别》,《成都大学学报(社会科学版)》2011 年第 5 期。
② 胡庚申:《生态翻译学建构与诠释》,商务印书馆,2013,第 238 页。
③ Peter Newmark, *Approaches to Translation* (Shanghai: Shanghai Foreign Language Education Press, 2011), p. 39.
④ James Joyce, *Ulysses* (London: Penguin Group, 1992), p. 140.

黄。既然他是死定了,就索性把枕头抽掉,让他在地上咽气吧。在"罪人之死"那幅画里,魔鬼让他看一个女人。他只穿着一件衬衫,热切地盼望与她拥抱。《露西亚》的最后一幕。我再也见不到你了吗?砰!他咽了气。终于一命呜呼。人们谈论你一阵子,然后就把你忘了。不要忘记为他祷告。祈祷的时候要惦记着他。甚至连巴涅尔也是如此,常春藤日渐渐被人遗忘了。然后,他们也接踵而去,一个接一个地坠入穴中。①

金译:唉,不过是长时间的安息罢了。再也没有感觉了。只是那一下子有感觉。准是挺不舒服的。起初是难于相信。一定是弄错了:是另外一个人吧。到对门那一家去问问看。等一下,我愿意。可是我还没有。然后就是幽暗朦胧的临终房间了。他们要光亮。你周围有人在压低了声音说话。你想见牧师吗?然后是东拉西扯,说胡话了。瞒了一辈子的隐私,都在胡话中抖出来了。临死的挣扎。他的睡眠不自然。按一按他的下眼皮。看看他的鼻子是不是发尖下巴是不是下陷脚心是不是发黄。把枕头抽掉,搬到地上去干吧,反正他是完蛋了。在那张描绘罪人之死的画中,魔鬼让他看一个女人。只穿着一件衬衫的他,拼命地想拥抱她。《露西亚》最后一幕。难道我再也见不到你了吗?乓!断气了。终于完了。人们谈论一阵你的事情,也就忘了你。别忘了为他祈祷呵。做祈祷的时候得惦记着他点儿呵。甚至巴涅尔也是如此。常春藤纪念日已经逐渐被人淡忘。然后,都跟着去了:一个接一个地下了坑。②

这段话是第六章中布卢姆参加派迪·狄格南的葬礼时对死亡的思考。这一章节和《奥德赛》中的尤利西斯赴阴间询问自己未来的命运形成了互文性。乔伊斯通过布卢姆对人生的思考,向读者传递人总是要死的,即便怕死,也无法回避自然规律。这是交际意图的"自然意义",两个译本的作者都很准确地传递了原著的信息。人人怕死:"一定是搞错了,该死的是旁的什么人",但死亡无法阻挡:"死亡的房间遮暗了。他们要光。"临终的回光返照:"隐埋了一辈子的事都在谵语中抖搂出来了。"死后的确认:"按一按他的下眼睑吧。瞧瞧他的鼻子是否耸了起来,下颚是否凹陷,脚心是否发黄。"还有交际意图的"非自然意义",乔伊斯通过穿插一些文学故事、历史人物等传递交流意图给读者。两个译本的作者为了读者阅读的连贯性都通过脚注的形式把乔伊斯的交际意图传递给了读者。当然,要想在形式上直接实现交际意图,对于百科全书式的《尤利西斯》显然是十分困难的。例如,"他们要光"来自歌德弥留之际曾说的"亮一些!再亮一些!",作者把这一典故穿插在布卢姆的思考中。"既然他是死定了,就索性把枕头抽掉,让他在地上咽气吧"是法国作家左拉的作品《大地》中一个老农

---

① 詹姆斯·乔伊斯:《尤利西斯》,萧乾、文洁若译,文化艺术出版社,2002,第229-230页。
② 詹姆斯·乔伊斯:《尤利西斯》,金隄译,人民文学出版社,2011,第172页。

惨死在贪图其田产的儿子和儿媳手中的场面。《露西亚》歌剧最后一幕场景男主人公得知自己的情人露西亚因被迫出嫁神经错乱而死，也自杀殉情。由此影射爱尔兰普通民众对死亡的观点，即便对民族领袖巴涅尔死后也是如此。比较两个译本，萧乾、文洁若译本更希望读者理解得清楚点，试图把"非自然意义"也尽可能地传递给读者，而金隄译本则更贴近原著，无论是"自然意义"还是"非自然意义"都处于模糊与清晰之间，需要读者自己去体会。他们采取的不同翻译策略和他们对于翻译生态环境中的原著和译著、译作与读者"平衡"策略有着直接的关联。金隄的翻译原则就是追求等效，强调忠实原作，并尽可能地再现原作的风格，使得中文读者阅读译作尽可能获得与源语读者类似的阅读体验①。萧乾和文洁若的翻译原则就是要化涩为易，实现译语的流畅性、归化性，做到接地气②。因此，他们的译作会出现不少京腔方言。由于译者主观能动性的不同，对于原著的交际意图的传递也会存在一些差异，这也是同一作品出现多部译作的主要原因。译者之间互为竞争，优胜劣汰，符合翻译生态学的汰弱存强的原则。

不难看出，语言维、文化维和交际维不是相互割裂、孤立存在的；相反，三者之间有某种内在的逻辑性。译界普遍认为，语言间的相互转换是翻译的最基本生态形式，文化借助语言得以传播与再现，交际让文化得到更好的积淀和传承。所以三者是密不可分、相互关联的。在我们运用"三维"基点分析文本时，它们之间的内容会杂糅在一起，因此前文分析也只是结合《尤利西斯》汉译的一些具体案例相对孤立地围绕某一侧重点进行分析，试图运用"三维"基点探讨译者在《尤利西斯》汉译过程中如何围绕"三维"做好适应性选择并进行转换，分析译者在翻译生态环境中如何平衡、适应、选择、再平衡。翻译不是一件孤立的活动，而是被置于整个生态系统内的关联序链之间，彼此影响渗透。萧乾认为翻译是跨越地域、种族和语言的活动，拥有文学创作所不具有的功能，它能促进民族间的情感交流和相互了解，实现民族间的对话与融合③。因此，不论是施泰格倡导的"阐释艺术"还是新批评观的注重文本研读，其核心都是强调关注艺术品本身。这些文学理论的核心价值范畴就是追求文学作品的内在和谐与统一，借助内容的真实与形式的变化的完美结合来揭示作品的主题。"乔伊斯用自己高超的创作技巧，在《尤利西斯》中通过形式的变化和真实的荒诞形成了古代文明和现代文明的冲突与交锋，深刻揭露了现代人精神世界的瘫痪与迷茫。"④翻译是文学创作的一个组成部分，同样要遵循文学的基本范畴，因此译者想要实现文学作品内在和谐再现，就必须在翻译时处理好翻译生态环境中的"三维"，做出合理的选择和转换。译作的好坏，绝不是"三维"中某一维度的翻译出彩，整部作品就会出彩，而是需要各个维度都出彩，整部作品才会出彩。

---

① 孙建光：《论译者个体翻译诗学在〈尤利西斯〉译介中的作用》，《江苏外语教学研究》2013年第2期。
② 詹姆斯·乔伊斯：《尤利西斯》，萧乾、文洁若译，文化艺术出版社，2002，第18页。
③ 萧乾：《文学翻译琐议》，《读书》1994年第7期。
④ 孙建光：《〈尤利西斯〉：小说真实与形式的游戏》，《浙江师范大学学报（社会科学版）》2014年第2期。

德国学者格奥尔格认为许多文学作品都有一些特别闪亮的句词段描述,但是文学的整体价值不是某一单一因素就能确立它们的地位,只有各因素自己相互存在内在的联系,形成互动,才能让文学作品出彩①。由于翻译活动被置于整个翻译生态环境中,所以只有关注整体性,注重翻译各生态要素的和谐、均衡和统一的译作才能算得上佳译。由于篇幅有限,对于影响"三维"选择与转换的诸多因素没有进行深入系统的研究,本篇权作抛砖引玉,希望能引起从事生态翻译学研究的学者们对相关话题进一步全面深刻的研究。

第二节 《尤利西斯》汉译文本间性研究

艾布拉姆斯(M. H. Abrams)认为每个艺术品都由作品、艺术家、世界和欣赏者四个要素构成②。作为文学活动的文学批评也要兼顾这四个要素,但是由于某一批评家或者研究者会在特定的世界里侧重于某一要素,从而凸显出围绕该要素形成对某个艺术品的界定、划分或解析,成为某个时期作品价值评判的主要标准。艾布拉姆斯也认识到这一点,"批评家根据其中的一个要素,就生发出他用来界定、划分和剖析艺术作品的主要范畴,生发出借以评判作品价值的主要标准。"③因此,他认为阐释艺术品本质和价值的方式可以分为四类:作品与世界、作品与欣赏者、作品与艺术家和作品孤立封闭的独立研究。从具体研究的实质来看,艾布拉姆斯非常认同文学批评就是进行间性研究。他认为"这四座座标并非一成不变,而是随着各自所处的理论不同而产生不同的含义"④。作品与世界的关系就是作品与其他事物的关系,可以是艺术家直觉世界,也可能是常识世界或科学世界。我们可以狭隘化提出作品与作品之间的关联性属于艾布拉姆斯认为的作品与世界关系的范畴,也就是本节讨论的重要话题文本间性(intertextuality)。文本间性(intertextuality)是文学活动的重要现象,也称为互文性。巴赫金的对话理论蕴涵着文本间性的原始内涵。他认为"单一的声音,什么也结束不了,什么也解决不了。两个声音才是生命的最低条件,生存的最低条件"⑤。保加利亚的克里斯蒂娃最先明确提出"互文性"一词。在《受限的文本》中,她指出,"文本是一种超语言学机器,在此,瞄准的是交际对话与此前及同时的各种话语所发生的关系,并以此而重新

---

① Stefan George, *Tage and Taten*, *Aufzeichnungen und Skizzen*: *Zweite Erwiterte Ausgabe* (Berlin: George Bondi, 1925), p. 85.
② M. H. 艾布拉姆斯,《镜与灯——浪漫主义文论及批评传统》,郦稚牛、张照进、童庆生译,北京大学出版社,1989,第5页.
③ 同上书,第6页.
④ 同上.
⑤ M. 巴赫金:《陀思妥耶夫斯基诗学问题:复调小说理论》,白春仁、顾亚铃译,生活·读书·新知三联书店,1988,第344页.

分配语言秩序。"①她认为文本间性"是指任何一文本都是由其他文本用多种方式构成的,通过公开或隐蔽的引文和典故,重复和转换早期的文本形式和内容,或者干脆直接参与业已存在的语言、文学惯例和程序形式,构建我们当代的话语叙述"②。也就是说,一个文本在特定的时空中形成某种文学或文化上的联系,或是语言间,或是文化间的联系,使得该文本和其他文本形成了某种互联性。克里斯蒂娃认为文本由其他预先存在文本的多个"交叉"片段组成,因此具有隐式引用的情况。它们的原始语境既被召唤出来,又同时被"中立化":互文性具有转换性特征,在这种意义上,移植的文本序列获得了新的意义,也允许拥有新的意义……③。通俗地说,任何文本都是对其他文本的吸收与转换,是文本之间的对话与融合,可以通过戏拟、模仿、变形、转化等形态构成文本间性关系。其实互文性在中国古代就有类似见解。宋人黄庭坚认为杜甫的诗"无一字无来处"④,并且亲身践行,出了不少佳句。清人赵翼评价他"几乎无一字无来历""宁不工不肯不典"⑤,可见黄庭坚深受杜甫影响,注重在创作中用典,结合自己的创造,形成不少名词佳句。事实上,历代文士无不领会到用典的妙处,只不过是没有在学理上对典故进行阐述形成理论。毫无疑问,间性理论的提出打破了文本封闭自足、独立存在的传统文学观,解放了文本,实现了文本开放性。翻译活动,无疑是最具有文本间性的特殊形式书写。翻译活动离不开译者的阅读、理解、阐释和再现。在这一过程中译作与原作的文本间性就发生了。"翻译是活泼的延异运算符,扭曲原义同时揭示文本间的联系,这两种情况都能够促进和禁止语际间交流。"⑥译本在某种意义上是原著变异的孪生体,两者之间有着貌合神离或者神合貌离的特质,也会有脱离原作的变异和扭曲。德里达更愿意把翻译说成是转换,"对于翻译的概念,我必须要用转换的概念来替代:用另外一种语言对一种语言进行规范的转换,用另外一种文本对一种文本进行规范的转换。"⑦无论是语言的转换还是文本的转换,翻译都是文本间性的直接体现,是两种语言和文本形式的对话与融合。通过对原作的转换和补充,促进原作在目标语环境中的生存力。翻译使得原作得以另外一种形式存在,这个形式是开放的也是残缺的,所有的目标就是为了在另外一种环境中更好地延续生命。文本间性翻译本质上说是目标语对源语内容与形式的复调,需要原文与译

---

① 王瑾:《互文性》,广西师范大学出版社,2005,第 35 页。
② M. H. Abrams and Geoffrey Harpham, *A Glossary of Literary Terms* (Beijing: Foreign Language Teaching and Research Press, 2004), p. 218.
③ Celia Britton, *The Nouveau Roman: Fiction, Theory and Politica* (London: Macmillan, St. Martin's Press, 1992), p. 145.
④ 周流溪:《互文与"互文性"》,《北京师范大学学报(社会科学版)》2013 年第 3 期。
⑤ 赵翼:《瓯北诗话》,上海古籍出版社,1999,第 1331 页。
⑥ Edwin Gentzler, *Contemporary Translation Theories* (Shanghai: Shanghai Foreign Language Education Press, 2004), p. 162.
⑦ Jacques Derrida, *Positions* (Chicago: University of Chicago Press, 1981), p. 20.

文之间平衡、交流、共享差异，达到融合统一的境界。事实上，自人类开始翻译活动以来，译者就认识到了原文与译文之间存在差异，因此才会有古今之争的"直译"与"意译"。无论是直译与意译，还是归化与异化，都是译者试图在差异中寻求一种平衡，处理原文与译文之间的差异，这本身就表现为翻译的文本间性特质。卡特福德认为翻译是"用一种语言中的文字材料来替换另一语言中对等的文字材料的过程"[①]。既然翻译是不同文本的替换，原文与译文之间必然存在某种相互指涉关系，这种关系可能是对等的，也可能是不对等的。因此，源语文本和译语文本之间就是一种文本间性关系。但是与传统的文本间性相比，这种相互指涉程度更高，译语文本是作者意向的体现，译入语文本不可避免地掺杂着译者的个性和风格。因此，我们在讨论翻译的文本间性时，既需要聚焦文本间的对等，也要聚焦于译文对原文的吸收与变形。为了更好地探讨文本间性这一话题，笔者以《尤利西斯》金隄译本和萧乾、文洁若译本作为研究对象，探讨《尤利西斯》汉译过程中的文本间性问题，企求探寻翻译中文本间性的伦理规范。

一、译文与原文的间性关系

翻译研究离不开对文本的研究，始于源语文本，终于目的语文本。从源文本到译本，无论过程经历了何种波澜壮阔，它们之间必须是具有同源指向，呈现原作者的意图，实现译文与原文的互文。互文性延续了译文与原文在内容、意义、风格等方面的总体上的同源等同。特别是文学翻译不是简单的语言转换，也不是硬译死译，或是照套原文表达，而是需要变通、重组，甚至改写。也就是说，我们不能把文本翻译看成是译文简单地替换原文的所指。翻译本质上就是对原文的复制和再创造。事实上，翻译研究从来就没有脱离过源文本与译本之间的关系研究，翻译从形式上就是起于源语文本，终于译语文本的过程。有学者把文学活动看成是间性复制和间性创造，是很有道理的。但是这两个概念的提出是依据不同角度而言的。间性复制是以作者为中心，认为作者具有绝对的权威，作者的意图具有唯一性，因此源文本的意义也是确定的，这时要求译本是对源文本的间性复制，该种观点强调译文要忠实源文，尽可能地保持源文的形式、内容、风格，甚至所指。田传茂、程以芳认为在翻译活动中，对源文本的理解需要从微观的语言文字和宏观层面上的各种间性进行把握。间性复制就是"对源文本在宏观上的忠实"[②]。间性创造则是以译者为中心的，认为译文是源文新的生命形式，译文源于原文而又尽可能地高于原文。翻译是基于原文的创造，兼具一般文本的创造共性与自身的个性"[③]。事实上，金隄和萧乾、文洁若在翻译《尤利西斯》的过程中，除了遵循翻

---

① J. C. Catford, *A Linguistic Theory of Translation* (London: Oxford University Press, 1965), p. 20.
② 田传茂、程以芳:《试论文学翻译的"复合间性"》,《外语教学》2005 年第 2 期。
③ 顾毅、陈建生:《以翻译为目的的互文性阅读》,《解放军外国语学院学报》2008 年第 3 期。

译的间性复制特性,还试图按照自己的诗学原则,尽可能忠实地再现原文。但是通过分析他们的译文,我们不难发现,他们在翻译时都出现了对原文进行不同程度的压缩、延伸和变通。因此,分析原文与译文文本间性是非常有意义的课题,可为我们揭示译者如何在翻译过程中实现译文与原文的间性对话。例如:

> No prince charming is her beau ideal to lay a rare and wondrous love at her feet but rather a manly man with a strong quiet face who had not found his ideal, perhaps his hair slightly flecked with grey, and who would understand, take her in his sheltering arms, strain her to him in all the strength of his deep passionate nature and comfort her with a long long kiss. It would be like heaven. For such a one she years this balmy summer eve. With all the heart of her she longs to be his only, his affianced bride for riches for poor, in sickness in health, till death us two part, from this to this day forward.①

> 金译:她的最美好的理想,并不是一个迷人的王子拜倒在她的脚下,献上一份稀罕奇妙的爱情,而是一个有男子汉气概的男子,脸上镇静而有力量,也许头发已略见花白,但是还没有找到理想中的心上人,他会理解她,将她搂在他的怀抱之中庇护她,以出自他那深沉热情的性格的全部力度搂紧了她,用一个长长的热吻安慰她。那就是天堂一样了。在这和煦的夏夜,她热切盼望的就是这样的一个人。她的全部心愿,就是要被他占有,归他独占,成为他的订了婚约的新娘,或富或贫,或病或健,相守至死,从今以后,直至以后。②

宏观对照金隄译文与原文,应该说译文对原文的主要信息进行了传达,实现了译文对原文的互文,文本间性有着紧密的关系。但是对一些细节的处理恰恰折射出译者在文本间性中的作用。原文的第一句话是倒装句,金隄并没有照着英文语序翻译,而是采用汉语的表达习惯,把倒装句按照正常句序进行翻译,同时把"lay a rare and wondrous love at her feet"的意思进行延伸,翻译为"拜倒在她的脚下,献上一份稀罕奇妙的爱情",类似于汉语"拜倒在某人石榴裙下"。"a manly man with a strong quiet face who had not found his ideal, perhaps his hair slightly flecked with grey,…"该句话译文意思虽然和原文是近似的,但是句子的结构也进行了调整,特别是对男子形象的描述,符合汉语的表达特征,然后再表达他还没有"心上人"。"For such a one she years this balmy summer eve"这句话也调整了语序,让译文更加符合汉语的表达习惯,把时间提到句子的前部,翻译为"在这和煦的夏夜,她热切盼望的就是这样的

---

① James Joyce, *Ulysses* (London: Penguin Group, 1992), p.457.
② 詹姆斯·乔伊斯:《尤利西斯》,金隄译,人民文学出版社,2011,第539-540页。

一个人"。"With all the heart of her she longs to be his only"的译文也进行了延伸翻译,特别是在译文中增加了"归他独占"来表达原文中的"his only"。应该说金隄的译文与原文形成了良好的间性交流,在意义上实现了很好的间性关系,实现了对原文的意义复制,尽可能地忠实于原文,但是也不难看成,译文出现了一些变形,如"beau ideal"被译为"最美好的理想",显然这里"ideal"翻译成"意中人""心上人"之类的效果可能更佳。"with a strong quiet face"翻译成"脸上镇静而有力量"显然也不是太到位,"strong"翻译成"有力量"似乎没有和原文形成很好的互文。脸的表情往往是用"坚毅"而不是用"有力量"。因此,原文与译文的间性关系更多的是考察它们之间的互文性程度如何,无论是语言,还是风格、内容都要考虑,两种近似度越高,说明它们的互文性越强。我们再对照原文比较一下萧乾、文洁若的译文,看看他们的译文与原文之间的互文性程度如何。

萧译:她的意中人并不是将珍贵、神奇的爱情献在她脚前的风流倜傥的王子,他毋宁是个刚毅的男子汉;神情安详的脸上蕴含着坚强的意志,却还没有找到理想的女子。他的头发也许或多或少已经斑白了,他会理解她,伸出胳膊来保护她,凭着他那深沉多情的天性紧紧搂住她,并用长长的亲吻安慰她。那就像天堂一般。在这馨香的夏日傍晚,他企盼着的就是这么一位。她衷心渴望委身于他,做他信誓旦旦的妻子:贫富共当,不论患病或健康,直到死亡使我们分手,自今日以至将来。①

纵观萧乾译文,总体上译文与原文的间性关系也是很密切的。对于一些细节的处理,也有自己的特点。第一句也是采用正常语序翻译原文的倒装语序,对"lay a rare and wondrous love at her feet"显得更为直接,在形式上译文与原文的互文性程度更高,而从意义上来看,翻译成"将珍贵、神奇的爱情献在她脚前"会让中文译者有种不是很流畅的感觉,显得比较生硬。"a manly man with a strong quiet face who had not found his ideal, perhaps his hair slightly flecked with grey,..."这句的翻译也没有对原文的语序进行调整,而是采用顺译法,使得译文与原文之间在形式上有着紧密的互文性,意思上能近似于原文。"With all the heart of her she longs to be his only"这句译文也采用了延伸译法,译为"他企盼着的就是这么一位。她衷心渴望委身于他"。萧译中把"his affianced bride"翻译成"做他信誓旦旦的妻子",从译文与原文的互文性程度上来看,显然不是非常紧密。翻译成"有了婚约的新娘"显然无论是从形式上还是意义上都更具有紧密的互文性。

根据上述案例的分析,我们对译文与原文的间性关系应该有了直观而又理性的认知,考察两者的间性关系可以从多维度视角进行,既可以是形式上的,也可以是内容上的,还可以是风格上的。毋庸置疑,两者的互文性程度越高,说明原文的可译性越强。事实上,一个译

---

① 乔伊斯:《尤利西斯》,萧乾、文洁若译,文化艺术出版社,2002,第667-668页。

本很难从头到尾都和原文有紧密的间性关系,很多时候译文或高于原文或低于原文,这时两者的互文性也会呈现出紧密性和松散性,这其实和译者的自身素养有着很大关系。

二、译文与引文的间性关系

巴特认为文学都是互文的,文本是开放的,具有互动的生产性。在一些现代派作品或者后现代主义作品的创作中,文本间性通过引用、拼贴、文字游戏和体裁转换等形式来表现文本间性,这种在创作中通过引入典故、变异表达等形式实现文本、意义、语言的共存交互作用,称为"引文",是非常典型的文本间性形式。热奈特在《隐迹稿本》中说:"互文性表现为一个文本在另一个文本中的实际出现。其最明显和最忠实的表现形式,即传统的'引语'实践。"引文的表现形式可能是有明显标记的,也可能是无明显标记的,抑或介于两者之间标记模糊不清。有明显的标记的诸如引文、套语、套话、典故、俗语、谚语、默想和文字游戏等,这种引文是作者在创作过程中有意识、自觉主动的创作行为,旨在通过引文隐喻某种层次的寓意,克里斯蒂娃把这种有明显标记的互文现象称为"现象文本"。没有明显标记的诸如一些来源已无从考证的谚语、神话或民间传说,这种引文可能是作者有意为之也可能是非自觉、无意识的创作行为,克里斯蒂娃把这种互文现象称为"基因文本"。介于两者之间标记模糊不清的可能会表现为诸如体裁、主题、母题、结构等宏观方面,这种互文现象可能是作者精心设计也可能是无意为之,但是都没有明显标记,需要读者对作品整体把握、解读。《尤利西斯》中充满了各种"引文",小说从总体框架上模仿《奥德赛》的结构和题目,作品中含有大量的引文、典故、文字游戏以及无法确定来源的引喻。这些引文有的有明显的标记,有的没有明显的标记,但是通过一些线索能够进行溯源,还有的介于模糊状态,需要译者深入原文进行领会。例如:

> ... for she felt that she too could write poetry if she could only express herself like that poem that appealed to her so deeply that she had copied out of the newspaper she found one evening round the potherbs. Art thou real, my ideal? It was called by Louis J. Walsh, Magherafelt, and after there was something about twilight, wilt thou ever? and ofttimes the beauty of poetry, so sad in its transient loveliness, had misted her eyes with silent tears that the years were slipping by for her, one by one, and but for that one shortcoming she knew she need fear no competition and that was an accident coming down Dalkey hill and she always tried to conceal it. But it must end she felt. If she saw that magic lure in his eyes there would be no holding back for her. Love laughs at locksmiths. She would make the great sacrifice. Her every effort would be to share his thoughts. Dearer

than the whole world would she be to him and gild his days with happiness. There was the all-important question and she was dying to know was he a married man or a widower who had lost his wife or some tragedy like the noblemen with the foreign name from the land of song had to have her put into a madhouse, cruel only to be kind.①

在这段话中有几处引文,"there was something about twilight, wilt thou ever?"曾出现在《斯蒂芬英雄》中,《尤利西斯》再次引用。"Love laughs at locksmiths"也是引文,出自乔治·科曼的剧作题目,用来比喻什么也阻止不了爱情。因为意大利是文艺复兴的摇篮,是意大利美声学派及歌剧的发源地,"the land of song"因此被称为"音乐之国";"cruel only to be kind"出自《哈姆雷特》第三幕第四场中哈姆雷特的台词。我们具体比较一下金隄和萧乾、文洁若的译文,探讨一下他们对引文是如何翻译的。金隄对这几处引文的翻译为:"后来还有夕阳呀,你什么时候""爱情是锁不住的""歌咏之邦""残酷只是为她好。"②萧乾、文洁若分别翻译为:"薄暮中,你会到来吗?""爱情嘲笑锁匠""歌之国""为了仁慈,不得不采取残忍手段。"③金隄对一处引文做了标注,萧乾、文洁若对三处引文做了标注。不难看出,引文是否被识别、是否被准确翻译出来也是考察原文与译文间性关系的重要指数。金隄翻译的几处引文并没有被识别出是引文,萧乾、文洁若在识别引文方面下了不少功夫,并且对引文进行溯源,对读者来说,译文更加具有说服力。该段话中,引文很好地显示了我们前文讨论的引文具有明显标识和不明显标识,以及介乎两者之间。"Love laughs at locksmiths""cruel only to be kind"属于具有明显标记的,"the land of song"属于没有明显标记的,译者若没有丰富的知识储备是不可能知道这是什么地方。两个版本的译者都翻译成类似"歌之邦"的意思,应该说从字面上讲是贴近原文的,但是如不进行注释,读者很难知道具体的国度。萧乾进行了注释,明确这里指的是意大利。"there was something about twilight, wilt thou ever?"属于介乎两者之间,如果不是读过《斯蒂芬英雄》是很难知道乔伊斯引用的诗句。类似这样的在《尤利西斯》中还有很多情况,例如命运三姐妹、科林斯水果和忘川河水等分别对应于希腊神话中掌管人生死的三姐妹、希腊盛产水果的小镇及古希腊一宗教组织所相信的使人失去记忆的泉水④。《尤利西斯》被称为百科全书式的作品,就足以证明乔伊斯在作品中运用引文是其重要特色之一。两个版本的译者在翻译引文方面还是有比较大的差异,这从另外一个方面反映了译者主体性的程度,另一方面也可以说引文翻译越到位,译文与原文的互文性越

---

① James Joyce, *Ulysses* (London: Penguin Group, 1992), p.474.
② 詹姆斯·乔伊斯:《尤利西斯》,金隄译,人民文学出版社,2011,第554-555页。
③ 詹姆斯·乔伊斯:《尤利西斯》,萧乾、文洁若译,文化艺术出版社,2002,第685页。
④ 雷淑娟:《互文——文本遭际中的解释与颠覆》,《修辞学习》2007年第2期。

强,也越忠实于原文。

三、译文与译文的间性关系

德里达认为文本的流动是通过"重复、相像、重叠、复制之关系组织的镜像过程和折射游戏"①。前文提到原文与译文的间性关系就是一种重复与复制关系,虽然译者无法实现译文与原文的完全对等,但是文本间的间性关系是确定不移的,译文是源于原文的复制、变形与延伸。间性理论是开放的理论,否认文本意义的终极性,认为文本意义阐释无穷尽,为翻译领域一直存在的一本多译现象提供了理论支撑。根据间性理论,任何源文本都是开放的,因此翻译就无所谓的"定本"。间性理论还强调语义的流变性,就是说文本不再是一个意义确定的纯自然客体,读者的每一次阅读都会有不同的体验,也会产生新的阐释,但是永远都无法洞悉原作的本真世界。因此,不同译本的出现是历史的必然。就如萧乾、文洁若首先推出《尤利西斯》译本,接着金隄也推出自己的全译本。相信未来还会有新的译本出现。译作的诞生使得原作在异域文化中获得新的生命,同时也"必然受到译入语环境中语言文化、政治权力话语、读者等要素的制约"②,因此同一作品的不同译本必然也会出现某种不同的风格,或在语体风格、文化内涵、翻译策略等表现上有所差异,但是不管怎样,由于不同译本都是基于同一原作,这种同源关系决定了不同译本之间的间性关系。因此,考查不同译本之间的互文紧密度从某种程度上也可以指涉出不同译本与原文之间的互文性程度,从而判断译本和原文的忠实度。同时,也能考查译者在翻译过程中是否出现译文变形与延伸现象,从而观测译者的主体性发挥程度。例如:

> In Inisfail the fair there lies a land, the land of holy Michan. There rises a watchtower beheld of men afar. There sleep the mighty dead as in life they slept, warriors and princes of high renown. A pleasant land it is in sooth of murmuring waters, fishful streams where sport the gunnard, the plaice, the roach, the halibut, the gibbed haddock, the grilse, the dab, the brill, the flounder, the mixed coarse fish generally and other denizens of the aqueous kingdom too numerous to be enumerated. In the mild breezes of the west and of the east the lofty trees wave in different directions their first class foliage, the wafty sycamore, the Lebanonian cedar, the exalted planetree, the eugenic eucalyptus and other ornaments of the arboreal world with which that region is thoroughly well supplied. Lovely maidens sit in close proximity to the roots of the lovely trees singing the most

---

① 雅克·德里达:《文学行动》,赵兴国等译,中国社会科学出版社,1998,第78页。
② 于辉、宋学智:《翻译经典的互文性解读》,《外国语文》2014年第5期。

lovely songs while they play with all kinds of lovely objects as for example golden ingots, silvery fishes, crans of herrings, drafts of eels, codlings, creel fingerlings, purple seagems and playful insects...①

金译：在那美丽的伊尼斯菲尔有那么一片土地，圣迈肯的土地。一座高塔在此拔地而起，四周远处都能望见。有许多大人物在此安眠，许多大名鼎鼎的英雄王公在此安眠如生。这片土地委实令人赏心悦目，上有潺潺流水，水中群鱼嬉戏，有鲂，有鲽鱼。有拟鲤，有大比目，有尖嘴黑绒鳕，有鲑鱼，有黄盖鲽，有菱鲆，有鲜鲽，有青鳕，还有各种杂鱼，以及其他各类不计其数的水族。在西方和东方，高大的树木在和风吹拂之中，向四面八方摇晃着极其优美的枝叶，有飘飘然的悬铃木，有黎巴嫩雪松，有挺拔的梧桐，有改良桉树，以及树木世界的其它优良品种，这一地区应有尽有。美妙女郎在美妙树木之下倚根而坐，唱着最美妙的歌曲，并以形形色色美妙物品为游戏，诸如金块、银鱼、大筐的鲱、整网的鳗鱼、小鳕鱼、整篓的仔鱼、紫色的海宝、活泼泼的昆虫。……②

萧译：在美丽的伊尼斯费尔有片土地，神圣的迈昌土地。那儿高高耸立着一座望楼，人们从远处就可以望到它。里面躺着卓绝的死者将士和煊赫一世的王侯们。他们睡得就像还活着似的。那真是片欢乐的土地，淙淙的溪水，河流里满是嬉戏的鱼：绿鳍鱼、鲽鱼、石斑鱼、庸鲽、雄黑线鳕、幼鲑、比目鱼、滑菱鲆、蝶形目鱼、绿鳕，下等杂鱼以及水界的其他不胜枚举的鱼类。在微微的西风和东风中，高耸的树朝四面八方摇摆着它们那优美的茂叶，飘香的埃及榕、黎巴嫩杉、冲天的法国梧桐、良种桉树以及郁郁葱葱遍布这一地区的其他乔木界瑰宝。可爱的姑娘们紧紧倚着可爱的树木根部，唱着最可爱的歌，用各种可爱的东西做游戏，诸如金锭、银鱼、成斗的鲱鱼、一网网的鳝鱼和幼鳕、一篓篓的仔鲑、海里的紫色珍宝以及顽皮的昆虫们。……③

根据前文的理论探讨，不同译文间性关系紧密度也是衡量译文忠实度的有效参考指数。以上述一段话为例，我们首先对照两个译文考察它们之间的互文程度。第一句话中，金译有"圣迈肯的土地"，萧译则是"神圣的迈昌土地"，显然出现了不一致的表述，这就意味着有一译文没有忠实于原文。原文是"the land of holy Michan"，根据上下文应为"有一片土地，一片神圣的麦肯土地"。不难看出，萧译更加忠实于原文，译文与原文的相互指涉程度更高。第二句两个译文的相互指涉性很高，对照原文，两句从整体上都忠实于原文，只是表达上存

---

① James Joyce, *Ulysses* (London: Penguin Group, 1992), pp. 378 - 379.
② 詹姆斯·乔伊斯：《尤利西斯》，金隄译，人民文学出版社，2011，第458 - 459页。
③ 詹姆斯·乔伊斯：《尤利西斯》，萧乾、文洁若译，文化艺术出版社，2002，第565 - 566页。

在差异。第三句两个译文相互指涉程度较弱,说明两者和原文的相互指涉程度出现差异。主要存在的差异在"大人物""卓绝的",如果从宏观来看,没有什么大的问题,两译文的总体意思是一致的,但是对照原文还是能看出哪个译文与原文互文性更强。原文是"There sleep the mighty dead as in life they slept, warriors and princes of high renown.",主句是倒装句,主语是"the mighty",谓语是"sleep",表语是"dead"。因此,"the mighty"译成"大人物、有影响的人"应该都是可以的。而后面的"warriors and princes"是"the mighty"的同位语,所以翻译成"大人物"更加忠实于原文。相对而言,金译和原文互文性更强。第四句,两译文除了在鱼的名称翻译上有所差异,其他基本上一致,互文性很强。对照原文,译文都忠实于原文。第五句的开首两个译文不尽相同,金译是:"在西方和东方,高大的树木在和风吹拂之中",萧译是"在微微的西风和东风中,高耸的树……"。显然这两句的间性关系不是非常的紧密,说明其中有一个译文或者两个译文和原文的互文性不强。原文为:"In the mild breezes of the west and of the east the lofty trees...",分析原文,可以翻译成"在和煦东风和西风中,挺拔的树林……",这样可以和后面的"in different directions"(四面八方)形成呼应。相比较而言,萧文和原文的间性关系更为紧密,因此也更加忠实于原文。第六句两个译文互文性非常强,和原文的互文性也非常强,应该说都非常忠实于原文。

通过对上述译例的分析,我们可以得出这样的一个结论:研究不同译文的互文性,可以突破传统的译文比较研究局限于字词句段的微观层面比较,从而得出哪个译本翻译得更好。无论解构主义者如何解构原作,原文的意义应该是相对稳定的,译文源于原作,因此不同译文与原文的相互指涉是相对确定的。判断不同译本是否忠实于原文最好的办法之一就是考察不同译文之间的相互指涉关系是否紧密。译文间性关系越强,译文与原文的间性关系也越强。反之,可能是某一译文或者某几个译文都和原文的间性关系不够紧密,也就表明该译文不忠实于原文。

四、结语

通过上述分析,探讨翻译的文本间性,我们不能局限于原文和译文之间,还应包括与原文和译文发生直接指涉关系的所有文本①,涉及原文、译文、引文等诸多文本之间的间性关系。传统翻译文本研究重在对照译文与原文在字词句段的处理,考察用词是否精确,表达是否流程,达到形神兼备的效果,以此为标准将符合该标准的译作称。翻译文本间性研究打破了这一局限,它不仅探讨译文与原文的间性关系,也讨论引文与译文的间性关系,还讨论译文与译文的间性关系。间性关系研究为翻译的等效理论提供了一个新的视域。译文与原文的间性关系,涉及意义、句型结构、风格等,它们之间在这些因素上相互指涉的程度越高,两

---

① 冯全功:《从实体到关系——翻译研究的"间性"探析》,《当代外语研究》2012年第1期。

者的等效性越强。把引文与译文引入间性研究,一方面考察译者对引文的认知程度,另一方面考察译者对原文中的引文翻译效果,把引文识别与翻译作为译文与原文的相互指涉程度的观测指标之一,引文识别度和翻译等效度越高,说明译文与原文的互文性越强。译文与译文间性关系研究,一方面有利于判断译文是否忠实于原文,另一方面有益于判断哪个译文更加忠实于原文。事实上,文本间性研究也不能完全割裂主体间性、文化间性的研究,它们之间是相互渗透、相互交融的。但是,无论我们探讨文本间性还是文化间性,都离不开翻译的相关主体,译文最终成本并被读者接受,离不开翻译主体间的努力,特别是译者的努力,译者要具有优秀的双语素质,还要"主动地和其他间性主体协商、沟通"①,让原作在异域文化中获得新的生命延续。那么对于文本翻译,译者应该遵循什么样的文本间性伦理规范呢?笔者认为,译者应该尽可能地忠实于原文,在翻译过程中,要尽可能地把译文与原文的相互指涉关系呈现出来,不能随意地发挥译者的主体性,从而导致译文的扭曲、变形,即便译文受到读者的欢迎,如果和原文渐行渐远,也是不值得提倡的。

第三节 《尤利西斯》汉译主体间性研究

翻译活动是主体与主体、主体与客体、客体与客体之间多元互动的过程,即"间性"互动过程;而翻译伦理学研究则是围绕文本间性、文化间性与主体间性三维层面的道德规范和伦理价值进行理论体系的研究。笔者认为只有"译者中心"、"原文中心"和"译文中心"形成"共生共处",才能使"原文—译者—译文"三元生态关系得到均衡和谐发展②,这是间性伦理规范的重要原则。翻译过程是具有典型的间性特质的活动,包括文本间性、文化间性和主体间性等,其中主体间性是间性活动中最为活跃、最为显性的行为,因此讨论主体间的翻译伦理具有很好的理论意义,而《尤利西斯》汉译本主体行为活动就是一个很好的范例。

一、翻译主体间性的相关概念

主体间性是西方哲学的一个重要概念,英文是"intersubjectivity",主要指主体之间某种源自不同心灵的共同特征而形成互动与交流的现象。从本质上来说,主体间性就是两个或者两个以上的主体间直接的互动与影响,是人的主体性通过相互承认、相互交流和相互影响而实现在主体间的延伸。主体间性概念的提出消解了一元中心主体论,实现了主体多元平

---

① 孙建光:《论〈尤利西斯〉汉译主体间性的伦理规范》,《西安交通大学学报(社会科学版)》2018年第6期。
② 孙建光:《〈尤利西斯〉汉译的生态翻译学诠释——以萧乾、文洁若和金隄两译本为例》,《西南交通大学学报(社会科学版)》2016年第6期。

衡、共生的多元性。传统的语际阐释一直强调"主—客"二元对立的思维模式,主要特征是强调一个"中心",忽视其他"中心",割裂了作者、文本、阐释者(包括译者、读者等)和赞助人等之间的内在联系。孙瑜博士认为,主体间性是社会中人与人之间的关系,涉及人际关系和价值观的共性问题①。哈贝马斯的交际理论把间性理论推到一个高度,认为主体间性是主体间的互动、互融和互相理解的交际关系,能实现不同主体之间的共识与统一。主体间性的哲学伦理思想就是要倡导主体之间的相互承认与彼此尊重,要进行和谐、平等、理性的交流与互动。

翻译活动是主体间性发挥的重要表现形式,因为翻译活动本质上就是人与人之间的交流、不同文化间的交流,如果翻译没有多元主体的参与,译者也就没有存在的意义。因此,翻译得以完成离不开译者的主体性的实现。同样,译者作为主体地位的核心,还要和他周围的各种"他者"要素产生交集、关联和互动,因此翻译主体间性必然是翻译研究的重要领域之一。主体间性(intersubjectivity)本属于现代哲学,特别是当代哲学的理论研究范畴,也被称为"交互主体性"、"主体际性"和"共主体性"。根据《西方哲学英汉对照辞典》:"主体间的东西主要与纯粹主体性的东西相对照,它意味着某种源自不同心灵之共同特征而非对象自身本质的客观性。心灵的共同性和共享性隐含着不同心灵或主体之间的互动作用和传播沟通,这便是它们的主体间性。"②这是一种从认知上对主体间性狭义地阐释和理解。从广义上看,主体间性应是"人作为主体在对象化的活动方式中与他者的相关性和关联性"③。由于人的本质属性是多维、异质性的,因此主体间性也必然具有多维性和异质性,具体表现形态是主体与他者之间的关联性和互动性或为心灵上的,或为物质上的。主体间性的相同性和异质性必然导致主体间会产生亲和力和排他力。翻译活动本质上是间性活动,其中主体间性活动是最为活跃的能动关系。许钧教授认为,"翻译活动,特别是文学翻译活动中所涉及的作者、译者与读者三个主体,不是孤立的主体,而是以对方存在为前提的一种自在的共体。"④他借助伽达默尔的"视界融合"阐释学,认为作者、译者和读者构成一个开放的共体,翻译结果会受到这一共体之间的相互作用,最佳的结果就是和谐共生。陈大亮对翻译目的论进行了反思,认为目的论的重点是"放在译前的跨文化人际交往上,重视对发起人、译者、委托人、译文使用者、译文接收者等目的语中的行动参与者和环境条件等翻译外部因素的分析"⑤。虽然他没有明确提出这些跨文化人际交往中的各类人是翻译主体,但他们也是翻译活动中

---

① 孙瑜:《〈浮士德〉汉译者主体性及主体间性研究》,博士学位论文,复旦大学外国语言文学院,2013,第81页。
② 尼古拉斯·布宁、余纪元:《西方哲学英汉对照辞典》,人民出版社,2001,第58页。
③ 王晓东:《多维视野中的主体间性理论形态考辨》,博士学位论文,黑龙江大学哲学学院,2002,第18页。
④ 许钧:《翻译的主体间性与视界融合》,《外语教学与研究》2003年第4期。
⑤ 陈大亮:《针对翻译目的论的一种批判性反思——兼论文学翻译主体性的困境》,《西安外国语大学学报》2007年第3期。

主体间性的共体。刘卫东根据哈贝马斯的"交往理性"指出,翻译主体在翻译活动中要以"某种形式承认和遵循某些规范",因为在翻译活动中,主体间性不是以单一直线的方式展开的,而是以复杂的多维方式呈现的,具有群体交互特征①。

综上所述,笔者认为翻译的主体间性是指以译者为共体核心的主体和其他主体,包括赞助人、作者、读者、文本主体等之间产生的关联性和互动性,他们之间具有同质性和异质性,通过各自的视域形成某种默契或在异质中寻求某种妥协,构建一种"间性主体"。翻译主体将遵循什么样的主体间性伦理规范?译者是继续作为原作的"奴仆"还是对原作肆意"宰割"?赞助人系统是否要根据自己的需要,对译者施加压力,让译者朝着自己期待的视域发展?读者是否为了自己的审美需求或阅读期待对译作的呈现态势施加影响?这些是翻译主体间性伦理规范应该思考的主要问题。

二、译者与作者的主体间性

翻译活动在某种程度上就是对原著的阐释,需要译者和原著作者相互"对话"才能实现。译著其实是原著的一种"复调",充满着原著作者和译者的双重声音②。译者对原作者和原著的推崇,就会加大译者和原作者之间的某种共鸣,译者在翻译时则更会对原著充满敬畏,会最大程度地忠实于原文。反之,译者与原作者之间缺乏共鸣,译者就会对译作采取"宰割"的态度,会根据自己对原著的理解肆意翻译,甚至会扭曲原作的意思,这时译者的创造性叛逆性就表现得特别强烈。传统的译学伦理观认为原作者处于主宰地位,译者必须尽可能靠近原作者。在充分揣摩原作者的意图后忠实地再现原作,译者俨然成为原作者和原作的"奴仆"。现代的翻译伦理观则把原作者和译者"隐身"到后台,文本成为翻译的主体,强调翻译语言的"对等"、"等效"或"等值",译者由"奴仆"变为"幕后者",即俗称的译者隐形。后现代解构主义思潮的翻译伦理观强调译者的主宰地位,译者可以发挥自己的想象力和阐释力,原作者的意图被边缘化,文本成为译者操纵的对象,译者变成了"操纵者"和"改写者"。不难看出,上面的三种译者与原作者主体间性的伦理关系都是一元的,以一种极端的形式呈现,主体间性的交流缺乏平等和相互认同。事实上,许多译者在翻译时很少有机会和原作者进行交流,即便有机会交流,有时候对一些文本的理解也未必能达成一致。当然,若有机会和原作者交流,译者在翻译过程中会省去不少麻烦。例如,1921 年 12 月 7 日,拉尔博为《尤利西斯》的出版准备了一场报告会,在准备过程中他建议西尔维娅·比奇和艾德里安娜·莫尼埃把《尤利西斯》的部分段落译成法文在报告会上朗读,于是她们请雅克·伯努瓦把《珀涅罗珀》翻译成法文。伯努瓦为了准确翻译《珀涅罗珀》,于是恳请乔伊斯把《尤利西斯》的提纲给

---

① 刘卫东:《翻译伦理的三维建构》,《民族翻译》2013 年第 2 期。
② 查明建、田雨:《论译者主体性——从译者文化地位的边缘化谈起》,《中国翻译》2003 年第 1 期。

他,并且有幸和乔伊斯当面探讨了一些翻译难点。如在第十八章结尾处的"我愿意"很难译成法语,按法语的习惯,女人在这里说的是 je veux bien,语气比 je veux 弱,所以他在最后添上了一个"oui"。当乔伊斯发现雅克·伯努瓦添了字,很是惊讶,因为原文没有那个字。伯努瓦解释说添加了该词后语气会更好一些,他们为这个问题讨论了好几个小时。最终,乔伊斯才假装认输,"我愿意"太像魔鬼的口吻,而"真的"才是对自己控制之外的世界表示承认。"对,你说的对,这本书应该用'真的'来结束。最后一个字必须是人类语言中最强烈的肯定词。"事实上,更多时候,译者和原作者并没有机会面对面交流,那么翻译时就需要译者拥有独立的理解力和阐释力,翻译活动的顺利进行需要译者和原作者的相互认同、承认。虽然很多情况下,更多的是译者对原作者的认同。《尤利西斯》的译者金隄和萧乾、文洁若夫妇都具有类似的对原作者的认同过程。金隄1945年从西南联大外文系毕业后,留校担任助教,期间曾读过《尤利西斯》一次,后来受命翻译《尤利西斯》,再后来被它的语言和艺术性所吸引,最后他毕生从事乔伊斯和《尤利西斯》的翻译研究。萧乾早在1939年就对"乔伊斯及其作品比较感兴趣,特别对《尤利西斯》简直是顶礼膜拜";文洁若年幼在日本时,身为外交官的父亲拿着日文版的《尤利西斯》,对她说"要是你刻苦用功,将来就能把这本奇书译出来,在这个奇书的中译本上印上自己的名字"①。三位译者都对乔伊斯和《尤利西斯》同样地膜拜,并共同选择了乔伊斯和他的"天书"。乔伊斯虽然没有机会一睹其作品的中文译本,但是历史和机缘选择了这三位中文译者,相信他一定会对他们成为自己作品的译者而欣喜若狂。译者对原作者的认同是翻译活动的基本前提之一(行政命令的翻译活动例外),但是我们必须承认,在翻译活动中,原作者和译者双方应该是相互独立、平等的间性主体,他们的交流必须是在相互认同、相互尊重的基础上进行的。原作者并不具备对原作的唯一解释权,译者在原作的基础上也同样具有他自己的解释权。因此,翻译就是把他者的语境解释融合到本我的语境解释中,译者只有很好地领会原作者的意图,这样才能实现间性主体的融合和平等交流。

三、译者与赞助人系统的主体间性

翻译活动不是孤立的行为,它与外部的政治、经济和社会等因素密不可分,虽然这些因素的影响有时是直接的,但更多是通过赞助人间接地在意识形态、经济利益和社会地位等方面对译者施加影响。笔者认为,赞助人是一个由多维要素组成的,互为影响、互为能动的互动系统。译者的翻译活动离不开赞助人系统的支持和帮助。赞助人系统为译者提供必要的生活津贴和工作场所,同时对提升他们的社会地位也起着举足轻重的作用。杨武能先生曾对自己受益于赞助人感受颇深,他认为《世界文学》的李文俊先生和人民文学出版社的绿原

---

① 孙建光:《论〈尤利西斯〉译者对原著的认同和转化》,《长城》2010年第4期。

先生在非常情况下破格编发他这个小人物的书稿,对他比较顺利走上文学翻译之路至关重要①。如果没有出版人的魄力、视野和甘为他人奉献的精神,也不会有一部部优秀的世界文学作品在中国获得新的生命,也不会出现一大批风光无限的译者活跃在中国的译坛。虽然在特定时期,有的译者完全听命于赞助人系统的安排,如选材、翻译方式、出版无法署名等,但是总体来说,赞助人对翻译的具体翻译活动影响是有限的,他们侧重于对选材、目的、出版和服务对象有较为明确的要求,因此译者有充分的翻译自由度。译者在接受赞助人委托时,就要履行服务承诺,但是翻译的结果是多因素的产物,译者只按照赞助人的要求去翻译是不够的。从伦理学的角度考量,如果客户的翻译要求违背了翻译的基本伦理,译者可以提出异议,甚至拒绝服务。《尤利西斯》这部天书在中国的译介离不开赞助人的努力。金隄是在《外国现代派作品选》主编袁可嘉的不断劝说下才开始翻译《尤利西斯》的,后来《世界文学》、百花文艺出版社和人民文学出版社都对金隄的翻译工作予以积极支持。金隄先生直至去世前一直从事《尤利西斯》的文本研究和翻译研究。和金隄类似,萧乾、文洁若翻译《尤利西斯》是在译林出版社主编李景端的多次登门拜访劝说后才开始的。译者和以委托方为代表的赞助人系统积极互动,形成了译者和赞助人的间性主体关系。由于《尤利西斯》自面世以来,英美等国都把它列为禁书,正如萧乾自己所言,在刚翻译《尤利西斯》时特别担心在我国也会遇到类似的限制,因此他特地和李景端设计了两人的九封往来信件,并发表在1993年《新民晚报》及《大公报》上。其主要目的是制造舆论,宣传《尤利西斯》在世界文学中的独特地位,指出小说的积极意义,希望该书得以顺利翻译出版。赞助人不是具体的某类人,而是一个群体。笔者认为,赞助人系统"可能是一个个具体的实体,也可能是抽象的单位,可能是可分的,也可能是不可分割的,它具有系统性和关联性","可以是具体的实体团体,如宗教集团、政党,特别是执政党、政府、出版机构、大众传媒、团体组织、民间机构、学校;还可以是实体个体,如出版商、丛书的主编、使节、家人、朋友等;也可以是抽象的形态,如政治环境、方针政策、诗学观、精神支持、舆论导向等。"②一部优秀的译作离不开赞助人系统各要素之间直接的相互交流、互动,理想的译者与赞助人的间性伦理关系是各主体间能够相互能动、相互尊重和相互承认,在沟通和理解中达成共识,最终获得理想的译品,从而实现赞助人与译者的双赢局面。

四、译者与译作读者的主体间性

阅读外国文学作品的最好体验是直接阅读原著,但是并不是所有的读者都拥有阅读原著的外语能力和理解能力,因此翻译在很多时候承担了延续原著在异域生存和再生的任务。

---

① 杨武能:《卅年不解缘 苦乐寸心知——〈杨武能三十年译文自选集〉》,《当代文坛》1993年第2期。
② 冯亦代:《〈尤利西斯〉的两个中译本》,《译林》1995年第1期。

译者和读者发生间性主体关系是因为译本这个纽带,译者是原文本的阐释者和创作者,而读者是译作的阐释主体。很少有译作读者会去比对译作与原作,因此他们更希望通过译作拥有和原作读者同样的阅读体验。这需要译者充分地传达原作的意图,实现译作读者的阅读期待,同样读者也需要对译者充分信任和理解。译者通过引导读者阅读译本,促进读者对译本进行接受与批评,而读者通过阅读,能对译者做出一定的评价,促进译者继续修订完善译本,这种间性关系的构建是在怀疑与信任中前行的。传统的译学伦理认为译者与译作读者是主客体关系,译者是动作的施动者,而译作读者和原作一样是被动者。虽然译者是主体,但是处于"一仆二主"的境遇,译者处于"仆"的地位,要伺候好原作和译作的读者。伺候好原作,就是要求译者能够充分领会并传递原作的意图;而伺候好译作读者就是要获得译作读者对作品的满意和认同。解构主义翻译伦理认为译者是原作和译作读者的主导者,可以肆意操纵和改写原作,译作读者成为译者的被动接受者。译者被一下子从奴仆地位提升到主宰地位。事实上,好的译作也需要读者的反馈和批评,才能不断修正不足,才能尽可能地接近理想佳译。《尤利西斯》译本一问世就引起学者和广大读者的强烈反响。冯亦代在比较金译和萧、文译第一章后,就提出了一些中肯的意见:"但是把两个译本仔细地读了第一章首十页,就有 36 处可以推敲商榷的地方。"①金隄对此也曾撰文进行了解释,译者和读者的互动就这样发生了。刘军平对比了两个译本的目标语的可读性、注释得出结论:"两家在一些细微末节处都存在一些疏漏,相比之下人民版出现这样的情况较多一些。"②王振平先生对金隄译作逐字逐句通读一遍后,也提出了很好的修改意见。王友贵先生也把他过去研究过程中发现的问题反馈给了金隄。这些学者从比较高的层面为金隄提出了建设性的修改意见。"通过和同行读者讨论具体译法和等效原则等,他不断受到启发,促进了他对译作的不断修订完善。"③金隄在去世前完成了人民出版社版《尤利西斯》译作的修订工作,但是这部天书的修订是无止境的,有太多的谜团留给后世读者去想象。崔少元教授也指出,金译和萧、文译翻译中出现了一些误解和夸大信息,在比较两种译本的得失之后,他指出了译文中的许多错误,如"wretched bed",萧、文翻译为"简陋",忽视了女主人的内心情感变化;"fourworded speeeh"则被翻译成"浪语",显然都是不贴切的④。萧乾先生去世后,文洁若先生一直根据学者和读者的反馈意见对译文进行修订完善。在译林版最新修订版的序中,文先生明确指出:"本书全译本出版后,受到读者的广泛关注,一些热心的朋友(尤其是上海外国语大学语言文学专业博士研究生冯建明先生)还就某些译文提出了宝贵的意见,并提供了补充的人物表。"文先生把原来烦琐的文字修改得更加简洁,尽量保持意识流特色,同时仍坚持力求易懂的原

---

① 冯亦代:《〈尤利西斯〉的两个中译本》,《译林》1995 年第 1 期。
② 刘军平:《〈尤利西斯〉两种译本的比较研究》,《中国翻译》1997 年第 3 期。
③ 同①。
④ 崔少元:《双蕾绽放,交相辉映——〈尤利西斯〉两个中译本学习札记》,《当代外国文学》1997 年第 2 期。

则。负责出版《乔伊斯全集》的责任编辑孟保青曾对记者说:"文化界普遍认为萧乾、文洁若合译的译本偏重文学性,有些译文未必准确;金隄作为学者,追求严谨、还原作品原貌,但同时可能欠缺生动。"①该评价虽然笼统,但是基本上准确地评价了两个版本的译作。两个译本的译者在有生之年都能和读者很好地互动,倾听读者的建议,并不断对译作进行修正,他们的行为很好地诠释了译者与读者主体间性互动,即读者对他们充满了信赖,因为他们都用自己的译作为读者提供了意识流巅峰之作的大餐。他们力图真实地、正确地传递原作者的意图,同时也深信现代读者的理解和阐释能力,能和他们进行良好的互动,尽量满足读者的阅读期待。这就是译者与读者之间形成的良好的"契约"关系,即译者有自己明确的翻译策略、诗学和定位,做到翻译的每一个字都是对读者的一种誓言,实现译者与读者之间视野融合一致,真正做到译者和读者之间平等对话、共识共存、相互理解、相互尊重。

简言之,对于像《尤利西斯》这样的"天书",译者一方面要通过各种形式,如序言、译后记、研讨会、读者见面会等介绍原著,构建读者期待,降低读者对这部语言形式、叙事艺术多变、内容博大精深的巨著的阅读困难,又要避免过度阐释,剥夺读者自己探索与钻研的快乐,这样才能给读者足够的自由性和主体性,形成原著与读者先见视野的融合,真正做到译者和读者之间实现主体平等、相互认同、相互尊重。

五、结语

翻译是复杂的活动,译者如何在翻译活动中平衡好内外要素之间的关系,这将直接影响译作的质量。我们在对传统翻译伦理思想和现代翻译伦理思想"去粕存精"的同时,需要进一步构建更为平衡与和谐的翻译间性伦理规范。主体间性作为"间性"理论研究的领域之一,是现代哲学和人文科学的前沿。伽达默尔认为解释活动是主体间的对话和"视界融合",哈贝马斯也认为孤立的个体是交互主体的重要组成部分。翻译活动本质上就是原作者、译者、赞助人和读者共同参与的活动,因此译作是一种"共生"的结果。这些主体中不存在主次关系,而是平等互助、相互尊重、相互认同的共同主体。翻译共同主体间性关系主要表现为:(1)译者与原著作者的主体间性反映了译者在选材、作者选择等方面和原著作者具有某种心灵契合性;(2)译者与赞助人系统以及译著读者的间性关系反映了译者在翻译过程中受到翻译外部生态因素的影响,这些影响通常情况下多是积极的,对文学作品在异域译介起着推动和改善译著水平的作用。主体间性理论破除了翻译中的二元对立命题,打破了两极封闭的系统,实现了翻译行为的多元化。因此,翻译活动不再是文本层面的语言转换,还涉及社会因素、译者个人背景、赞助人系统和读者期待等诸多要素。翻译主体间性伦理规范的构建需要主体关系中的各参与主体既要保持相对独立又要相互关联、相互认同和相互制约,要

---

① 罗丹:《〈尤利西斯〉三个译本的比较分析》,《湖南农业大学学报(社会科学版)》2008年第1期。

平等对话、彼此理解与尊重,才能实现共识共存,也才能翻译出理想的"译作范本"。理想的"范本"就要求译者在翻译原文时既充分考虑作者的意图,并尽可能地准确传递原文的内涵,同时又要能兼顾译作读者的阅读期待[①]。因此,译者应该是这个主体间性系统中的主动者,他要主动地和其他间性主体协商、沟通,并运用自身具有的双语能力,使原作在译语文化中得到生命延续或者新生,实现把"理想范本"作为世界文学交流的介质的愿望。

第四节 《尤利西斯》汉译文化间性研究

文化活动不是孤立、封闭的,而是开放的,流动的,因此,文化间性(interculturality)作用就会发生。文化间性是指不同文化要素相遇互相发生碰撞、重叠和交融,发生意义重组的交互作用的过程。在考量文化间性的时候,我们应该紧紧抓住参与交互作用的各文化要素的动态意义重组过程,不能孤立地把这些要素作为分裂的静态个体来考察,而是要把它们放到与他者发生关联作用而产生意义重组的动态过程中考察。这样文化间性的特质才能充分表现出来,该特质是文化要素在与他者相遇时或在与他者的互动中才会显现出来。如果一种文化处于静态时,是相对封闭的,文化意义也处于认知层面,是一种符号。"一种文化只有在与它的接受者处于某种关联时才能实现其意义"[②],也就是说文化意义的生成始于不同文化间的交互作用。不同文化交集时,每种文化都因为其自身系统的特质,潜意识地从自身系统特定的视域去审视对方。事实上,这种特定的文化视域(cultural horizon)是永远不可能和对方的文化视域完全吻合或对应的,因此对于异域文化的理解也就不可能和对方保持完全一致,所以文化视域只能是两种或多种文化交集互动的结果。伽达默尔称之为两种视域的融合。在一种文化与异域文化交集互动时实际生发出的意义很可能会发生某种变异。因此,现代西方跨文化学界达成的共识之一就是误解的合法性和不可避免性。文化在特定的时期、特定的空间有着自己的静态呈现,并自成体系,这时文化意义处于一种封闭状态。当其他文化进入或者它试图进入另一文化圈,静态的相对平衡就会被打破,两种文化都试图征服对方,无论是征服还是屈服,不同文化之间的交互作用都真实地发生。"彼此见出反响或进入视线的从不会是各自的整个系统,而总是各自引起对方关注的特定方面,恰是这些方面具体展现了不同文化间的关联。"[③]在关注特定文化方面,关注者会内生地用自己特定的视域去审视他者文化,这一过程不可避免地会出现变形与扭曲现象。虽然不同文化有共通之处,

---

[①] 孙建光:《〈尤利西斯〉中"他者"形象翻译分析》,《语言教育》2018 年第 2 期。
[②] 王才勇:《文化间性问题论要》,《江西社会科学》2007 年第 4 期。
[③] 同上。

而差异性是文化更为本质的特性。研究文化间性就是要促成不同文化之间相互理解、相互尊重,通过平等对话,实现求同存异。文学作品是文化承载的最多、传播范围最广的形式之一。因此,文学作品无论是民族性的还是世界性的,几乎都跨越两种或者多种文化,或是对自身文化的认同,或是对他者文化的吸收与排斥。不同文化相互作用,原来相对孤立的文化形成了一个整体系统,各孤立文化因为和他者文化形成关联后才显现出它存在的意义与价值。巴赫金的对话理论把文学研究推向了新的研究领域。他从复调小说中发现了对话性,认为对话关系浸透人们的生活,浸透人类的语言,浸透一切蕴含意义的事物中[①]。文本的意义不是来自文本自身,而是和特定的历史文本、文化文本相互作用才生发出意义。事实上,任何文本都来自特定的文化,在不同的文化中生发出不同意义,阅读者对文本意义生发和创造性叛逆甚至误读,是阅读个体内在地具有某种文化先在结构,形成了不同的文化间性交流与对话。

　　文学作品的翻译从它实施起就深深地打上文化的烙印。翻译研究经历了作者为中心、文本为中心、译者为中心三个典型性研究范式。语言学派在翻译时注重语言的结构与转换,强调字词对等,将美学问题还原为逻辑问题,缺乏对作品中的文化研究。二十世纪七八十年代,翻译研究不再聚焦句斟字酌,转而关注翻译中的文化现象,剖析语言背后暗含的更深层次的文化交流。翻译活动本身就是跨语言、跨文化的交际活动,是不同语言之间的会话,更是不同文化之间的会话。文化在作品中是静态存在的,但是在翻译过程中,译者把原作带进了不同的文化环境中,这时"文本所承载的文化要素与他者文化发生关联并出现意义重组的动态特质"[②]。真正引起关注的文化,不是文本和行为主体隐形的全部文化,而是引起"对方关注的特定部分",这些特定的部分显性地凸显不同文化间的关联,实现不同文化之间的碰撞与交融,也使得翻译的文化间性研究成为可能。因此,研究翻译的文化间性不是研究多元文化的共存或者并列,而是研究不同文化之间的差异性、排斥性、对话性与融合性。研究翻译的文化间性意义在于实现多元文化的对话与融合,而不是文本间性中的文化简单转换,是异域文化之间的交集互动,即便翻译过程中会发生某种文化变异,它也是文化互动的一个结果。翻译文化间性指的是在翻译过程中原文本所承载的文化要素与译语文化要素发生关联、重叠、交融并出现意义重组的动态特质,特别是文化视域发生错位,文化间性表现的就越明显。译者作为特殊的读者和原文本都具有历史性的和变动性。译者所处的特定文化视域会和原文本所有拥有的文化视域进行对话,这种文化间性对话会因为各自所处的既定历史情境的动态性发生相应的动态变化。《尤利西斯》是一本百科全书式作品,里面蕴含着丰富的文化因素,诸如文化母题、他者形象、性伦理、象征意象、宗教、古希腊文化等文化因子。文

[①] 巴赫金:《巴赫金全集(第五卷)》,河北教育出版社,1998,第55-56页。
[②] 郝雪靓:《翻译的文化间性》,《太原科技大学学报》2010年第2期。

化间性的叠加和异质决定了文化具有共通性和不可通约性。译者如何遵循文化间性的伦理规范，值得我们深入研究。是屈服于"原文化霸权"，再现原文化，还是消解"原文化霸权"改造原文化？这需要译者能够从他者文化中自己做出取舍。显然文化的共通性有利于译者顺利地实现文化的准确传递，但是文化的差异与不可通约性必然会否定等值翻译的可能性。本节以《尤利西斯》的金隄译本和萧乾、文洁若译本为研究对象，探讨译者在翻译过程中遇到的文化间性问题。

一、差异性是文化间性的哲学基础

差异性是西方哲学研究的重要基础之一。自从索绪尔在符号学领域提出"差异性"后，这一概念在不同领域被运用并发展，内容也更加丰富。"这一概念经历了一个从差异到延异、从意义延异到文化延异的建构过程。"[①] 尼采认为世界诞生于差异之中，德里达提出了"延异"概念，认为延异是基本哲学范畴对立中表现出来的差异性，如感性与理性、自然与文化、直觉与意义[②]，这些差异不是静止不变的，而是动态开放的。差异性是不同文化的本质特性，每一种独立的文化都有自己的思维内核。不同民族因为地域、风俗、宗教、思维等差异，形成各自完整的文化形态。霍尔认为差异是意义的根本，没有差异意义就不复存在[③]。中国古典哲学也强调差异性的作用。《论语·子路》中的"君子和而不同"，体现了孔子思想的深刻哲理和高度智慧，求同存异。"和实生物，同则不继"（《国语·郑语》）就体现了矛盾对立统一的思想。当来自不同异质文化背景的人们交流时，不可避免地会基于自身的文化假说、价值取向、宗教信仰、思维方式潜意识地希望对方按照自己的方式行事，"文化冲突"就出现了。霍尔认为话语不会透明地呈现"现实"，需要借助"符号操作"实现知识重构反映现实。正是不同民族之间存在文化取向、价值观念、社会规范和生活方式等方面的差异，人们在信息编码过程、言语以及篇章或话语组织方面必然会产生差异[④]。差异性是多元性的前提。正是差异的存在，才形成了异质丰富的多元体系。差异性否定了二元对立的搏杀哲学思维，强调异质性，追求求同存异，多元共生。

在翻译过程中，原文意义的确定不是唯一性的，它受到译者的知识结构、生活阅历、文化认知等内在因素的影响，还受到时代需求、意识形态、赞助人系统和主流诗学等诸多要素的影响。文本意义不再是唯一性的，这一点在学界已形成共识。文本意义的流动性，决定了差异性的客观存在，因此在翻译过程中，译者要重视差异性的客观存在及其对翻译的影响。翻

[①] 易点点：《差异性：理解霍尔文化理论的核心概念》，《江西社会科学》2018年第1期。
[②] 加里·古廷：《20世纪法国哲学》，辛岩译，江苏人民出版社，2005，第36页。
[③] 斯图尔特·霍尔：《表征——文化表象与意指实践》，商务印书馆，2003，第2页。
[④] Barna L. M., "Stumbling Blocks in Intercultural Communication," in *Intercultural Communication: A Reader* (Belmont: Cengage Learning, 1991), p. 32.

译活动是不同语言、不同文化之间双向交流的重要形式。翻译活动首先是重要的话语转换活动,在意义的建构过程必然会发生意义的差异化①。同时也是一种跨文化交际活动。翻译活动不可能脱离文化而单纯地进行语言转换,它是处在不同"文化场域"中实现意义的传递,因此文化差异性必然会对翻译过程产生不同程度的影响。这种差异性很多情况下会由译者持有的文化立场通过译文呈现出来。不可否认,文化会通过文学作品进行输出,有时强势文化会以自己为中心对弱势文化进行肆意宰割,强行推行自己的文化价值②。这就需要译者在翻译时举起文化异质性的大旗,强调对话、平等,实现异质文化的交互式对话的间性关系。

> Somewhere in the east: early morning: set off at dawn. Travel round in front of the sun, steal a day's march on him. Keep it up for ever never grow a day older technically. Walk along a strand, strange land, come to a city gate, sentry there, old ranker too, old Tweedy's big moustaches, leaning on a long kind of a spear. Wander through awned streets. Turbaned faces going by. Dark caves of carpet shops, big man, Turko the terrible, seated crosslegged, smoking a coiled pipe.③

金译:东方的某个地方;清晨;破晓出发。赶在太阳的前头旅行全球,抢先一条的行程。老是赶在前头,年龄按理永远不会老,一条也不会增长。沿着岸滩走,异邦他乡,来到一个城门口,有守卫的,也是一个老行伍,留着老忒迪式的大八字胡,倚着一杆长矛,好长的家伙。漫步街头,两旁都撑着天蓬。街上来往的人都缠着头巾。黑山洞式的地毯铺子,盘腿坐着的大汉子,恐怖大王特寇,抽着盘圈的烟管。④

萧译:清晨,在东方的某处,天刚刚蒙蒙亮就出发,抢在太阳头里环行,就能赢得一天的旅程。按道理说,倘若永远这么坚持下去,就一天也不会变老。沿着异域的岸滩一路步行,来到一座城门跟前。那里有个上了年纪的岗哨,也是行伍出身,留着一副老特威迪那样的大口髭,倚着一杆长矛枪,穿过有遮篷的街道而行。一张张缠了穆斯林头巾的脸走了过去。黑洞洞的地毯店,身材高大的可怕的土耳其盘腿而坐,抽着旋转管烟斗。⑤

在这段由太阳升起之地而引发的对阿拉伯地区充满神往的意识流中,布卢姆甚至想象自己行走在异域的街道上,像一个旅行者好奇地观看周边的风土人情,幻想着天方夜谭中神

---

① 易点点:《差异性:理解霍尔文化理论的核心概念》,《江西社会科学》2018 年第 1 期。
② 冯全功:《从实体到关系——翻译研究的"间性"探析》,《当代外语研究》2012 年第 1 期。
③ James Joyce, *Ulysses* (London: Penguin Group, 1992), p. 68.
④ 詹姆斯·乔伊斯:《尤利西斯》,金隄译,人民文学出版社,2011,第 89 页。
⑤ 詹姆斯·乔伊斯:《尤利西斯》,萧乾、文洁若译,文化艺术出版社,2002,第 135 页。

秘莫测的故事的发生。

二、"他者"理论开启了文化间性之门

间性的发生不能只囿于自身产生,更多时候需要本我与他者的对话与互动。巴赫金在评论陀思妥耶夫斯基作品时强调了其作品的对话性。他认为"复调小说整个渗透着对话性"①,对话的实现不仅需要主人公本人的现实,还离不开"他周围的外部世界和日常生活","能囊括了整个实物世界的主人公自我意识并行不悖处于同一层面的,只有另一个人的意识;与主人公视野并行不悖的,只是另一个视野;……"②。这就是说,除了主人公自我意识之外还存在一个"他者",有了"他者",看不见的意识交流或是可见的人物交流才能成为可能。何为"他者"? 张剑认为他者是除自我以外的一切可见的或者不可见的,可感知的或者不可感知的人与事物③。"他者"哲学概念最早可以追溯到柏拉图的《对话录》。在《对话录》中,柏拉图探讨了同者与他者(the same and the other)的关系,认为同者的存在离不开他者的存在,而他者的差异性更好地昭示了同者的存在。但是从笛卡尔提出"我思故我在"开始,西方哲学就开始把自我和外部世界隔离开了,并对立起来。哲学的目标是探讨主体与客体、意识与存在的关系。西方哲学史长期以来都是主体处于居高临下的位置,而他者处于边缘、低级、被压迫、被排挤的状况。胡塞尔基于笛卡尔的"沉思"提出了自己对"他者"的思考。他认为"先验自我"是第一位的,"他者"和客观世界的意义都来源于先验自我④。萨特在考查胡塞尔、黑格尔和海德格尔关于自我与"他者"的关系理论基础上,提出了自己对"他者"的观点。他认为"他者"是自我的地狱,因为"为他存在"只有通过"自为自我"的消失⑤。无论是胡塞尔、萨特还是海德格尔关于"他者"的思考,本质上都属于"先验自我内部的间性"的本我与他者。列维纳斯认为"与他人的关系不能被设想成与另一个自我发生关联"⑥,而应把"他者"作为对话者。列维纳斯实现了把过去的"先验自我内部"的"他者"从自我意识剥离出来,他认为"他者"成为和自我互为参照的"脸孔"。这种关系是真正尊重他者的"人与人"的关系,把文化交流视为不同文化"脸孔"之间的"互为他者"关系,实现了文化间不同他者的平等关系。

翻译作为文化交流的重要媒介,不可避免地会遇到"本我文化"和"他者文化"的碰撞与交流。译者在翻译过程中对待他者文化会受个人内在因素和外部因素的影响,对他者文化的态度会有不同的呈现。意大利符号学家埃科(Eco)指出,因为文化的差异,不同文化遭遇

---

① 巴赫金:《巴赫金全集(第五卷)》,河北教育出版社,1998,第55页。
② 同上书,第64页。
③ 张剑:《他者》,《外国文学》2011年第1期。
④ 李金辉:《自我与他者关系:一种主体间性现象学的反思》,《江海学刊》2015年第3期。
⑤ 同上。
⑥ 列维纳斯:《从存在到存在者》,吴蕙仪译,江苏教育出版社,2006,第104页。

会表现出三种态度:(1) 征服或教化;(2) 文化掠夺;(3) 文化交流①。如果一个国家处于权力强势,就会对别国的文化进行掠夺式或者征服式翻译,最典型的是罗马帝国对古希腊文化的翻译。尼采把这种行为称为"罗马国家至高无上的帝权的运作"②,这时古希腊文化成为处于被压迫的"他者文化"。文化交流相对来说是以一种平等的关系进行译介,但是在翻译过程中也会受到意识形态、诗学以及译者的主体性发挥等因素的影响,发生操纵式改写现象。例如:不管是哪个国家都会对译入文本进行审查,"其目的是通过信息流的控制和审查过滤弱化或剔除外来文化产品对本民族文化的玷污和危害,以此维护社会系统的稳定和国家主流意识形态的发展"。③ 译者在翻译过程中对"他者文化"持有什么样态度,往往会决定其翻译策略的选择。如果译者为了迎合本我文化的主流价值需求,就会采用同化他者的策略,满足本我文化的意识形态、典律、赞助人系统、读者的阅读期待等需要,这样译者就承担用自我文化价值标准审视他者文化的风险。但是有时候为了满足读者对"异国情调"的猎奇心理,译者也会对一些神秘莫测、异国情趣、荒诞野蛮的他者进行"他者化"处理,以一种居高临下的姿态审视"他者文化"。

> —Why will you jews not accept our culture, our religion and our language? You are a tribe of nomad herdsmen: we are a mighty people. You have no cities nor no wealth: our cities are hives of humanity and our galleys, trireme and quadrireme, laden with all manner merchandise furrow the waters of the known globe. You have but emerged from primitive conditions: we have a literature, a priesthood, an agelong history and a polity.④

> 金译:——你们犹太人为何不接受我们的文化、我们的宗教、我们的语言?你们是一个游牧无定居的部落;我们是一个强大的民族。你们既没有城镇,也没有财富;我们的城镇中有繁忙的人群,我们还有大批配备着三排桨、四排桨的大船,满载各式各样的货物,航行在已知世界四面八方的海洋。你是刚刚脱离原始状态:我们却拥有文学、僧侣、悠久的历史、以及整套的政治组织。⑤

> 萧译:"你们这些犹太人为什么不接受我们的文化,我们的宗教和我们的语言?你们不过是一介牧民,我们却是强大的民族,你们没有城市更没有财富,我们的城市里,人群熙攘;有着三至四层桨的大帆船,满载着各式各样的商品,驶入全世界各

---

① 翁贝尔托・埃科:《他们寻找独角兽》,载《独角兽与龙——在寻找中西文化普遍性中的误读》,北京大学出版社,1995,第1页。
② 同上书,第262页。
③ 周宣丰:《文化"他者"翻译的权力政治研究》,《外语教学》2014年第6期。
④ James Joyce, *Ulysses* (London: Penguin Group, 1992), p.180.
⑤ 詹姆斯・乔伊斯:《尤利西斯》,金隄译,人民文学出版社,2011,第214页。

个已知的海洋。你们刚脱离原始状态,而我们却拥有文学、僧侣、悠久的历史和政治组织。"①

这是麦克休给奥莫洛伊、斯蒂芬和克劳福德等人谈约翰·弗·泰勒在学院史学会上反驳菲茨吉本的演讲,引用奥古斯丁的话讲了这段话。菲茨吉本在对爱尔兰年轻人的演讲中宣扬爱尔兰英国化。这里乔伊斯把英国比喻成埃及,把爱尔兰比喻成犹太人,表现出强烈的民族主义情绪。以强者居高临下的态度贬低犹太人,影射英国推行殖民政策,加快爱尔兰英国化。金隄和萧乾、文洁若两个译本都忠实地传达出原文的意思,相较而言,萧译本的语气更能表达出高高在上的语气,金译本语气相对来说要柔和一些。

... England is in the hands of the jews. In all the highest places: her finance, her press. And they are the signs of a nation's decay. Wherever they gather they eat up the nation's vital strength. ②

金译:"……英国是落在犹太人手里了。钻进了所有的最高级的地方:金融界、新闻界。一个国家有了他们,准是衰败无疑。不论什么地方,只要犹太人成了群,他们就能把国家的元气吞掉。"③

萧译:"……英国已经掌握在犹太人手里了。占去了所有高层的位置:金融界、报界。而且他们是一个国家衰败的兆头。不论他们凑到哪儿,他们就把国家的元气吞掉。"④

这是迪希和斯蒂芬谈话中对犹太人的态度。迪希是北爱尔兰一所私立学校的校长,基督教教徒,对犹太人充满了偏见,也可以看出英国殖民策略的成功,基督教已经深入爱尔兰的社会生活。他们俨然一副比犹太人高贵的模样,对犹太人充满了敌意。而事实上,他们自己民族正遭受英国在宗教和政治上的双重奴役。金隄和萧乾、文洁若两个译本都很好地传递出了原意,但是在语言的表达上还是有所差异。金隄的语言能更好地表达迪希对犹太人的憎恶,语气更为强烈,特别是几个词用得非常到位,如"落在""钻进了""准是""成了堆",萧乾、文洁若的译文用了"掌握""占去了""是""凑到哪儿",显然憎恶度弱化了不少。

翻译是跨文化交际活动。翻译的基础就是因为两者在语言、文化等方面存在"他者"之异,而翻译就是要保留差异、尊重差异。《尤利西斯》不仅存在中西方语言、文化差异,还有大量西方人眼中的"他者"和"异族"。因此,在翻译他者时,译者如何权衡译文与原文的关系,也反映了"权力"走向"交流"的过程。《尤利西斯》中的"东方"或者是受到威胁的敌对力量,

---

① 詹姆斯·乔伊斯:《尤利西斯》,萧乾、文洁若译,文化艺术出版社,2002,第283页。
② James Joyce, *Ulysses* (London: Penguin Group, 1992), p.41.
③ 乔伊斯:《尤利西斯》,金隄译,人民文学出版社,2011,第56页。
④ 乔伊斯:《尤利西斯》,萧乾、文洁若译,文化艺术出版社,2002,第91页。

或是不可理喻的遥远存在;既神奇古怪又模糊不清,既令人好奇又令人恐惧。犹太人、阿拉伯人、印度人、中国人、日本人、非洲人、南美人都是西方文化之外的他者、边缘人和异质存在,它们代表了一个个被审视、被观看、被谈论的对象。因此,译者在翻译过程中要尽可能地把作者的内指忠实地呈现出来。

三、交往行为理论铺平文化间性平等交互之道

资本主义的发展逐渐暴露出越来越多的问题,利己主义盛行、对物质利益的无限制追求,对落后国家推行殖民化,使得人被物化,失去了主体性。社会对人性的压抑,导致了人与人之间的异化。这一社会现实与西方人长期秉持的逻各斯中心主义哲学是分不开的,即对所谓的"异质性""非理性"予以排斥。长期以来,西方一直以自己为中心,以一种高高在上的姿态审视非西方的一切,认为西方代表人类历史发展的逻辑与理性,他们的民族与文化优于其他民族与文化,任何事情都要按照自己的理性发展,否则就是非理性、非逻辑的,属于"异质"。"他者"理论的出现,打破了过去的一元中心论,又造成了本我与他者的二元对立。哈贝马斯的交往行为理论倡导交往行为的参与者应遵守行为者之间的相应规范。"我所说的交往行为是由符号协调的互动,它服从的是必须实行的规范,这些规范决定交往双方之行为,而且至少被两个行为主体所理解、承认。"[①]交往行为理论期许在二元对立中寻找一种对话的机制。"欧洲民族与文化优越于所有非欧洲的民族和文化"[②],落后的东方、非洲以及拉丁美洲成为昭示西方进步的他者。笛卡尔、胡塞尔、萨特、海德格尔、梅洛-庞蒂等对过去的本我中心反思、批判,开始承认他者。列维纳斯看到了希伯来文化与古希腊文化之间的差异[③],承认他者文化的存在。哈贝马斯在深化其交往行为理论的过程中发现文化障碍是交往中的最大问题。他者文化不应该一直处于受排挤的边缘地位,不同文化应该平等交往与对话。"我仍然坚持应当用相互理解、宽容、和解的立场处理不同的价值观和道德观,乃至不同文化传统之间的差异与冲突。我认为,我提出的交往行为理论和话语伦理学同样适用于处理国际关系和不同文化类型之间的矛盾,即是说,不同信仰、价值观、生活方式和文化传统之间,必须实现符合交往理性的话语平等和民主,反对任何用军事的、政治的和经济的强制手段干涉别人、通过武力贯彻自己意志的做法"。[④]哈贝马斯的交往行为理论为文化间性研究提供了有益的启示,无论我们是东方文化还是西方文化,都应该跳出文化沙文主义怪圈,平等交流,求同存异。长期以来,西方一直把控着世界话语,非西方成为他们恣意臆想的可能

---

① Jürgen Habermas, *Technik und Wissenschaft als "Ideologie"* (Frankfurt/Main:Suhrkamp Verlag, 1968), pp. 62-63.
② 列维纳斯:《从存在到存在者》,吴蕙仪译,江苏教育出版社,2006,第10页。
③ 翁贝尔托·埃科:《他们寻找独角兽》,载《独角兽与龙——在寻找中西文化普遍性中的误读》,北京大学出版社,1995,第10页。
④ 章国锋:《哈贝马斯访谈录》,《外国文学评论》2000年第1期。

性地方,或是充满原始神秘色彩或是愚昧落后。"想象性的东方"形象成为验证西方自身强大的"他者"①。在文化对话的过程中,我们必须打破东西方二元对峙的态势,用人类文化共同体的理念消除二元对立的矛盾,以开放的视野肯定文化的差异性、多元性,倡导东西方文化的真实平等对话,共生互补。西方文化不是人类文化的唯一范式,也不是判断人类文化的唯一尺度。东方文化、拉丁美洲文化、非洲文化也有其内在发展的渊源,绝对不应该成为西方文化的"他者"。

翻译不仅是一种语言间的转换活动,更是一种跨文化交际活动,所以文化间性在翻译研究中亦十分重要。翻译在跨文化交流中发挥着举足轻重的作用,译者在促进各民族的平等交流中更是担当义不容辞的责任。但是在跨文化交流中,往往有"暴力"因素存在。如强势文化以自己为中心,对弱势文化进行任意宰割,并刻意向弱势文化输出自己的文化,进行文化殖民等。殖民意味着权力的不平衡,权力的不平衡便会导致文化上的不平衡。文化殖民和文化霸权导致了文化之间不平衡、不和谐的状态。在这样的环境中,强调差异、对话和平等的文化间性便得以凸显。文化间性以相异性为前提,唯有在相异的事物之间才会出现交互作用式的对话关系②。文化自我只有在文化他者的关照下才能被识别和定位,两者具有同等的价值。所以翻译不只是为了"求同",更是为了在"求同"基础上"存异"。文化间性主要体现在不同文化中主体之间的交往上,这就要求翻译研究的各个主体,特别是译者,在文化交往中要具有对话精神与和谐意识。"和而不同"应是文化之间的存在状态,是文化间性的主旨所在。

... and read again: choice blend, made of the finest Ceylon brands. The far east. Lovely spot it must be: the garden of the world, big lazy leaves to float about on, cactuses, flowery meads, snaky lianas they call them. Wonder is it like that. Those Cinghalese lobbing about in the sun in dolce far niente, not doing a hand's turn all day. Sleep six months out of twelve. Too hot to quarrel. Influence of the climate. Lethargy. Flowers of idleness. The air feeds most. Azotes. Hothouse in Botanic gardens. Sensitive plants. Waterlilies. Petals too tired to. Sleeping sickness in the air. Walk on roseleaves. ③

金译:……又去看了商标:精选混合茶,采用最佳锡兰品种。远东。一定是个可爱的地方:人间乐园,懒洋洋的大叶子,可以躺在上面漂游,仙人掌、花香蜜酒、还有他们叫做蛇形藤的。不知道是不是真那样。那些僧伽罗人,成天在太阳地里晃晃悠悠的,dolce far niente,连手都不用抬。一年睡六个月。天气太热,架都懒得

---

① 张剑:《他者》,《外国文学》2011年第1期。
② 王才勇:《文化间性问题论要》,《江西社会科学》2007年第4期。
③ James Joyce, *Ulysses* (London: Penguin Group, 1992), pp. 86-87.

吵。气候的影响。嗜眠症。懒散之花。主要靠空气养活。氮。植物园的暖房。敏感花卉。睡莲。花瓣太疲乏。空气中有睡觉病。走着玫瑰花瓣铺的路。①

萧译：……他又读了一遍：精选配制，用最优良的锡兰品种配制而成。远东。那准是个可爱的地方，不啻是世界的乐园；慵懒的宽叶，简直可以坐在上面到处漂浮。仙人掌，鲜花盛开的草原，还有那他们称作蛇蔓的。难道真是那样的吗？僧伽罗人在阳光下闲荡，什么也不干是美妙的。成天连手都不动弹一下。一年十二个月，睡上六个月。炎热得连架都懒得吵。这是气候的影响。嗜眠症。怠惰之花。主要是靠空气来滋养。氮。植物园中的温室。含羞草。睡莲。花瓣发蔫了。大气中含有瞌睡病。在玫瑰花瓣上踱步。②

这段话描写了布卢姆对东方的想象，这些想象充满了对东方的神往与倾羡之情，认为远东是人间乐园，是个可爱的地方。这片人间乐土，植物丰富、花香蜜酒、树叶庞大、生活悠闲，如同《圣经·创世纪》中的伊甸园一般令人神往。布卢姆不仅对东方迷人的自然环境充满向往，也在精神上向往东方乐园。金隄和萧乾、文洁若在翻译过程中充分发挥了译者主体性，置身于与布卢姆的对话，把布卢姆对东方的向往充分地表现出来。

翻译过程中无论是主体间性还是文本间性之间的交互目的都是实现不同文化间的融合。这种融合是"双向而非单向的"③，因此译者在翻译过程中应尽可能地保持原文本的独特性和差异性，平衡源语文化与目标语文化，通过文化交互实现共生与融合。翻译过程本质上就是主体之间的交往、文本间交往，最终达到文化间交往，形成某种平衡与融合。交往行为理论的出现为分析翻译过程中的各种交互行为提供了理论基础，也为文化融合创造了条件，提供了窗口。当然，文化融合不是简单的文化趋同，而是"和而不同"的文化平衡，是一种追求"异质文化"相互交融和共生的"间性文化"或"共在文化"。

四、视域融合促成文化间性的融合共生

视域从字面上理解就是视线所能覆盖的区域。该词最早由狄太尔提出，后来经过尼采、胡塞尔的不断阐释，伽达默尔认为视域是"理解者视力所及的区域，这个区域囊括了从某个立足点出发所能看到的一切"④。换句话说，理解者从任何一个视角所能看到的视觉范围构成了自己的视域。伽达默尔认为理解和解释是读者和作者视域融合的一个过程⑤。视域融合的必要条件是"前见"。前见是历史的，也是真实的，是理解者对过去的事物的理解与观

---

① 乔伊斯：《尤利西斯》，金隄译，人民文学出版社，2011，第112页。
② 乔伊斯：《尤利西斯》，萧乾、文洁若译，文化艺术出版社，2002，第160页。
③ 吴南松：《翻译：寻求文化的共生与融合——也谈翻译中对原文差异性的保持问题》，《中国翻译》2003年第3期。
④ 伽达默尔：《真理与方法（第二版）》，洪汉鼎译，上海译文出版社，2004，第388页。
⑤ 同上书，第8页。

点,是一种认知和理解能力,而理解都是在一定视域中实现的。视域融合是客体和主体、历史和现实、自我和他者在融合过程中不断接受异质,达成妥协、共生,并形成新的共识,不断拓展视域融合的领域和空间,无限延伸。具体地说,理解者可以通过和原作者、文本以及读者三个维度进行对话,达成妥协,寻求共通,实现视域融合。理解者和文本之间的对话,无论是理解者还是文本都带有自身文化的烙印,但是在对话过程中理解者和文本都要超越自身有限的视域,实现对话达到一个更高、更新界域的目标。根据伽达默尔的观点,理解才能产生视域融合,这种融合不仅是历史与现实的融合,也是解释者与被解释者的融合,是一种异质交融的状态,是一种"和而不同"的境域。他认为"通过扩展我们的视域直至它与陌生世界的视域相会合,以获得那个陌生世界的知识,从而使两个视域融合"[1]。理解者在理解文本过程中不可避免地受到自身文化的影响,用自身的视域和文本视域融合去理解文本意义。翻译活动本质上就是一种解释,翻译理论家乔治·斯坦纳认为理解的表现形式就是翻译[2],换句话翻译即解释。纽马克认为,"当文本的某部分对作者意图很重要,但是无法从语义上充分确定,这时译者就必须解释。"[3]谢天振认为"译者总是不可避免地把自己熟悉的世界里的知识和信仰带进原文这个陌生的世界"[4]。译者在理解文本的初始不可避免地会用自己的视域和文本的视域相遇,可能会发现无法匹配的现象,甚至出现"视域分裂",可能导致译者的理解偏离原文的解释,造成译文扭曲、变形,甚至误译。因此,需要译者视域和文本视域跨越各自界线,彼此融合,达成"异质共生,和而不同",跨越语言、跨越文化,寻找到彼此认同、接纳的一种平衡。

God, isn't he dreadful? he said frankly. A ponderous Saxon. He thinks you're not a gentleman. God, these bloody English! Bursting with money and indigestion. Because he comes from Oxford. You know, Dedalus, you have the real Oxford manner. He can't make you out. O, my name for you is the best: Kinch, the knife-blade.[5]

金译:天主呵,他实在讨厌,是吧? 他坦率地说。笨重的英国佬。他认为你不是绅士。天主呵,这些该死的英国人,钞票多得撑破口袋,吃的多得撑破肚皮。就因为他是牛津出身。你知道吗,代达勒斯,你倒是真正的牛津风度。他弄不明白你是怎么回事。嘿,我给你取的名字最妙:啃奇,象刀刃。[6]

---

[1] 赫施:《解释的有效性》,王才勇译,生活·读书·新知三联书店,1991,第1-2页。
[2] George Steiner, *After Babel Aspects of Language and Translation* (Shanghai: Shanghai Foreign Language Education Press, 2001), p. 312.
[3] Peter Newmark, *Approaches to Translation* (Shanghai: Shanghai Foreign Language Education Press, 2001), p. 35.
[4] 谢天振:《作者本意和文本本意——解释学理论与翻译研究》,《外国语》2000年第3期。
[5] James Joyce, *Ulysses* (London: Penguin Group, 1992), p. 4.
[6] 乔伊斯:《尤利西斯》,金隄译,人民文学出版社,2011,第5页。

萧译:"老天啊,那小子多么讨人嫌!"他坦率地说。"这种笨头笨脑的撒克逊人,他就没把你看作一位有身份的人。天哪,那帮混账的英国人。腰缠万贯,脑满肠肥。因为他是牛津出身呗。喏,迪达勒斯,你才真正有牛津派头呢。他捉摸不透你。哦,我给你起的名字再好不过啦:利刃金赤。"①

这段话是斯蒂芬和马利根评论英国人海恩斯的对话。两译本的译者都充分理解了原文,领悟到乔伊斯的真正意图,实现了和作者的视界融合。把乔伊斯憎恶英国人、期望民族独立淋漓尽致地表现了出来。译者和作者的前见视域有着共核性部分。作者通过文本把自己的前见视域呈现出来,而译者用"自己的共核性前见去解读文本中作者的共核性前见,把作者的共核性前见纳入到自己的视域中"②。但是翻译作为一种创造性活动,从本质上决定了译者的视域不可能和作者的视域完全重叠,所以译文在很大程度上是不可能完全等值于原文的。译者视域和文本视域重叠越多,译文越接近原文,反之则偏离原文越远。同样,译者在翻译过程中也要考虑到目标语文化的视域,译文在目标语文化中的接受度如何直接反映了作者视域与目标语文化视域的融合程度。在某种程度上,目标语文化视域和译者视域重叠越大,可能导致译文偏离原文越远。因此,如何平衡好译者、源文本和目标文化三者的视域,是译者在翻译过程中不得不考虑的问题。理想的文化视域是译者、源文本(作者)和译文文化(读者)三者视域形成一定的均衡,译者和源文本之间的视域融合重叠面要尽可能的大,以有利于译者有效地传递原文的信息,同时适当兼顾译文文化需求,从宏观上考虑目的语文化诉求,实现译文的最佳契合度。

翻译的文化间性研究,把翻译研究的文化学派强调文化对翻译活动的干预和操纵推向了文化发展的动因研究。把翻译研究置于间性哲学范畴进行研究,强调文化间性在翻译过程中的动因作用,使得翻译研究的文化动因研究领域更加宏大。翻译首先要承认译文与原文之间存在差异,这是翻译的前提,这种差异不仅限于语言层面,还包括文化背景、知识结构、思维逻辑等诸多方面。差异性是翻译转换的前提,也是障碍,因此如何破解障碍是译者必须要思考的问题。"他者"理论为翻译存在的差异性提供了间性钥匙。"他者"的存在,就是差异的存在。译者在翻译过程中不可避免地发生"本我"与"他者"之间的冲突,译者对原文中的"他者"态度会决定译文和原文的忠实度。因此,交往行为理论为主客体的平等对话提供了理论支撑,译者在翻译过程中在"求同"基础上"存异",通过扩大与原作者(原文)的视域,尽可能地忠实于原文,同时还要满足目标读者的阅读期待,最大限度地扩大读者群的视域。译者需要很好地平衡不同视域之间的需求,既尽可能地忠实原文,又要满足读者的阅读期待,寻求翻译的最佳契合度。笔者把"差异性""他者""交往行为""视域融合"哲学理论糅

---

① 乔伊斯:《尤利西斯》,萧乾、文洁若译,文化艺术出版社,2002,第41页。
② 张永中:《翻译本质视域融合论》,《贵州师范大学学报(社会科学版)》2009年第1期。

和在翻译文化间性研究中,从宏观角度审视翻译全过程,对于深入探讨翻译间性研究具有重要的理论与实践意义。

本章小结

间性是西方哲学的一个重要概念。该概念的提出消解了一元中心主体论,实现了主体多元平衡、共生的多元性。传统的语际阐释一直是强调"主—客"二元对立的思维模式,主要特征是强调一个"中心",忽视其他"中心",割裂了作者、文本、阐释者(包括译者、读者等)和赞助人等之间的内在联系。本章把翻译活动看成是一个生态系统,提出了翻译的生态间性概念。从翻译生态学视域探讨萧乾、文洁若和金隄的《尤利西斯》汉译本,可知译者在汉译过程中是如何对文本中的语言、文化和交际性进行平衡、适应、选择和再平衡的,只有各个维度的翻译精彩,才能实现整部译作都出彩。在此基础上,进一步深入探讨主体间性、文本间性和文化间性三个话题。结合具体案例,从主体间性的角度探讨翻译主体间在翻译过程中所遵循的行为规范,可以发现译者与作者、译者与赞助人、译者与译作读者等主体间具有互动关系。翻译主体要在翻译过程中实现"最大契合度",翻译主体间性就应该构建一个相互认同、彼此尊重、和谐、平等、理性的互动与融合的伦理规范,才能彻底摆脱传统的一元中心论和二元对立论的思维模式,为翻译主体间性研究寻求到理想的伦理规范。翻译研究,特别是文本研究,不应局限于字词句段微观层面的对照批评,而应把研究视角指向译文与原文、译文与引文、译文与译文之间的间性关系,因此本章以《尤利西斯》译本作为研究对象,分析各种文本之间的间性关系。研究发现,不同文本之间的指涉程度越高,译文越忠实于原文,它们之间的间性关系越紧密,因此翻译的文本间性伦理就是要译者尽可能地把译文与原文的相互指涉关系最大程度地呈现出来,而不能随意地发挥译者的主体性,导致译文不忠实于原文。翻译是一个复杂的过程,不仅是语言间的转换,主体间交流、文本间交流,还是文化间交流、碰撞的过程。如何有效地传递原文的文化并为目标读者接受,需要译者在翻译过程中发挥主体间性能动性,宏观地审视翻译全过程。但是仅发挥译者主体间性是不够的。译者首先必须要承认源语文本与目标语文本之间存在差异,厘清文本中的本我和他者之间的差异,通过对话交流,达到某种妥协,最终消除隔阂,实现文化间性和谐交流融合、文化间性翻译的最佳契合。该研究从翻译的阶段性过程分解了翻译过程,对翻译研究有了更为清晰和深刻的理解,拓展了翻译研究,特别是为文化间性研究提供了新的研究范式。

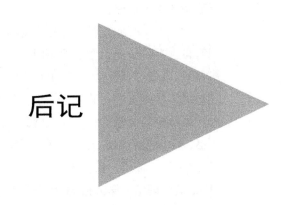

后记

随着新冠疫情的阴霾逐渐散去，人们的生活逐步恢复正常。正值2023年春暖花开之际，万物复苏，新的一个轮回已开启，拙作《对话与融合：〈尤利西斯〉汉译研究》也终于完成，算是对前期研究的一个阶段性总结。虽不完美，但是臻于完善就是螺旋式上升的过程，需要以后持续深入研究。

2008年，我到江苏师范大学文学院攻读硕士学位，我非常珍惜这一阶段的学习。毕竟当时自己本科毕业工作已近10年，重新回到课堂会倍加珍惜。我认真聆听每位老师的课程讲授，认真思考，研读大量的书籍。可以不夸张地说，这阶段的生活我几乎都是在图书馆里度过的。我感觉过去的自己知识太匮乏了，得利用这个机会好好充充电。文学院的课堂与外国语学院的课堂有所不同，老师们丰富的文字功底、文学功底、理论功底等确实让我敬佩不已。所以我利用闲余时间阅读了不少本科阶段没有看的书籍，如黑格尔的《美学》、拉康的《拉康选集》、彼得·盖伊的《现代主义》、勒热纳的《自传契约》、卢梭的《忏悔录》、赵白生的《传记文学理论》、谢天振的《译介学》和《当代国外翻译理论导读》等理论书籍，也看了《乔伊斯传》《哈姆雷特》《废都》《围城》《呼啸山庄》《巴黎圣母院》《悲惨世界》《罪与罚》等中外文学作品。在外国文学课上，我了解到《尤利西斯》如同其名字一样晦涩难懂。虽然学位论文选题常常是围绕热门作家作品，因为起点高、资料丰富，便于深入开展研究，但我还是想选择有高度、有难度的作家作品。《尤利西斯》汉译研究成为我想要做的课题，毕竟我是英语专业出身，自己又对翻译感兴趣，这样能够做到文学与翻译研究兼顾。我购来萧乾、文洁若的译本和金隄译本，又托美国朋友帮我购买了英文文本，发现不但英文原文阅读困难，就是汉语译本看了一遍都不知所云。这才真正体会到"天书"之难。我当时的论文选题是《操纵论观照下的〈尤利西斯〉汉译本的研究》。这是一篇典型的理论指导、案例分析的论文。论文以勒菲弗尔操纵理论为基础，对《尤利西斯》汉译本进行研究，围绕意识形态、诗学和赞助人三方面分析其对两个译本译者的影响，以及他们在翻译过程中如何发挥译者主体性。我在《中国比较文学》《译林》《西安外国语大学学报》《浙江师范大学学报（社会科学版）》《西南交通大学学报（社会科学版）》等高水平期刊上发表了一系列学术文章，在此基础上，逐渐形成了《对话与融合：〈尤利西斯〉汉译研究》研究框架。正如著作的标题所示，研究以西方哲学对话理论为理论基础，探讨《尤利西斯》两个译本的译者如何和源文本进行深入对话，从语言层面、文化层面探讨译者是如何处理翻译过程中遇到的种种问题的,并进而运用间性哲学理论,分析译者、文本、译本、读者是如何进行深入对话、交流、碰撞,以实现融合的过程的,期望能够为文学翻译理论的创新提供一个新的视角。

该成果得到了江苏省哲学社会科学基金的资助,同时也得到淮阴工学院学术专著出版资助项目的资助。经过十多年的持续研究,我不断完善写作框架,最终完成了专著的写作。在写作过程中,李梓博士在文献梳理、文稿审阅、标注的逐一审核等方面做了大量的工作,她也通过共同研究,提升了自己的学术水平和能力。近年来,她在翻译研究与实践方面都取得了优异成绩。期望她能够在未来学术之路上,继续努力,取得新成就。

虽然不断研读相关理论,但是学术之路坎坷艰辛,仍有不足之处。我会不忘初心,继续自己的学术之路,不断前行。我的座右铭"Upward mobility is the theme"时刻激励着我——路漫漫其修远兮,吾将在学术道路上孜孜求索。

2022 年 12 月 20 日
于品学楼